2025 제16회

젊은작가상 수상작품집

2025 제16회

젊은작가상
수상작품집

문학동네

| 차례 |

대상

—

백온유

반의반의 반

작가노트

삶과 소설을 넘나드는 일

해설 인아영

믿음의 상속

백온유

2017년 장편동화 『정교』로 작품활동을 시작했다. 장편소설 『유원』 『페퍼민트』 『경우 없는 세계』 등이 있다. 제13회 창비청소년문학상, 제44회 오늘의작가상을 수상했다.

반의반의 반

1

현진이 집에 왔을 때, 영실은 손녀를 반기기는커녕 달갑지 않은 표정으로 흘긋 쳐다볼 뿐이었다. 할머니, 하고 현진이 두 팔을 벌려 껴안으려 하자 영실은 몸을 비틀며 버럭 역정을 냈다.

"저리 가! 추워."

"추워요?"

영실은 대답 없이 소파에 걸쳐놓았던 꽃분홍색 스웨터를 껴입었다. 그러고는 씨근대듯 중얼거렸다.

"네년이 냉기를 묻혀오니까 그렇지."

현진은 영실의 헛도는 손을 잡아 끌어내리고 꽃분홍색 스웨터의 단추를 하나하나 대신 잠가주었다. 이제 이런 말들에 일일이

분개하지 않았다. 이성적이고 차분하게 속을 다스릴 수 있을 정도로는 자랐으니까. 할머니가 품위를 잃어가는 건 자연스러운 노화의 현상이었다. 상대를 가리지 않고 입이 걸어진 것 또한 마음에 담아둘 일이 아니었다.

"현진이 퇴근하고 전철 타고 와서 힘들 텐데, 괜히 그래."

설거지를 하다 말고 고무장갑을 낀 채 거실로 나온 윤미가 영실을 타박했다.

"저녁 아직이지? 소고기뭇국 해놨어. 끓이기만 하면 돼."

윤미가 현진을 달래듯 말하곤 도로 주방으로 돌아갔다.

현진은 소파 아래에 등을 기대고 영실을 유심히 살폈다. 영실은 미간을 잔뜩 찌푸린 채 고집스러운 얼굴로 텔레비전에 시선을 고정하고 있었다. 오늘따라 더 냉랭한 기운을 풍기는 것 같은 느낌은 기분 탓일까. 염색을 하지 않은 지 오래인 백발의 머리는 관리하기 편하도록 짧게 다듬어져 있었다. 그럼에도 날렵한 콧대와 깊은 눈에는 아름다움이 잔상처럼 남아 있었다. 어릴 때부터 현진은 자신의 외할머니가 남들과는 구별되는 독특한 아름다움을 지니고 있다고 생각해왔다. 할머니를 조금도 닮지 않은 엄마를 바라보며 줄곧 아쉬움을 느꼈고 엄마의 얼굴과 할머니의 얼굴을 번갈아 보며 자신 역시 큰 손해를 입었다는 생각을 떨치지 못했다. 오십대 중후반까지도 할머니에게는 영화배우 같은 아우라가 있었는데, 현진은 그때 할머니를 선망하던 사람들과 시기하던 사람들, 그리고 의아하게 바라보던 사람들의 시선을 여전히 기억하고 있었다.

영실의 외모에 대한 자부심은 윤미가 현진보다 더하면 더했지, 못하지 않았다. 드라마를 보다가 누구의 어머니 역할로, 또는 누구의 시어머니 역할로 나오는 배우들이 얼굴을 비치면 으스대듯 말했다. "얼굴은 우리 엄마가 저 배우 못잖지. 옛날 배우 중에 문숙이라고 있었어. 우리 엄마가 그 문숙이랑 똑같이 생겼다고 동네 아줌마들이 다 문숙 언니 아니냐고 그랬단다." 1977년에 은퇴했던 배우 문숙이 2015년 〈뷰티 인사이드〉라는 영화로 다시 돌아왔을 때, 윤미는 마치 잃어버린 이모를 찾기라도 한 듯 들뜬 얼굴로 현진에게 말했다. 바로 저 사람이라고, 저 사람이 그 문숙이라고. 현진의 눈에도 그 배우와 할머니는 닮은 부분이 많았다. 이국적인 눈매며, 깊고 또렷한 눈동자, 오뚝한 콧대와 웃을 때 시원하게 벌어지는 입매까지 자매라고 해도 모두가 믿을 만했다. 현진이 검색해보니 배우 문숙은 1954년생, 할머니는 1947년생이었다.

영실은 현진이 도착한 지 얼마 되지 않았는데도 슬그머니 자리에서 일어났다. 현진이 시계를 보니 고작 저녁 여덟시 사십분이었다.

"벌써 주무시게요? 할머니가 좋아하는 드라마 아직 시작도 안 했어요."

"잘란다. 시끄러우니까 다들 가."

영실은 일곱 살 어린아이처럼 심술을 부리며 안방으로 들어가 문을 쾅 닫았다. 하지만 신경질을 내는 표정과 몸짓이 어쩐지 자연스럽지 않았고 현진은 할머니가 면구스러운 마음과 낭패감에 자리를 피한 게 아닐까, 짐작했다. 할머니는 지금 어느 정도로 정상이고 어느 정도로 정상이 아닐까. 인지능력에 분명 여러 문제를 보이지만, 막상 병원에 가면 정상 범위에 있다는 진단을 받는 할머니의 상태를 가늠하며 이런저런 추측을 하는 것은 어느새 현진의 버릇이 되었다.

윤미가 금세 저녁상을 차려 나왔다. 급하게 국에 밥을 말아 한 술을 떠먹은 후 현진이 안방을 의식하며 속삭이듯 물었다.

"그래서, 얼마를 잃어버렸는데?"

"오천이라네."

윤미는 세 시간 전에 통화했을 때보다는 덤덤하게 대답했다.

"정말이야? 할머니가 금액을 착각한 걸 수도 있잖아."

"모르지. 너희 할머니가 진짜라고 하니까 믿을 수밖에. 이십 년을 묵혀둔 돈이란다. 틀림없이 오천이래."

현진은 속으로 뭇국이 오늘따라 싱겁다는 생각을 하면서, 윤미에게 물었다.

"엄마는 정말 몰랐어?"

"어떻게 알아? 알았으면 그걸 여태 그렇게 뒀겠니."

윤미는 고개를 절레절레 흔들며 한숨을 내쉬었다.

"나 할머니랑 십 년이나 같은 방 썼는데. 어떻게 몰랐지."

밥을 먹는 둥 마는 둥 하는 현진 앞으로 윤미가 반찬을 밀어주었다.

"작정하고 숨기는데 어떻게 알아."

현진과 윤미는 얼굴을 마주보고 잠시 허탈하게 웃었다. 하지만 웃음기가 금방 가시고 곧 깊은 침묵이 내려앉았다.

현진이 윤미에게 문자를 받은 건 퇴근을 한 시간 앞둔 시점이었다.

할머니한테 변고가 생겼음. 끝나면 여주로.

현진은 사무실에서 나와 즉시 윤미에게 전화를 걸었다. 통화 연결음이 이어지는 중에도 불길한 상상들이 현진을 괴롭혔다. 작년 초, 영실은 길을 걷다가 빠른 속도로 인도를 침범한 공유 킥보드와 부딪혔고 넘어지며 고관절이 부러졌다. 수술은 무사히 끝났지만 전신마취의 후유증으로 간헐적인 섬망 증세가 두 달 이상 지속되었다. 일상적으로 해내던 집안일을 할 때도 실수가 잦아졌고 종종 날짜와 시간을 착각하거나 드라마에서 본 장면을 자신이 직접 겪은 일로 혼동하기도 했다. 현진과 윤미 모두 노인성치매를 의심했지만 영실은 의사를 만나기만 하면 모든 기능이 정상범위로 돌아왔다.

윤미는 성남에서 여주를 오가며 평일에, 현진은 출근을 하지 않는 주말에 주로 영실의 곁을 지켰다. 여성 브랜드 옷가게를 오랫동안 운영해온 윤미는 매달 월세 걱정은 하지 않아도 될 정도로 충분한 단골들을 확보하고 있었다. 그러나 간병을 하면서부터 가게 운영에 어려움이 생겼다. 현진 또한 과중한 업무로 주말 출근을 해야 할 때가 잦아 간병을 병행하기가 어려웠다. 결국 노인장기요양을 신청하게 되었고 3등급 판정을 받았다. 윤미와 현진의 빈자리를 채워주는 요양보호사 덕에, 두 사람은 한숨을 돌릴 수 있었다.

그러나 요양보호사가 상주하는 것은 아니었으므로 할머니가 혼자 지내는 동안 일어날 수 있는 사고에 대한 걱정과 염려는 여전했다. 화장실에서 넘어지기라도 하면, 가스불을 켜놓고 잠들기라도 하면, 발코니 난간에 기대어 이불을 털다가 떨어지기라도 하면 어떡하지, 발견할 때는 이미 늦었을 수도…… 온갖 가능성들이 꼬리에 꼬리를 물고 펼쳐질 때 윤미가 전화를 받았다.

"할머니가 왜? 병원이야?"

"병원은 무슨."

"다치신 거 아니야?"

"아니야."

현진은 순간 다리에 힘이 풀려 회사 비상계단에 주저앉았다.

"문자를 그렇게 보내면 어떡해? 얼마나 놀랐는지 알아? 변고라는 게 그럼 뭔데?"

말을 하면서도 현진은 치미는 두려움으로 목소리가 떨렸다. 수화기 너머에서 깊은 한숨 소리가 들렸다. 윤미는 한참이나 머뭇거리다가 간신히 말을 내뱉었다.

"돈을 잃어버리셨어, 너희 할머니가."

"뭐?"

생각지도 못한 말에 현진은 오히려 마음이 차분히 가라앉는 것을 느꼈다.

"보이스 피싱이야?"

"그건 아니고. 집에 도둑이 든 것 같아. 금액이 좀 커."

윤미는 아주 간단하게 일의 경위를 설명했고, 현진이 되묻기 전에 일단 와서 얘기하자는 말로 통화를 마무리했다. 현진은 궁금증과 의아함을 참으며 그렇게 여주까지 온 것이었다.

영실의 집은 오래된 복도식 아파트였다. 복도를 비추는 CCTV는 애초에 없었고, 아파트 전체를 봐도 엘리베이터 안에 하나, 일층 공동 현관에 하나, 주차장 쪽에 하나, 분리수거장에 하나 설치된 것이 전부였다. 아파트 두 동을 칠십대 경비원 세 명이 나누어서 관리했는데, 틈만 나면 경비실 창문에 '순찰중'을 써붙이고 자리를 비우는 바람에 만나기도 쉽지 않았다. 몇 번의 헛걸음을 하고 나서야 현진은 CCTV 영상을 복사할 수 있었다.

영실은 돈을 잃어버린 정확한 날짜를 알지 못했다. 그저 설날이 가까워오던 어느 날 장판 아래와 침대 밑, 싱크대 하부장 안, 장롱 안, 할아버지 영정 사진 액자 뒷면에 숨겨두었던 현금을 가방 하나에 모두 모아 옷장에 넣어두었다고만 했다. 현진은 막막하고 답답한 감정을 누르며 할머니에게 물었다. 왜 갑자기 돈을 한데 모아 놔뒀냐고, 정말 돈이 오천만원이었던 게 맞느냐고, 정확히 오천만원인지는 어떻게 확신하느냐고. 다그친 것이 아닌데도 영실은 현진이 자신을 괄시하고 구박한다며 도리어 노려보았다. 그러곤 토라진 듯 등을 보인 채로 대꾸했다.

"내 돈이 얼만지는 내가 제일 잘 알지. 세어봤으니까 알지. 몇 번이고 세어봤으니까."

현진은 실의에 잠긴 영실의 등을 쓸어내리며 반드시 찾아주겠다고, 너무 걱정하지 말라고 다독였다.

2

그날따라 유난히 몸이 무겁다고 느끼며 눈을 떴다. 영실은 보통 오전 여섯시에 일어났다. 아침은 간단히 사과 한 알과 요구르트, 혹은 고구마와 우유로 해결했다. 빈속을 채운 후에는 바닥을 깨끗이 쓸고 닦았다. 아침 뉴스를 보면서 발코니에 내놓은 화분에 물을 주었다. 영실은 한평생 상추와 대파는 사지 않고 키워서 먹었고, 구근초와 선인장과 알로에를 보기 좋게 가꿀 줄 알았다. 정해진 시간에 정해진 일을 하는 것. 몸이 조금 불편해졌어도 정갈한 생활을 유지하려 노력한다는 것이 영실의 자부심이었다. 그러나 그날은 창밖이 여전히 깜깜해 이상한 기분이 들었다. 기이할 정도로 고요했고, 그맘때쯤 늘 정겹게 들려오는 이웃들의 사소한 생활 소음도 들리지 않았다. 적막 속에서 잠시 우두커니 앉아 있던 영실은 힘겹게 몸을 일으켜 커튼을 걷고, 창문을 열어보았다. 가로등 불이 켜져 있는 것을 보며 영실은 아직 깊은 밤이라는 것을 깨달았다. 늙을수록 잠이 없어진다더니. 앞으로 점점 더 긴 밤을 견뎌야 할지 모른다는 생각에 와락 두려움이 몰려왔다.

시계를 보니 오후 열한시였다. 잠든 지 두 시간밖에 지나지 않았다고? 영실은 다시 확인했다. 아무리 봐도 현재 시각은 오후 열한시. 그리고 디지털시계 화면에 뜬 요일은 월요일이었다.

낮에 옆 동에 사는 이권사가 신년 예배에 가자고 하도 조르기에 교회에 다녀왔는데. 같이 잔치국수를 먹었는데. 비누와 수건을 받아왔는데. 영실은 두근거리는 가슴을 손바닥으로 쓸어내리며 다용도실 문을 열었다. 그곳에 가지런히 정리되어 있는 비누와 수건을 확인했다. 영실은 뒤죽박죽 헝클어진 시간을 머릿속으로 정리하다, 자신이 이십사 시간 넘게 잠들어 있었다는 사실을 천천히 깨달았다. 그 순간 벨소리가 울렸고, 떨리는 손으로 전화를 받았다. 윤미였다. 몇 시간째 연락이 안 되는 영실 때문에 딸이 밤늦게 운전해서 여주로 오고 있었다.

휴대폰이 소파 쿠션 틈새에 들어간 걸 여태 모르고 있었다고, 괜한 생각 하지 말고 차를 돌려 집으로 가라는 말로 딸을 달랬다. 그날 밤 영실은 결심했다. 돈을 한곳에 모아야겠다고. 언제 어떻게 이런 식으로 눈을 감고 다시는 뜰 수 없게 될지 알 수 없었으므로. 그 돈으로 자신이 할 수 있는 마지막 선택이자 최선의 선택을 하리라고 마음먹었다.

3

영실은 손녀에게 살갑지 않은 할머니였다. 다른 집 할머니를 겪어보지는 않았지만 영실이 평범하지 않다는 것을 어린 날의 현진도 알고 있었다. 그러나 그것이 이상하거나 서운하기보다는 어쩐지 할머니에게 잘 어울리는 행동 양식으로 느껴졌고, 드라마에 나오는 할머니들처럼 푸근하지도 투박하지도 않은 영실이 꽤 근사하다고 생각했다.

현진이 중학생 때, 같은 반 아이와 서로 머리채를 쥐어뜯으며 싸운 적이 있었다. 현진에게 밀려 회장 선거에서 떨어진 후 속이 잔뜩 달아 있던 아이였는데, 그후로 현진을 거머리처럼 따라다니며 사사건건 시비를 걸고 괴롭혔다. 이번엔 먼저 머리채를 잡은 것도 모자라, 길게 기른 손톱으로 현진의 볼을 긁어놓았다. 두 사람은 각자의 부모님이 오실 때까지 상담실에 무릎을 꿇고 앉아 있어야 했다.

마치 학교 근처에서 대기하고 있다가 달려오기라도 한 듯 거머리의 엄마는 삼십 분도 안 되어 도착했다. 딸을 통해 현진의 집안 사정을 진작 전해들은 모양인지, 현진의 볼에 피딱지가 앉은 것을 보면서도 미안해하거나 초조해하는 기색이 없었다. 오히려 꽤 의기양양해 보이기까지 했는데, 충분히 이기고도 남을 만한 상대(집안)라는 계산을 끝내서인 것 같았다. 자신을 보자마자 훌쩍훌쩍 눈물을 흘리는 딸을 품에 안은 채로, 애가 이 지경인데 너희 엄마는 어째서 빨리 오지 않느냐고 현진을 몰아붙였다.

그때, 상담실의 문이 천천히 열렸고 단정한 검은색 투피스 차림에 구두를 신은 할머니가 또각또각 걸어왔다. 현진은 마음속에 환한 불이 들어오는 것 같았다. 영실은 손녀가 사고를 쳤다고 해서 집에 있던 차림새 그대로 허둥지둥 달려오는 사람이 아니었다. 완벽하게 갖춰진 모습으로, 예의 그 범접할 수 없는 느낌을 풍기며 나타나주었다. 어떤 아름다움은 사람들을 짓누를 수 있다는 걸 현진은 그날 알게 되었다. 영실은 예의를 갖추면서도 단호하고 명확하게 책임 소재를 분명히 했고, 현진의 볼에 난 상처에 대한 치료비까지 그 안하무인의 여자에게 받아냈다. 그 과정에서 큰소리 한번 오가지 않았다. 또한 영실은 거머리를 향해 너는 다치지 않았냐고 차분한 목소리로 물었다. 거머리는 눈도 마주치지 못한 채로 괜찮다고 우물쭈물 대답했다. 현진은 인상적인 영화를 감상하는 기분으로 그 모든 장면을 마음에 새겼다. 현진의 기억 속에서, 영실은 나란히 걸을 때조차 손녀의 손을 다정하게 잡아주는 법이 없었다. 그러나 그날만은 현진이 용기를 내 먼저 할머니 손에 깍지를 꼈다. 영실은 손에 힘을 주지도 빼지도 않고, 그저 잡혀주었다.

할머니가 외로움과 고독의 냄새를 풍기며 자식들만 바라보고 사는 사람이 아니라는 것. 그 자체가 현진의 마음에 어느 정도 위안을 주었다. 본받을 만한 부모는 없어도 우아하고 강인한 할머니가 있다는 것. 그 사실을 떠올리면 세상을 강단 있게 살아갈 용기가 조금 생기곤 했다.

현진은 잠시 짬이 날 때마다 복사한 CCTV 영상을 들여다보았다. 날짜를 특정할 수 없었기 때문에 신고를 하기도 여의치 않았다. 게다가 할머니의 인지능력에 확신이 없는 상황에서 선부르게 일을 크게 만들고 싶지 않았다.

설날 사흘 전부터 돈이 사라진 것을 깨달은 엊그제까지의 영상을 사 배속으로 보았다. 장장 보름치였다. 혹시 몰라 모두가 잠든 밤 시간대까지 꼼꼼히 살폈다. 머리가 자주 멍해졌고, 눈꺼풀이 무거워졌으며, 아득함을 느꼈다. 주공 아파트에 드나드는 사람은 대부분 칠십 세 이상 노인 입주민들이었고, 결과적으로 영실의 집에 방문한 사람은 영실을 제외하면 십오 일 동안에 단 두 명이었다. 윤미와 요양보호사.

현진은 요양보호사를 집중적으로 관찰했다. 놓친 장면이 없는지 재차 영상을 확인했을 때 그제야 현진의 눈에 수상한 장면이 포착되었다. 평일 오전 열시에 영실의 집을 방문하는 요양보호사는 평균 세 시간가량 집에 머물렀는데, 이삼일에 한 번꼴로 쓰레기봉투와 재활용 플라스틱, 종이 박스 등을 안고 나왔다. 일주일 전, 요양보호사는 커다란 박스를 안고 집을 나섰다. 그 종이 박스 안에 검은색 비닐봉투가 들어 있었다. 비닐봉투에 무엇이 들어 있는지는 알 수 없었지만 크기가 꽤 큼지막했다. 현진은 직감적으로 저 안에 할머니의 가방이 들어 있으리라는 걸 알 수 있었다. 일층 현관에서 요양보호사의 이동 방향을 체크한 뒤, 곧장 분리수거장 CCTV를 확인했다. 요양보호사는 박스 안에서 두어 개의 플라스틱병을 꺼내 버렸고 반듯하게 접어 함께 넣어놓은 자잘한 종이 박스들도 버렸다. 그런 후에 검은 비닐봉투는 그대로 손에 들고 아파트 단지를 벗어났다. 현진은 이만하면 증거를 잡았다고 생각했다. 순진하게도, 이 정도 증거라면 할머니의 돈을 돌려받을 수 있을 거라고 확신했다.

수경은 요양보호사들 중에서 젊은 축에 속했다. 화장기 없는 얼굴, 수수한 옷차림, 친절해 보이는 미소. 누구에게나 호감을 살 만한 모습이었다. 저런 얼굴에 속지 않을 도리가 있을까. 현진은 커피를 한 모금 마신 후 말했다.

"제가 지금부터 몇 가지 질문을 드릴 텐데, 불편하시면 언제든 말씀해주세요. 경찰 쪽에 수사 의뢰를 한 상황이지만 솔직한 답변만 들으면 저희는 일을 크게 만들고 싶지 않거든요. 어머니도, 저도 마음을 열어둔 상황이에요."

"네."

"그러니까, 이수경…… 여사님의 목소리를 들어드릴 준비가 되어 있다고 말씀드리는 거예요."

현진은 차마 떨어지지 않는 입을 간신히 열어 주절거렸다. 쓸데없이 말을 길게 늘인 것이 아닌지 신경이 쓰였다. '여사님'이라는 호칭이 어색하다는 느낌이 들긴 했지만 더 나은 표현이 떠오르지 않았다.

"제가 무슨 대답을 해드려야 할까요? 궁금하신 게 있으면 편하게 물어보세요. 저에게 답이 있다면 다 말씀드릴게요, 손녀분."

수경은 얼굴에서 미소를 지우지 않고 발랄하다고 느낄 만큼 편하게 대답했다. 아파트 근처에 위치한 카페에서 잠시 뵙고 싶다고 문자를 보냈을 때, 현진은 수경에게서 근무일도 아닌 날에 무슨 일이냐는 식의 답장을 받으리라고 지레짐작했다. 능구렁이 같은 인간이 이리저리 빠져나가지 않도록 잘 구슬려야겠다고 단단히 마음을 먹었는데 수경은 두말없이 한 시간 후에 보자며 답장을 보내왔다.

"일단 제가 영상을 좀 보여드릴게요. 벌써 팔 일 전이라 생각이 안 나실 수도 있지만 잘 봐주세요."

현진은 휴대폰을 켜서 엘리베이터에서 촬영된 영상과 분리수거장이 찍힌 영상을 차례로 보여주었다. 그리고 그날 들고 나간 검은 비닐봉투가 무엇인지 기억나느냐고 물었다. 글쎄요. 잘 생각이 나지 않네요. 수경은 천천히 고개를 가로저었다. 의심을 받는다는 사실이 그다지 억울해 보이지 않는다는 게 뜻밖이었다. 이런 상황이 익숙한 듯 침착했고, 질문을 버거워하는 기색 또한 없었다. 의심받고 있다는 사실을 알게 되면, 결백을 증명하려고 목소리를 더 높이거나 흥분된 모습을 보이는 것이 정상 아닐까? 현진은 혼란스러웠다.

"그러니까 할머니께서 큰돈을 가지고 계셨는데 그걸 집에서 잃어버리셨다는 거잖아요. 손녀분도 아시다시피 제가 이 집 드나든지 올해로 이 년 차예요. 원칙적으로는 주 오 회, 세 시간씩만 근무하면 되지만 저는 저녁까지 먹고 갈 때도 많거든요? 마음속으로 정말 제 어머니다 생각하고 있기 때문에 주말에도 들르고 그래요. 누가 안 알아주면 어때요. 자녀분도 손녀분도 멀리서 따로 사시는데, 몸도 온전치 않은 분이 혼자 계시다가 큰일이라도 나면 도리가 없으니까요. 제가 돈이 탐났으면 진작 가지고 갔죠. 지금껏 드나들면서 정성을 쏟을 필요가 있었을까요? 큰일이 터지면, 보세요, 제가 제일 먼저 의심받을 게 뻔한데요? 치매 걸린 어떤 어르신들은요. 제가 쓰레기만 버려도 전 재산을 가지고 간 것처럼 때리고 그래요. 그걸 또 홀랑 믿고 어르신 가족들이 제 주머니 뒤집어 까서 돈을 가져갔는지 안 가져갔는지 확인한 적도 있고요. 저는 의심받는 게 익숙하긴 한데, 정말 아니에요."

현진은 수경이 자기 자신을 능숙하게 변호하며, 은근히 엄마와 자신을 비난하고 싶은 속내를 숨기지 않고 있다고 생각했다.

"엄마, 아니, 우리 강영실 어르신이 연세는 있으셔도 참 잘 드세요. 과자도 많이 잡수시고요. 과일도 주문해서 드시는 거 아시죠? 이 주에 한 번씩 사과나 바나나 한 상자, 고구마 한 상자를 요 앞 청과물센터에서 배달시키거든요. 요구르트도 매일 아침저녁으로 드시고요. 그래서 쓰레기가 많이 나오는 편이에요. 혼자 사셔도요. 올 때마다 쓰레기 비워드리는 게 가장 큰 일일 정도로요. 아, 기저귀도 하루에 두세 개씩은, 아시죠?"

현진은 기습적인 질문에 말문이 막혔다. 거기까지는 미처 상상하지 못한 영역이었다. 동시에 왜 그런 부분까지 함부로 누설하는지, 설명할 수 없는 불쾌감이 전신을 강타했다. 요양보호사에겐 아주 사소하고 별스럽지 않은 사실일 수도 있었지만 할머니의 집에서 매일 발생하는 쓰레기의 목록이 오래도록 뇌리에서 떠나지 않을 것만 같았다.

"엄마는 쌓아놓는 거 안 좋아하세요. 버리는 게 제 일이고, 팔일 전이면 그새 분리수거를 두세 번은 했을 텐데, 제가 그걸 일일이 기억할 수가 있을까요? 손녀분은 일주일 전에 쓰레기 뭐뭐 버렸는지 다 기억하세요?"

딱하다는 듯한 어투가 몹시 거슬린다는 생각을 하면서, 현진은 다시 물었다.

"이 정도로 큰 부피면 기억이 날 것 같은데요. 무거워서 잠시 내려놓기도 하셨잖아요. 그런데도 굳이 단지 밖으로 가지고 나가시네요."

수경은 현진의 손가락이 가리키는 휴대폰 화면을 잠시 물끄러미 보다가 이제야 떠올랐다는 듯이 고개를 끄덕이며 슬며시 웃음 지었다.

"아마 과일이었을 거예요. 요맘때쯤 엄마가 고구마랑 바나나, 사과, 밤 같은 걸 잔뜩 쌓아두셨었거든요. 저한테 항상 가져가라고 하셨고요. 빨리 안 먹으면 상하니까. 아, 제가 아무거나 막 집어오는 건 아니고요. 바나나 많이 익은 거 있죠? 겉이 까맣게 변한 거. 저는 그런 것만 챙겨가요. 사과도 무른 건 제가 먹어요. 엄마는 그런 거 손도 안 대시거든요. 멍든 건 도려내고 먹으면 되니까, 제가 챙기죠. 엄마가 그 연세에 참 공주 같은 면이 있으셔요. 예쁜 것만 골라 잡수셔서 그렇게 곱게 늙으셨나."

현진이 변명인지, 진짜인지 모를 수다스러운 말들을 잠자코 듣고만 있자 수경은 문득 난처한 표정을 지으며 웃음을 터뜨렸다.

"아, 제가 엄마라는 말이 입에 배서요. 둘이 있을 때는 엄마, 이렇게 부르거든요. 저희는 정말 모녀처럼 같이 앉아서 과일도 깎아 먹고 드라마 보면서 수다 떨고 그래요. 제가 안마해드리면 엄마는 낮잠도 곧잘 주무세요."

현진은 수경의 웃음이 달갑지 않았다. 한참 어린 여자애의 판단을 흐리게 할 수 있다는 자신감이 느껴지는 미소였고, 그래서 조롱처럼 느껴졌다.

4

영실은 돈이 사라졌다는 사실을 알게 된 이후로 극심한 불면증에 시달렸다. 윤미는 집에 도둑이 들었다고 믿으며 두려움을 느끼는 영실을 성남으로 데려왔다. 영실은 윤미나 현진 둘 중 하나가 잠을 여주에서 자고 아침 일찍 출근하기를 바랐다. 그러나 출퇴근을 하는 입장에서는 무리하고 곤란한 요구였다.

가방 하나에 필요한 옷 몇 벌만 챙기라고 일러두었지만 영실은 날씨가 추우니 가져갈 게 많다며 거실에 옷들을 잔뜩 쌓아놓고는 화분도 챙겨야 한다고 성화였다. 어쩔 수 없이 발코니에서 키우던 대파와 상추도 좁은 경차에 실었다. 집을 비우고 가는 것이 못마땅한지 영실은 윤미가 묻는 말에 대답을 하지 않는 방식으로 언짢은 기분을 드러냈다.

윤미는 입맛이 없다고 계속 끼니를 거르는 영실을 위해 팥죽을 끓이며 몇 번이나 크게 한숨을 내쉬었다. 오늘도 가게 문을 열지 못해 마음이 어수선했다. 간병에 전념하느라 자주 문을 닫아걸어야 했던 윤미는 가게로 출근한 날에는 고객들에게 속죄하듯 오후 여덟시면 끄던 간판 불을 열시, 열한시까지 켜두곤 했다. 그럼에도 매출은 회복될 기미를 보이지 않았다. 무엇이 문제일까. 십 년이 넘도록 그대로인 가게 인테리어 탓일까. 한물간 브랜드 취급을 받는 탓일까. 꽤나 친밀하다고 느꼈던 단골 고객들을 오랫동안 챙기지 못한 탓일까. 사실은 그 모든 게 문제임을 알면서도 윤미는 어디서부터 손을 대야 할지 알 수 없어 막막하기만 했다.

다 쑨 팥죽을 그릇에 옮겨 담기만 하면 되는데 영실은 치킨을 시켜 먹자고 말했다. 달큼한 팥죽 냄새가 집안에 가득한데도 아랑곳 않고 당장 양념치킨을 시키라고 보채는 영실을 윤미는 물끄러미 바라보았다. 어머니는 원래 입이 짧고 까다로운 편이라 윤미가 애써 만들어 간 반찬과 국을 버리기 부지기수였다. 같이 외식하러 나가서 메뉴를 갑자기 바꾸는 일도 흔했다. 완고한 어머니를 상대하는 것엔 이미 적응이 됐다고 생각했는데…… 문득 이렇게 환멸이 드는 건 혹시 잃어버린 돈 때문이 아닌지 윤미는 생각에 잠겼다. 정말 그것 때문이라면 자신이 너무 천박한 것 같아, 적어도 그게 전부는 아닐 거라고, 자신도 모르는 감정이나 이유가 있을 거라고 스스로를 다독였다. 하지만 끝내 윤미의 의식을 잡아채는 것은 사라진 돈이었다. 주문한 치킨이 오기 전까지 윤미는 영실의 옷가지와 짐들을 현진의 방에 차곡차곡 정리하며 오천만원과 그 오천만원을 지금껏 숨겨온 어머니에 대해 생각했다.

윤미는 서른에 이혼했다. 현진이 초등학교에 입학하던 해였다. 윤미가 유책 배우자였기 때문에 재산 분할은 받지 못했고, 현진의 양육권을 가져오는 것으로 이혼 절차는 마무리되었다. 이혼 후 둘은 영실의 집으로 들어왔고 세 사람의 동거는 현진이 대학을 서울로 가기 전까지 이어졌다.

영실은 밥벌이로 동분서주하는 윤미 대신 현진을 묵묵히 보살펴주면서도 이따금 조목조목 윤미의 과오를 짚어내어 주눅들게 했다. 대학 재학중에 현진을 임신하고 출산해 결국 졸업장도 받지 못한 것, 신혼초부터 남편과의 잦은 다툼으로 걸핏하면 가출한 것, 남편을 피해 도피성 여행을 가느라 아버지의 임종을 지키지 못한 것, 초등학교 동창과 바람을 피워 이혼당한 것 등을 언급하며 윤미에게 그런 식으로 살아서는 안 된다고 말했다. 넌 그러다 망하고 말아. 정말 그러다 버려지고 말아. 윤미는 영실에게 반박하거나 맞서지 않았다. 전부 사실이었으니까. 충동적이고 경솔한 면이 많기는 하지만 그런 사실과는 별개로 윤미는 영실 앞에서 언제나 순종적이었다. 윤미가 고개를 떨군 채 잠자코 있으면 영실은 조금이나마 묵은 체증이 내려간 듯, 다시 차분하고 흐트러짐 없는 어머니의 모습으로 돌아왔다. 차라리 신랄하게 비난하거나 등짝을 후려주기를 바란 적도 있었다. 그런 어머니였다면 윤미도 지금보다는 강한 애착이라든가 유대감을 가질 수 있지 않았을까.

현진은 영실에게 방과 침대를 내어주고 거실 소파에서 양말도 벗지 않은 채 잠들었다. 윤미는 현진의 양말을 벗기고 이불을 덮어주었다. 만약 자신이라면, 현진이 어떤 곤경에 처하는 걸 절대로 두고 보지 못할 것이다. 현진은 자신을 닮지 않아 사고 한번 치지 않은 딸이었다. 아이가 오천만원이 필요하다고 한다면, 당장 가게를 헐값에 넘겨서라도 그 돈을 마련하기 위해 고군분투할 것이다. 자식의 일이라면 도리 없이 내주고 마는 것, 그게 엄마 아닌가? 그 당시에 자신에게 필요했던 돈은 고작 이천오백만원이었다. 가지고 있던 돈의 반만 내줬어도 그런 수모를 당할 필요는 없었을 텐데. 영실에게 무한한 희생을 요구할 수 없다는 것을 알면서도, 윤미는 십여 년 전의 일들이 떠올라 좀처럼 마음을 가라앉히기 힘들었다.

세 여자가 함께 사는 동안 생활은 녹록지 않았다. 윤미에게는 물론이거니와 영실에게도 가난은 생경하고 트적지근한 것이었다. 윤미는 옷가게를 열기 전까지 각종 계약직을 전전했다. 가장 오래 했던 일은 마트 캐셔였고 틈틈이 서빙과 건물 청소를 하기도 했다. 영실은 이른 나이에 지병으로 죽은 남편의 공무원 연금으로 살고 있었는데, 혼자 지내기에는 부족하지 않았지만 두 사람이 갑자기 집으로 들어오면서 살림은 나날이 빠듯해지기만 했다.

윤미는 이혼 후에도 동창과 사 년을 더 만났다. 동창은 사정상 서류만 정리하지 않았을 뿐, 처와 자신 사이에 남은 것은 아무것도 없다고 했다. 그 말을 곧이곧대로 믿은 게 잘못이었다. 고소인, 즉 동창의 부인은 윤미에게 합의금 삼천만원을 요구했다. 몰던 차를 중고로 팔아 오백만원을 간신히 마련했다. 그리고 나머지는 영실에게 빌려달라고 간곡히 부탁했다. 어머니에게 그런 호소를 하는 마음은 이루 말할 수 없을 정도로 비참했지만, 그렇게 큰 돈이 어디 있느냐고 당황해하는 목소리에 차마 집 보증금을 빼자는 말까지는 꺼내볼 수도 없었다.

"현진이는 내가 돌볼 테니 죗값을 잘 치르고 와라."

영실은 그렇게 말했고, 윤미는 그 말을 따랐다. 간통죄로 징역 십 개월의 실형을 선고받았고, 팔 개월가량 살다가 가석방을 받고 출소했다.

동창은 다시 제 아내에게로 돌아갔지만 사랑인지 의리인지 죄책감인지 윤미로서는 구별할 수 없는 마음으로 퇴직금을 미리 당겨 받아 윤미에게 몰래 건넸다. 그 돈으로 옷가게를 열었다. 사업을 하기 전까지 딸이 얼마나 궁핍하고 누추하게 살아갔는지 알고도 남았을 텐데, 어머니는 침대 밑에 돈을 숨긴 채로 외면하기를 택했다. 그것이 어머니의 선택이었다. 윤미는 마음이 자꾸만 차가워졌다. 잃어버린 돈이 아깝다는 마음보다, 오한처럼 다가오는 원망이라는 감정 때문에 자꾸만 몸서리가 쳐졌다.

어머니에게 모성이라는 게 있을까. 그것은 자신이 짐작하는 것보다 더 얄팍한 감정임이 분명하다고 윤미는 생각했다. 모성이라는 단어를 떠올리자 윤미는 오십이 넘는 세월 동안 자신이 그것을 기대할 수 없었다는 사실을 천천히 깨달았다. 살뜰한 보살핌을 갈망했다가도 어머니라는 사람과 함께하기 위해서는 어쩐지 이 정도의 허전함은 감수해야 할 것 같았고, 인색한 사랑에 서운해하는 것도 부질없는 일로 느껴졌다.

윤미가 간병을 위해 몇 개월간 성남에서 여주를 오가며 고생했을 때 영실은 윤미에게 현금 오백만원을 건넸다. 어디서 이런 목돈이 났느냐 물으니 여태 모아온 돈이라고 했다. 윤미는 감격했다. 연금만 가지고 사는 노인이 이 정도 돈을 모으기까지 얼마나 허리띠를 졸라맸을까 싶어 마음이 아팠지만 그간 가게를 못 열어 손해가 막심했기에 그 돈을 받아들 수밖에 없었다.

"내가 너를 공으로 굴려 먹진 않는다."

그 말에 감동했던 자신이 이제는 바보 같았다. 돈을 건네받은 후에 어머니가 이전보다 더 편하게 자신을 부린 것 같다는 느낌이 드는 건 과한 피해의식이겠지. 윤미는 어머니의 의도를 곡해하지 않으려 최대한의 노력을 쏟아야만 했다.

영실은 성남으로 온 지 나흘도 안 되어 집으로 돌아가겠다고 고집을 부렸다. 윤미가 며칠만 더 있으라고 권해도 완강히 거절했다. 그녀는 이 집에서 자신이 해야 할 일이나 할 수 있는 일 같은 건 전혀 없다고 생각하는 듯했고, 오로지 텔레비전 속 연예인들의 사소한 습관과 시시껄렁한 농담에만 반응했다. 남을 지적하고 평가하면서 하루를 다 보내는 그녀에게서 품위라곤 찾아볼 수 없었다. 윤미는 어머니의 말투와 습관을 하나하나 재단하려 하는 자신이 불경하다고 느끼면서도, 어머니는 대접받고 존중받기엔 자격 미달이라는 생각을 하며 그녀의 옷을 하나하나 도로 가방에 집어넣었다.

5

그 돈은 남편의 사망보험금이었다. 영실은 오래전 그 돈을 현금으로 찾은 뒤, 가장 필요한 순간에 쓰겠다고 다짐했다. 본래는 윤미가 재혼을 하면 결혼 자금으로 주려고 했다. 새로운 시작을 할 때 밉보이지 않도록, 큰소리치면서 살 수 있도록 지원해줄 생각이었다. 하지만 윤미는 재혼하지 않았고, 이십 년간 그 돈은 묵은 돈으로 장판 밑과 침대 밑에 깔려 있었다.

윤미는 이상하게 어릴 때부터 눈치를 많이 보았다. 그러면서도 충동을 못 이기고 여러 사고를 저질러 영실을 당혹스럽게 했다. 일을 쳐놓고 우물쭈물 찾아와 도움을 청하는 윤미를 볼 때면, 마음이 아득하고 망연해졌다. 영실은 윤미를 위해 끝없이 인내하고 정신을 다잡았다. 홀씨처럼 가볍고 희끄무레한 영혼이 손이 닿지 않는 아득한 곳으로 건너갈까봐 돌을 눌러두듯 잠든 윤미의 이마에 자신의 손을 올려둔 적도 있었다.

아이가 자신의 훈계를 듣기는 한다는 것이 유일한 위안이 되기도 했지만 시간이 지나면서 그렇게 비굴한 자세를 취하며 당면한 상황을 모면하려고만 한다는 것을 알게 되었다. 그래서 영실은 윤미가 애원할 때마다 우선은 두고 보기로 했고, 마음이 아파도 일단은 잠자코 지켜보았다. 윤미가 겪은 일들은 고난이기는 해도 영실이 보기에는 금방 지나갈 파란이었다. 젊음이 있다면 충분히 이겨내고도 남을 만한 시련 같은 것. 영실이 묵은 돈을 쓸 만한 날은 쉽게 오지 않았다.

영실은 줄곧 순응해왔다. 부모가 사라진 세상에, 책임질 생명이 탄생한 세상에, 남편이 사라진 세상에, 더이상 자기 자신이 아름답지 않은 세상에, 그리고 덜컥 할머니가 된 세상에도. 그러나 자신의 몸을 스스로 제어할 수 없는 세상에는 적응하기가 쉽지 않았다. 이곳에서 저곳으로 몸을 움직이는 게 산을 옮기는 것만큼 버겁다는 생각이 들 정도였다. 그런 상황에서도 놓고 싶지 않은 것들이 있었다.

병원에 입원해 있을 때 영실이 윤미와 현진에게 당부한 것은 하나였다. 집 발코니에 있는 스무 개의 화분에 일주일에 한 번씩 물을 주라는 것. 그러나 퇴원 후 발코니 문을 열었을 때, 식물은 반 이상 말라죽어 있었다. 영실은 자신이 가꿔오던 것들을 대부분 놓아버리게 되었다.

이십사 시간 넘게 잠들어 있었던 그날 이후, 영실은 삶을 잘 마무리할 방법에 골몰했다. 최대한 빨리 들어갈 수 있는 실버타운을 알아보았다. 윤미와 현진이 오기에 너무 멀지 않은, 그렇지만 너무 가깝지도 않아서 한 달에 한 번 정도 오기에 적당한 거리에 위치한 곳이 있었다. 옆 동에 사는 이권사가 유튜브에 올라온 실버타운 홍보 영상을 휴대폰으로 보여주었다. 이권사 역시 손주를 다 키워놓으면 그곳으로 들어갈 것이라고 말했다.

십 분짜리 실버타운 홍보 영상을 영실은 백 번 넘게 반복해서 보았다. 영상에는 실버타운의 외부부터 내부의 모습까지 자세히 담겨 있었다. 전원 속에 있는 실버타운은 하나의 마을처럼 조성되어 있었고 정문을 열고 들어가면 관리가 잘된 나무와 꽃들이 펼쳐졌다. 울창한 은행나무 밑에 자신과 비슷하거나 조금 더 나이가 많아 보이는 노인들이 둘러앉아 이야기를 나누고 있었다. 벤치에 앉아서 숄을 두르고 책을 읽는 노인은 참 고상해 보였다.

그들은 노쇠했는데도 누추해 보이지 않았다. 모두가 교양 있고, 품위 있어 보였다. 그중 한 명은 카메라 앞에서 실버타운에 들어온 것이 자신이 가장 잘한 선택이라고까지 얘기했다. 영실은 실버타운에 전화를 걸었다. 입소하기 위해서는 보증금이 필요했고, 자산 규모를 확인할 수 있는 통장 사본도 제출해야 했다. 최소 금액이 공교롭게도 오천만원이었다. 저 세계에 편입되고 싶다는 소망, 조금이나마 더 대접받다가 죽음에 이르고 싶다는 마음이 영실을 흥분되게 했다. 영실은 자신에게 욕망이나 야망이라는 게 남아 있다는 것이 신기하면서도, 한편으로는 느리고 엉성한 걸음으로 실버타운의 은행나무 길을 거닐 날이 기다려졌다.

6

"왜 범인이 뻔히 보이는데도 잡지 못하죠?"

"일단 범인이 뻔히 보인다는 건 선생님 생각이고요. 저 비닐봉투 안에 무엇이 들어 있었는지는 아무도 몰라요. 이수경씨는 지금 그게 뭐였는지 정확히 기억이 안 난다고 주장하시거든요. 쓰레기거나 과일일 거라는데, 확인이 불가능한 사항이죠."

현진은 캡처한 화면을 형사의 코앞에 들이밀었다.

"이렇게 큰 비닐봉투 안에 뭐가 들어 있었는지 기억이 안 난다는 게 말이 돼요? 형사님이 보시기에는 어때요? 보세요. 걸어가다가 무거워서 두 팔로 안아 들고 가잖아요. 쓰레기나 과일을 저렇게 신줏단지 모시듯 들고 갈 것 같으세요? 딱 봐도 이상하지 않으세요?"

현진은 최대한 논리적으로 말하려고 노력했지만 자꾸만 목소리가 커지는 것을 통제하기가 어려웠다. 형사의 태도가 지극히 정중하고 상식적이라서 더욱 화가 났다. 골치 아픈 민원인을 대하듯 건성으로 대꾸한다면 경찰서를 한바탕 소란스럽게 만들 각오까지 하고 왔지만 형사는 심증이 있어도 물증이 명확하지 않아서 해결하지 못하는 사건들의 사례를 차근차근 설명했다.

"그러니까 이게, 전부 정황증거뿐이라서 어려운 거죠. 일단 집에 그 돈이 있었는지 없었는지조차 저희는 알 수 없으니까요."

"돈이 없었는데 허위 신고를 했다는 말씀이신가요?"

"아 뭐, 저희도 사건이라고 생각했기 때문에 탐문 수사도 한 것 아닙니까. 하지만 할머니 기억이 오락가락하시고, 그 큰돈이 이십 년 동안 집에 있었다는 사실을 증명할 길이 없으니 저희로서도 해드릴 수 있는 게 많지 않네요. 정황증거만 가지고 요양보호사분을 강제로 소환해서 조사할 수도 없는 상황입니다. 그분은 참고인 조사도 거부하고 계시고요."

형사가 그렇게 말하자 현진도 말문이 막혔다.

금방 해결될 것 같았던 사건이 해결되지 않고 답보 상태에 놓이자, 현진은 차갑고 어두운 바다를 표류하고 있는 기분이 들었다. 열기가 얼마쯤 식은 후에야 자신이 그간 돈을 찾는 일에 지나칠 정도로 열성적이었다는 것을 깨달았다. 이렇게 집요하고 그악스럽게 무언가를 물고 늘어진 적이 있었던가.

오천만원은 현진의 꿈에서 자꾸만 어떤 가능성이 되었다. 스무살 현진의 대학 등록금이 되기도 했다가, 스물두 살 때 사정이 어려워 포기해버린 교환학생 프로그램의 유학비가 되기도 했다. 그 돈을 보태 작은 원룸 전세를 얻어 독립할 수도 있었을 것이다. 도둑맞은 금액의 반의반만 있어도 지금보다는 행복할 텐데. 대학생 때 열 시간씩 아르바이트를 했던 일이나 취준생 시절 용돈벌이를 위해 갔던 물류 창고에서 박스가 떨어져 발등에 금이 갔던 일이 차례로 떠올랐다. 산재 처리가 되어 보상금으로 이백만원을 받았을 때, 현진은 공돈이 생긴 것처럼 기뻤다. 그 돈으로 할머니와 엄마를 데리고 외식을 하면서 뿌듯함을 느꼈던 기억이 자꾸만 소환되었다.

왜 나의 필요를 채워주려 할머니는 희생하지 않았을까. 궁극적으로 현진이 궁금해진 부분은 그것이었다. 할머니는 마땅히 그런 역할을 수행해야 하는 존재가 아닌가. 그러기 위해 지금껏 부지한 목숨이라고 해도 그리 어색하지 않은, 그런 존재. 현진은 억지를 써가며 영실을 열렬히 원망해보았다.

7

영실은 사람을 믿지 않았다. 스스로도 잘 알아채지 못하는 냉혹한 면모였지만 인간이 인간 옆에 붙어 있는 이유는 기본적으로 피를 빨아먹기 위함이라고 생각하며 살아왔다. 그러나 수경이라는 아이는 암만해도 빨아먹을 것 없는 자신의 주위를 맴돌면서 모정만을 바라는 듯했다.

"엄마가 문숙을 닮은 게 아니라, 문숙이 엄마를 닮은 거죠. 말은 바로 해야죠. 그리고 문숙은 배우라서 평생을 관리받았을 텐데요? 엄마는 밖에 나갈 때 선크림도 안 바르는데, 이렇게 피부가 곱잖아요. 댈 게 아니죠."

주책맞게 그 말에 홀렸다고 한다면 모두가 비웃겠지만, 시작은 그것이 맞았다.

그날 이후로 수경에게 조금씩 마음이 갔다. 수경은 직접 산에 가서 따온 두릅을 맛보여주었고 봄에 쑥을 캐서 쑥떡을 만들어왔다. 가을에는 도토리묵을 해왔고, 밤을 삶아 가져오기도 했다. 그리고 겨울에는 군고구마를 사와 직접 입에 넣어주는 것이었다.

영실은 그런 수경의 꾸준함에 감격했고 속수무책으로 마음이 기울었다는 사실을 인정할 수밖에 없었다. 살면서 누구에게도 걸어본 적 없는 수작을 수경에게만은 서슴없이 걸었다. 수경아, 비가 그칠 때까지 같이 있자. 과일이 많으니 바나나 좀 가져가. 날이 추우니 수제비 한 그릇씩 시켜 먹자. 날이 더우니 냉면 한 그릇씩 시켜 먹자. 영실은 수경과 음식을 나눠 먹을 때 가장 행복했고, 수경은 영실이 하는 모든 말들에 기뻐하며 호응해주었다.

수경이 아무렇지도 않게 엄마, 엄마 하고 부를 때 영실은 마음이 충만해지는 것을 느꼈다. 집에 올 때마다 "이렇게 제가 오기 전에 다 해치워버리면 저는 뭘 해요, 놀고먹나요?" 불평 아닌 불평을 늘어놓으며 툴툴거리는가 하면, 어느 날은 발코니에 놓인 화분들을 빤히 보기에 가지고 싶은 것이 있으면 가져가라고 했더니 손사래를 치며 말했다.

"딱 봐도 엄마가 정성 들여 키우신 건데 어떻게 그래요."

그러더니 며칠 후 모종삽과 화분을 가지고 와서 알로에 새끼를 번식시켰다. 뿌리가 상하지 않도록 칼로 깔끔하게 도려낸 후 자갈과 마사토를 깐 화분에 조심스럽게 옮겨 심는 손길이 예쁘고 단정했다.

근무가 끝났는데도 그렇게 오래 집에 있을 이유가 뭐냐며, 보험을 팔려고 그러는 거라는 둥, 다단계에 가입시키려는 거 아니냐는 둥 모르는 소리만 해대는 윤미보다 수경을 더 의지하게 되었다.

그러므로 영실이 실버타운에 들어갈 계획을 가장 먼저 알린 대상은 수경이었다. 수경에게만은 미리 일러두어야겠다는 생각이 들었다. 그애도 마음을 추스를 시간이 필요할 테니까. 분명 어머니를 잃은 상실의 아픔으로 오래 괴로워할 테니까. 수경은 영실이 계획을 일러둔 그날부터 열심히 뜨개질을 하더니 보름 만에 꽃분홍색 스웨터를 만들어서 가져왔다. 날이 아직 추우니 입고 계세요, 하고 그 아이가 옷을 여며주었을 때 영실은 마음이 울렁거려 참기가 힘들었다. 거칠한 손으로 수경의 볼을 쓰다듬으며 속으로 말했다. 나는 살면서 행복했던 순간이 없었는데, 이제야 좀 행복한 것 같구나.

영실은 설을 앞두고 옷장에 있던 가방 속에서 돈을 꺼내 삼십만원을 봉투에 넣었다. 제수 비용에 보태라고 봉투를 건네니 수경은 손사래를 치며 그 돈으로 엄마 한약이라도 한 제 지어 드시라고 말했다. 영실은 마다하는 수경의 주머니에 아무 말 없이 봉투를 쑤셔넣었다.

8

범인을 잡아서 당당하게 내려가고 싶었지만 결국 아무런 소득 없이 현진은 퇴근길에 여주로 향했다. 영실이 좋아하는 전복죽을 사다 함께 먹은 후, 현진은 돈을 가져간 건 요양보호사가 맞는 것 같다고 영실에게 말했다. 수경은 현진과의 대화 후 집에 사정이 생겼다며 일을 그만두었다. 요즘은 다른 요양보호사가 주 삼 일, 하루 여섯 시간씩 머물다 간다고 했다. 영실은 새로 온 사람이 자꾸 꾀를 부리고 손버릇이 나쁘다고 불만스러워했다.

영실은 현진의 말을 듣고는 코웃음을 치며 그애는 돈 같은 것에는 관심이 없으며, 오히려 이권사나 너희 엄마가 의심스럽다는 식으로 말들을 주워섬겼다. 현진은 오기가 생겼다.

"할머니, 그 여자가 가져간 거 맞아요. 이수경 그 여자요. 할머니가 좋아하는 그 요양보호사."

"걔는 아니라니까."

영실은 단호하게 말했다. 그리고 무언가를 깨달은 듯 둥그런 눈을 번뜩이며 현진을 뚫어지게 쳐다보았다. 현진이 왜 그러냐고 물으니 드디어 모든 것을 간파했다는 듯 히죽 웃는 것이었다.

"너랑 니 애미가 짜고 수경이한테 뒤집어씌우려 그러는구나?"

현진은 울화가 치밀어 잠시 숨을 몰아쉬었다. 영실과 더는 입씨름을 하기가 싫었다. 언제 저런 검버섯이 생겼지. 눈가의 물사마귀는 언제 생긴 걸까. 할머니는 노골적으로 초라하게 늙고 말았다. 백내장 때문에 탁하게 변한 영실의 눈동자를 현진은 그저 맥없이 바라보았다. 한때는 맑고 투명한 갈색 눈동자에 자신이 비치는 것이 좋아서 할머니, 하고 괜히 불러보곤 했다. 시리도록 총명했던 그 영혼이 어디로 갔는지 이제는 도무지 알 수 없었다. 현진은 할머니가 고관절 수술을 받은 후로 어느 정도는 자신과 엄마에게 위악을 부린다고 생각했다. 그러니까 발음이 어눌해질 때, 괄약근에 힘이 들어가지 않을 때, 다리에 힘이 없어서 손녀의 작은 등에 억지로라도 업혀야 할 때, 그럴 때마저 정신이 온전한 건 너무 괴로우니까. 자기 자신이 초라해질수록 말을 함부로 하고 노망을 가장한다고 이해했다. 할머니는 천부적으로 연극적이고 자기중심적인 사람이라는 것을 어느 순간 깨달았으니까. 그런데 지금의 태도는 어떻게 받아들여야 하지? 어디까지가 위악이고 어디까지가 노망인지 알 수 없어졌다.

현진이 눈으로 직접 확인하라며 CCTV 영상을 보여주자, 영실은 갑자기 시야가 흐릿해 보이지 않는다고 딴청을 피우더니 허기가 진다며 고구마를 까먹었다. 현진에게도 하나를 권했지만 거절하자 그것도 마저 자신의 입에 넣었다. 꾸역꾸역 넘기는 모습이, 저러다 체할 것 같은 느낌이 들어 불안했지만 현진은 말리지 않았다.

현진이 안방에 영실의 이부자리를 본 뒤, 자신은 이만 돌아가겠다고 말하자 영실은 눈을 부릅뜨며 신경질적으로 소리쳤다.

"네 엄마도 없는데, 너라도 자고 가야지!"

"내일 일찍 출근해야 돼요."

"일찍 깨워줄 테니까 자고 가!"

실은 이 시간에 성남까지 돌아가는 것이 훨씬 고된 일이었지만 현진은 할머니 곁에 눕고 싶지 않았다. 그것이 솔직한 심정이었다. 그러나 할머니가 자신을 좀더 간절하게 붙잡는다면 못 이기는 척 남을 생각이었다. 사실은 혼자 있는 게 무서우니 같이 자자고 간곡하고 절절하게 말한다면, 그럴 생각이었다. 그러나 엉뚱하게도 영실은 중얼거리듯 말했다. 처음부터 오천만원 같은 건 없었다고. 현진은 무작정 택시를 잡아타고 집으로 돌아왔다.

9

영실은 안방에서 이불을 끌고 나와 거실에 누웠다. 으스스한 기분에 텔레비전을 틀어놓았지만 아무것도 눈에 들어오지 않았다. 고요하고 잠잠한 밤이었다. 늙어버린 사람들만 사는 아파트에는 적막이 가득했다. 수경이 정말 돈을 가지고 갔을까? 영실은 그 아이의 마음을 헤아리려 노력했다. 왜인지 그애가 자신을 여기에 붙들어두려고 그런 것만 같았다. 지금으로서는 그것이 유력했다. 실버타운에 가지 말라고 그렇게 나를 말리더니, 바보 같은 것.

수경은 영실을 순도 높은 모성에 이르게 했다. 내일은 수경에게 전화를 해보아야겠다고 생각했다. 당분간은 현진도, 윤미도 나를 괴롭히지 않을 테니까.

그렇게 생각하니 왠지 오늘밤은 편안하게 두 다리를 뻗고 잠들

수 있을 것 같았다. 영실은 잘 때도 꽃분홍색 스웨터를 벗지 않았다. 깊은 잠에 빠져들며 잠꼬대처럼 중얼거렸다. 수경이 오면 실값을 줄 것이다. 섭섭하지 않을 만큼 정말 비싸게 쳐줄 것이다.

| 작가노트 |

삶과 소설을 넘나드는 일

이 소설에는 실제 내가 겪은 일이 일부 포함되어 있다. 평범한 오후를 보내던 어느 날, 엄마에게서 '할머니에게 변고가 생겼다'는 문자가 왔다. '변고'는 갑작스러운 재앙이나 사고를 뜻한다. 엄마는 감정 표현이 풍부한 사람이지만 아무때나 호들갑을 떠는 성격은 아니기에 나는 문자를 받고 나서 극심한 불안에 떨었는데, 동시에 '와, 이거 정말 단편소설의 도입부 같은걸' 하고 생각했다. 곧바로 그 '변고'가 어떤 일인지 물어야 마땅했겠으나, 나는 전화를 걸지 않았다. 어차피 맞닥뜨릴 일이라는 것을 알면서도 그 자극을, 충격을, 불행을 조금이나마 지연시키고 싶어 다른 일을 하며 시간을 보냈다. 그건 비상식적이고 비윤리적인 일이었기 때문에 전화를 회피하는 스스로를 두고 '나 조금 나쁘다'고 생각했다.

그때 내가 무엇을 하며 시간을 때웠는지 지금은 기억나지 않지만, 아마 하나 마나 한 일이었을 것이다. 하나 마나 한 일을 하며 '변고'의 성격에 대해 상상했던 기억은 난다. 그 '변고'라는 게 할머니'만' 불행해지는 일일지, 우리 가족 모두가 함께 감당해야 하는 사건일지. 그렇다면 그것이 내 삶을 어느 정도로 뒤흔들고 전락시킬지. 상상하고 싶지 않아도 자꾸만 내 안 어딘가에서 불길한 생각이 돋아나고 새어나오고 솟구쳐올랐다. 내가 상상력을 발휘하는 것이 아니라, 상상이 나를 계속 추적해 오는 느낌이었다.

다행히 엄마가 말한 '변고'는 내가 답신을 지연하면서까지 상상했던 최악의 사태보다는 덜 불행했다. 그렇다고 해서 무난하게 넘길 수 있는 종류의 일은 아니었다. 그래도, 그래도…… 어찌됐든 견딜 만한 정도의 불행이라서 나는 안도의 한숨을 내쉬었다.

그 '변고'가 우리 가족을 관통하고 얼마 후에—수습된 것이 아니다. 차라리 그 일이 우리를 삼키고 지나간 것에 가깝다—내가 겪은 일에 대해 지인에게 장황하게 털어놓으니 지인이 이렇게 말했다. "와, 그 도입부 좋다. 꼭 써봐."

지나고 보니 내가 이야기를 쓴 게 아니라 이야기가 나를 견인해 마무리짓도록 도왔다는 생각이 든다. 늘 이런 식으로 소설이 풀리는 것은 아니다(「반의반의 반」 정도면 '풀렸다'고 표현해도 될 정도로 순조로운 편이었다). 소설을 쓸 때 가장 고통스러운 순간은 내가 소설을 '짜낸다'는 기분이 들 때다. 인물의 목줄을 잡고 여기저기 끌고 다니다가 억지로 엉성한 공간에 밀어넣을 때, 엉성한 공간에서 꺼벙한 행동을 하게 할 때, 자신의 삶을 과하게 긍정하거나 반대로 부정하게 할 때, 나는 어디론가 도망치고 싶어진다.

끔찍한 자괴감에 한동안 덮어두었다가 얼마 후 다시 읽어보면 우습게도 소설이 꽤 괜찮게 느껴질 때가 있다. 왜일까. 쓰는 동안 그만큼 마음이 불편했는데, 그만큼 억지로 썼는데, 이게 왜 말이 되고 소설이 되고 설득이 될까. 곰곰이 생각해보면 그런 부자연스러움도 삶의 속성이기 때문인 것 같다. 우리는 종종 얼기설기 엮여 있는 공간에서 불편하고 애매한 관계의 사람들과 터무니없는 사건을 겪곤 하니까. 어쭙잖은 말과 행동을 하며 아무렇지도 않게 살아가고 있으니까. 그러면서 망하지도 않고 꽤 행복하기까지 하니까.

내가 상을 받은 일도, 작가노트를 쓰는 일도 이 세계의 부자연스러운 일 중 하나처럼 여겨진다. 변고라고는 할 수 없지만, 하여간 일상적인 일은 아니다. 그럼에도 이런 의외의 사건이 모처럼 나를 '살아가게' 한다는 걸 부정하고 싶지 않다.

소설을 쓸수록 소설은 삶을 닮을 수밖에 없고, 삶은 소설보다 더 소설 같다는 생각을 하게 된다. 그러므로 쓰는 일은 앞으로도 어렵고 복잡하고 어색하리라. 각오는 하고 있다.

믿음의 상속

인아영

백온유의 「반의반의 반」은 혼자 사는 노년 여성이 집에서 돈을 잃어버리면서 시작된다. 이십 년 동안 고이 숨겨두었던 남편의 사망보험금인 그 돈의 액수는 오천만원. 남은 혈육에게 유산으로 물려주기에는 적을지 몰라도, 윤택한 여생을 보장하기에는 부족함이 없는 금액이다. 그런 돈이 있는 줄도 몰랐던 딸과 손녀는 소식을 듣고 놀라 그녀의 집으로 모인다. 도대체 오천만원을 누가 어떻게 왜 가져갔을까? 이 미스터리한 이야기는 추리소설의 성격을 띠고 있다.[1)]

해결은 쉽지 않다. 그녀는 전신마취의 후유증으로 섬망 증세를

---

1) 소설의 초반부는 추리소설을 구성하는 요소 중 하나인 후더닛(whodunit), 즉 "누가 범죄를 저질렀는가?(Who done it?)"라는 질문을 따라가는 것처럼 보인다.

겪었고, 그로 인해 장기요양 3등급 판정을 받을 만큼 인지능력이 저하된 상태이기 때문이다. "영실은 돈을 잃어버린 정확한 날짜"(15쪽)도 알지 못한다. 용의자는 좁혀진다. 손녀 현진은 CCTV에서 무언가를 발견한다. 바로 이 년째 영실을 돌보고 있는 요양보호사 수경이 분리수거장에서 검은 비닐봉투를 버리지 않고 그대로 들고 가는 장면이다. 현진은 그 안에 든 큼지막한 물건이 할머니의 돈 가방이라고 확신한다. 경찰에 수사를 의뢰한 후 수경을 따로 만나 추궁해보지만 돌아오는 것은 막힘없이 매끄러운 부인이다. "저는 의심받는 게 익숙하긴 한데, 정말 아니에요."(22쪽) 알리바이도 그럴듯하다. 기억이 잘 나지는 않지만 봉투에 들어 있던 건 아마도 영실이 챙겨준 과일 같다고. 거기다 평소에 자신이 영실을 얼마나 살뜰하게 돌봐왔는지 과시하며 자신 있는 미소까지. "아, 제가 엄마라는 말이 입에 배서요. 둘이 있을 때는 엄마, 이렇게 부르거든요."(24쪽) 물증이 없다는 이유로 경찰 수사도 소극적인 마당에 현진이 더이상 할 수 있는 일은 없어 보인다.

추리소설의 문법을 따르자면 이제 이야기는 범인이 수경임을 밝혀내서 사건을 해결하든가, 아니면 범인이 다른 사람임을 찾아내 반전을 제공해야 한다. 그런데 이 소설에서 중요한 것은 범인의 정체가 아니다. 수경이 범인일지도 모른다는 사실은 사건의 해결에 아무런 영향을 미치지 못한다. 피해 당사자인 영실이 이 의심을 완벽하게 튕겨내기 때문이다. 결말에서 영실은 범인이 수경이라는 현진의 말에도 꿈쩍하지 않는다. 오히려 수경을 의심하는 현진이 음모를 꾸미고 있다고 여긴다. "너랑 니 애미가 짜고 수경이한테 뒤집어씌우려 그러는구나?"(38쪽) 설령 수경이 정말로 범인이라 할지라도 자신이 실버타운에 가지 못하게 붙들어두려는 속셈이었을 거라고 애써 합리화한다. 속아넘어가기로 작정한 사람 앞에서 사건의 문은 닫히고 만다.

그러므로 이 소설이 던지는 질문은 '누가 영실의 돈을 훔쳐갔느냐'가 아니라 '어떻게 영실이 수경을 그렇게까지 믿을 수 있느냐'가 된다. 인간관계의 본질은 착취라고 여길 만큼 냉정한 성품을 지닌 영실은 어떻게 혈육이 아닌 요양보호사에게 이십 년 동안 숨겨두었던 오천만원을 기꺼이 내줄 마음을 가지게 되었을까? 설사 수경이 돈을 훔쳤다고 하더라도, 그 속내를 어떻게든 헤아려보게 되기까지 그녀의 마음에는 무슨 일이 일어났던 걸까? 이 맹목적인 믿음과 마주하는 순간 우리는 추리소설로 진행되어온 이야기를 가족 드라마로 되감기해야 한다.

소설에는 몇 가지 답변이 마련되어 있다. 우선, 죽음에 대한 두려움. 영실은 어느 날 자신이 이십사 시간 넘게 잠들어 있었다는 사실을 깨닫고 다짐한다. "돈을 한곳에 모아야겠다고. 언제 어떻게 이런 식으로 눈을 감고 다시는 뜰 수 없게 될지 알 수 없었으므로. 그 돈으로 자신이 할 수 있는 마지막 선택이자 최선의 선택을 하리라고"(17쪽). 그 선택이란 오천만원을 호화로운 실버타운에 들어가기 위한 보증금으로 쓰는 것이다. 늙어서도 여유로운 환경에서 대접받고 싶다는 이 욕망은 고상한 취향이나 완고한 고집이기 이전에 죽음을 맞이하는 존엄한 자세다. 그리고, 돌봄에 대한 의존. 품위 있는 노화는 혼자만의 힘으로 불가능하며 누군가의 세심한 돌봄이 반드시 필요하다. 계절마다 제철 음식을 가져와 입에 넣어주고 서슴없이 '엄마'라고 부르며 살갑게 보살피는 요양보호사의 존재는 죽음이 머지않았다는 실감으로 연약해진 영실의 마음에 더없는 위로가 된다. 그리고 이는 지금껏 살아온 삶을 뒤흔드는 논리의 비약으로 이어진다. "나는 살면서 행복했던 순간이 없었는데, 이제야 좀 행복한 것 같구나."(37쪽)

하지만 이것만으로는 충분하지 않다. 영실은 딸이 간통죄로 수감되지 않도록 합의금으로 내어줄 돈이 있는데도 징역을 살도록 내버려둘 만큼 인색하며, 딸이 시련을 이기고 강해지길 기다려주기는 하지만 딸로 하여금 평생 모성을 느끼게 해준 적이 없을 정도로 차가운 인물로 그려지기 때문이다. 따라서 영실의 변화를 헤아려보기 위해서는 다른 답변이 더 필요하다. 이를 위해 영실이 오래 묵혀둔 오천만원이 어떤 돈인지 다시 떠올려보자. 이것은 산업화 세대의 남성 가부장이 남기고 간 유산이다. 사인은 알 수 없으나 죽음과 맞바꾼 사망보험금이니 적어도 목숨의 무게만큼은 지고 있을 것이다. 영실은 남편의 희생으로 얻은 이 유산을 아래 세대에게 상속할 생각이 없어 보인다. 물려주기는커녕 그들이 금전적인 위기에 처했을 때조차 돈의 존재를 철저하게 숨긴다. 이 방어적인 태도에는 경제적으로 안정된 노후만이 아니라 더 간절한 무언가를 갈망하는 마음이 숨어 있는 것 아닐까. 이를테면 스스로를 쓸모 있는 인간이라고 느끼고 싶다는 절박한 마음 같은 것 말이다.

그러고 보면 영실이 필사적으로 지켜내려는 돈을 딸과 손녀는 이미 자신의 것으로 여기고 있다. 윤미는 자신의 범죄 이력과 궁핍한 생활이 돈을 주지 않은 엄마 탓이라고 원망하고, 현진은 영실이 잃어버린 돈이 대학 등록금이나 유학비, 전세금이 되었을 가능성을 따지며 할머니를 원망한다. 혼자 지내는 엄마를 걱정해 자신의 집에 데려오면서도 그녀가 "대접받고 존중받기엔 자격 미달"(30쪽)이라고 평가하는 윤미, 우아한 외모와 강단 있는 성품을 동경하면서도 할머니가 "천부적으로 연극적이고 자기중심적인 사람"(39쪽)이라고 재단하는 현진에게는 죽음을 두려워하고 돌봄에 의존하는 영실은 보이지 않는다. 영실이 그런 윤미와 현진의 내심을 눈치채지 못했을 리 없다. 어쩌면 자신이 병원에 있는 동안 화분에 물을 주는 것만은 잊지 말아달라는 당부가 아무렇지도 않게 무시되었을 때부터, 영실은 다짐했을지도 모른다. 아무도 알아주지 않는 내 삶을 가꾸고 싶다고. 노쇠해가는 와중에도 욕망을 잃지 않고 싶다고. 희생하는 존재가 아닌 쓸모 있는 존재가 되고 싶다고. 그런 소망을 품은 이에게 유산은 삶을 지키는 최소한의 통제력이자, 자신의 쓸모를 인정하는 이를 상속자로 선택할 수 있는 권리였을 것이다.

그렇다고 자기기만이 되어버린 믿음이 간단히 양해되는 것은 아니다. 마지막 장면에서 수경이 선물해준 꽃분홍색 스웨터의 실값을 섭섭하지 않게 쳐주어야겠다는 영실의 중얼거림은, 이미 흔들리고 있는 믿음을 어떻게든 연장해보려는 안간힘처럼도 보인다. 눈앞에 있는 객관적인 증거를 외면하며 이 모든 게 음모라고 믿는 자발적인 무지는 지금의 우리에게 어딘가 익숙한 데가 있다. 이 순도 높은 아이러니를 통해 작가는 어쩌면 이렇게 묻고 있는 것 같다. 어떤 세대에게 자신의 가치가 유효하다고 믿게 만드는 것은 무엇일까. 자기기만일지라도 그 믿음 없이 버티기 힘든 삶이라면 우리는 그것을 간단히 부정할 수 있을까. 믿음은 자기기만을 낳고 자기기만은 또다른 믿음을 필요로 한다. 소설은 그 순환이 이어지는 사각지대에서 끝나지만 그것을 목도한 우리는 거기서 멈춰 설 수 없다. 우리 모두 질문 앞에 서 있다.

인아영

2018년 경향신문 신춘문예를 통해 평론을 발표하기 시작했다. 평론집 『진창과 별』이 있다.

강보라

바우어의 정원

작가노트

새 자국

해설 전청림

마이즈너식 기품

강보라

2021년 한국일보 신춘문예에 「티니안에서」가 당선되며 작품활동을 시작했다. 2023년 이효석문학상 우수작품상을 수상했다.

바우어의 정원

눈은 갑자기 그쳤다. 마치 변덕스러운 신이 구름 속으로 손을 뻗어 스위치를 딸깍 내린 것처럼.

은화는 히터를 줄이고 차창을 조금 열었다. 고속도로에 갇혀 있던 차들이 간격을 좁히며 앞으로 나아갔다. 액셀을 밟을 때마다 대시보드 위의 강아지 인형이 까딱까딱 고개를 흔들었다. 차선을 바꾸려 레버를 조작하자, 깜빡이 대신 애꿎은 와이퍼가 팔을 휘저었다. 아니…… 이게 아닌데. 레버를 다시 조작하자 와이퍼가 한층 요란한 소리를 내며 얼마 남지 않은 앞유리의 물기를 빠드득 닦아냈다. 몇 번 더 허둥거린 끝에 은화는 간신히 와이퍼를 껐다. 멀리서 들려오는 경적 소리가 자신을 향한 질타처럼 느껴졌다. 오늘로 사흘째였다. 눈이 우르르 퍼부었다가 순식간에 그치고, 또 퍼부었다가 뚝. 방심하게 만들다가 다시…… 작년에도 이랬던가. 은화는 떠올려보았으나 별다르게 기억나는 장면이 없었다. 작년 겨울에는 주로 집에 머물렀다. 오전에는 집안일을 하고 오후에는 기분을 해치지 않는 책이나 클래식 음악을 들으면서. 텔레비전에 아는 얼굴이 나오기만 해도 마음이 복잡해지던 날들이었다. 불안과 초조가 심해의 가오리처럼 의식 밑바닥을 헤집으며 혼탁한 모래바람을 일으켰다. 그 모래바람이 몸에도 좋지 않은 영향을 미치는 것 같아, 은화는 텔레비전은 물론 뉴스나 SNS와도 의식적으로 거리를 두었다. 정확한 원인은 알기 어렵다고 의사는 말했다.

"……활동을 잠깐 쉬는 건 어때?"

침대에 누운 은화의 이마를 쓰다듬던 무재가 어렵게 입을 열었다. 삼 년 전, 은화가 그 일로 처음 병원에 입원했을 때였다.

"아무래도 스트레스 때문인 것 같아서…… 화보 촬영이다 예능이다 한동안 무리한 것도 사실이고."

은화는 천천히 눈을 감았다 떴다. 그렇게 하면 현실을 받아들일 시간을 조금쯤 벌 수 있다는 듯이. 그러나 새롭게 밝아진 눈에는 며칠째 병원과 학원을 오가느라 제대로 깎지 못한 무재의 수염만 도드라질 따름이었다.

결혼한 지 얼마 지나지 않아 무재는 강남의 한 연기학원에서 파트타임 강사로 일하기 시작했다. 연극영화과나 방송연예과 진학을 희망하는 고등학생들에게 발성, 화술, 즉흥연기 등 입시에 필요한 기본기를 가르치는 일이었다. 연기학원, 특히 입시반 강사 자리는 한번 발을 들이면 현업으로 돌아가기가 쉽지 않아 배우들 사이에서 '커리어의 무덤'으로 통했다. 가벼운 아르바이트로 시작한 강사 일이 계약직을 거쳐 정규직이 되고, 저항할 수 없는 삶의 중력으로 작용하리라고는 무재 자신도 예상치 못했을 터였다. 잠깐일 거라 믿었던 공백이 삼 년으로 늘어나고, 늦게나마 얻은 명성이 허무하게 사라져가는 동안 은화는 그 점을 잊지 않으려 노력했다. 무재의 고정 수입이 없었다면 자신은 배우로서 일에 오롯이 몰두하기 어려웠을 테고, 연극으로 그처럼 큰 상을 받을 수도 없었을 것이며, 그 상을 계기로 출연한 독립영화가 뜻밖의 흥행을 거둬 늦게나마 명성을 얻는 일도 일어나지 않았을 거라고.

본격적으로 속도를 내는 차들 가운데 은화의 민트색 모닝이 서서히 뒤처졌다. 민트색 모닝은 그들 부부가 결혼 후 처음으로 구입한 차였다. 그러니까 두 사람 다 아직 배우로 활동하던 시절에. 얼마 전 전기차를 구입한 무재가 온전히 은화의 몫으로 넘겨준 구형 모닝의 뒤편 유리에는 '초보 운전'과 '아이가 타고 있어요' 스티커가 나란히 붙어 있었다.

"요즘은 다들 이렇게 한대." 두번째로 그 일이 일어났을 때, 무재는 그들과 아무 관계 없는 두 개의 스티커를 꼼꼼히 유리창에 붙였다. "조심해서 나쁠 거 없으니까." 그가 무구하게 웃었다.

백미러를 볼 때마다 스티커 속 방긋 웃는 어린아이 얼굴이 은화의 시야에 걸렸다. 저런 걸 여태 내버려둔 남편의 무신경함에 화가 났지만 이제 와서 떼어내면 자국만 지저분하게 남을 게 분명했다. 은화는 운전대 버튼을 더듬어 라디오를 켰다. 스피커에서 귀에 익은 슈베르트의 현악곡이 흘러나왔다. 지긋지긋한 클래식. 채널을 돌리던 그녀의 손이 여성 디제이의 나긋한 목소리에 멈춰 섰다. *파란색 사물로 사랑을 표현하는 새가 있다는 거 아세요?* 은화는 운전대를 잡은 손을 풀었다가 다시 쥐었다. 오랜만에 하는 운전이라 그런지 손의 감각이 어색했다. *호주 동부에 사는 수컷 새틴 바우어 새가 그 주인공인데요. 꽃잎이나 열매, 심지어 플라스틱 병뚜껑까지, 땅에 떨어진 모든 사물 중 파란 것만을 모아 둥지를 꾸미고 암컷을 초대하는 독특한 구애 방식 때문에 '정원사 새'라는 별명이 붙었다고 해요. 새틴 바우어. 이름도 참 예쁘지 않나요?* 은화는 손가락으로 운전대를 톡톡 두드렸다. 어디선가 들어본 적 있는 새였다. 그래, 병원 대기실 책장에 꽂혀 있던 정사각형 판형의 아동용 그림책. 그 책의 맨 첫번째 장에 새틴 바우어가 있었다. 암컷을 유혹하기 위해 자신의 깃털 색과 비슷한 파란 물건을 강박적으로 수집하는…… 저기요, 술 드신 거 아니죠? 뒤따라오던 여성 운전자가 은화의 차를 추월하며 창문을 내리고 소리쳤다. 위험하니까 졸리면 어디 가서 눈 좀 붙이세요! 퍼뜩 놀라 중심을 잡는 은화의 등을 후려치듯, 옆 차선에서 쇠파이프를 실은 화물차가 날카로운 경적을 울리며 지나갔다.

한창 활동하던 시절, 은화는 빗길이나 눈길 운전을 두려워하지 않았다. 반사신경도 뛰어난 편이어서, 신인 때는 그 능력을 인정받아 움직임의 비중이 높은 신체극에 출연하기도 했다. 정물 같은 삶이었어. 은화는 고개를 살짝 가로저었다. 어느 날 과속방지턱 앞에서 브레이크를 밟는 바람에 몸이 앞으로 크게 쏠린 이후,

그녀는 집에서 차로 십오 분 거리인 병원을 오갈 때도 항상 지하철을 이용했다.

"운전할 수 있겠어?"

어젯밤, 불 꺼진 침실에서 휴대폰을 보던 무재가 눈썹 끝을 내리며 물었다.

"내일도 눈 많이 온다는데."

"걱정 마. 타이어에 체인도 감았는데, 뭐."

은화가 대답했다. 대체 얼마 만의 연극 오디션인지. 그녀는 오로지 그에 대한 걱정뿐이었다.

"자기가 초원이를 한번 만나보면 좋을 텐데……"

그새 딴생각에 빠진 무재가 지나가는 말처럼 중얼거렸다. 은화는 어둠 속에서 입술을 깨물었다. 또 그 아이 이야기였다. 세번째로 그 일이 일어난 후, 무재는 따로 마음 둘 곳이 필요한 사람처럼 원생들의 사정에 지나치게 신경을 썼다. 퇴근 후 카페에서 사춘기 아이들의 고민을 들어주고, 주말에는 학부모들과 화상 미팅으로 입시 전략을 논의했다.

"원생한테 너무 정 주지 마. 어차피 곧 떠날 애들인데."

은화의 말에 그녀 쪽으로 돌아누운 무재가 세로로 길게 팬 보조개를 보이며 사람 좋은 미소로 대꾸했다.

"정은 무슨. 나야말로 내년에 걔들 안 보는 게 소원인 사람이야."

입시철이 끝나고 원생들이 한꺼번에 학원을 빠져나갈 때마다 남편의 가슴에 스미는 공허를 은화는 모르지 않았다. 스승의 날에 꽃바구니를 들고 찾아오는 졸업생이 간혹 있긴 했지만, 그런 방문도 한두 해 지나면 자연스럽게 끊어지기 마련이었다. 초원도 그런 아이 중 하나가 될 것이다.

차가 터널에 들어서자 디제이의 목소리에 미세한 잡음이 섞였다. 원초원. 은화는 얼굴도 모르는 여학생의 이름을 떠올려 터널 끝에 찍어두고, 돋보기로 빛을 모으듯 골똘히 들여다보았다. 싱싱한 풀잎으로 뒤덮인, 탁 트인 대지 같은 것이 떠오르는 이름이었다. 한 학기 내내 자신을 괴롭힌 급우들에게 대항했다가 학부모들의 허위 신고로 도리어 가해자로 내몰렸다는 아이. 생활기록부에 남은 학폭 이력을 지울 유일한 방법은 가해자들에게 먼저 사과하는 것뿐이라던.

"자기도 어려서 비슷한 일을 겪었으니까, 당사자로서 해줄 얘기가 있지 않을까 해서."

모로 누워 말하던 무재가 잠깐 뜸을 들이다가 덧붙였다.

"녀석이 당신을 엄청 좋아해. 걸핏하면 나한테 백은화랑 한집에 사는 건 어떤 기분이냐고 묻는다니까? 자기 말이라면 분명 귀담아들을 거야."

터널을 빠져나오자 12월의 창백한 햇살이 시선을 어지럽혔다. 눈이 녹아 질척이는 도로를 달리며 은화는 짧게 자른 머리를 점검하듯 손으로 쓸었다. 때 이른 새치는 집안의 유전이었고 충분히 예상했던 일이었는데도, 지난 삼 년 동안 하루가 다르게 늘어가는 흰머리를 보며 그녀는 새삼 놀라곤 했다. 그러면서도 기묘하게 자학적인 충동이 일어서 염색하지 않고 그대로 두었다. 드문드문 희게 빛나는 커트 머리가 아직 젊음이 깃든 그녀의 얼굴과 대비되어 색다른 분위기를 자아내는 건 사실이었다. 상처에도 약간의 메이크업은 필요한 법이니까. 은화는 생각했다.

"살면서 여성으로서 겪은 상처를 독백 연기의 형태로 들려주세요."

이 주 전, 연출가는 전화로 그렇게 말했다. 여자 배우 셋이 차례로 무대에 올라 '몸'과 관련된 사연을 풀어내는 모놀로그 형식의 연극으로, 원작인 미국 극작가의 대본 대신 주인공인 한국 배우들의 실제 사연을 각색해 무대에 올릴 예정이라고 했다. 권대표한테 은화씨가 오디션 제의 수락했단 얘기 전해듣고 얼마나 기뻤는지 몰라요. 연출가가 공연 기획사 대표를 언급하며 다정하게 말했다. 연기라고 생각 말고, 그냥 수다 떠는 자리라고 생각해주세요. 우리 여자들 모두 가슴에 소화되지 못한 아픔 하나쯤 품고 살잖아요? 그 말에 실린 동지 의식을 모른 척하기 어려워 은화는 그렇죠, 하고 얼결에 수긍했다. 그리고 잠시 후 퀵으로 배송받은 번역 대본을 읽으며, 이 연극이 자신이 생각하는 배우의 일(다른 사람의 삶을 사는 것)을 완벽히 거스르는 작업이라는 걸 깨달았다. 등장인물이 어릴 적 트라우마를 방언처럼 쏟아내는 부분을 읽을 때는 오래전 보조 연기자로 참여했던 드라마 치료 워크숍의 한 장면이 떠오르기도 했다.

지금처럼 세간에 이름을 알리기 전, 극단 선배들을 따라 이런 저런 아르바이트를 하던 시절이 은화에게도 있었다. 마음이 아픈 사람들과 일대일로 역할극을 벌이는 드라마 치료 워크숍도 그중 하나였다. 워크숍에 참여한 사람들(그곳에서는 '내담자'라 불렸다)을 상대로 그들이 원하는 타인인 '보조 자아'를 연기하는 그 일은 보수에 비해 터무니없이 많은 양의 감정 노동을 수반했지만, 그래도 안내원 명찰을 달고 불 꺼진 극장 한 귀퉁이에 서 있거나 지하철역 앞에서 사람들에게 공연 홍보 전단을 억지로 쥐여주는 일보다는 나았다. 내담자의 말과 행동에 즉흥으로 반응하는 행위가 실제 무대 연기에도 도움이 되는 느낌이었고, 상대를 따라 격렬히 감정을 발산할 때면 묘한 해방감이 들기도 했다.

하지만 그런 종류의 보상이 일을 더 쉽거나 가볍게 만들지는 못했다. 사람들의 시선을 과하게 의식하고 필요 이상으로 감정을 토해내는 내담자를 상대할 때면 더욱 그랬다. 은화를 향해 공격적으로 팔을 휘젓고, 있는 힘껏 울고 소리치고, 가슴을 치며 무너지는 사람들. 역할극이 끝나고 사람들이 박수를 보내면 은화는 어쩐지 민망해져서 자기만 알 정도로 시선을 살짝 떨구곤 했다. 은화의 눈에 그것은 또하나의 약속된 연극처럼 보였으나, 그런 생각을 입 밖으로 꺼낼 만큼 어리석지는 않았다. 다음주에도 우리 다 같이 잘 극복해봅시다. 워크숍을 마친 상담사가 둥글게 앉은 사람들을 향해 말했다. 그곳에서 마음의 상처는 대면하고 맞서 싸워야 할 적이었다. 반드시 극복해야 할 장애물이었다.

가지만 앙상한 가로수들이 은화의 얼굴 위로 굵은 핏줄 같은 그늘을 드리우며 지나갔다. 성긴 눈이 다시금 흩날리기 시작했다. 차가 내비게이션을 따라 언덕을 오르는 동안, 은화는 지금이라도 마음을 바꿔 집으로 돌아갈까 잠시 망설였다. 심사위원들 앞에서 자신의 사연을 극화하는 것이 드라마 치료만큼이나 부자연스럽게 느껴졌다. 그러나 제안을 거절하기에는 공백기가 너무 길었다. 연극 출연은 돈이나 명성에 큰 도움이 되는 일이 아니었지만, 무재도 소속사도 흔쾌히 도전해보길 권유했다. 다들 그녀가 어떤 식으로든 빨리 활동을 재개하는 게 중요하다고 생각하는 듯했다.

*

주차는요? 은화의 물음에 경비원이 극장 후문 앞의 널찍한 땅을 가리켰다. 주먹만한 포석이 깔린, 구도심의 오래된 빌딩에서 흔히 볼 수 있는 야외주차장이었다. 은화는 띄엄띄엄 주차된 차들 사이를 돌며 적당한 자리를 찾았다. 포석이 들뜬 길을 지날 때마다 차체가 가볍게 덜컹거렸다. 모퉁이를 도는데 백미러에 낯익은 여자 얼굴이 스쳤다. 여자는 연석에 올라서서 눈을 맞으며 담배를 피우고 있었다. 레코드판이 재생되듯, 은화 안에서 무언가가 느리게 움직이기 시작했다. 변정림. 연극하던 시절 친자매처럼 지내던 후배였다.

은화는 주차장을 한 바퀴 돌아 모퉁이를 지나며 정림을 다시 찬찬히 살폈다. 청바지에 짧은 검은색 털 코트를 입은 정림은 전보다 얼굴에 살이 붙어 총기 있던 인상이 흐려지고, 몸도 많이 불은 모습이었다. 은화는 창밖으로 몸을 내밀어 인사하고 싶은 충동을 누르고, 정림과 최대한 멀리 떨어진 위치에 차를 세웠다. 그런 다음 정림이 담배를 끄고 극장으로 들어가는 모습을 확인한 뒤 약간의 시차를 두고 시동을 껐다.

여성의 몸을 소재로 한 작품이라 그런지 대기실에 모인 배우들의 외모가 전에 없이 다양했다. 파격적인 노출로 근육질의 몸을 드러낸 여자도 있었고, 비만인 탓에 의자에 간신히 걸터앉아 있는 여자도 보였다. 번호표를 받고 자리에 앉은 은화는 준비한 대본을 가방에서 꺼낸 뒤 마스크를 고쳐 썼다. 허공에 대고 대사를 외는 배우들 사이로 고개를 숙인 채 입을 달싹이는 정림이 눈에 들어왔다. 잠시 후 스태프가 큰 목소리로 말했다.

"연출님께서 긴장도 풀 겸 룰을 바꿔보자고 하셔서요. 도착하신 순서랑 관계없이 랜덤으로 호명할게요. 17번 지원자부터 들어오시면 됩니다."

달라진 룰이 역효과를 일으킨 듯, 배우들 사이에서 불만 섞인 한숨이 터져나왔다. 호명된 지원자가 대기실과 연결된 짧은 복도를 지나 오디션장으로 들어갔다. 자리에서 일어난 은화는 준비한 첫 대사를 조그맣게 읊어보았다.

저는 지난 삼 년 동안 세 명의 아기를 잃었습니다.

은화는 고개를 저었다. 지금 보니 다소 과장되게 해석될 여지가 있는 문장이었다. 벽 쪽으로 돌아선 그녀는 즉석에서 대사를 수정해 다시 읊었다.

저는 세 번의 임신과 유산을 겪었습니다.

은화는 눈을 감고 새로 고친 대사의 여운에 집중했다. 전보다 육체적인 고통이 강조된다는 점은 마음에 들었으나 아직 완벽하진 않았다.

저는 지난 삼 년 동안 세 번의 유산을 겪었습니다.

앞선 두 문장의 장점을 합친 대사를 중얼거리며 그것의 효과를 가늠하고 있을 때, 복도 저편에서 17번 지원자의 울부짖는 목소리가 들려왔다. 나는 아무리 노력해도 당신을 용서할 수가 없어! 그 기세에 놀란 배우들이 서로를 쳐다보며 불안한 미소를 주고받았다. 자리에 앉은 은화는 천장을 올려다보며 저도 모르게 다리를 떨었다. 어쩌면 준비해온 것보다 더 강렬한 사연이 필요할지 몰랐다.

"왜냐하면 나는 아무리 노력해도 엄마를 용서할 수 없으니까!"

수년 전 워크숍에서 만난 중학생 소녀도 그렇게 말했었다. 도박 중독인 엄마에 대한 트라우마를 가진, 은화의 첫 내담자였던 아이. 당시 은화는 상담 센터에서 가르쳐준 특별한 대화법을 사용했다. 한 사람이 대사를 던지면 다른 한 사람이 '그 말을 들으니 나는……' 하고 이어질 말을 채워 답하는, 역할극이 익숙지 않은 사람들을 위해 고안된 초급자용 대화법이었다. "더이상 엄마를 사랑하지 않아." 소녀가 중얼거렸다. "그 말을 들으니 나는 슬퍼. 왜냐하면 나는 너를 사랑하니까." 은화가 대답했다. 그리고 소녀의 입에서 그 대사가 튀어나왔다. "그 말을 들으니 나는 비참해. 왜냐하면 나는 아무리 노력해도 엄마를 용서할 수 없으니까!"

첫번째 지원자의 목소리가 잦아들고, 몇 초간 침묵이 흘렀다. 달아오른 오디션장의 분위기가 복도를 타고 대기실까지 전해지는 듯했다. 대기실로 돌아온 지원자의 흥분한 얼굴을 보며, 은화는 역할극을 할 때 내담자들의 얼굴에 떠오르던 기묘한 만족감을 떠올렸다. 소녀가 엄마에 대한 트라우마에 시달리면서도, 그 일을 이야기하면서 점차 열기를 띠었던 것을. 지금 은화에게 필요한 건 그런 열기일지 몰랐다. 새틴 바우어가 파랗고 쓸모없는 물건들로 공들여 정원을 장식하듯, 사람들 앞에서 고통의 파편을 훈장처럼 늘어놓던 내담자들. 그들은 오직 그 순간에만 생생하게 살아 있는 것 같았다. 삶에서 상처를 빼면 아무것도 남지 않을 사람들처럼. 문득 새로운 생각이 은화를 스쳤다. 준비한 이야기의 조각들이 공중에 흩어졌다가 뜻밖의 형태로 조합되며 입체적인 그림자를 만들어냈다. 차례가 왔을 때, 은화는 무언가에 이끌리듯 휘청거리며 자리에서 일어났다.

*

은화는 물이 묻은 손등을 뺨에 대고 지그시 눌렀다. 감정 소모가 큰 연기를 마친 뒤 백스테이지로 돌아온 것처럼 정신이 기진했다. 그녀는 마스크로 다시 얼굴을 꼼꼼히 가린 다음 화장실을 나섰다. 다행히 오디션은 큰 문제 없이 치른 듯했다.

극장 밖으로 나오니 눈이 무섭게 퍼붓고 있었다. 은화는 우산을 펴고 계단을 내려갔다. 바람에 휘말린 눈송이들이 우산 속을 제멋대로 파고들었다. 주차장에 도착한 은화가 어, 하고 걸음을 멈췄다. 허리를 숙이고 은화의 차 트렁크 주변을 살피던 여자가 인기척을 느끼고 몸을 일으켰다.

"선배."

젖은 머리카락이 얼굴에 달라붙은 정림이 빙긋 웃었다. 은화는 잠시 방심한 채 서 있었다. 그간의 세월이 투명한 막처럼 둘 사이를 가로막았다. 얼마 만이니 이게. 은화가 그 막을 찢듯 차량 사이로 천천히 걸어들어갔다. 두 사람은 누가 먼저랄 것도 없이 서로를 끌어안았다. 허공에 들린 은화의 우산이 중심을 잃고 흔들렸다. 설마 지금까지 나 기다린 거야? 몸을 떼며 묻는 은화를 향해 정림이 보일 듯 말 듯 고개를 끄덕였다.

"예전에 선배가 저 집까지 자주 데려다주셨잖아요. 오디션 끝나고 나왔는데 낯익은 차가 보이기에 혹시나 해서. 색깔이 특이해서 기억하고 있었거든요."

"변정림 기억력 좋은 건 여전하네."

대답하면서 은화는 정림이 자신보다 한참 먼저 오디션을 보았던 것을 떠올렸다. 우산도 없이 눈 속에서 자신을 기다렸을 정림을 생각하니, 길을 걷다가 반쯤 녹아내린 눈사람을 본 것처럼 마음이 내려앉았다.

"선배도 오늘 오디션 보신 거 맞죠."

"……응."

마스크를 벗은 은화의 시선이 무심결에 정림의 달라진 얼굴에 닿았다.

"저 많이 쪘죠."

정림이 멋쩍은 듯 자신의 몸을 내려다봤다.

"임신하고 거의 이십 킬로 쪘어요. 그나마 빠진 게 이 정도예요."

임신? 은화가 놀라 되물으려는데 오히려 정림이 눈을 크게 뜨며 놀란 시늉을 했다.

"선배 머리, 일부러 염색 안 하고 그대로 두신 거죠? 빈말 아니고 진짜 멋있어요. 엄청 사연 있는 여자 같아요."

"무슨. 뒷모습만 보면 그냥 백발 할머니야."

에이. 작게 웃은 정림이 우산을 든 은화를 물끄러미 보다가 다시 한번 그녀를 끌어안았다. 아까보다 좀더 길고 무람없는 포옹이었다. 은화의 마음속 레코드판이 빙글빙글 회전했다.

"춥지. 우리 어디 들어가서 얘기할까?"

"저도 그러고 싶은데…… 오늘 공연 있는 날이어서요. 콜 타임이 여섯시 반이라, 바로 대학로로 넘어가야 할 것 같아요."

"그렇구나. 그럼 내가 태워다줄까?"

"정말요?"

정림의 얼굴이 조명을 밝힌 듯 환해졌다.

"그래주시면 저야 좋죠. 가면서 선배랑 얘기도 하고. 신난다. 어, 근데 혹시 저 때문에 돌아가시는 거 아닙니까?"

은화의 얼굴에 미소가 번졌다. 쑥스럽거나 민망한 상황에서 목소리를 깔고 '다나까'체를 쓰는 건 정림의 오랜 버릇이었다.

"나 아직 성북동 살아. 사양 말고 어서 타. 곧 퇴근 시간이라 차 막히겠다."

그 말에 조수석에 오르는 정림 위로 은화가 우산을 받쳐주었다.

"평소에도 이렇게 혼자 다니세요? 매니저 없이?"

정림이 벨트를 당겨 매며 호기심어린 눈으로 차 안을 둘러보았다.

"그럼. 날씨 좋을 때는 지하철도 타고 다니는데, 뭘."

은화는 부러 서글서글한 말투로 대답했다. 지하철을 탈 때 반드시 마스크를 착용한다는 말은 하지 않았다.

"오디션은 잘 봤고?"

은화가 시동을 걸며 물었다. 라디오에서 조금 전에 듣던 채널이 자동으로 흘러나왔다.

"망친 것 같아요. 아니, '같아요'가 아니라 망쳤어요."

"왜 그렇게 생각해?"

"선배도 아시죠. 연기도 괜찮았던 것 같고, 심사위원들 표정도 나쁘지 않았고, 근데 오디션장 나설 때 뒤통수에 탁 꽂히는 싸한 느낌. 아, 나는 아니구나 싶은 그 얄궂은 예감이요."

은화는 공감의 표시로 작게 웃었다.

"선배도 아까 대기실에 있는 배우 보셨죠? 전 글렀어요. 살찌려면 그분처럼 아예 확 쪄야 하는데. 여자 배우 중에 제일 답 안 나오는 게 애매한 돼지 같아요."

장갑을 벗은 정림이 손마디를 꺾으며 가볍게 불평했다.

"그보다 더 답 없는 게 뭔지 알아?"

"뭔데요? 아니다, 제가 맞혀볼게요. 음…… 애매하게 늙은 여자 배우?"

"설마 방금 나 쳐다보면서 말한 거 아니지?"

두 여자가 예전으로 돌아간 듯 키득거렸다. 민트색 모닝이 골목을 빠져나와 정체중인 도로로 들어섰다. 초저녁인데도 눈 때문에 사위가 어둑했다.

"신기하다. 실은 저 오늘 여기 오면서 선배 생각했거든요."

정림이 가늘게 뜬 눈으로 폭설이 내리치는 도로를 바라보며 말했다.

"오늘 오디션이요. 예전 그 워크숍 생각나지 않았어요? 그때 우리 이런 거 많이 했잖아요. 오늘 같은 독백 연기는 아니었지만 뭐랄까…… 일종의 트라우마 치료 같은? 아무튼 되게 익숙한 감각이었어요."

퇴근 시간이 다가오자 도로에 차들이 눈에 띄게 불어나기 시작했다. 은화는 운전하면서 한 손을 히터로 뻗어 온도가 적당한지 살폈다. 잊혔던 손의 감각이 되돌아오고 있었다.

"그때 알바 끝나고 집에 가면서 우리끼리 엄청 투덜댔던 거 기억나?"

은화가 정림을 힐끗 보며 물었다.

"그럼요. 선배가 그랬잖아요. 내담자들 상대하다가 도리어 우리가 트라우마 생길 판이라고. 다신 안 그럴게! 미안해! 그땐 내가 몰랐어! 용서해줘!"

정림의 과장된 연기에 은화가 큰 소리로 웃음을 터뜨렸다. 오랜만에 듣는 자신의 웃음소리에 문득 쓸쓸해져서, 그녀는 그 기운이 정림에게 건너가지 않도록 서둘러 말을 이었다.

"보조 자아가 하는 일이 그거였지. 잘못했다고 빌고, 변명하고."

"생각해보면 우리 그때 완전 인간 샌드백이었어요. 왜 영화 〈주

먹이 운다〉에서 최민식 선배님이 하던 알바 있잖아요. 길거리에서 돈 받고 행인들 주먹 받아주는 거."

"정림이 네가 내 샌드백이기도 했고."

농담처럼 말했지만 진심이 밴 말이었다. 그 시절 은화와 가장 자주 합을 맞춘 사람이 바로 정림이었으니까. 당시 워크숍에 참가한 보조 연기자들은 때로 역할극이 낯선 내담자들을 위해 둘씩 짝지어 시범 연기를 보여주곤 했다. 한쪽이 내담자가 되고, 다른 한쪽이 상대가 원하는 보조 자아(가족이나 친구, 연인, 혹은 신 같은)가 되어 번갈아가며 주어진 역할을 연기했다. 서로 다른 성격의 극단에서 활동하는 두 사람이었지만, 은화는 정림과 역할극을 할 때면 신기하리만큼 안정감을 느꼈다. 마치 둘 사이에 쉼표와 도돌이표, 스타카토 같은 기호가 적힌 악보가 놓여 있어서, 음이 튀거나 엇나가는 법 없이 극이 알아서 조화롭게 연주되는 느낌이었다.

이후 워크숍이 끝날 때마다 팬 미팅 하듯 정림 주변으로 모여드는 내담자들을 보며, 은화는 그 연주를 지휘한 사람이 자신이 아닌 정림이었다는 걸 깨달았다. 센터에서 배운 지침을 바탕으로 상대의 말에 기계적으로 반응하는 은화와는 달랐다. 정림은 내담자의 사연에 진심으로 공감했고, 필요한 경우 개성 있는 은유와 상징을 사용해 상대의 복잡한 감정을 대신 표현했다. 누구도 가르쳐주지 않았는데 본능적으로 그걸 해냈다. 은화가 여간해선 입에 올리지 않는 학창시절 이야기를 그처럼 많은 사람 앞에서 털어놓은 것도 정림의 남다른 재능 때문이었을 것이다. 입구가 벌어진 오래된 우유팩. 교실에 술렁이는 공모의 기운. 손끝을 타고 기어오르는 짧고 통통한 구더기들.

"참. 저 예전에 선배 나오는 영화 보러 극장도 갔었는데."

벨트를 맨 채 몸을 움직여 벗어낸 코트를 무릎에 내려놓으며 정림이 말했다. 이제 완전히 어두워진 도로 위로 헤드라이트를 밝힌 차들이 굼뜨게 움직였다.

"선배 처음 나오는 장면에서, 같이 간 남편이 제 눈치를 슬쩍 보더라고요. 아마 제가 질투할까봐 마음이 쓰였나봐요. 근데 신기한 게 뭔지 아세요? 저 정말 진심으로 기뻤어요. 정신 승리 같은 거 아니고 진짜로요. 선배가 잘된 게, 내 일처럼 기뻤어."

혼잣말처럼 말을 맺은 정림이 그날의 감정을 되새기듯 창밖에 시선을 걸었다. 은화는 그녀가 곧이어 그간의 공백을 궁금해하리라 예상했으나 정림은 더는 아무것도 묻지 않았다.

"삼 년이나 쉬었네요?"

은화가 독백 연기를 시작하기 전, 지원서를 살펴보던 공연 기획사 대표가 안경 너머로 눈을 치켜뜨며 물었다.

"그동안 왜 아무것도 안 했어요?"

차가 신호를 받고 멈춰 섰다. 앞유리에 내려앉은 눈송이들이 다채로운 물무늬를 그리며 흘러내렸다.

"사는 게 바빠서 후배가 엄마 된 것도 몰랐네. 정림이 너 닮아서 엄청 귀엽겠다. 아기 말이야."

은화는 고개를 돌려 정림을 바라보았으나 정림은 여전히 창밖에 시선을 두고 있었다. 'I don't want a lot for Christmas.

There's just one thing I need.' 머라이어 케리의 허스키한 목소리와 반복되는 와이퍼 소리가 엇박자를 이루며 차 안에 흘렀다. 아기 사진은 없어? 은화가 물으려는데 정림이 먼저 입을 열었다.

"선배, 저 유산했어요."

은화 안에서 활기차게 돌아가던 레코드판이 잡음을 일으키며 제자리에 멈춰 섰다.

저는 지난 삼 년 동안 세 번의 유산을 겪었습니다.

"선배도 아시죠, 저 남편이랑 엄청 애썼던 거. 그렇게 물 떠놓고 기도할 땐 안 생기더니…… 사람 일이라는 게 참 웃겨요."

정림이 무릎에 놓인 검은 털 뭉치를 소중한 물건인 양 손으로 쓸어내렸다.

"기껏 마음 접고 활동 열심히 하고 있는데, 일이 그렇게 되니까 기분 이상하더라고요. 남편도 초음파 사진 보면서 이게 말이 되냐고…… 근데 선배. 그거 보는데 제 마음이요. 마음이, 솔직히 마냥 기쁘지만은 않은 거예요. 저 그때 노준한 감독 영화 출연하기로 되어 있었거든요. 이 작품만 잘되면 뭔가 달라질 것 같은데…… 나 이제 한창인 것 같은데…… 지금도 조이한테 참 미안해요. 엄마인 제가 그런 생각이나 하고 있었다는 게요."

말을 마친 정림이 아, 조이는 저희 딸 태명이었어요, 하고 소리 없이 웃었다.

세번째로 임신했을 때는 태명을 지어주지 않았어요. 또 상처받기 싫어서요.

"예쁜 이름이네." 은화가 말했다. "조이."

두 여자는 우산을 쓰고 횡단보도를 건너는 행인들을 잠자코 건너다보았다. 'Oh, I won't ask for much this Christmas, I won't even wish for snow.' 은화는 라디오 볼륨을 줄였다. 한 남자가 납작한 서류가방을 머리에 이고 행인들 사이로 뛰어갔다.

……아이에게 이름을 지어주지 않은 걸 후회했어요. 세번째 아이는 꽤 자란 상태여서, 정식으로 장례를 치러야 했거든요. 차마 마주할 용기가 없었던 저를 대신해 남편 혼자 아이를 화장하고 돌아왔어요. 이름 없는 관 속에 배냇저고리와 작은 꽃다발을 넣어서요.

"그게 언제 일이야?"

"올해 초요. 그래도 지금은 살 많이 빠진 거예요. 한창때는 서 있으면 제 발가락도 안 보였어요."

정림이 자조적으로 웃었다. 신호가 바뀌고 차들이 더디게 나아갔다. 임신 막달에 사산했구나…… 은화의 생각에 확신을 더하듯, 대시보드 위의 강아지 인형이 웃음 띤 얼굴로 고개를 끄덕였다. 병원에서 이따금 보았던 만삭의 산모들. 꺼져가는 생명을 그녀보다 더 오래, 마지막 순간까지 품고 있던 여자들. 수술실 벽 너머로 들려오는 다른 산모의 아기 울음소리에 귀를 틀어막으며 짐승처럼 낮게 신음하던.

"몸은 괜찮아?"

"저 체력 좋은 거 아시잖아요. 살이 안 빠지는 게 문제지 몸은 멀쩡해요."

"그렇구나…… 원인이 뭐였는지 물어봐도 돼?"

고개를 저은 정림이 한 박자 사이를 두고 대답했다.

"저도 그게 궁금해요."

터널로 진입하는 동안 라디오에서 도로에 형성된 블랙아이스를 주의하라는 교통 방송이 흘러나왔다. 곧이어 막이 바뀌고 암전이 이어지듯, 차가 어둠 속으로 기어들었다. 원인 불명의 습관성 유산. 세번째 아기의 상태를 확인하러 간 병원에서 은화는 그 말을 들었다. 움직임을 멈춘 아기의 초음파 사진 위로 의사의 마우스 포인터가 반딧불처럼 휙휙 날아다녔다. 나이, 환경, 유전, 음식, 모든 게 원인이 될 수 있었다. 그랬다. 음식도 원인이 될 수 있었다. 첫 임신으로 찾은 병원에서 간호사가 '임신 초기에 조심해야 할 음식 목록'을 하나하나 불러주었을 때 은화는 대수롭지 않게 흘려들었다. '살균하지 않은 우유'라는 단어가 나왔을 때는 저도 모르게 픽 웃기까지 했다. 아역 배우로 활동하던 고등학교 시절, 자신의 책상 서랍 안에 상한 우유가 든 팩을 상습적으로 쑤셔 넣는 아이들 앞에서 구더기가 들끓는 그것을 보란 듯이 마신 이후 그녀는 우유는 물론 치즈나 요구르트 같은 유제품도 일절 입에 대지 않았다. 여름에 식중독으로 유산하는 경우도 있어요. 은화의 반응을 오해한 간호사가 엄격한 얼굴로 쏘아붙였다.

"오늘 공연하는 작품은 뭐야?"

"〈박수는 조금 있다가〉라는 연극인데. 아세요?"

장갑을 낀 정림이 스파링을 앞둔 복서처럼 양 주먹을 꽉 쥐었다 폈다. 터널만 지나면 곧 대학로였다.

"아니. 창작극인가?"

"맞아요."

"힘들겠다. 원래 창작극이 더 어렵잖아."

"어렵긴 한데 그래서 더 재밌어요. 솔직히 말하면 일이 이렇게 되어서 차라리 다행이라는 생각도 들어요. 저희 부부 형편에 아이 낳았으면 지금처럼 활동하진 못했을 것 같거든요."

터널을 빠져나가는 동안 정림이 무덤덤하게 이어 말했다.

"퇴원하고 집에 돌아와 아기방 정리하면서 가장 먼저 든 생각도 그거였어요. 아, 나 이제 무대에 설 수 있구나. 다시 배우로 살 수 있구나. 슬픈데, 몸이 막 떨릴 정도로 슬픈데, 한편으로 안도감이 드는 거예요. 남편도 더이상 노력해보자는 소린 못하겠지 싶고. 일 년 가까이 품은 자식이 원인도 모르고 죽었는데…… 어이가 없어서 방 치우다가 저도 모르게 막 웃었어요. 느낌이 이상해서 뒤돌아보니까 남편이 뜨악한 얼굴로 내려다보고 있더라고요. 시트콤이 따로 없었다니까요. 하하."

그 순간 오디션장에서 봤던 장면 하나가 은화의 머릿속에서 툭 굴러나왔다. 문밖으로 새어나오던 심사위원들의 잔잔한 웃음소리. 평소와 다른 오디션장 분위기에 의아한 얼굴로 복도 너머를 힐끔대던 배우들. 정림이 심사위원들 앞에서 지금처럼 너스레 떠는 모습을 은화는 어렵지 않게 상상할 수 있었다.

문득 제 몸이 문제라는 생각이 들었어요. 어렸을 때 마신 상한 우유가, 그 조그만 벌레들이 제 몸 어딘가를 돌이킬 수 없게 망가뜨려버린 건 아닐까 하고요. 황당한 생각이라는 건 저도 알아요. 하지만 한번 그렇게 생각하니까 멈출 수가 없었어요.

"참, 그 연출가 여자 말이에요."

정림이 웃음기를 지우며 입을 열었다.

"마지막에 좀 이상한 말을 했어요. 제가 겪은 건 유산이 아니라 엄밀히 말하면 출산이라고, 자기가 유학한 프랑스에서는 다들 그렇게 표현한다고요. 제가 어리둥절해하니까 웃으면서 어깨를 으쓱하고 마는데, 오디션 끝나고 그 몸짓이 계속 떠오르는 거예요. 모르겠어요. 왜 뒤늦게 찝찝한 기분이 드는 건지…… 왜 자꾸 뭔가를 헐값에 팔아넘긴 기분이 드는 건지…… 악!"

정림의 외마디 비명과 함께 두 사람의 몸이 앞으로 쏟아졌다. 급하게 끼어든 오토바이가 급정거한 차를 뒤로하고 빠르게 멀어져갔다. 괜찮아요, 선배? 정림이 창문 위의 손잡이를 붙잡으며 은화를 살폈다. 어지러운 눈발 사이로 제설차가 모래를 뿌리며 지나갔다. 말없이 도로를 노려보던 은화가 액셀을 밟으며 말했다.

"……그 말을 들으니 나는 화가 나."

은화가 정면을 주시하며 과장된 어조로 덧붙였다.

"그 여자가 감히 그런 말을 할 자격이 있나?"

은화를 보는 정림의 얼굴에 장난기가 어렸다. 음음, 하고 목을 가다듬은 정림이 연극조로 능숙하게 말을 받았다.

"그 말을 들으니 나는 속이 좀 풀리는 것 같아. 솔직히 오디션 떨어진 것보다 그 여자 태도가 더 기분 나빴거든."

"그 말을 들으니 나는 속상해. 왜 벌써 떨어졌다고 생각해? 너만큼 실력 있는 애가 어딨다구."

정림이 창문에 머리를 기대며 대답했다.

"그 말을 들으니 나는 기뻐. 하지만 오디션은 떨어진 게 확실해. 심사위원들 반응 보니 알겠더라. 하기야 그런 일을 겪고 차라리 잘됐다며 안도하는 엄마라니 누가 공감하겠어."

차가 로터리에서 큰 커브를 그리며 돌자 두 여자의 몸이 한 방향으로 느리게 기울었다.

"그 말을 들으니 나는 오히려 위로가 돼. 나도 유산했을 때 비슷한 기분이었거든."

정림이 고개를 돌려 은화를 똑바로 쳐다봤다. 차 안에 무거운 침묵이 흘렀다.

"……그 말을 들으니 나는 길가에 버려진 장갑 한 짝이 된 기분이야."

"……"

"실은 나 아까 속으로 선배 질투했어. 선배한테 아이가 있는 줄 알고…… 차 뒤에 붙은 스티커를 봤거든."

은화가 와이퍼 속도를 올리며 답했다.

"그 말을 들으니 나는 저 창문의 눈송이처럼 순식간에 녹아내리는 기분이야."

정림이 목소리를 한 톤 높였다.

"그 말을 들으니 나는 바람에 휘날리는 비닐봉지가 된 기분이야."

"그 말을 들으니 나는 추위에 굳어버린 길고양이가 된 기분이야."

"그 말을 들으니 나는 눈발 속에서 길을 잃은 발자국이 된 기분이야."

"그 말을 들으니 나는 영원히 멈춰버린 분수대가 된 기분이야."

"그 말을 들으니 나는 아무도 없는 골목에 켜진 가로등이 된 기분이야."

"그 말을 들으니 나는 물속에 가라앉은 못생긴 가오리가 된 기분이야."

"그 말을 들으니 갑자기 선배랑 가오리찜에 소주 한잔 하고 싶지 말입니다?"

그게 뭐야. 두 사람은 참지 못하고 웃음을 쏟아냈다. 정신없이 웃는 와중에 휴대폰이 울려서 은화는 무심코 스피커폰으로 전화를 받았다. 은화씨, 통화 괜찮아요? 연출가의 목소리가 의미심장했다. 연출님, 저 지금 운전중이라 조금 이따가 다시 전화드릴게요. 은화는 빠르게 말한 뒤 급히 통화 종료 버튼을 눌렀다.

"와, 역시 선배가 됐나보네요."

정림이 여전히 웃음을 머금은 얼굴로 말했다.

"아직 모르지."

말은 그렇게 했지만 은화도 알고 있었다. 번화가로 접어든 차 안으로 사람들이 웃고 소리치고 서로를 부르는 소리가 먹먹하게 스며들었다.

"선배, 저 그냥 여기서 내려주세요. 더 들어가면 빠져나올 때 골치 아파요."

"춥잖아. 극장 앞까지 가도 되는데."

"어차피 담배 사러 편의점 들러야 해요. 얼른요."

정림의 성화에 은화는 마로니에공원 앞에 차를 세웠다. 공원 중앙의 대형 크리스마스트리 주변에 반짝이는 종이로 포장한 가짜 선물 상자가 수북이 쌓여 있었다.

"모바일 초대권 보내드릴 테니까 나중에 시간 나면 공연 보러 오세요!"

급하게 차에서 내린 정림이 미처 코트에 꿰지 못한 한쪽 팔을 흔들며 소리쳤다. 그녀가 걸음을 옮길 때마다 코트에 달린 털이 가볍게 나풀거렸다. 그 모습을 지켜보던 은화는 방금 전 나눈 가오리찜 이야기가 떠올라 옅게 웃었다. 그리고 차를 돌려 기억 속에 남아 있는 공영주차장으로 향했다. 정림이 오늘 연극에 출연한다는 말을 들었을 때부터 계획한 일이었다. 가까운 사람의 공연일수록 돈을 내고 관람할 것. 극단에서 활동하던 시절 선배들에게 배운 에티켓이었다.

도착한 공영주차장 입구에는 '만차' 표시등이 들어와 있었다. 주차할 공간을 찾아 골목을 돌던 은화는 소극장 옆 공터에서 담배를 피우는 정림을 발견했다. 가까이에서 보니 정림은 불이 붙지 않은 담배를 그저 물고만 있을 뿐이었고, 양손을 코트 주머니에 넣은 채 눈 내리는 하늘을 올려다보고 있었다. 차창 너머로 보이는 정림의 옆얼굴은 조금 외롭고 고단해 보였다. 그때 서너 명의 여자가 정림에게 다가왔다. 오늘 함께 무대에 서는 동료들인 듯했다. 한 명이 정림의 담배에 불을 붙여주었다. 그녀가 무슨 말인가를 하자 정림이 크게 웃음을 터뜨렸다.

*

폭설이 내리는 대학로의 밤거리는 술에 취한 젊은이들로 소란했다. 눈이 멎은 틈에 차에서 내리느라 우산을 깜빡한 은화가 맨몸으로 주차장까지 걸어가는 동안, 무리 지어 걷던 사람들 중 몇몇이 은화의 얼굴을 알아보고 노골적으로 고개를 틀었다. 그녀는 아직 연극 속에 머물러 있었다. 특이한 커튼콜이었어. 은화는 생각했다. 차례차례 탁자 앞에 앉아 무표정하게 관객석을 응시하던 배우들. 그 모습에 숨을 죽이고 박수 칠 타이밍을 기다리던 관객들. 이내 표정을 풀고 환히 웃으리라 기대했던 배우들이 예상외로 오래 침묵하자, 관객석이 서서히 동요하기 시작했다. 뭐야, 끝난 거 아니야? 옆자리 남자가 함께 온 여자에게 재미있다는 듯 속삭였다. 암전 후 다시 막이 올랐을 때 무대에는 연극의 유일한 소품이었던 탁자와 의자만이 덩그러니 남아 있었다. 뒤늦게 박수가 터졌으나 배우들은 끝내 모습을 드러내지 않았다. 커튼콜은 생략된 것이나 다름없었다. 그처럼 인사 없이 사라지는 행동이 어쩐지 그들의 중요한 신념처럼 느껴져서, 은화는 정림을 보러 백스테이지로 가려던 발길을 돌려 극장 문을 나섰다.

차를 몰고 집으로 돌아가는 동안 은화는 손의 감각이 완전히 되살아난 것을 느꼈다. 눈보라가 몰아치는 도로는 빙판으로 변한 지 오래였으나 두려운 마음은 들지 않았다. 오히려 누구도 함부로 속도를 내지 못하는 지금 이 상황이 전보다 더 안전하게 느껴지기도 했다. 라디오에서 아이들이 합창하는 거룩한 분위기의 캐럴이 메들리로 이어졌다. 머리는 염색하지 말고 그대로 둘 것. 세 번의 유산이라는 설정은 유지하되, 결말에 약간의 변화를 줄 것. 정림의 연극이 시작하기 전, 연출가가 전화로 그녀에게 제안한 내용이었다.

"비슷한 사연이 반복되면 관객들이 지루해할 수 있어서, 세번째 유산의 설정을 살짝 바꿀까 해요. 임신 마지막 달에 사산한 걸로 시기만 좀 늦추기로요. 이거 내 의견 아니고 권대표 의견이에요. 나도 어이없긴 한데, 자기는 프로니까 이해하리라 믿어요."

시내를 빠져나온 은화의 차가 어스름한 주택가로 들어섰다. 거절 의사는 내일 전해도 늦지 않을 것이다. 아이들의 합창이 절정으로 치닫는 동안 그녀는 감정이 점차 고조되는 걸 느꼈다. 고등학교 2학년 겨울방학이 시작되던 그날도 지금처럼 눈이 내렸다. 오랫동안 그녀를 괴롭히던 아이들의 책상 서랍에 구더기가 들끓는 우유팩을 하나씩 밀어넣고 나온 날. 교문 앞에서 더러워진 손을 눈뭉치로 닦아내고 은화는 눈을 맞으며 언덕을 따라 내려갔다. 불 밝힌 상점들이 늘어선 밤거리에 흥겨운 크리스마스캐럴이 신의 은총처럼 떠다녔다. 구세군 냄비 옆에서 산타 복장을 한 자원봉사자가 은화를 보고 장난스럽게 눈썹을 꿈틀댔다. 은화는 깜짝 놀라 고개를 숙였다. 누군가 자신을 알아볼까 두려웠다. 방금 자신이 저지른 짓을 알아차릴까 두려웠다. 주위의 모든 것이 그녀가 조금 전에 행한 작은 복수와 대비되어 무정한 아름다움을 드러냈다. 가로등 아래 춤추는 눈송이들. 창문을 장식한 색색의 전구들. 구세군의 맑은 종소리. 노점에서 풍기는 어묵 냄새. 사람들의 웃음소리…… 눈 내리는 연말의 밤거리를 통과하면서 은화는 세상의 아름다움을 하나하나 감각했고, 그러는 동안 천천히 비참해졌다. 어린 은화는 배우로서 그 비참함을 잘 간직하기로 마음먹었다. 그것만큼은 누구도 건드릴 수 없는 그녀 자신만의 것이었으므로. 작고 파란 불씨 하나가 그녀의 정원 안에서 고요히 타올랐다.

집 앞에 도착한 은화는 시동을 끄고 한참 동안 차 안에 앉아 있었다. 대시보드 위의 강아지 인형이 웃는 얼굴로 그녀를 올려다봤다. 은화는 손으로 인형의 목을 톡 건드렸다. 다시 힘차게 고갯짓하는 강아지를 보며, 그녀는 오늘밤 무재에게 초원을 만나겠다고 말하기로 결심했다. 아이에게 무슨 말을 할지 스스로도 아직 알 수 없는 채로. 차에서 내린 은화의 희끗한 머리 위로 그보다 더 흰 눈이 정직하게 내려앉았다. 아득한 과거가 숨을 헐떡이며 달려와 마침내 그녀를 따라잡았다.

* 작중 드라마 치료 대화법은 미국의 임상심리학자 토머스 고든이 개발한 'I-메시지 대화법'을 적용한 것으로, 구체적 용례는 닉 드르나소의 그래픽 노블 『연기 수업』(목정원 옮김, 프시케의숲, 2023)에서 착안했다.

| 작가노트 |

새 자국

돌풍이 창문을 뒤흔드는 밤이었다. '쿵' 소리에 잠에서 깨어 거실로 나가 보니, 창문 한가운데 아기 머리통만한 크기의 흰 얼룩이 묻어 있었다. 나는 어두운 창문을 물끄러미 바라보다가 커튼을 치고 방으로 들어갔다. 눈을 감고 다시 잠을 청하는데 문득 그것이 새의 자국이라는 걸 알았다. 몸통에서 꼬리로 이어지는 날짐승의 불완전한 잔상이 눈꺼풀 안쪽에서 소리 없이 파닥거렸다.

아침햇살에 비친 새 자국은 밤에 봤을 때보다 한층 도드라졌다. 투명한 유리창에 찍힌 새의 깃털 무늬가 멀리서도 희고 또렷했다. 나는 눈살을 찌푸렸다. 물에 적신 행주로 창문을 훔쳤다. 소용없다는 걸 알면서 박박 문질렀다. 자국은 여전히 그 자리에 있었다. 나는 고개를 젖혀, 쪽빛으로 갠 가을하늘을 올려다보았다. 비가 왔으면 좋겠다고 생각했다. 빗방울이 창문을 세차게 두드려

새 자국을 말끔히 지워주면 좋겠다고.

그러나 비가 몇 차례 퍼부은 후에도 새 자국은 사라지지 않았다. 우리집은 빌라 꼭대기 층인데, 옥상에 얹어진 기와지붕 장식이 뜻밖에 처마 역할을 한 탓이었다. 시간이 흘러 허옇게 말라붙은 침처럼 도리어 선명해진 그것을 나는 마뜩잖은 눈으로 바라보았다. 삼면이 건물로 둘러싸인 빌라에서 유일하게 숨통을 틔워주던 거실 전망이 이렇게 되다니. 하루 대부분의 시간을 집에서 보내는 내게 그것은 사소하지만 무시할 수 없는 재앙으로 다가왔다. 창문에 납작하게 눌어붙은 새 자국이 날이 갈수록 튼실한 몸피를 가진 존재로서 눈앞에 육박해 왔다. 내가 자국을 떨쳐낼수록 자국이 내 안을 파고들었다. 외부의 자국이 내부의 자국이 되었다. 바깥의 사건이 나의 사건이 되었다.

「바우어의 정원」에는 나의 경험이라고 할 만한 것이 거의 들어 있지 않다. 그럼에도 나는 이 소설의 중심부에 나의 중요한 조각이 박혀 있다고 느낀다. 방심한 동물처럼 저도 모르게 급소를 드러냈다고 느낀다. 나는 나 자신에게조차 정직하기를 두려워하는 사람이지만, 적어도 이 소설의 인물들만큼은 서툴게나마 두려움 없이 정직하게 말하고 있다고 느낀다.

살면서 나를 고통스럽게 통과해간 일에 대해 쓰려다가 무참히 실패한 습작 몇 편을 가지고 있다. 그처럼 거듭된 실패 끝에 난파하듯 도달한 장소가 아마도 이 소설일 것이다. 돌풍에 휩쓸린 새가 창문에 몸을 부딪히듯, 나의 의지와는 상관없이 그렇게.

상처를 발화하는 건 얼마간 수치를 감당하는 일이다. 제때 처치하지 못해 괴사한 피부나 병으로 도려낸 가슴을 드러내는 것처럼. 그 수치를 겪기가 죽기보다 싫어서 필사적으로 저항해왔다는 걸 이제 알겠다. 세간에 떠도는 치유와 극복의 서사에 수동적으로 편입되느니 차라리 나만의 절망으로 고꾸라져 내파內破되기를 바랐다는 것도.

「바우어의 정원」을 쓰는 동안, 하늘로 향한 시선을 거두고 땅을 자주 내려다보았다. 충돌의 충격을 고스란히 안은 채 하강하는 새의 이미지가 그 가을 내내 환영처럼 맴돌았다. 이름 모를 존재의 내부에 지워지지 않는 흔적을 남기고 아래로 곤두박질치는 새…… 너는 다쳤을까. 혹 죽었을까. 그래도 죽지는 않았으면 좋겠는데. 다친 몸으로라도 어떻게든 살아냈으면 좋겠는데.

돌이켜보니 그것이 내가 지난 계절에 한 일의 전부인 것 같다. 자국을 들여다보는 것. 상처 입은 존재의 안녕을 기원하는 것.

부디, 우리의 정원이 안녕하기를.

| 해설 |

마이즈너식 기품

전청림

강보라의 소설은 세련된 고독이란 말을 가능하게 한다. 특별히 근사한 은유는 아니지만, 그렇다고 군중 속의 고독이나 도시의 고독 같은 말을 지칭하기 위해 쓴 표현은 아니다. 그의 소설 속 화자들은 어수선한 감정을 미끈하게 갈고닦아 온전히 제 것으로 거머쥐는데, 그 지독한 여정 속에서 한 자락의 기품마저도 성취한다. 그 기품은 자신의 감정을 제대로 욕망할 줄 아는 인간만이 지니는 서정적 아우라다. 저 자신을 옳게 욕망하는 일은 자신을 향한 타자의 욕망까지도 자석처럼 끌어당기는 마력을 내뿜는다. 안으로 응집하면서도 바깥을 끌어안는 아우라의 두께. 그 매력적인 운동 속에서 세련된 고독이라는 역접逆接의 수사가 등장한다.

흥미로운 것은 그 아우라가 빚어지는 몇 겹의 과정을 보여주기 위해 서사가 비틀어 쌓은 여러 장치들이다. 가령, 이 소설 속

인물들은 누구보다 감정을 다루는 것에 능숙한 배우들이다. 슬픔이 휘몰아치는 얼굴, 빛과 눈물이 어린 눈동자, 살짝 찡그린 근육, 벅참에 떨리는 목소리, 흐트러지는 머리칼로 공기의 흐름까지 표현해내는 이들이 바로 배우 아니던가. 그런데 이 소설에서 배우로 등장하는 인물들은 감정을 자신의 것으로 만들지 못해 비참하다. 비참하다못해 아프다. 트라우마에 진지하게 몰입할수록 성과를 인정받는 어떤 쓰라린 세계에 헌신하고 있기 때문이다. 이 세계에선 굴욕은 있되, 구원은 없다. 이들이 덜 아플 수 있는 방법은 두 가지뿐이다. 최선을 다하지 않거나, 아픔을 극복하거나. 그런데 아픔을 완벽히 정복하는 일이 가능하던가? 흉터 없이, 착각 없이? 벗겨진 피부를 과연 봉합할 수 있는가? 살점 아래에 흐르는 상처의 기억까지?

바로 이 질문으로부터 시작해 소설은 '창작의 고통'이라는 직업적 시련에서 '고통의 창작'이라는 새로운 감정론의 지대로 나아간다. 널리 알려진 대로, 창작의 고통은 미지의 무언가를 조형하고 탄생시키는 예술적 실천에서 비롯한다. 이 소설에서 창작의 고통은 연극을 통해 내 안에 있는 뜨거운 것을 게워내는 소모의 형태로 표현된다. 한편 고통의 창작이란 제대로 앓기 위해 통각을 집요하게 담금질하는 과정에 가깝다. 당연히도, 한번 앓아본 아픔은 쉬이 사라지지 않는다. 다만 아픔을 반복하는 연극 속에서 아픔은 적확하게 발화되고, 차분하게 신체를 휘돌며 순환한다. 단단한 물집에 미세한 구멍 하나가 뚫린 듯, 목 끝까지 올라와 찰랑이던 버거움이 서서히 가라앉을 때 우리는 마침내 아픔과 함께 뒤엉켜 살아간다는 것의 의미를 획득한다. 즉 이 소설은 '아픔을 팔아넘기는 것'과 '아픔 속에서 생존하는 것'이라는 두 가지 방향의 팽팽한 긴장 속에서 쓰였고, 그 길을 보여주기 위해 트라우마의 정원에서 이토록 세련되게 뒹군다.

트라우마 벌레

흰색. 눈. 눈송이. 얹힌 밥처럼 자꾸만 쌓이는 눈. 늘어가는 하얀 새치. 상해서 엉긴 우유 찌꺼기. 그 속에서 들끓는 구더기. 눅눅하고 습기 어린 답답함이 투명한 막처럼 소설 전체를 감싸고 있는 느낌이 드는 건, 이 소설의 화자가 '상처'를 '타락'으로 인식하는 감정적 침윤 상태를 겪고 있기 때문일 것이다. 은화는 이름과 얼굴이 세간에 알려진 배우로, 세 번의 유산을 겪으며 공백기를 가지게 된다. 첫번째는 삼 년 전. 독립영화의 흥행으로 뒤늦게 명성을 얻은 그는 각종 화보와 예능 촬영으로 바쁜 일상을 보냈다. 그것이 유산에 어떤 영향을 미쳤는지 정확히 알 수는 없지만, 적어도 확실한 건 이때까지만 해도 상처에 덧바를 명분이 있었다는 점이다. 그후 두번째. 이들 부부는 조심한다. 아직은 희망이 남아 있으니까. 경계하고, 주의하면 아이는 곧 찾아올 것이다. 구형 모닝에 '초보 운전'과 '아이가 타고 있어요' 스티커를 허위로 붙여놓고, "조심해서 나쁠 거 없으니까"(55쪽)라고 무구하게 웃는 무재의 얼굴은 부부가 잃은 어떤 기대를 연장하는 모습처럼 보이기도 한다. 세번째, 가장 최근. 부부에게는 이제 마음을 둘 곳이 필요하다. 은화의 남편 무재는 연기학원에, 은화는 커리어를 중점에 두고 다시 움직이기 시작한다.

문제는 지난 삼 년의 시간 동안 알 수 없는 죄책감이 은화의 몸 안에 한 방울씩 고이고 있었다는 것이다. 원인이 명확하지 않을 때는 도리어 모든 게 원인이 될 수 있다. 방송가를 누비는 활발한 커리어, 운전의 미숙함, 먹는 음식, 사소한 습관마저도 실패의 구실로 거론될 때 은화의 몸은 모든 경우의 수를 아울러 책임을 전가받고 있었다. 원인을 찾기 위해 일거수일투족을 분주히 점검하는 동안 정작 은화는 자신의 몸으로부터 소외되어 있었다는 것, 무재는 물론이고 은화 자신조차도 그 사실을 알아채지 못하고 지내왔다는 것이 이들 부부에게 닥친 진정한 비극이다.

이 비극을 길어올려 독백 연기를 펼쳐야 하는 은화에게 어린 시절 따돌림의 경험이 겹쳐지는 건 어찌 보면 당연한 결과일지도 모른다. 여성으로서 겪은 상처, '몸'과 관련된 사연을 풀어내야 하는 연극의 오디션에서 은화는 이렇게 말하고 있다. "문득 제 몸이 문제라는 생각이 들었어요. 어렸을 때 마신 상한 우유가, 그 조그만 벌레들이 제 몸 어딘가를 돌이킬 수 없게 망가뜨려버린 건 아닐까 하고요."(75쪽) 은화는 아역 배우로 활동하던 고등학생 시절 구더기가 들끓는 상한 우유를 마신 적이 있다. 책상 서랍에 상한 우유가 든 팩을 상습적으로 집어넣는 아이들 앞에서 보란 듯이 벌인 일이지만, 사실 은화가 상황에 대처한 그 방식은 꽤 자학적이었다. 입술로, 혀로, 식도를 거쳐 내장으로 역한 냄새가 끓어

오르는 우유가 흘러들어갈 때 아픔을 겪는 것은 은화의 몸이다. 그 행위에 담긴 메시지는 이런 것이다. '나는 이미 충분히 타락해 있다. 그러니 너희들은 나를 타락시키지 않아도 된다.'

공들인 괴롭힘마저 허사가 될 만큼 은화는 함부로 몸에 썩은 것을 집어넣었다. 강력한 메시지를 발신하기 위해서였지만 그게 "몸 어딘가를 돌이킬 수 없게 망가뜨"(75쪽)리고, 자신을 무너뜨렸다는 사실을 은화는 알고 있을까. 은화는 이미 오래전, 그러니까 삼 년간 자신의 몸으로부터 외면당하기 전에 이미 자기 자신의 몸을 소외시킨 전력이 있었던 셈이다. 썩은 것이 누적된 몸, 돌봄받지 못한 몸으로 체질을 변환시킨 이 깊숙한 트라우마는 은화가 스스로를 생명의 불모지이자 척박한 모체로 인식하게 만든다. 그것이 바로 트라우마의 무서운 점이다. 시간을 거슬러 모든 사건을 샅샅이 꿰어내고, 먼지 쌓인 기억을 풀썩거리며 뒤집어 재해석하는 원동력이 된다는 것. 그 꿈틀거리는 "조그만 벌레"(같은 쪽)는 은화 몸의 피와 내장을 거슬러 온몸의 구석구석에 달라붙은 뒤 모든 신경을 아프고 끈질기게 두들긴다. 문득 내 "몸이 문제라는 생각"(같은 쪽)이 머릿속에 각인될 때까지, 나로부터 소외되다못해 내 존재를 부정할 때까지. 이것이 바로 은화가 상처를 타락으로 받아들이는 과정이다. 트라우마 벌레는 고통의 발원지에 잠겨 수몰될 때까지 숙주를 삼키고 무너뜨린다. 그렇다면 이 아픔을 지닌 은화는 배우로서 유리하다고 할 수 있을까. 혹은 그 반대일까.

오직 한 번 말해진 이야기

오디션은 은화에게 이렇게 제안된다. "연기라고 생각 말고, 그냥 수다 떠는 자리라고 생각해주세요. 우리 여자들 모두 가슴에 소화되지 못한 아픔 하나쯤 품고 살잖아요?"(59쪽) 이 부드러운 제안에 위험한 요소들이 덫처럼 잠재해 있다는 사실을 알아챘는가. '연기라고 생각 말라'는 연출적 장막, 상처를 활용한 독백 연기를 '수다'로 가벼이 칭하는 무감함, 어딘가 미심쩍은 일의적 여성성("동지 의식", 같은 쪽)을 고무시키는 헐거운 맹목성까지. 그래서일까. 은화는 이 연극의 오디션이 "자신이 생각하는 배우의 일(다른 사람의 삶을 사는 것)을 완벽히 거스르는 작업"(같은 쪽)이라는 걸 직감적으로 깨닫는다. 요컨대 여기서 연극은 몸에 감기지 않던 옷, 목소리, 눈빛을 배역에 맞게 척척 갈아입는 전이의 예술이 아니라, 내장의 기억까지 내보이는 노출에 가깝다.

오디션을 준비하는 은화는 한때 아르바이트로 몸담았던 드라마 치료 워크숍을 떠올린다. 워크숍은 '내담자'의 트라우마를 치료하기 위해 말과 행동을 받아치는 연기자를 '보조 자아'로 세워두고, 파묻혀 있던 고통이 소리쳐 발화되도록 돕는다. 내부의 적이 되어버린 상처와 대면하기 위해서, 그 장애물을 극복하기 위해서. 그런데 그 워크숍에서 은화가 발견한 것은 고통을 쏟아내는 내담자들의 만족감어린 얼굴이다. 타인의 응시에 노출됨으로써 얻는 만족, 모두의 구경거리가 됨으로써 주의를 거머쥔다는 쾌감, 즉 시관 충동pulsion scopique의 발현이다. 고통을 슬그머니 흘려보내면서 꼿꼿하게 향락을 즐기는 노출증자들. 헐벗은 채로, 살이 훤히 드러난 몸으로 위태롭게 전율하는 환자들. 이들은 고통으로부터 멀리 달아나려 하지만, 실은 고통을 값싸게 전시해 만족을 얻으며 생존할 힘을 키워간다. 아픔에 겨운 이들만이 보여줄 수 있는 이 비굴하면서도 절박한 자태를 은화는 새틴 바우어라는 새에 비유한다. 암컷을 '유혹'하기 위해 파란 물건을 강박적으로 수집하는 그 새는, "고통의 파편을 훈장처럼 늘어놓"으며 공들여 사람들의 환심을 사고 "오직 그 순간에만 생생하게 살아 있는 것"(64쪽)처럼 보이는 이 내담자들과 똑 닮아 보인다.

흥미로운 것은 은화가 이 노출증적 광증을 신속히 응용해 기어이 배역을 거머쥔다는 점이다. 앞서 우리는 따돌림의 경험이라는 어린 시절의 트라우마가 유산의 아픔과 자연스럽게 겹쳐지는 경로를 보았다. 그 연결은 마땅히 논리적이고 개연적이다. 그러나 문제는 이것을 드러내는 것이 은화의 독백 연기 속 사실상 연출된 대사라는 점에 있다. 활동 재개가 간절한 은화는 "애매하게 늙은 여자 배우"(67쪽)로서 이 경쟁에서 승리해야 했고, 비극에 비극이 포개어질 때 "더 강렬한 사연"(63쪽)이 된다는 걸 이용했다. 자신의 사연을 극화하는 것과 드라마 치료가 모두 "약속된 연극"(60쪽)이라는 걸 영리하게 간파한 그는, '세 번의 유산'이라는 사연만으로는 불가능했던 "입체적인 그림자"(64쪽)를 만들어 가장 논리적이면서 동시에 가장 완벽한 여운을 완성해낸 것이다. 그리고 그 작위성은 은화 안에서 이렇게 합리화된다. "상처에도 약간의 메이크업은 필요한 법이니까."(59쪽)

그런데, 이게 약간의 메이크업이라 불려도 무방한 걸까. 은화는 심사위원의 환심을 사기 위해 고통을 훈장처럼 늘어놓은 셈이다. 내담자들처럼, 바우어라는 이름의 저 파랑새처럼. 이즈음에서 소설은 변정림을 등장시킨다. 정림은 은화와 닮았다. 그러나 왜곡되게 닮았다. 같은 배우이지만 세간에 알려지지 않은 연극배우라는 것, 같은 드라마 치료 아르바이트를 했지만 정림이 훨씬 뛰어났다는 것, 같은 여성이고 유산을 했지만 만삭이었다는 것. 구형 모닝 앞좌석에서 흔들거리는, 서로를 묘하게 본뜬 두 사람. 이 엇나간 비슷함은 정림이 은화의 거울이자 보조 자아가 되는 서사적 장치라는 점에 주목하면서, 그 기묘한 거울상이 무한히 반사될 때 일어나는 일에 대해 말하고 싶다.

정림은 말한다. "모르겠어요. 왜 뒤늦게 찝찝한 기분이 드는 건지…… 왜 자꾸 뭔가를 헐값에 팔아넘긴 기분이 드는 건지…… 악!"(75쪽) 갑작스레 오토바이가 끼어들고, 외마디 비명소리가 터져나온다. 차 안의 공기를 바꾸는 실재적 충격. 뒤늦게 은화는 자신이 오디션장에서 저지른 일의 의미를 깨닫는다. 아까 읊은 대사가 실은 '연출'이 아니라 '증상'에 가까운 것이었다면. 휘두르고 있다고 생각한 슬픔에 오히려 실컷 휘둘리고 있었다면. 뒤통수에 어른거리는 오싹한 한기. 그때 서서히 둘은 차 안에서 역할극의 세계로 빠져든다. 밀폐된 공간을 압도하는 베테랑 배우의 막힘없는 발성과, 그에 반해 부실한 초급자용 대화의 반복.

"그 말을 들으니 나는 저 창문의 눈송이처럼 순식간에 녹아내리는 기분이야."

정림이 목소리를 한 톤 높였다.

"그 말을 들으니 나는 바람에 휘날리는 비닐봉지가 된 기분이야."

"그 말을 들으니 나는 추위에 굳어버린 길고양이가 된 기분이야."

"그 말을 들으니 나는 눈발 속에서 길을 잃은 발자국이 된 기분이야."

"그 말을 들으니 나는 영원히 멈춰버린 분수대가 된 기분이야."

"그 말을 들으니 나는 아무도 없는 골목에 켜진 가로등이 된 기분이야."

"그 말을 들으니 나는 물속에 가라앉은 못생긴 가오리가 된 기분이야."(77쪽)

고통은 여전히 여기에 있다. 그렇지만 고통은 여기에서 미끄러지며 자꾸만 새로워진다. 기계적인 반복 속에서 차이를 만들어내며 형질을 바꾸고 상상을 뛰어넘어 변신한다. 언어의 미끄러짐, 은유와 상징의 놀이 속에서 고통은 거듭 새롭게 창조되고 다시 녹아 정련된다. 녹은 눈처럼 울고, 비닐처럼 가벼워지고, 추위에 굳어지고, 시간이 멈추고, 홀로 켜진 가로등처럼 좌절하며 이 순간 단 한 번 말해진 이야기, 단 한 번 말해진 감정이 된다는 것. 이토록 세세하게 갈고닦아진 아픔의 감정은 수직적으로 침잠되지 않고 수평적으로 확장되며 기묘한 활기를 얻는다. 마치 들숨과

날숨처럼, 서로의 빈칸을 특별한 기호로 채우는 놀이를 주고받을 때 고통의 근막 사이로 들어차는 느슨한 공기는 아픔을 한결 중립적이고 이완된 상태로 받아들이는 얕은 여유를 선사한다.

할리우드의 전설적인 연기 스승으로 알려진 샌포드 마이즈너는 진실한 감정을 표현하는 데 있어서 정서적 기억affective memory의 중요성을 강조해온 선대의 입장을 박차고 나왔다. 감정은 실제 삶에서 겪은 현실적인 영역에 의존해 떠올리는 것이 아니라, 상상력을 발휘할수록 규율에서 벗어나 자유롭게 표현된다고 본 것이다. 마이즈너가 무엇보다 강조한 것은 백일몽이라는 은밀하고 개인적인 장소로 깊숙이 들어가 내면의 삶을 완전히 다른 것으로 만들어버리는 공상의 힘이다. 완성도 높은 환상으로부터 예술가의 창의력과 독창성이 돋아난다. 환상의 이러한 잠재성을 일찌감치 알아본 그는 마침내 배우를 상황을 연기하는 기계가 아니라, 상황 속에서 존재하고 살아가는 예술가로 거듭나게 했다.

이쯤 되면 마이즈너가 프로이트를 자주 언급하고 인용했다는 사실이 그리 놀랍지 않다. 가령, 그는 "예술가에게는 환상을 진심으로 표현해낼 때까지 자신의 특별한 재료를 주조할 수 있는 신비로운 능력이 있다"[1]는 프로이트의 가르침을 '두 개의 통 이야기'에 빗대어 이렇게 정의한다. "첫번째 통에는 우리에게 닥친 온갖 문제들이 가득 담겨 있다. 그 바로 옆에 두번째 통이 있다. 삼

---

1) Sigmund Freud, *A General Introduction to Psychoanalysis*, trans. Joan Riviere, New York, Pocket Books, 1953, 384~385; 샌포드 마이즈너·데니스 롱웰, 『샌포드 마이즈너 연기 테크닉』, 김보영 옮김, 샘, 218쪽에서 재인용.

투현상으로 인해 첫번째 통에 담겨 있던 일부 문제들이 두번째 통으로 스며들어가는데, 불가사의한 기적으로 두 통에 들어 있던 내용물이 그림을 그리거나 음악을 작곡하거나 글을 쓰거나 악기를 연주하거나 연기를 하는 능력으로 변모한다. 따라서 궁극적으로 우리의 재능은 내면의 문제들이 모습을 바꾼 것이라 할 수 있다."[2] 감정적 승화에 특별한 유연성까지 타고난 예술가는 백일몽을 정교하게 가다듬어 표현의 재료로 활용할 줄 안다. 내 안을 모두 녹여 빚은 뜨거운 구슬을 식혀 희귀한 자원으로 삼는다는 것. 치료라기엔 유연하고, 환상이라기엔 지극히 실용적인 이 과정 속에서 아픔을 새로운 물결로 채색하는 희망이 엿보인다면 그건 우연이 아니다.

마이즈너의 가장 유명한 교육 방식은 '반복 훈련'이다. 두 사람이 짝을 지어 같은 문장을 주고받는다. "바쁜가?" "네, 바빠요." "그래, 바쁘군." "바빠요." "자네 무척 바쁜가보군." "네, 무척 바빠요." "바쁘군." "네, 바빠요." "나도 바빠." 단조로운 반복으로 서로에게 연결되는 이 기초적인 훈련은 기계적이고 연극적이다. 그런데 이 비논리적인 대화가 충동적인 변화를 일으키며 진짜 감정을 유발하는 과정으로 이어진다. 연습한 감정을 꺼내는 것이 아니라, 상황에 진실되게 몰입해 손을 타지 않은 날것의 감정이 훅 튀어나오게 만드는 것. 오랜 습관을 벗겨내 감정적이고 충동적이며 즉흥적인 것을 발아시키는 것. 감정의 자기 자극self-

2) 같은 책, 303~304쪽.

stimulation이라는 이 새로운 영역은 우리의 앞에 탯줄처럼 이어진 지독한 아픔의 문제를 독창성의 세계로 열어놓는다. "그 말을 들으니 나는……"으로 시작되는 은화와 정림의 반복적인 대화 역시 이런 즉흥과 충동의 세계로 순식간에 이동해버린 것일 테다. 고통이 삼투되어 예술이 되는 그 불가사의한 무의식의 기적 속으로.

형편없이 엉망이 된 은화의 마음이 오래된 차 안에서 툭 건드려져 변화된 건, 깡통처럼 밀폐된 공기 속에서 반복된 자극에 고통이 투과되며 발생한 압력이 은화를 밀어올렸기 때문일 것이다. 뱃속에서 버둥대던 트라우마 벌레가 버려진 장갑 한 짝으로, 못생긴 가오리로 변신할 때 그를 울고 냉소하게 한 아픔은 마음만 먹으면 붕괴되는 창조적 유희의 재료가 된다. 상상에, 예술에, 연쇄에 사로잡히는 그 확장의 자세로 은화는 어린 시절의 자신을 다시 떠올린다. "배우로서 그 비참함을 잘 간직하기로 마음먹"었던 그날들을 말이다. "그것만큼은 누구도 건드릴 수 없는 그녀 자신의 것이었으므로. 작고 파란 불씨 하나가 그녀의 정원 안에서 고요히 타올랐다."(81쪽) 타인의 환심을 사기 위해 자기를 소외시키는 외압에서 벗어나, 자기 자신을 납득시키며 타인을 끌어안는 세련된 기품. 그는 이제 타인이 아니라 오로지 고통 앞에 입을 다문 자신을 유혹하기 위해 정원을 가꾸는 파랑새가 된다. 그리고 그 느리고 고요한 여유는 은화가 타인(초원)과 연결될 수 있도록 정직하게 돕는다. 그렇게 끈질기게 한자리에 고여 있던 상처의 시계가 탁탁 움직여, 다시 생의 활력과 속도를 맞추고 순환하기 시작한다. "아득한 과거가 숨을 헐떡이며 달려와 마침내 그녀를 따라잡았다."(81쪽) 자, 이쯤에서 다시 강조해본다. 이 소설은 아픔을 팔아넘기는 것이 아니라 아픔과 함께 발을 맞춰 걸을 수 있게 된 여자의 이야기라는 점을 말이다.

박수는 조금 있다가

그렇다면 정림의 경우는 어떤가. "특이한 커튼콜"(79쪽) 속에서, 박수도 인사도 없이 암전에 묻혀 퇴장해버린 이 인물의 아픔을 어떻게 설명할 수 있을까. 서사의 장치였다는 식으로, 그가 은화의 거울이자 보조 자아였다는 사실만으로 소설의 해석을 끝낼 수 있을까. 그럴 리가 없고 그럴 수도 없다. 강보라의 소설은 인물을 소모에 그치게 하는 그런 성급한 비윤리성으로 우리를 실망시키지 않는다. 결국 한 인물의 등장에 필요한 알리바이를 견고하게 만들어냄으로써 복잡하게 휘말리는 윤리의 힘에 우리를 도달하게 하는 것. 그렇게 누군가의 사정을 더욱 자세히 들여다보게 만들며 마지막까지 이해의 열쇠를 남겨두는 것. 그것이 이 소설이 거머쥔 마지막 긴장이다.

정림은 소설에서 아직 해명되지 않은 어떤 부분을 알려주고 있다. 여성의 몸을 주제로 한 이 연극이 위험하게 품고 있었던 '동지 의식'의 불가능성을 말이다. "여성으로서 겪은 상처"(59쪽)를 소환하기 위해 여성 배우들을 소집한 여성 연출가는 만삭에 뱃속

아이를 잃은 정림에게 이렇게 말한다. 그건 "유산이 아니라 엄밀히 말하면 출산"이라고, "프랑스에서는 다들 그렇게 표현한다고"(75쪽). 유산이라는 단어에 어른거리는 아픔의 기억까지 기어코 빼앗아 정림을 더욱 비참하게 만드는 그가 프랑스에서 견문을 넓힌 여성 지식인으로 등장하고 있다는 사실이 흥미롭다.

더 나아가 그는 정림과 은화의 사연을 교묘히 엮어 극을 연출하려 한다. "비슷한 사연이 반복되면 관객들이 지루해할 수 있어서, 세번째 유산의 설정을 살짝 바꿀까 해요. 임신 마지막 달에 사산한 걸로 시기만 좀 늦추기로요. (……) 자기는 프로니까 이해하리라 믿어요."(80쪽) 여성들 각자가 용기 있게 발화한 저마다의 경험을 비슷한 사연으로 치부하는 둔한 감각이, 내밀한 언어를 대강 뭉쳐 손쉽게 자극적인 허구로 만들어버리는 속물성이, 그리고 그것을 '프로 의식'으로 포장하는 위험한 인식이 여성 연출가의 입에서 나오고 있다는 것. 이는 소설이 은화와 정림이라는 한 쌍의 여성을 통해 표현하고자 했던 것이 허술한 자매애나 동질감만은 결코 아니었다는 사실을 보여준다.

유산이라는 민감한 생의 아픔을 다루며, 여성들의 몸이 겪은 상처가 '비슷한 사연'으로 치부되는 문제를 첨예하게 건드리는 소설이다. 은화에 이어 정림의 사연이 더해진 까닭은, 비슷한 경험을 가졌다고 해서 여성들이 비슷하게 아픈 것이 아니라, 각각의 증상에 아흔아홉 가지의 특수한 구체성이 있다는 걸 보여주기 위해서였을 것이다. 은화와 정림이 짊어졌던 아픔의 무게만큼, 모든 고통은 구체적으로 남다르게 각자를 찌른다. 그렇게 모든 개별적 아픔을 존중하는 신념으로, 생략된 커튼콜에 숨을 죽일 줄 아는 원숙함으로, "외롭고 고단"(79쪽)한 정림의 옆얼굴을 조용히 비추는 배려로 이 소설은 쓰였다. 그러니 감히 말한다. "박수는 조금 있다가"(74쪽) 터지는 것이 맞는다고. 아직 이 소설의 아픔은, 그 열렬한 결말은 여전히 쓰이고 있으니까.

전청림
2022년 문화일보 신춘문예를 통해 평론을 발표하기 시작했다.

서장원

리틀 프라이드

작가노트

언제나 작고 연약한 것

해설 안세진

동지이자 동료, 그러나 전우는 아닌

서장원

2020년 동아일보 신춘문예를 통해 작품활동을 시작했다. 소설집 『당신이 모르는 이야기』가 있다. 2024년 이효석문학상 우수작품상, 2025년 이상문학상 우수상을 수상했다.

리틀 프라이드

오스틴의 연락을 받은 건 목요일 오후 네시, 휴게실 커피 머신 앞에서 커피를 더 마실지 말지 고민하고 있을 때였다. 오스틴은 둥근 금속 고정 장치가 부착된 두 다리와 그 위로 엄지를 치켜올리고 있는 왼손이 담긴 사진을 보내왔다. 병실에서 직접 찍은 것 같았다. 나는 그 사진의 의미를 단번에 파악했다.

—오스틴, 결국 한 건가요?

—네, 지난달에요. 지금은 쑥쑥 크는 중입니다.

오스틴과 마지막으로 긴 대화를 나누었을 때 그는 회사를 그만두고 키 크는 수술을 할 거라는 얘기를 했었다. 사지연장술에 대한 이런저런 정보를 모으고 있다면서, 가장 오래전부터 활용되어 왔다는 일리자로프부터 속성 연장이 가능하다는 LON 수술까지 다리뼈를 늘이는 여러 방법을 내게 설명해줬다. 최신식 수술법의 경우 재활 기간도 비교적 짧고 통증도 덜하다고 오스틴은 말했지만, 내가 듣기에는 충분히 길고 고통스러운 과정 같았다. 오스틴은 기어이 그 수술을 받은 모양이었다. 나는 대단하다며 엄지를 치켜든 이모티콘을 여러 개 보냈다. 오스틴으로부터 곧바로 답장이 왔다.

—그런데 있잖아요, 토미. 부탁 하나 들어줄 수 있나요?

—어떤 부탁이요?

그렇게 답하며 나도 모르게 미간을 찌푸렸다. 귀찮은 일에 휘말릴지 모른다고 생각했던 것 같다.

—한참 전에 사무실에 도착한 택배가 있는데, 도착 알림 문자를 이제야 봐서요. 그것 좀 병원으로 가져다줄 수 있나요? 오랜만에 얼굴도 보고 싶고요.

나는 답장하지 않은 채 휴게실에서 나와 여전히 공석으로 남아 있는 오스틴의 자리로 걸어갔다. 그곳은 이제 간이 창고처럼 쓰이고 있어서, 빈 박스며 뽁뽁이, 친환경 종이 완충재, 포장용 테이프 등이 책상 아래 잔뜩 쌓여 있었다. 오스틴의 말대로, 빈 박스들 사이에 해외 송장이 붙은 조그만 상자 하나가 보였다.

오스틴이 떠난 지도 이제 세 달이 다 되어갔다. 그가 퇴사하기 전에는 자리가 지금보다 더 정신없었다. 좀처럼 주변을 정리하지 않았던 탓에 책상 위에는 알 수 없는 서류며 파일들, 각종 패션 서적이 어지럽게 놓여 있었고, 바닥에는 뜯지 않은 택배가 적어도 서너 개쯤은 늘 쌓여 있었다. 오스틴은 그 너저분한 자리에서 영상을 편집하고, 회의 자료를 만들고, 자신만 알아볼 수 있는 인터뷰 원고를 작성했다. 한때는 내 자리에서 고개만 살짝 돌려도 그 모습을 다 볼 수 있었다. 반년 전까지만 해도 오스틴은 이 회사의 개국공신으로 대접받고 있었다. 나는 그 사실을 입사한 날에 알게 됐다. 인사팀장이 나를 데리고 사무실을 돌며 직원들을 한 명씩 소개했는데, 소셜마케팅팀의 오스틴을 두고는 '우리 회사에서 오스틴을 모르면 간첩'이라고 농담을 했다. 그가 기획하고 출연한 길거리 인터뷰 영상들이 인스타그램 릴스에서 대박을 터뜨린 것을 두고 한 말이었다.

이곳 올드독코퍼레이션은 빈티지 의류 마니아를 위한 중고 마켓 겸 커뮤니케이션 앱 '올드독'을 만든 회사다. 직원들은 자기 직장에 대해 질문받으면 이렇게 대답한다. "무신사와 당근마켓 사이의 IT 스타트업." 오스틴은 이 회사의 초창기 멤버 중 하나였다. 틱톡 열풍이 불며 인스타그램 릴스와 유튜브 쇼츠 등 짧은 영상 플랫폼이 막 만들어지기 시작할 즘, 그는 소셜마케팅팀도 카메라를 들고 거리로 나서보자고 의견을 냈다. 성수나 홍대 등지에서 빈티지 의류를 차려입은 젊은이들을 만나 자기 패션에 대해 소개하는 짧은 영상을 만들어 올리면 인스타그램에서 분명 반향이 있을 거라는 얘기였다. 또 그는 자신이 인터뷰어로서 잘해낼 수 있다고도 장담했는데, 결과적으로 그의 말이 다 맞았다. 그가 기획한 영상은 곧 수만 회의 조회수를 기록하며 젊은이들 사이에서 회자되기 시작했다.

나 역시 그 영상들을 몇 번 본 적이 있었다. 인터뷰어인 오스틴

역시 영상의 일부로 등장했는데, 화면 속의 그는 회전의자에 구부정하게 앉아 모니터를 들여다보는 남자와는 사뭇 달랐다. 그는 함께 선 인터뷰이에게 빈티지 의류를 구매한 이유를 묻고는, 어쩌다 새 옷이 아닌 낡은 옷에 빠지게 되었는지, 빈티지 패션의 매력이 뭐라고 생각하는지 자연스럽게 화제를 이끌어냈다. 필요한 경우엔 패션 산업에 대한 이야기도 곧잘 덧붙였다. 그의 말을 듣는 것만으로도 빈티지 의류 시장에 대해 많은 것을 알 수 있었다. 이를테면 파타고니아 플리스의 시대별 디자인 변화나, 알파 인더스트리가 만든 야상과 항공 점퍼의 내구성, 1980년대 일본 의류 제조업의 위상에 대해서. 화면 속 오스틴은 박학다식하고 재치가 넘쳤고, 인터뷰이의 옷차림이나 외모를 띄워주기 위해 호들갑을 떨어댔다. 그는 나와는 전혀 다른 부류의 사람 같았고, 내가 절대로 될 수 없는 남자처럼 보였다.

물론 모든 면에서 그렇다고 말할 수는 없었다. 오스틴은 신장이 백육십사 센티미터인 나보다 키가 작은 극소수의 남자 중 하나였고, 그런 점에서 나는 그에게 미약한 동지 의식을 느끼고 있었다. 한편으론 릴스 속의 그가 유쾌한 코미디언처럼 행동하는 데에는 아마 이런 상황이 작용하고 있을 거라고 짐작하기도 했다. 외모가 멋지지 못한 남자가 여러 사람에게 호감을 사고 주목받기 위해서 가져야 하는 캐릭터를 그가 아주 잘 연기하고 있다고 말이다. 그건 내가 트랜스남성으로서 될 수 있는 한 익혀야 했던, 그러나 전혀 익히지 못했던 것 중 하나였다. 회사를 다니는 동안 내가 가장 어려워했던 것도 바로 그런 종류의 자기 연출이었다. 나는 어떻게 해야 괜찮은 남자로 보일 수 있는지, 남자로 인정받을 수 있는지 알지 못했다. 어쩌다 다른 직원과 스몰토크라도 주고받고 나면 내가 한 말과 보디랭귀지가 적절했는지 점검하느라 머릿속이 복잡해졌다. 물론 예전처럼 불을 끄고 샤워하거나 공중화장실 휴지통에 쌓여 있는 생리대를 보지 않으려고 애쓰는 것보다는 이쪽이 훨씬 나았다. 결코 이전의 삶과 비교할 수는 없었다. 하지만 그렇다고 해도 정말 피곤한 일이었다. 때로는 내가 맡은 직무보다, 왕복 세 시간을 쏟아야 하는 출퇴근길보다, 농담 한마디를 받아치는 일이 더 힘겨울 정도로.

내가 남성으로 패싱되기 시작한 시점이 정확히 언제인지는 모르겠다. 아주 어렸을 때는 대부분의 사람이 나를 남자애로 봤다. 고등학생 시절에는 그보다 두세 살 어린 남자 중학생처럼 보였고, 스무 살이 넘어서도 한동안은 그렇게 보였다. 그건 내가 바라는 모습과 다소 차이가 있었지만 그래도 최악은 아니었다. 가장 나쁜 경우는 누군가 나를 여자로 보는 것이었다. 아직 남자친구를 사귀는 데 관심 없고 멋을 부리지 않는 순진한 젊은 아가씨로. 다행히 호르몬 주사를 맞기 시작하고 서너 달이 지나자 아무도 나를 그렇게 바라보지 않았다. 대신 공공장소에서 도저히 무시할 수 없는 집요한 시선을 받는 일은 몇 번 있었는데, 탑 수술까지 마친 뒤로는 그런 일도 없어졌다. 탑 수술 이후, 한동안은 길을 걷다가 문득 멈춰 서곤 했다. 가게 유리창에 비친 내 모습을 가만히 바라보기 위해서였다. 달라진 실루엣을 보고 있으면 당시에 유행하던 영화 속 대사가 머릿속에 맴돌았다. 마침내. 그래, 마침내.

올드독코퍼레이션에 합격했을 때는 그즈음이 내 인생에서 가장 순조로운 시기라고 믿기도 했다. 입사하고 얼마 되지 않아 혜령과 헤어지며 그렇지 않다는 것으로 판명이 났지만, 당시에는 그랬다. 면접을 치르고 온 날 밤에 혜령과 나누었던 대화가 기억난다. 나는 혜령에게 대표의 영어 이름을 맞혀보라고 퀴즈를 냈다. 이 회사는 수평적인 문화를 지향한다며 서로를 영어 이름으로 부르는데, 대표의 이름이 아주 인상적이라고.

"뭐…… 오스카, 에이드리언 이런 쪽인가?"

"아니야. 힌트를 줄게. 영화감독 이름이야."

"아, 설마 쿠엔틴이야? 쿠엔틴 타란티노의 쿠엔틴?"

"맞아. 그 사람 자기가 엘라이라고 했어."

혜령과 나는 한동안 깔깔거리며 쿠엔틴, 쿠엔틴 하고 중얼거렸다. 우리는 그 무렵 자주 들락거리던 칵테일 바에 앉아 있었다. 퀴어 프렌들리한 콘셉트를 내세운, 바 뒤쪽의 진열장에 무지개 깃발을 걸어둔 곳이었다.

"내 생각엔 왠지 합격할 것 같아."

나는 그 무지개 깃발을 바라보며, 밝은 조명 아래서 그게 얼마나 꼬질꼬질할지 상상하면서 말했다.

"쿠엔틴이란 이름을 사용하는 사람이라면, 자기가 편견 없는 사람이라는 걸 증명하려고 트랜스젠더를 고용할 것 같기도 해."

내 말에 혜령은 고개를 설레설레 저었다. 그즈음 혜령은 내가 좋지 않은 상황을 너무나 집요하게 생각한다고, 그런 관점을 자신에게도 주입하려 애쓴다고 말하곤 했다. 그 점이 그녀를 지치게 한다고.

"만약 거기 합격하면 그건 그냥 네가 잘나서야. 지금 능력이 좋든 잠재력을 인정받았든."

혜령은 그렇게 말했다. 물론 나도 그 말을 전적으로 믿고 싶었지만, 그때나 지금이나 그러기가 어렵다. 사실 나는 트랜스젠더인 나를, 법적 성별이 여전히 여성으로 남아 있는 나를 채용해 준 쿠엔틴에 대해 지금까지도 고마운 마음을 가지고 있다. 그에게 고마워하는 것은 언젠가 혜령이 지적했듯 비굴한 태도이며 퀴어로서 프라이드가 부족한 것이라고 하더라도 마음이 그렇게 되어버린다. 그리고 가끔은 오스틴에 대해서도 엇비슷한 마음이 든다. 그에게는 고맙다기보다는, 친밀함 같은 걸 느낀다고 해야 맞겠지만.

업무상으로 나와 아무 접점이 없던 오스틴이 내게 문득 말을 걸어온 건 닷새간의 명절 연휴를 하루 앞둔 어느 오후였다. 오스틴은 휴게실에서 커피를 내리고 과자를 챙기고 있던 나에게 다가와 우리가 동문인 걸 아느냐고 물었다.

"제가 거기 신문방송학과 09학번이거든요."

"아, 정말요?"

그 순간에 내가 어떤 표정을 짓고 있었는지 잘 모르겠다. 나는 몇 초 안 되는 짧은 순간 동안 오스틴이 어쩌다 내 출신 학교를 알게 된 것인지, 그가 대학 시절의, 트랜지션 이전의 나를 알았을 가능성이 얼마나 될지를 생각했다. 09학번이라면 전공이 다르더라도 학교를 다닌 시기가 일 년쯤은 겹칠 터였다.

"우리 식사 한번 같이해요. 대학 후배인 줄 알았으면 진작 얘기했을 텐데."

오스틴은 그렇게 말했다. 그 순간에는 어째선지 불안감이 살짝 찾아들었는데, 오스틴이 우리에게 같은 카테고리가 있음을 재차 강조해서 그랬던 것 같다. 어쨌거나 우리는 연휴가 끝난 뒤 회사 인근의 멕시코 식당에서 점심식사를 함께하기로 했다. 결론적으로, 오스틴과의 첫 만남은 아주 즐거웠다. 오스틴은 대학 시절의 나에 대해 전혀 모르는 눈치였고, 우리는 타코와 케사디야, 칠리 프렌치프라이를 우적거리며 직무에 대해 푸념을 늘어놓았다. 나는 쿠엔틴이 가볍게 주문하는 일들, 이를테면 올드독 앱의 중고거래 게시판에 사이즈 카테고리를 추가하는 데 얼마나 많은 품이 드는지를 얘기했고, 오스틴은 사람들이 좋아할 만한 빈티지 힙스터를 찾는 일이 얼마나 어려운지 투덜댔다. 나는 그의 고초를 이해할 수 있었다. 올드독 인스타그램 릴스에서 가장 화제가 된 인터뷰이들은 빈티지 의류를 멋스럽게 차려입은 남자들이었다. 정확히 말하자면, 샤이어 러버프에게서 패션의 영감을 얻을 것 같은, 체격 좋고 잘생긴 남자들. 얼핏 생각하기에도 그런 남자들을 찾는 건 쉽지 않을 듯했다.

"여기 직원들을 찍으면 편할 텐데요."

나는 말했다. 당연한 얘기겠지만 올드독에는 빈티지 패션에 관심 많고 꾸미기 좋아하는 남자들이 한가득 있었다.

"그래도 되겠네요. 여기는 참 멋있는 분들이 많죠?"

"맞아요."

우리는 정말 그렇다는 듯 입가에 타코 소스를 묻힌 채 한동안 고개를 끄덕거렸다. 나는 문득 생각이 나서, 실은 오스틴에 대해 들은 적이 있다고 말했다. 입사 후 참석했던 유일한 단체 회식에서 브랜드마케팅팀 직원 하나가 전한 이야기인데, 그에 따르면 오스틴은 놀랍도록 눈썰미가 좋아서, 슬쩍 보고도 어떤 옷이 진짜 폴로인지 아닌지 알 수 있었다. 심지어 정품이 맞는다면 대략 언제쯤에 생산된 제품인지까지 알아맞힐 수 있었다. 나는 그게 정말인지 오스틴에게 물었다.

"제가 예쁜 걸 잘 알아봐요."

오스틴은 내 이야기의 진위를 가려주는 대신 빙그레 웃으며 그렇게만 대답했다. 그리고 나는 그가 한 말을 곧바로 이해했다. 그는 미남이 아니었고, 왜소한 체격에 팔다리 비율도 좋지 않았다. 그럼에도 그는 길거리를 돌아다니며 빈티지 의류를 차려입은 미남들, 모델 같은 비율을 가진 남자들을 찾아냈다. 그건 결코 유쾌한 일이 아닐 것 같았다.

"저는 예쁜 게 뭔지 잘 모르겠어요. 여기서 일하면서 이렇게 보는 눈이 없으면 안 될 것 같은데."

나는 분위기를 풀어볼 작정으로 그렇게 말했다. 그러자 오스틴은 차라리 그게 좋지 않으냐고 대꾸했다.

"올드독 거래 게시판 보면, 옷을 산더미처럼 쌓아두고도 이십 년 전에 나온 파타고니아 신칠라를 사려고 오십만원을 태우는 사람들이 있어요. 여기 대표는 빈티지 패션을 가지고 친환경이니 대안적 패션이니 하는데, 누가 그걸 믿겠어요. 그냥…… 예쁜 거에 눈이 회까닥하게 하는 것 같아요."

나는 고개를 끄덕였다. 사실 입사하고 나서 느낀, 회사에 대한 내 감상도 정확히 그랬다. 지속 가능한 패션이라고는 하지만 사실 이곳에서 파는 건 그냥 헌옷이 아니었다. 그보다는 특정 브랜드가 특정 기간에 생산했다는 점을 셀링 포인트로 잡은, 가격이 출고가의 몇 배를 웃도는 리셀 제품이라고 보는 편이 맞았다.

"다들 예쁜 걸 좋아하니까요."

"맞아요. 옷도 사람도 그렇죠."

곧 오스틴은 이 근처에 괜찮은 로스터리 카페가 있다며 거기에 가보자고 화제를 돌렸다. 오스틴이 골라준 풍미 가득한 커피를 마시던 오후, 나는 언젠가 혜령과 퀴어 퍼레이드를 따라 걷던 날을 떠올렸다. 무척 더운 날이었는데 퍼레이드 행렬은 그늘 한 점 없는 아스팔트 도로로 나아갔다. 우리 앞의 트럭에는 상의를 입지 않은 몸 여기저기에 무지개 모양이나 'QUEER' 혹은 'PRIDE'라고 보디페인팅을 한 남자 여럿이 타고 있었다. 원래는 그 위에서 간단한 공연을 하거나 구호를 외치려던 것 같았는데, 더위 탓인지 그들은 그저 트럭 난간을 짚고 한 번씩 손을 흔들어주며 아래쪽을 내려다보고 있었다. 그들의 땀으로 번들거리는, 잘 다듬어진 예쁜 몸을 나는 조금 서글픈 심정으로 지켜봤다. 그때 나는 이미 탑 수술을 성공적으로 마친 뒤였지만, 그들처럼 웃통을 벗고 싶지는 않았다.

그날 이후로도 나는 오스틴과 종종 점심을 함께했다. 둘 다 야근을 하는 날이 잦아져서 같이 저녁을 먹는 일도 몇 번 있었다. 다른 사람들과 달리 오스틴과 함께 있으면 마음이 편할 때가 많았는데, 이제 와 돌이켜보면 그가 내 앞에서 감정적인 모습을 자주 드러내서 그렇지 않았나 싶다. 그는 대표 쿠엔틴과 임원들에 대해, 자기에게 집중되는 업무와 거기서 오는 피로에 대해 분통을 터뜨리곤 했다. 소셜마케팅팀은 사내에서 가장 바쁜 팀이자 유일하게 팀장이 없는 팀이었고, 파트장인 오스틴이 특유의 넉살을 발휘해 팀원들을 북돋우며 실질적인 팀장의 역할을 하는 듯 보였다. 팀원들 앞에서 감정적인 모습을 내비칠 순 없었을 것이다. 물론, 이건 내가 은연중에 재구성한 이야기인지도 모른다. 내게는 언제나 나를 잡아줄 사람, 여기 있어도 괜찮다고 말해줄 사람이 필요했고 올드독에서는 때마침 내게 말을 걸어준 오스틴이 바로 그런 사람이라고 생각했던 건지도. 그러니 오스틴이 이 주간의 정직 처분을 마치고 복귀했을 때 내가 맥주를 한잔하자고 제안한 것도 자연스러운 일이겠다. 금요일 저녁이었고, 아홉시가 넘도록 사무실에 남아 있는 사람은 우리 둘뿐이었다. 내가 한잔하겠느냐고 묻자 오스틴은 천천히 회전의자를 돌려서 나를 바라봤다.

"맥주 좋아요."

그는 일어서서 의자에 걸어두었던 외투를 집어들었다. 우리는 사무실을 돌아다니며 소등한 다음 밤거리로 나섰다. 10월이었지만 공기가 후텁지근해서 거리에는 아직 여름밤의 분위기가 남아 있었다. 우리는 해마다 더워지는 날씨가 올드독에 어떤 영향을 미칠지 이야기하며 멕시코 식당으로 걸어갔다. 나도 오스틴도 최근에 있었던 소동에 대해 일절 언급하지 않았다. 그가 그 일에 대해 이야기하기 시작한 것은 맥주 한 병을 다 들이켠 다음이었다. 그는 자기 휴대폰에 저장되어 있던 '그 커플'의 인터뷰 영상을 보여주었다. 그들은 오스틴이나 나보다 더 젊어 보였고 미남 미녀였다. 물론 사람들은 그들을 두고 미남 미녀라고 말하는 대신 선남선녀라고 에두르겠지만 속물적으로 말하자면 그랬다.

영상 속에서 세 사람은 아주 화기애애했다. 오스틴은 1990년대에 생산된 나이키 맨투맨을 커플룩으로 차려입은 연인을 발견하고 다가간다. 두 사람은 물론 오스틴을 알고 있다. 심지어 오스틴이 마음에 드는 대상을 찾아냈을 때 외치는 멘트를 먼저 소리친다. "오스티너스!" 오스틴은 여느 때처럼 두 사람의 패션을 칭찬하고 어떻게 처음 만났는지 묻는다. 이야기는 곧 그들이 빈티지 의류에 빠져 성수동 일대의 빈티지 옷가게를 순회하고 있다는 내용으로 넘어간다. 그 둘은 최근에 영국에서 생산된 보이런던을 찾아다니고 있다며 웃는다.

문제는 그다음, 두 사람의 인터뷰 영상이 올드독의 유튜브와 인스타그램 계정에 게시된 후에 일어났다. 여자 쪽에서 오스틴의 개인 인스타그램으로 DM을 보내 영상을 내려달라고 부탁한 것이다. 며칠 사이에 남자친구와 헤어지게 되었으며, 함께 있는 모습을 사람들에게 보이고 싶지 않다는 이유였다. 오스틴과 여자의 말이 비슷한 건 여기까지다. 그뒤로는 두 사람의 이야기가 완전히 달랐다. 오스틴은 자기가 흔쾌히 영상을 삭제하겠다고 답장했으며, 이에 더해 여자를 위로해주었다고 주장했다. 남자친구와 헤어지게 되어 안타깝다고, 곧 좋은 인연을 만나게 될 거라고, 그렇게 메시지를 보냈을 뿐이라고. 그러나 나중에 여자가 설명한 바에 따르면 오스틴은 영상을 삭제해줄 테니 자기와 만나 커피를 마시자고 추근댔다. 곧 여자는 오스틴과 주고받은 DM을 캡처해 자기 인스타 스토리에 올렸다. 그때까지도 오스틴은 그것이 악의적으로 대화 내용을 편집한 이미지라고 주장했지만, 누구도 그 말을 곧이들을 순 없었다. 올드독은 곧 공식적인 사과문을 SNS에 발표했는데, 그 사과문은 쿠엔틴이 직접 쓴 것이라고들 했다. 글 속에는 해당 직원을 징계하겠다는 내용도 들어 있었다. 오스틴은 SNS를 통해 자신이 징계 대상임을 알게 됐다. 오스틴은 시말서를 쓰고 이 주 동안의 정직 처분을 받았다.

"그 여자 일부러 그런 거예요. 자기가 차인 걸 가지고 나한테 화풀이를 하려고."

오스틴은 코로나 맥주 병을 탁 소리가 나게 테이블에 내려놓으며 중얼거렸다.

"그 여자가 차였는지 찼는지 어떻게 알아요?"

"딱 보면 알죠. 딱 봐도…… 페미 같잖아요. 페미니까 차인 거죠."

"네?"

"머리가 짧으니까요."

오스틴은 말했다. 나는 그가 진심으로 그렇게 믿고 있다는 걸 그의 목소리와 표정으로 알 수 있었다. 내 옆 테이블에 앉아 있던 여자들이 일순간 조용해지는 것이 느껴졌다. 여자들은 곧 일부러 의자를 소리 나게 밀치며 자리에서 일어났고, 주문서와 가방을 챙겨 자리를 뜰 준비를 했다.

"오스틴, 취한 것 같아요."

"이 정도로요?"

오스틴은 맥주병을 손가락으로 튕기며 웃었다. 그는 자신을 편들어줄 남자를 만나 기쁜 것 같았다. 사실 그건 내가 예상해야 했던 일이었다. 나 역시 오스틴에게 정말 억울한 사연이 숨겨져 있거나, 그가 진심으로 반성하고 있다고 믿었던 것은 아니니까. 거기까지 생각이 미치자 마음 깊은 곳에서 수치심이 몰려왔다. 나는 제법 괜찮아 보였던 오스틴이란 남자에게 동료로 받아들여지길 바랐고, 그가 질 나쁜 남자인 것이 밝혀진 뒤에도 그 마음을 내려놓지 못했다. 나는 괴롭고 불편한 심정으로 오스틴이 맥주를 주문하는 모습을, 직원이 새로 가져다준 코로나 맥주 병을 집어 들며 들뜬 목소리로 이야기를 이어가는 모습을 지켜봤다.

"사실 뭐가 문제인지 알아요."

"뭐가 문젠데요?"

"저도 좀 달라져보려고 해요. 그러니까 외모를 좀 바꿔보려고요."

오스틴은 그렇게 말하고 맥주를 들이켰다.

"뭐, 쌍수라도 한다는 얘기예요? 그게 해결책이라고요?"

"아니요." 오스틴은 맥주를 홀짝이고 말을 이어갔다. "훨씬 더 큰 수술이에요. 대수술이죠. 회사도 그만둬야 할 거예요."

오스틴은 그러고는 휴대폰을 꺼내 몇 가지 이미지를 보여줬다. 상단에 '비포&애프터'라고 적혀 있는, 같은 사람이 서 있는 모습을 나란히 이어붙인 사진들이었다. 나는 오스틴의 의도를 알아챘다. 오스틴은 사지연장술에 대해 말하고 있었다. 그거라면 예전에 나도 잠깐 검색해본 적이 있었다. 상당한 비용과 시간이 필요한 수술이었다.

"이거…… 정말 힘들지 않나요? 여러 가지로요."

오스틴은 다 안다는 듯 고개를 끄덕였다. 그는 사지연장술에 대해 한참 설명한 다음, 이제 거의 마음을 굳혔다고 덧붙였다.

"그렇게 해서 새출발을 하고 싶어요. 좋은 여자도 만나고요. 페미가 아닌 좋은 여자."

그러고는 그 자리가 어떻게 흘러갔는지 모르겠다. 오스틴은 점점 더 취했고, 자기를 모독한 짧은 머리 여자와 해명의 기회를 주지 않은 쿠엔틴, 자신을 외면하는 동료들에 대해 분통을 터뜨렸고, 다시 사지연장술로 화제를 돌려 내게는 끔찍하게만 들리는 온갖 수술법을 설명했다. 직원 하나가 우리 테이블로 다가와 문을 닫을 시간이 됐다고 알려줄 때까지 그랬다. 전철역 앞에서 헤어지기 직전에 오스틴은 자기가 그때껏 잊고 있었다는 듯, 혹시 여자친구가 있느냐고 내게 물었다.

"그럼요."

나는 고개를 끄덕이고는 담배를 한 대 태우겠다는 오스틴을 두고 전철역 계단을 뛰어내려갔다.

여자친구가 있다는 건 거짓말이었다. 그때는 혜령과 헤어진 지 반년이 다 되어가고 있었고 새로운 연애는 시작될 기미조차 보이지 않았다. 헤어지면서 혜령은 내게 지쳤다고 말했다. 그날 우리는 극장에서 영화 상영 시간을 기다리며 삼십대 후반이 되어서 FTM으로 성전환을 한 할리우드 배우에 대해 이야기했다. 나는 그가 다소 늦게 성전환을 선택했기 때문에 할리우드에서 일할 수 있었다고 주장했다. 그가 더 일찍 트랜지션을 했다면, 그래서 스무 살부터 신장이 백육십 센티미터가 안 되는 트랜스남성으로 살아갔다면 결코 할리우드에 데뷔할 수 없었을 거라고, 적어도 지금처럼 유명해지는 일은 불가능했을 거라고 장담했다. 사람들은 트랜스젠더이자 평균 신장에 한참 못 미치는 왜소한 남성이 '위대한 개츠비'가 되거나 '캡틴 아메리카'를 연기하는 걸 원하지 않는다고. 혜령은 내 말이 다 옳다고 대답했는데, 그런 뒤엔 한동안 말이 없었다.

"그런데 있잖아, 왜 그런 상황들을 하나하나 가정해야 하는지 모르겠어. 네가 그렇게 생각하고 말하는 게 이제 너무 피곤해."

혜령은 그렇게 말한 뒤 팝콘과 제로 콜라, 영화 티켓 두 장을 두고 나를 떠났다. 이후로도 종종 연락을 주고받았고, 혜령의 강아지를 내가 며칠 맡아주기도 했지만 그뿐이었다. 우리는 더이상 연인으로 지낼 수 없었다. 그래봤자 서로를 괴롭게 할 뿐이라는 걸 이별한 후에 둘 다 잘 알게 됐다. 다만 오스틴에게서 사진과 메시지를 받은 지 이틀 뒤에, 혜령이 우리집으로 찾아왔다. 그러고는 도저히 두고 볼 수가 없다며 성별 정정 신청에 필요한 서류들을 모두 꺼내, 복층 원룸인 내 집에서 거의 유일하게 빈 공간으로 남아 있는 바닥에 늘어놓았다. 혜령은 맥주 캔을 손톱으로 톡톡 두드리면서 인우보증서가 더 있어야 하지 않겠느냐고 내게 물었다.

"저번에도 그게 문제였다며."

나는 고개를 끄덕거렸다. 몇 해 전 처음 성별 정정을 신청했을 때, 판사는 내가 한 명의 성인 남성으로서 다른 사회 구성원들과 충분히 관계 맺지 못하고 있다는 점을 들며 신청을 기각했다.

"이번엔 네가 있잖아."

"그래봤자 한 장인걸."

혜령은 인우보증서를 받아낼 만한 사람들을 떠올리며 내게 이름을 불러줬지만, 나는 그때마다 고개를 저으며 그 사람한테 커밍아웃할 수는 없다거나 이미 연락이 끊긴 지 너무 오래라고 대답했다. 그리고 그 말은 모두 사실이었다.

"아, 너랑 좀 친하게 지냈다던 그 회사 사람도 있잖아. 오스틴. 그 사람 퇴사했다며?"

"맞아."

"그 사람에게 부탁하면 어때?"

"그 사람은 호모포비아야."

물론 그건 내가 추정한 것일 뿐 확인된 사실은 아니었다. 아니, 그렇지 않을 확률이 어쩌면 더 높았다. 오스틴이 좋아하는 패션 디자이너 중 하나가 이브 생로랑이었고, 어느 영상에선가 인터뷰이와 함께 이브 생로랑의 연애사에 대해 제법 긴 대화를 나눈 적도 있으니까. 사실 혜령이 이런저런 이름들을 불러줄 때부터 나는 이미 오스틴을 생각하고 있었다. 그가 제안을 거절하더라도, 이제 더는 같은 집단에 소속된 사람이 아니니 그나마 좀 안전하겠다는 생각까지도 했던 것 같다. 그러나 혜령이 맥주를 세 캔째 비우고, 완전히 낙담해서 내 머리를 잠깐 쓰다듬는 동안에도 나는 오스틴이 호모포비아라는 말을 정정하지 않았다. 우리집을 떠나기 전 혜령은 이걸로도 충분할지 모른다고 나를 다독였지만, 스스로도 그렇게 믿지 못하는 것 같았다. 내 생각에도 그랬다. 인우보증서가 한 장은 더 필요했다.

"오스티너스!"

병실에 들어서자 오스틴은 양팔을 들어올리며 나를 반겨주었다. 내가 침대 곁으로 다가가자, 오스틴은 일어나 맞아주지 못해 미안하다며 대신 악수를 청했다. 나는 그의 자세가 많이 흔들리지 않도록 맞잡은 손을 아주 천천히 위아래로 움직였다. 오스틴은 담요 속에 보조 장치를 착용한 다리를 숨기고 있었는데, 자세를 조금 틀 때마다 얼굴을 찡그렸다. 세 달 사이에 살이 빠지고 수염을 제대로 깎지 못해 내가 늘 보았던 모습보다 더 나이들어 보였다. 그는 내가 건넨 택배 박스를 되돌려주며 말했다.

"사실 이거 토미 주려고 주문한 거예요. 생일 선물이었는데 늦었네요."

내가 놀라서 고맙다고 인사하자 오스틴은 웃었다. 왠지 모르겠지만 그 순간 오스틴은 예전의 오스틴, 인사팀장이 내게 소개했던 바로 그 남자로 되돌아간 것 같았다. 우리는 한동안 그간의 일들을 이야기했다. 나는 올드독의 동향을 전했고, 오스틴은 수술 경과에 대해 설명했다. 이 수술을 통해 팔 센티미터 정도 키가 자랄 예정이라고, 그러면 자기도 백칠십 센티미터가 넘을 거라고 말하며 그는 머리 위로 손을 올려 반 뼘 정도의 공간을 만들어 보였다. 이야기가 웬만큼 나와 화젯거리가 떨어졌을 때, 오스틴은 문득 생각났다는 듯 자기는 알고 있었다고 중얼거렸다.

"알다니 뭘요?"

"토미는 그러니까, 트랜스젠더죠? 사실 처음 만났을 때부터 그렇게 보였어요. 저는 눈썰미가 좋은 편이잖아요. 그리고 화장실에서 한 번도 안 마주치길래 확신했죠. 그래도 다른 사람들은 모를걸요." 오스틴은 그렇게 말하며 자신 있게 고개를 끄덕였다. "전혀 모를 거예요."

나는 한동안 말문이 막힌 채 간이침대에 앉아 그를 바라봤다.

"왜 얘기 안 했어요? 지금은 그 얘기를 왜 하는데요?"

오스틴은 내 쪽으로 상체를 돌리려다가 고통스러운 듯 얼굴을 찌푸렸다.

"그냥…… 굳이 싶었죠. 그런데 여기 누워 있다보니까 그런 생각이 들었어요. 토미도 이런 수술을 했겠다고." 오스틴은 진지한 표정으로 말했다. "그래서 토미를 다시 한번 보고 싶었어요. 우린 그러니까, 전우 같은 거잖아요."

나는 '전우'라는 말에 다시 어안이 벙벙해져 커튼이 둘러진 병실 내의 다른 침대들과 창 너머의 맞은편 건물을 바라봤다.

"아니요…… 저는 다르다고 생각해요. 전혀 달라요."

우리는 잠시 침묵 속에 앉아 있었다. 그러다 회사 이야기와 수술 경과에 대한 이야기를 다시 이어갔지만, 둘 다 대화에 집중하지는 못했다.

"음, 여름휴가 계획은 아직이죠?"

최근의 쿠엔틴에 대해 말하다 다시 화제가 바닥났을 때 오스틴이 물었다. 올드독코퍼레이션은 여름마다 일주일간의 유급휴가를 주는데, 직원들은 연초부터 이 시기를 고대했다.

"아, 이미 정했어요. 대만에 가려고요. 여자친구가 가보고 싶어해서요."

물론 그건 전혀 계획에 없는 일이었고, 내겐 여자친구가 없었지만 나는 떠나지 않을 여행 계획에 대해 술술 늘어놓기 시작했다. 여자친구가 한때 대만에서 교환학생으로 있었는데, 최근에 다시 가보고 싶어한다고. 그리고 거기서 스트립쇼를 볼 예정이라고.

"여자친구랑 스트립쇼를 봐요?"

"네, 같이 볼 만한 스트립쇼가 있거든요."

나는 그렇게 말한 뒤, 오래전 혜령이 내게 들려줬던 십 달러짜리 스트립쇼 이야기를 그대로 오스틴에게 전했다. 여자친구가 교환학생으로 머물렀던 대학 인근의 술집에서 십 달러만 내면 누구나 참여할 수 있는 스트립쇼가 열리곤 했다는 이야기였다. 거기선 참가자들의 얼굴이며 몸매가 어떻든, 몸에 흉터가 있든 없든 아무도 신경쓰지 않는다고. 쇼의 목적은 오로지 웃기는 것이어서, 관객들은 그날 밤 가장 재미난 공연을 한 사람을 투표로 뽑는다고. 오스틴은 그것 참 재미있겠다며 웃었다. 간호사가 들어와 오스틴에게 재활 치료 시간임을 알렸으므로 우리의 대화는 중단됐다. 나는 오스틴에게 이별의 악수를 청했다. 그리고 아까보다 더 천천히, 그가 통증을 느끼지 않도록 애쓰며 조심스레 손을 맞잡았다. 보증서 이야기는 꺼내지 않았다. 아무래도 그러지 않는 편이 좋겠다고, 그 짧은 시간 동안 결정을 내렸다.

병실을 나서며 혜령의 이야기를 다시 생각했다. 혜령은 현지에서 사귄 친구들과 자주 그 술집을 들락거렸다면서, 거기서 본 사람들의 목록을 읊어주었다. 노년의 퀴어 커플, 온몸에 온갖 종류의 타투를 그려놓은 사람, 타투를 새겼다가 잉크가 번져 얼룩덜룩한 피부를 갖게 된 사람, 깡마른 뇌병변 장애인, 과거 초고도비만이었다가 체중을 감량하며 가슴과 배의 피부가 늘어진 남자. 한번은 그곳에서 가슴 아래쪽에 탑 수술 흉터가 남아 있는 트랜스남성을 본 적도 있다고 했다.

"그 사람은 카우보이모자를 쓰고 문워크를 췄는데 아주 멋졌어."

내 기억이 맞는다면 혜령이 내게 그 얘기를 꺼냈던 건 우리가 아직 연인이 되기 전이었다. 내가 트랜스젠더여도 자기는 상관없다고 어필하기 위해 혜령은 그 스트립쇼 얘기를 꺼냈지 싶다. 이후로도 그 이야기는 몇 번 화제에 올랐다. 언젠가 그 쇼를 보러 대만에 가자고 약속하기도 했는데, 그런 약속이 으레 그렇듯 흐지부지 잊어버렸다.

병원을 나서서 건물 뒤편의 작은 부지, 사실상 흡연 공간이나 다름없는 조촐한 공원에 이르렀을 때 나는 그 쇼가 과거의 우리가 얘기했던 것처럼 정말 혁신적이고 대안적이었는지 생각에 빠졌다. 기꺼이 옷을 벗는 사람들과 그들을 향해 따뜻한 박수를 보내는 사람들을 떠올리자 걷잡을 수 없이 기분이 나빠졌다. 혜령이 말하곤 했던, '너무나 집요한 생각'을 다시 시작한 것 같았다. 그러다 문워크 춤을 췄다는 트랜스맨을 두고 혜령이 한 말을 되새기는 데 이르렀다. 혜령은 그가 아주 멋졌다고 말했지만, 그렇지만, 그에게 매혹되었던 건 아니었다. 그리고 아마 내게도 마찬가지였을 것이다. 나는 오래전부터 알고 있던 그 사실을 아주 천천히 받아들였다. 환자복을 입고 담배를 피우고 거리낌없이 침과 가래를 뱉는 남자들 사이에서, 아주 천천히, 그러나 분명하게.

| 작가노트 |

언제나 작고 연약한 것

이 소설은 2024년 초에 썼습니다. 2023년 여름부터 겨울까지, 저는 김원영 작가의 『희망 대신 욕망』(푸른숲, 2019), 일라이 클레어의 『망명과 자긍심』(전혜은·제이 옮김, 현실문화, 2020)을 읽으며 했던 생각과 고민을 소설에 담아보려 애쓰고 있었습니다. 늘 그렇듯 마음처럼 소설이 풀려나가지 않아서 몹시 좌절한 채로 시간을 보냈습니다. 초여름에 쓰던 소설을 완전히 포기했고, 이듬해 1월까지 마감해야 했던 이 소설 역시 써내지 못하고 오래 헤맸습니다. 1월 중순까지, 제 원고에는 오스틴이 등장하지 않았습니다. '나(토미)'와 혜령 두 사람만의 이야기를 하려 했지요. 그때까지 구상했던 것은 이별 후 '나'가 혜령이 자신을 좋아했던 것이 맞는지 의문을 갖고 지난 연애를 반추하는 이야기였는데요, 이제와 생각해보면 그것은 이야기라기보다는 이야기의 설정일 뿐이었다는 생각도 듭니다. 어쨌든 저는 그런 관계를 구상해놓고 도입부를 쓰고 지우길 반복했습니다. 시도를 거듭했지만 삼십 매를 넘기지 못했어요. 결국 포기하고 마감이 코앞으로 다가왔을 때에야 새로운 아이디어가 생겨났습니다. 주인공의 직장과 직장에서의 생활, 사무실 동료 오스틴 등이 더해졌습니다. 인스타그램과 유튜브에서 본 길거리 인터뷰 영상들, 온라인 공간 여기저기서 마주친 트랜스젠더 혐오의 광풍, 파타고니아 신칠라를 중고품으로 사려고 온라인을 돌아다니던 경험이 소설의 조각이 되었습니다.

이 소설을 쓰는 데 구체적인 시발점이 되었던 것은 말미에 등장하는 '십 달러짜리 스트립쇼'였습니다. 이 이야기는 해외에 체류했던 친구에게서 전해들었습니다. 누구나 참여할 수 있는 스트립쇼가 열리는데 그 공연의 성격이 우리가 아는 스트립쇼와는 전혀 다르다는 내용이었지요. 처음에는 성적 대상화 없이 누드를 전시한다니, 정말 멋진 아이디어라고 생각했습니다. 대안적이고 혁신적인 공연이라고도 생각했고요. 그런데 나중에 그 쇼에 대해서 곱씹어보니 마음이 달라졌습니다. 만약 누군가 이 공연을 통해 자신의 몸을 긍정하려 했다면, 더 나아가 자긍심을 얻으려 했다면, 그 일이 과연 가능할까 궁금해졌습니다(물론 이런 거창한 목표를 품은 사람은 거의 없을 테고, 대부분은 재미난 농담을 던지는 기분으로 쇼에 참여해 기쁘게 박수를 받겠지요…… 다만 저는 '나'처럼 이상한 경우를 상정하고 그 가정을 끝까지 상상하는 버릇이 있습니다).

제가 아는 한, 프라이드 혹은 자긍심이라는 것은 쉽게 얻어지지 않는 것, 얻었다가도 어느새 잃게 되는 것이었거든요. 그래서 제게 프라이드란 언제나 작고 연약한 어떤 것입니다.

그리고 이 모든 것을 소설로 풀어 쓴 결과물이 「리틀 프라이드」인 것 같습니다. 다만 완성한 시점으로부터 어느새 일 년이 넘게 흐른 터라, 소설을 쓰는 동안 지나온 감정과 생각, 의문 들과는 조금 멀어졌다는 생각도 듭니다. 아니, 조금 더 솔직히 말하면 「리틀 프라이드」는 저를 초과한 소설이지 않았나 생각합니다. 이 소설을 마침내 완성하고 발표하고 상도 받게 되어 저는 무척 기뻤습니다.

| 해설 |

동지이자 동료, 그러나 전우는 아닌

안세진

소설의 주인공 '나'는 탑 수술을 완료한 트랜스남성이다. 정식으로 성별 정정을 받기까지는 아직 몇 개의 절차가 남아 있지만, 일단 대부분의 상황에서 무리 없이 시스젠더 남성으로 패싱되는 외모를 가지고 있다. 얼마 전에는 빈티지 의류 마니아를 위한 중고거래 앱 '올드독'을 개발한 IT 스타트업에도 성공적으로 입사했다. "엘라이"(108쪽)를 자칭하는 회사 대표가 스스로의 '편견 없음'을 증명하기 위해 보여주기 식으로 자신을 고용한 것 같다는 의심이 남아 있지만, 전 여자친구 혜령의 말대로 집요한 생각은 그만두고 조금 더 "프라이드"(109쪽)를 가질 필요가 있겠다. 여하튼 '나'는 이제 "한 명의 성인 남성으로서"(119쪽) 사회를 살아갈 준비가 된 것 같다. 한 가지 문제가 있다면 백육십사 센티미터인 '나'의 키가 남성 평균에 비하여 많이 작다는 것. 정확히 말하자면 '나'는 이제 왜소한 남성으로 패싱되는 삶을 살게 된다.

'나'는 회사에서 오스틴을 만난다. "우리 회사에서 오스틴을 모르면 간첩"(105쪽)이라는 말마따나, 올드독의 초창기 멤버이자 현재 소셜마케팅팀을 이끄는 파트장인 오스틴은 언제나 화제의 중심에 서 있는 인물이다. 특히 그가 자체 기획한 영상 콘텐츠는 SNS에 올리는 족족 조회수 대박을 터뜨리고 있다. 영상 속에서 오스틴은 성수나 홍대 길거리를 배회하며 빈티지 패션 마니아를 찾아다닌다. 스타일이 좋은 힙스터를 발견하면 유행어 "오스티너스!"(114쪽)를 외치며 다가가 인터뷰를 시작한다. 빈티지 패션에 대한 해박한 지식과 특유의 유쾌함으로 매번 최고의 인터뷰를 이끌어내는 오스틴. 하여간 그는 재치 있고 능력 있는 남자인 것 같다.

그러나 '나'의 눈에 가장 먼저 들어오는 것은 그의 왜소한 몸이다. 오스틴은 "신장이 백육십사 센티미터인 나보다 키가 작은 극소수의 남자 중 하나"(106쪽)이다. "왜소한 체격에 팔다리 비율도 좋지 않"(111쪽)은, 아무리 좋게 봐도 미남이라고는 말할 수 없는 남자. 재치와 능력으로도 감출 수 없는 그의 신체적 열등함이 눈에 들어오기 시작함에 따라 오스틴의 모습을 바라보는 '나'의 시선 역시 미묘하게 굴절된다. 영상 속 오스틴은 키 크고 잘생긴 남자들 앞에서 그들의 "옷차림이나 외모를 띄워주기 위해 호들갑을 떨어"(106쪽)댄다. '나'는 지금 그가 "외모가 멋지지 못한 남자가 여러 사람에게 호감을 사고 주목받기 위해서 가져야 하는 캐릭터"(같은 쪽)를 아주 탁월하게 연기하고 있다는 사실을 직감

한다.

'나'는 그런 오스틴의 모습을 매우 주의깊게 관찰하고 있다. 왜냐하면 어떤 측면에서 오스틴의 그러한 자기 연출은 백육십사 센티미터의 왜소한 남성으로 살아가기 위해 '나'가 배워야 할 생존의 기술 중 하나이기 때문이다. 그리고 '나'는 그것이 "결코 유쾌한 일이 아닐 것 같"(111쪽)다고 생각한다. 카메라 앞에서 온종일 "유쾌한 코미디언"(106쪽) 노릇을 하는 것은 정말 피곤한 일일 테고, "모델 같은 비율을 가진 남자"(111쪽) 옆에 서 있는 자신의 모습이 각종 SNS로 퍼져나가는 것을 지켜보는 것 역시 무척 힘들 것이기에. 과장된 익살 뒤에 감추어진 콤플렉스를 탐지하는 이 섬세한 시선 속에서, 트랜스남성 '나'와 키 작은 남성 오스틴 사이에 아주 작은 공간이 열린다.

이것은 이 소설이 그려내는 매우 희박한 연대의 순간이다. 그들이 공유하고 있는 왜소함으로 말미암아 둘 사이에는 일시적이나마 "미약한 동지 의식"(106쪽)이 형성되기 시작한다. 사회가 설정한 평균적인 아름다움의 기준에 미달하는 두 남성은 마주앉아 서로의 눈을 쳐다보며 이야기를 나누기 시작한다. 빈티지 패션을 놓고 "친환경이니 대안적 패션이니"(112쪽) 하는 건 사실 허울뿐인 것이 아니냐고, 결국 사람들은 언제나처럼 "다들 예쁜 걸 좋아하"(같은 쪽)고 있는 것이 아니냐고. 교묘하게 치장된 루키즘의 가식을 우회적으로 건드리는 이 날카로운 대화 속에서 '나'가 미처 돌보지 못했던 오래된 슬픔이 천천히 떠오른다. 어느 퀴어 퍼레이드에서 트럭 위에 오른 "잘 다듬어진 예쁜 몸"(같은 쪽)을 서글픈 심정으로 지켜보았던 기억을, "PRIDE"(같은 쪽)라는 글자가 큼지막하게 페인팅된 그들의 몸 앞에서 결코 웃통을 벗고 싶지 않았던 순간을 '나'는 조용히 곱씹는다.

그것은 '나'의 든든한 "인우"(119쪽)를 자처했던 전 여자친구 혜령에게조차 충분히 밝힐 수 없었던 감정이기도 하다. 네가 자주 찾아갔다던, "노년의 퀴어 커플, (……) 깡마른 뇌병변 장애인, 과거 초고도비만이었다가 체중을 감량하며 가슴과 배의 피부가 늘어진 남자, (……) 가슴 아래쪽에 탑 수술 흉터가 남아 있는 트랜스남성"(123쪽)이 한데 모여 춤을 추는 대만의 스트립바 이야기가 이제는 즐겁게 들리지 않는다고. 참가비 십 달러를 내고 "기꺼이 옷을 벗는 사람들과 그들을 향해 따뜻한 박수를 보내는"(124쪽) 그 풍경은 너무 가식적인 것이 아니냐고. 네가 그 술집에서 느끼는 만족감과 무관하게 "사람들은 트랜스젠더이자 평균 신장에 한참 못 미치는 왜소한 남성이 '위대한 개츠비'가 되거나 '캡틴 아메리카'를 연기하는 걸 원하지 않"(118쪽)을 거라고. 그리고 어쩌면—차마 이렇게는 이야기하지 못했지만—너는 나에게도 그러한 판타지를 투영하여 사랑하고 있을지도 모른다고. 오스틴과 '나' 사이에 열린 지금 이 공간 안에서 '나'는 비로소 그러한 감정들을 천천히 자신의 것으로 받아들이고 있다. 그것은 정말 소중한 순간이다. 쉽게 놓아버릴 수 없는 장면이다.

그렇기 때문에 술자리에서 터져나온 오스틴의 여성 혐오적 발언 앞에서 '나'는 아연할 수밖에 없다. 과거 길거리 인터뷰 콘텐츠에 출연했던 한 여자가 오스틴이 영상 삭제를 볼모 삼아 그녀에게 사적으로 치근덕거렸다는 사실을 SNS로 공론화하자, 오스틴은 그것을 자신에게 악의를 품은 "페미"(115쪽)의 화풀이로 간주한다. 그리고 오스틴은 마주앉은 '나'가 한 명의 남성으로서 자신의 편을 들어줄 것을 기대한다. 적나라하게 드러난 그의 민낯에 깊은 배신감을 느끼면서도 '나'는 같은 남자로서 인정받고 싶다는 욕망을 떨치지 못한 채 마음 깊은 곳으로부터 올라오는 강한 수치심을 감각한다. 망연해진 '나' 앞에서 "페미가 아닌 좋은 여자"(117쪽)를 만나기 위해 사지 연장술을 받겠다는 오스틴의 비틀린 욕망이 장황하게 이어진다. 이제 그들이 만들어낸 친밀함의 공간은 빠른 속도로 닫히고 있다.

어쩌면 이쯤에서 책을 덮는 것이 나을지도 모르겠다. 오스틴이 혐오 발언을 더 이어나가기 전에 그의 얼굴에 물을 끼얹고 빠르게 자리를 뜨는 것이 좋겠다. 그러나 이 소설이 우리에게 열어 보인 그 작은 가능성을 완전히 잃고 싶지 않다면, 결국 이번에도 아무것도 이해하지 못한 채 집으로 돌아가고 싶지 않다면, 우리는 그 자리에 조금 더 앉아 있어야 한다. 그것은 무척 힘든 일이다. 하지만 소설 속에서 '나'는 그것을 해내고 있다. 그에게 걸었던 기대가 모두 부서진 이후에도 '나'는 계속해서 오스틴을 바라본다. 논란이 커지자 정직 처분을 받고 회사를 그만두는 오스틴을, 끝내 자신의 몸을 변형시키고 병실에 누워 있는 오스틴을, '나'는 마지막까지 끈질기게 바라보고 있다.

「리틀 프라이드」의 아름다움은 바로 '나'의 시선이 견지하는 이 집요함에서 비롯된다. '나'는 배반과 수치에 허덕이면서도 오스틴을 향했던 시선을 거두지 않는다. 계속해서 그의 감정과 행동을 헤아리고 또 그로부터 자신의 가장 약한 모습을 비추어 본다.[1] 키를 늘려 좋은 여자를 만나겠다는 오스틴의 포부를 허황된 망상으로 웃어넘기지 않고, '나' 역시 언젠가 사지 연장술을 진지하게 검색해본 적이 있다는 사실을 떠올린다. 고작 팔 센티미터를 늘리기 위해 영구적인 장애를 남길 수도 있는 위험천만한 수술을 감행하는 오스틴의 모습을 멍청한 행동으로 치부하지 않고, 그럼에도 불구하고 그 수술을 받을 수밖에 없었던 그의 마음을, "그렇게 해서 새출발을 하고 싶"(117쪽)었을 그의 진심을 끈질기게 파고든다. 그러한 집요함 속에서 오스틴을 바라보는 '나'의 시선은 더 섬세해지고, 더 단단해진다.

그리고 그것은 마침내 하나의 작은 결정結晶, 決定을 세공해낸다. 소설의 마지막 장면, 오스틴은 병실을 찾아온 '나'를 반갑게 맞이하며 준비한 생일 선물을 건넨 뒤 이렇게 고백한다. 사실 처음부터 당신이 트랜스젠더라는 사실을 알고 있었다고. 수술을 받고 병실에 혼자 누워 있다보니 우리가 비슷하다는 생각이 들었다

1) 물론 '나'는 오스틴을 "호모포비아"(119쪽)로 추단함으로써 그를 향한 추가적인 감정 소모를 막고자 하는 욕망을 넌지시 내보이기도 한다. 이는 혜령에게 오스틴을 둘러싼 자신의 복잡한 감정을 설명하고 그로 인해 다시 '너무 집요하게 생각한다'는 지적을 듣게 되는 상황을 회피하기 위한 경제적인 선택이기도 하다. 그러나 '나'는 그와 동시에 "그건 내가 추정한 것일 뿐 확인된 사실은 아"(같은 쪽)님을, 그리고 디자이너 이브 생로랑을 좋아하는 오스틴은 "그렇지 않을 확률이 어쩌면 더 높"(같은 쪽)을 것임을 명확히 자각하고 있다. 자신의 판단에 대한 정직함은 결국 '나'로 하여금 오스틴의 병실로 발걸음을 옮기게 만든다.

고. "우린 그러니까, 전우 같은"(121쪽) 것이 아니냐고. 돌연히 내뱉어진 날것의 진심 앞에서, '나'는 생각한다. 그리고 대답한다.

"아니요…… 저는 다르다고 생각해요. 전혀 달라요."(122쪽)

'나'는 오스틴의 마음을 거절한다. 우리에게는 분명히 "같은 카테고리가 있"(110쪽)지만, 그렇다고 나와 당신이 완전히 같은 곳에 서 있는 것은 아니라고. 나는 당신의 고통과 슬픔을 충분히 이해할 수 있지만, 당신이 싸우고 있는 방식에는 결코 동의할 수 없다고. 우리는 어쩌면 동지가 될 수 있고, 또 동료가 될 수도 있겠지만, 결코 전우는 될 수 없다고. 나는 당신이 벌이고 있는 그러한 싸움에는 결코 동조할 수 없으며, 당신과 달리 나의 콤플렉스를 결코 혐오의 방향으로 전치시키지 않을 거라고.

마지막 순간 담담하게 발화되는 '나'의 이 거절은 오스틴의 스캔들이 벌어지자마자 일사천리로 진행되었던 손쉬운 배제의 절차와는 다르다. 그것은 오랜 기간 지속된 바라봄과 거친 속단을 참아내는 신중함, 그리고 끊임없는 자문의 결과로 얻어진 아주 단단하고 견고한 마음이다. '나'의 가슴속에서 오랫동안 벼려진 '다름'에 대한 그 세밀한 감각. 그것은 이 소설에서 '나'가 집요한 시선을 통해 획득해낸 최소한의 긍지이기도 하다. 어떤 같음에도 불구하고 너와 나는 다르다는 것. 어쩌면 그것이야말로 이 소설에서 '나'가 마지막까지 간직할 수 있었던 '리틀 프라이드'일지도 모른다.

오스틴이 통증을 느끼지 않도록 조심스레 이별의 악수를 나눈 뒤, '나'는 병실을 나온다. 앞으로 살아가야 할 세계에서 아마 '나'는 끊임없이 혼란스러울 것이다. 이리저리 패싱되는 정체성 속에서 예상치 못한 사람에게 이입하고 또 실망하는 일이 반복될 것이다. 그러나 '나'는 분명 그 모든 미세한 차이들을 섬세하게 분별해낼 수 있을 테다. "환자복을 입고 담배를 피우고 거리낌없이 침과 가래를 뱉는 남자들 사이"(124쪽)에 지금 '나'는 서 있다. 그리고 그 속에서 '나'는 집요하게 생각하고 있다. 너와 나의 같음을, 그리고 너와 나의 다름을. "아주 천천히, 그러나 분명하게." (같은 쪽)

안세진
2024년부터 평론을 발표하기 시작했다.

성해나

길티 클럽: 호랑이 만지기

작가노트

습자지 {사랑}

해설 박서양

시차視差와 시차時差

성해나

2019년 동아일보 신춘문예를 통해 작품활동을 시작했다. 소설집 『빛을 걷으면 빛』 『혼모노』, 장편소설 『두고 온 여름』 등이 있다. 2024년 젊은작가상, 이효석문학상 우수작품상을 수상했다.

길티 클럽: 호랑이 만지기

김곤이 인스타그램에 처음 업로드한 게시물은 치앙마이의 타이거 킹덤에서 찍은 동영상이었다. 십오 초 남짓한 영상에서 김곤은 우리에 들어가 호랑이의 등을 쓰다듬고 있었다. 호랑이는 백팔십이 센티미터인 김곤과 비견될 정도로 거대했는데, 약에 취한 건지 더위와 사람에 지친 건지 몸을 쭉 뻗고 미동 없이 누워만 있었다.

그 게시물에 달린 수십 개의 댓글을 나는 하나하나 읽어보았다. '멋있어요' '다음 작품은 언제 나와요?' '힘내세요' 같은 댓글 사이 이런 댓글도 보였다.

'역시 호랑이도 썩은 고기는 안 먹고 가리네'

∞

김곤은 이른바 나만 알고 싶은 감독이었다. 김곤의 팬덤은 〈인간 불신〉으로 2017 베를린국제영화제에서 은곰상을 타기 전부터 그를 알고 있던 코어 팬과 어느 정도 인지도가 생긴 후 좋아하게 된 라이트 팬으로 나뉘는데, 코어 팬은 라이트 팬을 은근히 무시했다. 신비주의를 고수해 GV조차 안 하던 그가 유명 토크쇼에 출연한 뒤 수려한 외모와 언변으로 주목받자 나만 알던 감독을 뺏겼다며 유감을 표하는 이들이 속출할 정도였으니 말 다 했지.

굳이 따지자면 나는 김곤이 은곰상을 탄 이후 팬이 된 케이스였다. 그래도 발만 살짝 담근 정도는 아니었다. N차 관람에, 영혼 보내기*까지 불사하던 '인간 불신러'**. 그게 나였다. 『보그』에 실린 김곤의 화보를 반년간 휴대폰 배경 화면으로 설정해놓기도 했는데 당시 연인이었던—지금은 남편인—길우는 그것을 거슬려 했다. 그도 그럴 것이 내가 한동안 길우에게 김곤의 카피캣이 되길 종용했기 때문이다.

그때는 김곤이 SNS를 일절 하지 않던 시기라 인터뷰를 찾아 읽고 트위터를 뒤지며 김곤의 취향과 기호를 긁어모아야 했다. 이를테면 김곤이 부산국제영화제에 방문했을 때 입었던 셔츠는 커

---

* 영화 흥행에 보탬이 되고자 영화관에는 가지 않고 표만 예매해 집계 관객 수를 늘리는 행위.

** 〈인간 불신〉의 팬덤을 일컫는 조어. 〈아수라〉 팬덤인 '아수리언'이나 〈아가씨〉 팬덤인 '아갤러'와 일맥상통하는 말이다.

피 찌꺼기로 염색한 H&M의 오가닉 제품이라는 것, 특정 출판사 시집을 즐겨 읽으며 북클럽 회원에게만 주어지는 캔버스백이나 북커버를 살뜰하게 가지고 다닌다는 것, 맥주를 좋아하며 특히 듀체스 드 부르고뉴를 즐긴다는 것, 토크쇼에 출연했을 때 목덜미에 살색 커버 테이프를 붙인 건 스무 살 때 한 레터링 타투 때문이며 장발을 고수하는 것도 문신을 가리기 위해서라는 것, 제거를 고려했으나 자신의 신념과 초심이 담긴 타투라 쉽게 없앨 수 없었다는 것 등등.

김곤에 관한 정보를 싸그리 수집한 뒤 나는 은밀하게 길우를 부추겼다. 자기도 머리 길러보면 어때? 자기도 오가닉 셔츠 잘 어울릴 것 같아. 자기도 북클럽 가입할래? 마침내 목덜미에 타투를 새기는 게 어떠냐 물었을 때, 길우는 폭발했다.

적당히 좀 해!

무던한 길우가 내게 가장 크게 화를 낸 것이 그때였다.

그 정도로 나는 김곤에 미쳐 있었다.

∞

길티 클럽. 그런 모임이 있다는 것을 나는 오영을 통해 알았다. 오영은 나보다 더한 김곤의 골수팬이었다. 콜롬비아 보고타 영화제에서 상영되는 김곤의 국내 미개봉 단편을 보기 위해 임상 시험 알바까지 할 정도로 지독했다.

오영과 나는 '인불갤'*에서 만난 사이였다. '그 사건'이 터진 후

인간 불신러들이 하나둘 떠나고, 그곳이 일간베스트 서버가 터지면 일베 유저들이 임시로 모이는 공간으로 악용될 때까지 나는 꿋꿋이 게시물을 업로드했고, 오영은 간간이 댓글을 달았다.

일대일 대화나 다름없는 댓글을 나누며 오영과 나는 가까워졌다. 어찌어찌 트위터 맞팔로우까지 하고 얄팍한 친목을 도모하던 중 오영이 느닷없이 DM을 보내왔다.

[여긴 찐으로 걸러 받는 덴데 님도 존버라 공유함]

메시지 하단엔 카카오톡 오픈 채팅방 링크가 첨부되어 있었다. 클릭했다가 엉뚱한 데 엮이는 게 아닐까 주저하다 호기심을 이기지 못하고 접속했다. 이상한 곳이면 바로 빠져나올 심산으로. 아무나 들어갈 수 있는 채팅방인 줄 알았는데 참여 코드가 걸려 있었다. 오영은 〈인간 불신〉이 크랭크인된 날짜를 치면 된다고 일러주었다.

140130.

고민의 여지 없이 코드를 입력하자 채팅방이 열렸다.

길티 플레저 클럽. 줄여서 길티 클럽. 촬영까지 갔다가 엎어졌다는 김곤의 세번째 작품 〈길티 플레저〉에서 따온 듯했다. 그 클럽엔 엄격한 잣대로 거르고 걸러 초대되었다는 김곤의 골수팬 스물여섯 명이 모여 있었다.

길티 클럽엔 총 여섯 가지 규정이 있었다.

---

* 2017년 2월에 개설된 디시인사이드 '인간 불신 갤러리'의 약자.

1. 대화 내용 캡처 및 무단 유포 금지.
2. 이 주 이상 활동 없을 시 총대 권한으로 추방.
3. 서로를 부르는 호칭은 '선생님'으로 통일할 것.
4. 친목질 절대 금지.
5. 일부 단어(ex. 파주 세트, A군) 절대 사용 금지.
6. 김곤 감독님에 대한 비하 발언 및 욕설 일절 금지.

타이트한 규정과 달리 채팅방의 분위기는 꽤나 유했다. 소통도 활발했고 욕설이나 비방 글을 남기는 이도 보이지 않았다.

6. 김곤 감독님에 대한 비하 발언 및 욕설 일절 금지.

길티 클럽은 김곤을 사랑하는 이들이 모인 곳이었다. 바깥은 김곤에 대한 추문과 낭설로 가득했으나 이 안에선 '감독님 근황 아시는 분?' '〈인간 불신〉은 한국이 담을 수 없는 명작이죠' '〈미몽〉은 사운드트랙 발매 안 되는 건가요?' '고니 형 돌아와' 따위의 애정어린 대화만 오갔다. 모욕과 혐오가 비집고 들어올 수 없는 든든한 바운더리. 그게 길티 클럽의 마력이었다. 뿐만 아니라 굿즈를 구하기도 쉬웠다. 시사회나 예매 이벤트로 한정 발매되었던 굿즈를 교환할 수도 있었고, 손재주 좋은 회원이 제작한 굿즈를 공동구매하는 경우도 흔했다. 나는 새로운 굿즈를 발견하는 족족 사들였다. 〈인간 불신〉 일러스트가 들어간 손수건부터 감독의 데뷔작 〈미몽〉 로고 타이틀이 새겨진 배지, 티셔츠, 에코백…… 그렇게 많은 굿즈를 사 모으면서도 배송지는 늘 집이 아닌 회사로 지정했고, 배송된 굿즈는 수납 박스에 숨겨두고 나 혼자 봤다.

그 사건 이후에도 내가 변함없이 김곤을 추앙하고, 그의 영화를 보고, 클럽에 가입해 굿즈까지 사들인다는 것을 알았을 때 길우는 경악했다.

자긴 그런 인간을 소비하고 싶어?

길우는 내가 이해되지 않는다며 내 윤리의식에까지 의구심을 품었고, 끝내는 어디에 단단히 홀린 게 아니냐며 화도 냈지만 내가 생각하기에 단단히 홀린 건 내가 아니라 길우였다. 그의 반응은 아무것도 모르는 대중의 반응과 유사했다. 한때는 김곤에 열광했지만 그 사건 이후 바로 등돌린, 빠에서 까가 된 사람들의 반응과도 흡사했고. 그들은 옐로 저널리즘과 사이버 레커의 가짜뉴스에 홀려 김곤의 작품을 철저히 외면하고 왜곡했다. 〈인간 불신〉의 은곰상 수상을 두고 느닷없이 거품 논란을 일으키는가 하면 〈미몽〉 속 동성애 코드와 감독의 성적 지향을 억지로 엮으며 평점 창을 '지 사리사욕 채우는 영화' 따위의 악랄한 댓글로 도배하기도 했다. 나는 그들을 이해할 수 없었고 가끔은 징그럽기도 했다. 어떻게 작품을 본 적도 없으면서 '안 봐도 비디오' 따위의 평을 내리는 걸까. 어째서 잘 알지도 못하는 타인을 나락으로 보내려 안간힘 쓰는 걸까. 도대체 왜 사실관계도 명확하지 않은 사건을 멋대로 공론화하고 거짓말까지 얼기설기 덧붙여 온갖 데로

퍼 나르는 걸까.

할말은 많았지만 하지 않았다. 길우에게는 알았으니 그만하라고, 이제는 관심 끄겠다고 했지만 그후에도 나는 길우 모르게 굿즈를 사들이고 길티 클럽 활동도 활발히 했다.

2. 이 주 이상 활동 없을 시 총대 권한으로 추방.

김곤을 향한 애정을 나는 소비로 입증했다. 내가 산 굿즈의 후기를 적어 채팅방에 꾸준히 올리기도 했다.

〔오늘 도착한 〈인간 불신〉 티셔츠입니다. 네크라인 시보리가 짱짱해서 빨아도 안 늘어날 것 같아요〕

〔〈미몽〉 배지입니다. 펄이 잔잔히 들어가 있는 게 취향 저격이네요〕

대용량 수납 박스가 온갖 굿즈로 꽉 찰 무렵, 채팅방에 공지 하나가 올라왔다.

〔길티 클럽 오프라인 정모 알림—2019 베를린국제영화제 시상식 생중계 단체 관람〕

총대는 정모 일정과 회비에 대해 언급한 뒤 말미에 한마디를 덧붙였다.

〔감독님과 영상통화 있을 예정〕

세상에. 미쳤다!

회사라는 것도 잊은 채 휴대폰을 내던지며 오두방정을 떨었다.

∞

정모 장소인 이태원까지는 약 세 시간이 걸렸다. 집에서 남춘천역까지 버스로 한 시간, 남춘천역에서 ITX를 타고 왕십리역까지 한 시간, 다시 지하철을 갈아타고 사십 분, 지하철에서 내린 다음 도보로 또 이십 분. 차편이나 거리 따위는 상관없었다. 정모가 끝난 뒤 묵을 이태원 쪽 게스트하우스를 예약해두고 연차를 냈다. 길우에게 서울 출장이 잡혔다는 거짓말까지 하고서.

출발 전까지 어떤 옷을 입을지 고민하다 가슴에 〈인간 불신〉 로고가 조그맣게 새겨진 티셔츠를 입고 패딩을 걸쳤다. 이태원으로 가는 내내 나는 기대에 부푼 채 어떤 사람들과 어떤 대화를 나누게 될지 상상했다. 예상 질문인 '어쩌다 김곤을 좋아하게 되었나'에 대한 답도 나름 구체적으로 준비했다. 그러니까……

김곤을 알기 전까지 나는 소위 '필리스틴'이었다. 고전이나 예술영화에는 전혀 관심 없고, 누가 좋아하는 영화를 물으면 당황하다 마블…… 정도를 꼽는 사람. 멜론 순위권에 있는 노래만 듣고, 어쩌다 미술관에 가게 되면 작품을 설렁설렁 훑다 십 분도 안 되어 나오는 사람.

나는 예술에 도취된 사람들이 불편했다. 자칭 시네필이었던 전 애인에 대한 반감 때문이었다. 어떻게 구로사와 아키라를 몰라? 다른 건 몰라도 〈란〉은 꼭 봐, 명작이니까. 타인에게 자신의 예술 취향을 강요하던 사람. 넷플릭스 구독 안 해? 스포티파이도? 그럼 혼자 있을 땐 대체 뭐 해? 취미가 없는 것을 기이하게 여기던 사람. 어떻게 〈퐁뇌프의 연인들〉 보면서 조냐? 너는 진짜…… 심미안이 없다며 면박 주던 사람.

난 누가 듣는 음악, 좋아하는 영화 리스트만 봐도 어떤 유형인지 예측 가능하거든? 근데 너는 뭐랄까, 난감하달까…… 아니 지루하다고 해야 하나. 모럴이 없으니까.

그 사람과 헤어지고 돌아가던 길에 모럴의 뜻을 검색해보았다.

'인생이나 사회에 대한 정신적 태도. 어떤 행위의 옳고 그름의 구분에 관한 태도.'

뜻도 모르고 지껄인 게 분명했지만, 내게 적용해보면 완전히 잘못 쓴 것도 아니었다. 그때까지 나는 무엇이 좋고 싫은지, 옳고 그른지 깊게 따지고 들지 못했으니까.

나에게는 태도랄 게 없었다.

그 사람의 허울뿐인 고상함이 지긋지긋하기도 했지만, 그보다는 그 사람과 있을 때 체감되는 나의 무지와 단순이 초라하게 느껴졌다.

길우가 편했던 것도 그 때문이었다. 자기 계발서를 즐겨 읽는 사람. 카페에서 트로트나 CCM이 흘러나와도 무감하게 커피를 마시는 사람. 봉준호와 박찬욱을 혼동해도 눈치 주지 않는 사람. 어쩌면 그 둘을 구별조차 못하는 사람. 지루할지언정 유별나지는 않은 사람. 나와 동류인 사람. 길우와 서점이나 공연장 앞을 지날 때마다 나는 괜히 궁시렁대곤 했다. 책, DVD 모아서 뭐 해. 이사 갈 때 갖고 갈 짐만 느는 거지. 내한 공연? 어차피 스크린만 줄창 보다 오는 거 아냐? 자기 합리화라고 생각하진 않았다. 그게 나의 모럴이었다. 한때는.

〈인간 불신〉을 처음—나는 그 영화를 총 32회 재관람했다—으로 본 건 길우와 만난 지 일 년째 되던 날이었다. 3월인데도 아침부터 내린 눈이 저녁까지 그치지 않았다. 강원도에서 강설은 흔한 일이었으나 그해에는 유독 많은 양의 눈이 쏟아졌다. 오늘은 어렵겠지? 내일 만날까? 길우와 문자를 주고받다 아무리 그래도 일 주년인데 하는 생각에 퇴근 후 그의 근무지와 내 근무지 중간 지점에서 만났다. 저녁을 먹고 커피까지 마시니 일곱시였다. 시간은 뜨고 대홧거리도 떨어지고 각자 휴대폰만 보던 중에 길우가 넌지시 제안했다.

영화라도 볼래? 안 본 지 꽤 됐잖아.

딱히 보고 싶은 영화는 없었지만 이대로 헤어지긴 섭섭했다. 앱으로 〈모아나〉를 예매하고 영화관으로 향했다.

와이퍼를 최대 속도로 맞추었는데도 세찬 눈발에 시야가 제대로 확보되지 않았고, 휴대폰에서는 연달아 재난 경보가 울렸다. 영화관으로 향하는 내내 길우는 쩔쩔매며 계장과 통화했다. 시청 공무원인 길우는 대설주의보가 발효될 때면 퇴근 후에도 비상근무를 해야 했다. 기념일에 비상근무라니. 얄궂다는 생각부터 들었다. 시청 앞 도로가 폭설로 정체되었으니 서둘러 제설 작업을 하러 오라는 통보에 길우는 나만 영화관 앞에 내려준 뒤 급히 차를 돌렸다.

예매해둔 〈모아나〉를 보려 했으나 이미 입장 시간이 지난 뒤였다. 돌아갈까 하다 여기까지 온 시간이 아까워 매표소로 향했다.

그나마 시간이 맞는 영화가 〈인간 불신〉이었다. A열밖에 없는데 괜찮냐고 직원이 물었을 땐 의아함이 앞섰지만(제목도 처음 들어 보는 영환데 앞자리밖에 안 남았다고?) 지루하면 잠이나 잘 요량으로 남는 자리 아무데나 달라고 했다.

상영관은 관객으로 꽉 차 있었다. 광고가 나올 동안 챙겨온 팸플릿을 대충 훑어보았다. '당신은 지독한 사랑에 빠질 것이다.' 팸플릿에 적힌 카피만으론 어떤 영화인지 감을 잡을 수 없었다. 영화가 시작하길 기다리며 길우에게 메시지를 보냈다.

〔이거 괜히 본다고 했나봐 지루할 것 같아〕

초반부는 불친절했다. 인물들의 의미 없는 수다, 갑작스럽게 끊기다 다시 이어지는 컷. 모든 게 제멋대로였다. 하품하며 몸을 늘어뜨렸다. 커피를 두 잔이나 마신 탓인지 잠도 오지 않았다. 멍하게 스크린을 보고 있자니 난해하기는 했지만 그동안 봐온 한국 영화와 다르다는 건 알 수 있었다. 조폭도 나오지 않았고, 여성이 무참히 희생되지도 않았으며, 신파도, 생生에 대한 헛된 희망이나 자비도 없었다. 무엇보다 캐릭터가 독특했다. 악인도 아니지만 선인도 아닌, 굳이 말하자면 괴인에 가까운 인물 군상.

저게 김곤 작품의 모럴이거든.

옆 사람이 동행인에게 속삭이는 소리가 들렸다. 모럴이라…… 중반부로 접어들수록 서사에 힘이 더해졌다. 의미 없다고 느꼈던 대사들은 시간의 경유를 거치며 의미심장해졌고, 생략되었던 컷도 하나둘 회수되며 맥락이 생겼다. 두 인물의 갈등이 고조되는 부분부터 자세를 고쳐 앉았다. 낯설고 불분명하지만 동시에 아름다운 장면들이 이어졌다. 환상과 현실의 경계에서 갈등하는 인물들, 스크린을 뚫고 피부까지 와닿는 생생한 에너지, 처절한 감정선. 그렇게 절정을 지나 벌거벗은 두 인물이 동물처럼 포효하는 엔딩에서 나는…… 멍해졌다.

와, 이건 정말이지…… 정말…… 지독하구나.

내 얕은 식견으론 정의할 수 없는 울림과 충격이 마음을 휘젓다가 뒤덮었다가 짓눌렀다. 압도된다는 게 이런 거구나. 두 시간의 러닝타임이 순식간에 지나간 것 같았다. 엔딩 크레디트가 완전히 올라갈 때까지 나는 상영관을 떠나지 못했다. 알 것 같으면서도 명확히 알 수 없는, 그래서 더 고혹적인 장면들이 눈앞에 어른거렸다. 무엇보다 이런 괴상하고도 우아한 작품을 만든 사람이 누군지 미치도록 궁금했다.

약속 시간인 여덟시 정각에 맞춰 정모 장소에 도착했다.

2017 베를린국제영화제 은곰상을 수상하고 약 이 년이 지난 2019년 1월. 김곤은 신작 〈안타고니스트〉로 다시 경쟁 부문에 노미네이트되었다. 베를린에서 개최되는 시상식은 한국 시간으로 밤 아홉시에 유튜브를 통해 생중계될 예정이었다.

가게 안에 손님은 단 한 팀뿐이었다. 빔 프로젝터 스크린 앞에 모여 앉은 사람들에게 다가갔다.

안녕하세요.

아…… 누구시더라?

총대인 듯한 여자의 물음에 나는 닉네임을 댔다. 여자는 나를 훑어보더니 앉으라는 말 없이 카운터 쪽을 가리켰다.

선생님, 결제 선불이에요. 술은 저쪽 가서 계산해야 되고요.

회원들은 대부분 김곤이 즐겨 마신다는 듀체스 드 부르고뉴를 마시고 있었다. 나 역시 듀체스 드 부르고뉴—다른 맥주보다 두 배는 비쌌다—를 시킨 뒤, 내 또래로 보이는 여자 옆에 앉았다.

시상식 시작까지는 한 시간가량 남아 있었다. 총대가 말했다.

뭐, 처음 보는 분도 계시니까 자기소개부터 할까요?

막 자기소개를 시작하려 할 때, 누군가 우리 쪽으로 어슬렁어슬렁 다가오더니 내 대각선에 앉았다. 부스스한 붉은 탈색모에, 예술대학 엠블럼이 박힌 패딩을 입은 여자. 여자는 자신을 오영이라고 소개했다. 오영……? 그 오영? 오영은 몇몇과 이미 아는 사이인 듯 친근히 인사를 주고받았다.

에계, 이거밖에 안 모였어요?

아홉시 넘어서 더 올 거 같은데 기다려보자고.

총대를 시작으로 돌아가며 자기소개를 했다. 닉네임 정도 말하면 되려나 했는데 다들 나이, 직업, 학벌까지 낱낱이 밝혔다. 나를 제외한 일곱 명 중 네 명이 영화과 재학생 혹은 졸업생이었고, 둘은 프리랜서 창작자, 내 옆에 앉은 사람은 주부였다. 다들 예술 하네. 나이도 나보다 한참 밑이고. 모여 앉은 이들을 둘러보며 생각했다. 돌고 돌아 내 차례가 왔을 때, 나는 눈치를 보며 나이를 다섯 살 낮추어 말했다. 의심을 사진 않을까 했는데 다들 별 관심이 없어 보였다. 오영은 나와 눈이 마주치자 익살스럽게 윙크했다. 온라인 친구를 오프라인에서 만난 건 처음이었다. 애초에 온라인 친구도 오영뿐이었지만.

듀체스 드 부르고뉴는 지나치게 시큼했다. 상한 거 아냐? 한 모금을 마시고 눈치를 살피는데 다들 안주도 없이 잘만 마시고 있었다. 한 모금을 더 들이켰다. 이런 맥주를 마셔본 적이 없어 그런가. 여전히 시고 텁텁하기만 했다. 굳이 따지면 내 취향은 카스나 하이트 쪽이었다. 거기 모인 사람 중 오직 내 옆에 앉은 여자—주부—만 소맥을 마시고 있었다. 나도 소맥이나 마실까 하다 일단 듀체스 드 부르고뉴를 더 마셔보기로 했다. 마시다보면 길이 들지 않을까. 그래도 김곤이 좋아하는 맥주라니까. 겨우겨우 반쯤 들이켰을 때, 총대가 영화계 지인을 통해 〈안타고니스트〉 스크리너를 받아 보았다며 혹시 본 사람 있냐고 물었다. 그 말에 오영을 포함한 영화과 학생들이 눈을 번뜩였다.

누나도 봤어요?

그들은 모두 시네필 내지는 평론가 같았다. 〈안타고니스트〉의 각 장마다 다른 화면비가 사용된 것을 두고 '김곤이 말하고자 하는 건 인간의 가변성이다' '아니다. 기성을 향한 반항과 탈주다' 논쟁했고, 나중엔 프리랜서 둘까지 합세해 '가변 화면비를 사용한 데는 다 철학적 이유가 있는 법이다' '그럴 리가. 아이맥스 상영을 겨냥한 의도적 편집이다' 열띤 토론을 벌였다. 시네마스코프니 레터박스니 블랙바니 하는 말을 듣고 있자니 머리가 어질어질했다. 아직 정식 개봉도 안 한 영화를 본 사람이 이렇게 많다니. 부럽기도, 한편으론 소외감이 들기도 했다. 김곤에 빠진 이후 나도 나름 영화 보는 눈이 생겼다고 자부했는데 저들에 비하면 한참 모자란 것 같았다. 나는 나처럼 멋쩍게 앉아 휴대폰을 보는 옆자리 여자에게 슬며시 말을 붙였다.

어디서 오셨어요?

여자는 놀란 듯 눈을 크게 치켜뜨더니 광주요⋯⋯ 속삭였다.

경기도요?

아뇨, 전라도.

멀리서 오셨다. 저도 지방에서 왔는데. 춘천이요.

그러냐고 답하며 여자는 휴대폰을 확인했다. 공갈 젖꼭지를 문 아기 사진이 배경 화면으로 설정되어 있었다. 화면을 가리키며 물었다.

딸이에요?

아뇨⋯⋯ 아들요.

너무 귀엽다. 몇 개월이에요?

이제 돌 지났어요.

그렇구나, 귀엽네요. 저도 이런 아들 낳으면 소원이 없겠어요.

네⋯⋯ 네.

여자는 내 말에 꼬박꼬박 대꾸했으나 귀기울이진 않는 것 같았다. 그녀의 시선은 총대와 다른 회원들에게 향해 있었다. 그들은 〈안타고니스트〉 2장에서 주인공의 눈동자가 반짝인 것을 두고 인물의 태세 전환을 암시하는 의도적 숏이다, 카메라 렌즈에 의한 단순한 빛반사다 가타부타하고 있었다. 이제 와 말을 얹고 저들 틈에 끼기에는 늦은 듯했고 그렇다고 멀뚱히 앉아 있기도 민망해 여자에게 재차 말을 붙였다.

3. 서로를 부르는 호칭은 '선생님'으로 통일할 것.

미지 선생님, 하고 부르자 여자가 화들짝 놀라며 자기 이름을 어떻게 아느냐고 했다.

아까 자기소개할 때 말씀하셨잖아요.

……그랬나요.

미지 선생님에게 김곤의 어떤 작품을 가장 좋아하냐고 묻자, 그녀는 뜸을 들이다 〈인간 불신〉을 꼽았다.

어머, 저돈데!

나는 지금껏 모아온 굿즈 컬렉션이며 블루레이에 대해, 인터뷰에서 읽었던 〈인간 불신〉 비하인드에 대해 시시콜콜 주워섬겼다. 주인공의 심리를 이해하기 위해 김곤이 넉 달간 단식원에 있었다는 것, 최종 각본이 완성될 때까지 초안만 백 번 넘게 고쳤다는 것, 오프닝 신은 안드레이 타르콥스키의 〈노스탤지아〉에서 영향받았다는 것 등등.

그렇군요…… 몰랐네요…… 그녀의 뜨뜻미지근한 반응에도 불구하고 나는 이런 이야기를 누군가와 필터링 없이 공유할 수 있다는 사실에 벅차 혼자 떠들어댔다.

그 사건 이후 친구 몇과 연락이 끊겼다. 상대가 끊기도 했으나 대체로 내 쪽에서 먼저 피했다. 친구들은 어떻게 아직도 김곤을 지지할 수 있냐고, 그건 비윤리적이며 시대 흐름을 읽지 못하는 것이라고 했다. 친구들의 비난이 길어질 때마다 실망도 따라 커졌다. 그들은 나와 함께 김곤 작품을 관람한 적 있었고, 내가 선물한 〈인간 불신〉 블루레이를 기쁘게 받아들었으며 김곤의 작품을 호평했던 이들이었다. 그들 앞에서 나는 조심스럽게 김곤을 변호했다.

사실인지 아닌지도 확실치 않잖아. 그리고 원래 인터넷에선 별별 말이 다 도니까……

친구들이 기막혀하며 날카롭게 쏘아붙였다.

네 아이한테 같은 일이 일어나도 그 인간 감쌀 거니?

그 질문 앞에 서면 말문이 막혔다. 내가 타인의 고통을 잘 이해하지 못하는 사람인가, 의심도 들었다. 나는 김곤이 혐오스럽지 않았다. 오히려 안쓰러웠다. 만일 그 사건이 사실이더라도 쪽잠 자며 촬영하다보면 누구든 예민해질 수 있지 않을까. 실수할 수 있지 않을까. 사람인데 그럴 수도 있지 않을까…… 생각이 거기까지 미치면 나 자신에 대한 불신이 커졌다. 근데 그래도 되는 건가. 실수라 해도 일곱 살 난 아이에게 그럴 수 있는 걸까. 친구들 말처럼 만약 그게 내 아이의 일이었대도 나는 김곤의 영화를 몇 번씩 관람하고 굿즈를 소비할 수 있었을까. 늘 헷갈렸지만 그럼에도 김곤의 신작을 기다렸고 그의 기사에 선플을 달았다. 그 사건이 가십으로 불거졌을 때에도, 열기가 식고 냉소와 무관심만 남은 뒤에도 변함없이 그를 엄호했다. 뒤에서 남들 모르게. 친구들 앞에서는 그래, 너희 말도 맞지, 적당히 맞장구쳐주었지만.

인격자라도 된 듯 돌을 던지는 사람들과 여기 모인 사람들은 다르겠지. 오늘만큼은 '길티' 없이 '플레저'만 향유할 수 있을 테지.

그런 생각을 하며 멍하니 앉아 있는 미지 선생님에게 되물었다.

선생님은 어쩌다 감독님을 좋아하게 된 거예요?

네?

잘 안 들리나 싶어 목소리를 조금 높였다.

어쩌다 좋아하게 된 거냐고요.

미지 선생님이 막 입을 떼려 할 때 누가 우리를 보며 웃었다. 총대였다. 회원들이 왜 웃냐고 묻자 총대는 미지 선생님과 나를 가리켰다.

아니, 저 선생님들 너무 귀여우셔.

왜요? 뭐라고 했는데요?

감독님 영화 뭐 좋아하냐고. 〈인간 불신〉이 특히 좋으시대. 너무 귀엽지 않아?

총대의 말에 사방에서 웃음이 터졌다.

진짜 귀여우시다.

되게 소녀 같으세요.

소녀. 그 말이 썩 달갑게 들리진 않았다. 사람들이 왜 우리를 두고 웃는지 그 저의도 알 수 없었다.

그거 〈인간 불신〉 굿즈 맞죠?

영화과 학생 중 하나가 내 티셔츠를 가리키며 물었다. 맞다고 하자 학생이 총대를 툭툭 쳤다.

저거 마진 엄청 남긴 것 같던데. 저거 만든 애들 경차 뽑았다잖아요.

경차?

네. 친환경 소재도 아니면서 페트병 리사이클링이라고 구라 치고 마진 엄청 뽑아먹었대요. 우리도 이참에 굿즈나 팔까요? 영화니 뭐니 노 마진 장사 관두고.

그들이 낄낄댈 때마다 얼굴이 점점 굳어갔다.

4. 친목질 절대 금지.

은근히 파벌을 형성하며 사람을 우습게 만드는 것도, 내가 진지하게 건넨 말들이 귀엽다거나 소녀 같다는 말로 전락하는 것도 싫었지만 분위기를 싸하게 만들고 싶지 않아 그저 넘어갔다. 오영이 안쓰럽다는 듯 나를 보고 있었다.

담배나 피우고 오자는 총대의 말에 흡연자 몇이 밖으로 나갔다. 오영이 내 쪽으로 오더니 같이 나가자고 했다.

전 담배 안 피우는데요.

오영이 속삭였다.

할말 있어서 그래요. 우리 얘기도 제대로 못했잖아요.

얼결에 오영을 따라 가게 뒤편으로 향했다. 당연히 다른 사람들도 있을 줄 알았는데 녹슨 재떨이가 덜렁 놓인 흡연장엔 오영과 나 둘뿐이었다. 오영은 패딩 주머니에서 말보로 갑을 꺼내며 말했다.

다른 애들은 역 근처에서 피우고 있을 거예요. 늦게 오는 애들 마중한다고.

오영은 담배에 불을 붙인 뒤 내 나이가 자기보다 한참 위라서 놀랐다고 했다. 서른처럼은 절대 안 보인다고 너스레 놓는 오영을 보며 나는 씁쓸하게 웃었다.

언니라고 할게요. 우리끼리는 선생님, 뭐 그렇게 안 불러도 되죠?

오영은 스물두 살이었다. 나이 차가 꽤 났지만 나를 어려워하는 기색은 전혀 없었다. 온라인에서 말을 튼 사이라 그런지 꼭 동네 언니 같다고 오영이 말했지만, 나는 그 때문에 오히려 거리감이 느껴졌다. 격의 없이 할말 못할 말 쏟아내던 그 세계와 현실은 다르니까. 한참 밑인 애와 주책맞게 '우리 고니' '내 사랑은 막을 수 없어' 하던 지난날이 생각나 쪽팔리기도 했고. 어정쩡하게 서 있는 내게 오영이 물었다.

언니, 실망했죠?

실망이요? 무슨……?

아까 애들이 언니한테 귀엽다느니 소녀 같다느니 한 거요.

아뇨. 실망은……

그래요? 난 속상하던데. 지들은 물어보면 답도 못할 거면서 괜히 빈정대기나 하고. 요상한, 현학적인 말이나 해대고.

뜨끔했다. 내가 표정 관리를 그렇게 못했나. 오영이 말을 이었다.

언니, 쟤네 순수하게 김곤 좋아해서 모인 애들 아니에요. 총대도 그렇고 저기 있는 애들 절반은 겉으로는 김곤 빨면서 속으로 엄청 질투하거든요. 요즘 김곤이 잘나가니까, 연출부라도 한 번 들어가고 싶어서 클럽 만들고 사람 모으고 사바사바하고 그러는 거예요.

오영이 바닥에 침을 뱉었다.

그러니까 내 말의 요지는요…… 쟤네는 우리랑 다르다고요.

우리?

우리는 정말 좋아서 빠는 거잖아요.

오영은 '우리'의 사랑은 '저들'의 사랑보다 순도 높다고 했다. 저들은 김곤을 개발지로 삼으려 하지만 우리는 낙원으로 삼지 않느냐고, 확신에 찬 어조로 말했다. 하지만 그 말에 나는 오롯이 공감할 수 없었다. 신념에 취해 있는 듯한 오영을 보니 더더욱 그랬다. 김곤을 비호하면서도 의문을 감출 수 없던 순간들이 떠올라서였다.

익명의 네티즌이 기사 밑에 남긴 '얘 고딩 때 일진이었음' 같은 댓글을 읽으면서 이게 진짜일까? 마음이 흔들렸던 순간. 김곤의 영화를 다시 보다 이전에 감지하지 못했던 폭력의 전조나 코드를 목도하고 감독의 모럴이 투영된 건 아닐까? 의혹에 빠졌던 순간.

오영은 김곤을 영화의 신이라고 불렀다. 그의 작품이라면 언제든 믿을 수 있고 믿어야 한다고 했다.

언니, 아직 〈안타고니스트〉 안 봤죠? 그거 꼭 봐요. 제 기준 베스트예요.

볼 거예요. 봐야죠.

오영은 필터만 남은 담배를 바닥에 버리고 내 손을 잡았다.

다른 애들은 몰라도 우리는 믿잖아요. 그쵸?

나 역시 김곤을 순수하게 믿고 싶었다. 보고 싶은 것만 보고, 듣고 싶은 것만 듣고 싶었다. 대중의 규탄을 외면하고 싶었다. 저

변에서 스멀스멀 밀려오는 의심의 목소리도 무시하고 싶었다. 그의 작품에 대한 애정을 떳떳하게 공유하고 싶었다. 내 순수한 사랑을 죄의식 없이 드러내고 싶었다. 고민하다 오영의 손을 맞잡았다.

믿어요. 믿어야죠.

돌아와보니 테이블에는 오영과 나 둘뿐이었고, 미지 선생님은 화장실 앞을 서성이며 통화중이었다. 휴대폰을 보는 오영에게 말을 붙이려는데 총대 무리가 우르르 들어왔다. 오영은 표정을 고치고 총대에게 친근히 물었다.

다른 애들은요?

몰라. 근처라더니 전화도 안 받아.

뭐야, 왜들 그래?

됐어, 기대도 안 했어.

조금 전까지 실컷 뒷담화하던 애가 맞나 싶을 정도로 오영은 그들과 희희낙락했다. 친목질 금지라더니. 속으로 궁시렁거리며 맥주를 들이켰다.

시상식 중계가 시작되기 전, 국내 영화평론가들이 올해의 수상작을 예측하는 영상부터 보았다. 우열을 가리기 어려운 경쟁작이 세 편이나 있어 〈안타고니스트〉의 수상은 어려울 거라는 평론가들의 추측에 회원들이 야유를 퍼부었다.

뭔 소리야? 『카이에 뒤 시네마』 올해의 영화 2위가 〈안타고니스트〉였는데.

저런 감 떨어지는 애들 말고 정성일을 불러야 된다고요.

성토가 이어지고, 이동진과 정성일의 차이로 화제가 바뀔 때까지도 미지 선생님은 자리로 돌아오지 않았다. 그들이 내게 말을 전혀 걸지 않고 자기들만 아는—오영의 말처럼—현학적인 대화를 이어가자 빈자리가 은근히 신경쓰였다. 오영은 김곤을 개발지로 삼는다는 이들과 〈안타고니스트〉에 대해 논하고 있었다.

주인공이 카메라 정면으로 응시하면서 대사 치던 거 기억나? 그거 장난 아니지?

진짜, 고다르냐고.

신경쓰지 않으려 해도 자꾸 그들 이야기에 귀를 기울이게 되었다. 오지도 않은 메시지에 답하는 척 휴대폰을 붙잡고 있는 것도 민망해 그 틈에 섞일 타이밍만 쟀다. 마침내 그들이 영화 속 무슨 장면을 언급하며 '탁자 밑 시한폭탄'에 대해 이야기할 때 다급히 말을 얹었다. 탁자 밑 시한폭탄, 그건 나도 얼핏 아는 개념이었으니까.

〈안타고니스트〉에 서스펜스도 나와요?

총대와 그 옆에 있던 학생이 흠칫하며 시선을 공유했다. 그들은 짧게 답했다.

네, 나와요.

그게 끝이었고, 그들은 다시 본 대화로 돌아갔다. 오영도 별수 없다는 듯 어깨를 으쓱하고는 그들 쪽으로 고개를 돌렸다. 방금 뭐지? 얼굴이 서서히 달아올랐다. 나랑은 말 섞기 싫다는 거야? 모멸을 넘어 굴욕감까지 느껴졌다. 오영에게서 메시지가 왔다.

〔얘들 원래 이래요, 언니가 이해해〕

바로 다음 메시지가 이어졌다.

〔나도 듣기 싫어 죽겠어〕

앞에선 알랑거리면서 뒤에서만 야금야금 까는 게 재도 비슷한 부류 같기는 했지만, 오영의 뒷담화에 묘한 쾌감이 느껴진 것도 사실이었다. 아직 시상식은 시작되지도 않았고 김곤과의 영상통화도 남아 있는데 말 한마디, 눈빛 한 번 때문에 자리를 박차고 나갈 수는 없었다. 그래, 좀만 참자. 입에 맞지 않는 맥주를 홀짝이며 주위를 둘러보았다. 내심 미지 선생님이 얼른 통화를 끝내고 착석하길 바랐다. 잘 알지는 못하지만 그나마 그녀는 나와 동류 같았다. 동년배라는 것도, 지방에서 올라왔다는 것도, 이 무리에서 알게 모르게 겉돌고 있는 것도. 그녀의 휴대폰 배경에 있던 아이 사진이 떠올랐다. 돌이 지났다고 했던가. 문득 그 사건이 떠오르긴 했지만 아역과 나이 차도 꽤 나고, 그 아이의 엄마가 구태여 이런 자리까지 올 것 같지는 않았다. 미지 선생님이 자리로 돌아오면 함께 나눌 이야기를 추려보았다. 속 빈 강정 같은 얘기 말고, 뒷담화 말고, 어려운 비평이나 해석 말고, 오로지 김곤과 그의 작품을 향한 애정만 공유하고 싶었다. 그녀와 이야기를 나누다보면 이제껏 내 안에서 해소되지 못한 의문도 말끔히 씻길 것 같았다. '만약 네 아이한테 같은 일이 일어나도 그 인간 감쌀 거니?' 김곤을 죄인으로 상정해둔 채 비난하고 폄하할 뿐인 이들과 미지 선생님은 분명 다를 테니까.

시상식이 시작되고 심사위원단이 단상에 나란히 섰다. 미지 선생님도 그즈음에야 자리로 돌아왔다. 시상식은 자막 없이 원어 그대로 중계되어 집중하고 들어도 알아듣기 어려웠다. 회원들은 스크린을 힐끗대며 잡담을 나누다 아는 배우나 감독이 카메라에 잡히면 그제야 알은체했다. 심사위원장이 줄리엣 비노쉬네. 방금 객석에 앉아 있던 사람 프랑수아 오종 맞지? 산드라 휠러다. 내게는 생소한 이름들이었다. 김곤도 어딘가 앉아 있을 텐데 도통 화면에 잡히지 않았다. 휴대폰을 보고 있는 미지 선생님에게 슬쩍 물었다.

선생님도 아세요? 저 사람들?

미지 선생님은 급히 휴대폰을 감추고는 스크린을 바라보았다.

글쎄…… 저는 잘 모르겠네요.

역시나. 나도 모른다고 동질감을 표했다. 영화제 생중계를 보는 것도 이번이 처음이라고 하자 미지 선생님은 고개를 끄덕이며 미지근해진 맥주에 소주를 조금 섞었다.

재미없지 않아요? 무슨 말인지 알아듣기도 힘들고요. 감독님 노미네이트 안 됐으면 아마 평생 안 봤을 거예요.

누군가 우리가 나누는 얘기를 듣고 아까처럼 비꼬지는 않을까 싶어 목소리를 최대한 낮추었다.

사실 여기 분위기도 적응 안 돼 죽겠어요. 다들 현학적인 얘기나 하고. 그래도 감독님이랑 영상통화 한다니까 기다려보려고요.

이제까지 내 이야기를 가만 듣기만 하던 미지 선생님이 처음으로 물었다.

영상통화 언제 하는지 아세요?

그녀 역시 나처럼 김곤과의 영상통화를 기다리고 있는 게 분명했다. 반색하여 답했다.

선생님도 기다리셨구나. 저도 그거 때문에 여기 온 건데. 저는요……

그녀가 내 말을 끊었다.

모르세요?

네?

영상통화요. 제가 막차 시간이 한 시간밖에 안 남아서…… 마음이 급한데.

지방에서 올라왔다는 그녀의 사정이 떠올랐다. 고민하다 막차 시간 때문에 그러는 거면 내가 묵을 게스트하우스에 함께 가도 된다고, 화장실도 딸린 일 인실이라 둘이 묵어도 괜찮을 것 같다고 너그러이 권유했다. 미지 선생님은 단호히 고개를 저었다.

아녜요. 집에 가봐야죠. 애도 기다리고요. 제가 감독님한테 정말 드릴 말씀이 있어서 통화만 하고 가고 싶은데, 시간이……

그녀가 재차 물었다.

언제 통화하는지 모르시는 거죠?

나는 떨떠름하게 고개를 끄덕였다. 그녀는 한숨을 쉬더니 테이블을 톡톡 두드리며 목소리를 높였다. 저기요. 건너편에 앉은 회원들과 이야기를 나누던 오영이 우리 쪽으로 고개를 돌렸다.

저기요. 총대님.

미지 선생님이 테이블을 한번 더 톡톡 두드리자 총대도 우리 쪽을 바라보았다. 미지 선생님은 말했다.

감독님이랑 영상통화 언제 하나요?

그새 취한 듯 눈이 풀린 총대가 남은 맥주를 들이켜고는 턱짓으로 스크린을 가리켰다.

지금은 못 하죠, 선생님. 시상식 후에 해야죠.

주요 시상까지 한참 남았고, 감독님도 저기 어디 앉아 있을 거라고 총대는 말했다.

감독님 수상하면 그때 같이 축배 들자구요.

다시 스크린으로 시선을 돌리려는 총대에게 미지 선생님이 거듭 물었다.

시상식 끝나고 정말 통화할 수 있어요? 확실히 가능한 거죠?

총대의 표정이 묘해졌다. 뜸을 들이는 건지 할말을 고르는 건지 총대가 어물대는 사이 옆에 있던 영화과 학생이 대신 말했다.

그건 걱정 안 하셔도 되는 게, 이 누나가 감독님이랑 연이 깊어요. 〈미몽〉 포커스 풀러였어요, 이 누나가.

포커스 풀러가 뭔지는 모르겠으나 맥락상 김곤과 함께 작업했다는 말 같았다. 그것도 데뷔작을. 입이 다물어지지 않았다. 아이, 말하지 말라니까 그걸 또. 총대가 학생의 옆구리를 쿡 찔렀다. 학생이 옆구리를 매만지며 실실댔다.

누나, 그러지 말고 그 얘기나 좀 해줘요. 가스 얘기.

무슨 그런 얘길 여기서 해.

뭐 어때요. 이상한 얘기도 아닌데.

그건 그런데……

총대는 머뭇대다 입술 위에 검지를 포갠 뒤 혀 꼬인 소리로 운을 떼었다.

이거 어디 가서 얘기하면 안 돼요, 선생님들.

1. 대화 내용 캡처 및 무단 유포 금지.

나와 미지 선생님 쪽을 보며 당부하는 것 같아 거슬렸지만 그보다는 총대가 무슨 말을 할지 감질이 났다. 의자를 당겨 그쪽으로 몸을 기울였다.

〈미몽〉 막바지 촬영 때였나. 간식으로 계란이랑 고구마가 나왔어요. 감독님은 디톡스 한다고 안 먹고 다른 애들은 배고파서 세 개씩, 네 개씩 양껏 먹었거든요? 근데 그거 먹으면 가스가 나오잖아요. 예기치 않게. 아니나다를까 누가 뀐 거지. 근데 이게 소리도 소린데, 냄새가…… 장난 아니었어요. 그때 우리 촬감이 좀 집요한 사람이었거든. 누구냐고 계속 범인을 잡아내려는 거예요. 다들 그만하라는데도 하도 집요하게 캐물어서 불편해지려는데, 감독님이 조용히 손 들더니 말하더라고. 나야, 내가 범인이니까 이제 그만하자. 근데 사실 그거…… 내가 뀐 거였거든.

괴성이 터졌다. 취중 진담이라는 총대의 말에 다들 폭소했다. 뭐야, 진짜예요? 진짜야. 미쳤나봐. 한마디씩 거들다 종국엔 감독님은 어떻게 그걸 감싸주냐고 의견이 모이며 폭소가 묘한 찬사로 바뀌었다. 나 역시 누군가의 치부를 엿본 것 같아 민망하면서도 김곤의 신사성과 인간미에 새삼 감탄했다. 내가 듣고 싶던 얘기, 공유하고 싶던 감정은 이런 거였는데. 마른 목이 축여지는 것처럼 개운하면서도 더 듣고 싶고 더 알고 싶어 갈증이 났다. 다른 얘긴 더 없냐고 육성을 뱉을 정도로.

총대는 잠시 망설이다 입꼬리를 쓱 올렸다.

그래, 파도 파도 미담인데 어쩔 거야.

판이 깔리자 총대를 시작으로 저마다 아는 얘기를 늘어놓기 시작했다. 인터뷰나 매체에서는 들을 수 없던 얘기. 이를테면 김곤이 유기묘를 구출해 사 년째 키우고 있다는 것, 〈인간 불신〉 촬영 후 스태프 전부에게 손편지를 돌렸다는 에피소드, 단역배우에게도 표준근로계약서를 써주었다는 비화까지. 그런 일화들이 더해질 때마다 김곤을 향한 애정이 점점 커졌다. 뒤틀렸던 것들이 바로잡히고, 의문과 불신도 서서히 휘발되는 것 같았다. 미담이 떨어지자 이것도 진짜 아는 사람만 아는 얘긴데……로 시작되는 밀담까지 터져나왔다. 농도가 짙어지는 담화에 흠뻑 취해가는 이들 틈에서 미지 선생님만 이야기를 듣는 둥 마는 둥 자꾸 시계를 봤다. 미간을 좁히며 스크린으로 시선을 돌렸다가 크게 한숨을 쉬기도 했다. 막차 시간 때문에 그런가. 불안한 기운이 전해질 때마다 신경이 쓰였지만, 딱 그때뿐이었다. 어느 시점부터 나는 미지 선생님을 아예 등진 채 회원들 얘기에만 부지런히 호응했다.

그거 진짜예요?

진짜죠. 감독님이 의외로 엉뚱한 구석이 있어요.

조금 전까지 말도 섞지 못했던 이들과 술병을 부딪치고 같은 지점에서 웃음을 터뜨릴 때마다 긴장이 풀리며 안도감이 밀려왔다.

〔언니 기분 좋아 보이네ㅋㅋㅋ〕

〔취했나봐〕

술이 들어가서 그런지, 이 분위기에 녹아든 건지 오영과 나는 어느새 경어 대신 반말로 메시지를 주고받고 있었다. 오영의 난데없는 윙크에도, 시고 텁텁하기만 했던 수입 맥주의 맛에도 조금씩 적응되어갔다.

테이블 위 빈병이 늘어났다. 경쟁작 섹션이 소개되고, 사회자가 후보들과 인터뷰를 나누는 장면이 중계되었으나 아무도 그에 집중하지 않았다. 회원들은 총대의 〈미몽〉 촬영 일화에 귀기울였다. 총대는 사소한 숏 하나에도 신중을 기하는 김곤이 화각과 감도를 조절하며 한 장면만 스무 번 넘게 찍었던 일을 반추했다.

그 장면 찍을 때가 폭염이었어. 슛 들어가면 에어컨 선풍기 다 꺼야 되잖아. 기계 소리 들어가면 안 되니까. 안 그래도 더운데 사람이 뿜어내는 열기에, 기계 열에 다들 미치는 거야. 열다섯번째 테이크까지 넘어갔다가 잠깐 쉬어가는 동안 막내가 에어컨을 켰거든? 그러다 깜박하고 촬영 들어갈 때까지 계속 돌린 거지.

옆에 앉은 학생이 진영이? 하며 알은체했다. 총대가 눈치를 주고는 이어 말했다.

아무튼 그것도 모르고 몇 컷 더 찍었는데, 와, 나 감독님이 그렇게 살벌하게 화내는 거……

총대가 입을 다물었다. 둘러앉아 경청하던 이들도 돌연 숙연해졌다. 이제껏 불편한 화제를 요리조리 잘 피해갔던 것 같은데, 하필. 눈이 질끈 감겼다. 침묵이 흐르는 가운데 오영이 목소리를 높였다.

막내 걔가 잘못했네. 녹음할 땐 침도 삼키면 안 되는데.

총대가 머뭇거리다 맞장구를 쳤다.

그치……? 걔가 잘못했지?

수틀리면 욕설에, 심지어 주먹까지 나가는 게 영화판인데 화 한 번 낸 건 애교라고 오영은 말을 보탰다.

스탠리 큐브릭도 징글징글했다잖아. 한 장면만 백 번 넘게 찍고. 그게 잘못이야? 장인 정신 아냐?

다들 수긍했다. 데이비드 핀처도 그렇다잖아. 제임스 카메론도, 왕가위도…… 다른 감독의 일화까지 끌어오며 모두 김곤을 옹호했다.

영화는 그렇게 찍어야 되는 거거든. 감독이 지는 순간 영화도 끝이니까.

오영이 한마디로 못을 박았다. 그 말을 들으며 흠칫했다. 나도 길우랑 친구들 앞에서 죄인처럼 비실대지 말고 저렇게 말했어야 했는데. 고개를 끄덕이는 이들 틈에서 덩달아 고개를 끄덕이려 할 때, 미지 선생님이 한숨을 푹 쉬었다.

그건 아닌 것 같아요.

오영을 보며 미지 선생님은 들릴 듯 말 듯 한 소리로 말했다.

잘못한 게 아니라 실수한 건데 남들 앞에서 모욕 주는 건 너무…… 가혹하지 않나요?

오영은 순간 얼굴을 일그러뜨렸지만 짐짓 대수롭지 않게 말을 받았다.

선생님, 워딩이 좀 세시네. 가혹하다는 표현은 이런 상황엔 좀 무겁죠.

아뇨. 무겁지 않아요. 누군가에게는 분명히 상처일 테니까요…… 그 일이.

미지 선생님은 떨리는 목소리로 말을 이었다.

그런 일 때문에 고통받은 사람도 있었다는 거 다들 아시잖아요.

5. 일부 단어(ex. 파주 세트, A군) 절대 사용 금지.

콕 집어 말하진 않았지만 미지 선생님은 분명 그 사건을 겨냥하고 있었다. 점점 무거워지는 분위기를 전환하려는 듯 총대가 황급히 말을 보탰다.

에이, 선생님. 영화판 원래 그래요. 크고 작은 실수 다 있어요. 감독님도 실수로……

그건 실수가 아니잖아요. 눈물 연기 못한다고 애 팔뚝을 피멍 들 때까지 꼬집은 게 어떻게 실수로 포장돼요?

회원들이 서로 눈빛을 주고받았다. 터질 게 터졌다는 듯이. 술이 확 깼다. 총대가 클럽 규정을 잊었냐고, 왜 느닷없이 이런 얘길 꺼내는지 모르겠다고 말했다. 상황을 무마하고 금기를 덮어보려는 패였겠지만 미지 선생님에겐 통하지 않았다.

애를 낳아보니 알겠더라고요. 그게 실수가 될 수 없다는 걸요. 끔찍한 일이에요, 그건.

그녀는 떨리는 목소리를 몇 번이고 가다듬으며 차분히 말을 이었다.

그래서 감독님께 물어보고 싶었어요. 감독님은 한 번도 입장을 표명한 적이 없잖아요. 미안하지 않냐고 물어보고 싶었어요. 그게 없던 일이 될 순 없겠지만…… 사람은 변할 수도 있으니까요.

그녀는 테이블 밑에 감추어져 있던 폭탄을 굳이 꺼내 불을 붙이고 있었다. 머리가 굳고 입술이 말랐다. 주위를 둘러보니 다들 떨떠름한 얼굴로 시선을 피하고 있었다.

〔저 여자 미쳤나봐〕

오영에게서 메시지가 왔다. 나는 내심 오영이 항변해주길 바랐다. 무슨 말이라도 당당히 해주었으면 했다. 하지만 오영은 고개를 숙인 채 휴대폰만 볼 뿐이었다. 총대 옆에 앉은 학생도, 프리랜서 둘도 마찬가지였다. 스크린 속에서 상을 받은 누군가가 이야기하는 소리가 웅얼웅얼 들려왔다. 불편한 고요가 흐르는 와중에 그런 생각이 들었다. 왜 아무도 부정하지 않는 걸까. 왜 모두가 제 일 아닌 양 좌시하는 걸까. 사랑하면…… 사랑하면 이러면 안 되는 거잖아.

심지가 다 타기 전에 누군가는 이 폭탄을 멀리 던져야 했다. 던지지 못한다면 몸으로라도 덮어 막아야 했다. 나라도 그래야겠다고 다짐한 건, 어쩌면 당연한 일이었다. 그만큼 지독한 사랑에 빠져 있었으니까. 나는 등지고 있던 몸을 미지 선생님, 아니 '그 여자' 쪽으로 돌렸다.

그런 식으로 말하는 게 더 가혹한 거 아닌가요?

그녀의 눈을 똑바로 응시하며 말했다.

입증된 것도 없는데 그렇게 말씀하시면 안 되죠.

제대로 된 증거도 없는 사건을 어떻게 사실이라 단정짓는지, 왜 무고한 사람을 죄인으로 모는지 이해할 수 없다고, 그게 더 가혹한 일 아니냐고 나는 말했다. 그 여자가 놀란 눈으로 나를 쳐다보았다. 나는 힘주어 덧붙였다.

다른 사람들은 몰라도 우리는 믿어야죠. 우리는 그래야 되는 거 아녜요?

나와 마주보고 있던 그 여자가 눈길을 거두고는 중얼거렸다.

그래도……

그녀가 무슨 말을 하려 할 때 누가 소리쳤다.

김곤이다!

회원들의 이목이 스크린으로 쏠렸다. 앞머리를 가지런히 넘기고 턱시도를 차려입은 김곤이 화면 속에서 클로즈업되고 있었다. 흥분한 총대가 가게 사장에게 스피커 볼륨을 높여달라고 말했다. 영어로 인터뷰하는 김곤을 보다 회원들을 둘러보았다. 다들 김곤에게 집중하는 척, 방금 일어난 일을 사소한 해프닝으로 여기는 척했지만 그럼에도 어색함과 불편함이 감도는 건 사실이었다. 아닌 척해도 이미 일어난 일이 없던 게 되지는 않으니까.

다른 누구보다 신경쓰인 건 그 여자였다. 그녀는 스크린을 보지도 않고 김빠진 맥주만 들이켜다 김곤의 인터뷰가 길어지자 다른 짐은 둔 채 휴대폰만 챙겨 밖으로 나갔다.

내가 잘못한 건 아닐까.

일말의 죄책감이 들었지만 그것도 잠시뿐이었다. 어찌되었든 폭탄은 불발되었고, 그 잔해나 연기도 시간이 흐르면 사라질 터였다. 내 사랑을 제대로 입증했다는 생각이 들었다. 숨지 않고, 속이지 않고.

그래. 잘한 거야. 잘했어.

스크린에 비친 김곤을 보며 나는 환히 미소 지었다.

∞

〈안타고니스트〉는 오래지 않아 국내 개봉했다. 광화문 근처의 한 독립 영화관에서 GV도 열렸다.

시상식 날 김곤과의 영상통화는 끝내 이뤄지지 않았다. 헛걸음했다며 돌아가려 할 때 총대가 미안하다는 듯 말을 보탰다. 감독님에게 메시지를 받았는데, 현장이 너무 어수선해서 도저히 통화할 수 없는 상황이라더라고, 한국으로 돌아가면 GV를 하니 그때 보자고 했다고.

언니도 오실 거죠?

총대가 내게 물었다. 막차 시간 때문이었는지 불편한 논쟁 때문이었는지 그 여자는 어느새가 짐을 챙겨 사라져 있었다. 그녀가 떠난 뒤 정모의 분위기는 한결 누그러져 있었다. 술도 더 들어갔고 웃음도 돌았다. 아까의 논쟁을 언급하며 나를 추켜세우는 회원도 있었다.

나도 누나처럼 말했어야 됐는데.

그러니까! 깜짝 놀랐잖아.

그 말을 듣는 순간 내심 꺼림칙했던 마음에 고양감이 차올랐다. 내가 틀리지 않았구나. 그런 확신이 들었다. GV에 같이 가자는 총대를 향해 나는 선선히 고개를 끄덕였다.

가야지. 무조건 가야지.

〔언니 꽃다발 사갈 거예요? 총대가 돈 걷자고 하던데요〕

상영 시간 두 시간 전, 오영이 카톡을 보내왔다. 오영과 나는 전처럼 다시 경어를 썼다. 총대와 다른 회원들과도 마찬가지였다. 영화관 근처라고 하자 총대를 포함한 몇 명이 자신들도 다 와 간다며 꽃다발 좀 부탁한다는 메시지를 보내왔다.

〔선생님 먼저 들어가 계세요〕

꽃집 직원에게 꽃말까지 물어가며 고심한 끝에 안개꽃과 캐모마일을 섞어 꽃다발을 주문했다. 카드도 한 장 끼워 넣었다.

'감독님, 수상 축하드려요'

'길티 클럽 드림'이라는 문구는 넣을지 말지 끝까지 고민했다. 한참을 망설이다 결국 '감독님을 믿는 팬들이'라고 적었다.

일찌감치 도착해 〈안타고니스트〉가 상영되기를 기다렸다. 그 사건의 여파로 관객이 안 모이면 어쩌나 염려했는데, 다행히 객석은 꽉 차 있었다. 주변을 둘러보았다. 상영 시간이 임박했는데도 길티 클럽 회원들은 보이지 않았다. 극장 불이 꺼질 때까지도 나뿐이었다. 꽃다발을 품은 채 맨 앞줄에 홀로 앉았다.

〈안타고니스트〉는 시작부터 기대를 저버리지 않았다. 데뷔작부터 이어온 김곤표 숏과 과감한 롱 테이크, 단선적으로 규정지을 수 없는 인물이 작품 속에 밀도 있게 담겨 있었다. 선악의 경계에서 반동하는 인물을 보며 감탄하다가도 시선과 마음이 문득 엉뚱한 곳으로 향할 때도 있었다. 문제의 그 장면은 언제 나올까. 누군가 비난을 퍼부으며 자리를 뜨진 않을까. 얘네는 왜 아직도 안 오는 거야. 그러나 그것도 잠깐이었다. 서사가 극으로 치달을수록 나는 작품에 더 깊이 매료되었다. 아역 배우가 등장하는 문제의 장면은 전부 편집되어 있었다. 애초 그 장면은 찍지도 않은 것처럼 말끔하게. 안도하면서도 다른 한편으로는 찜찜했다.

그치만…… 이게 맞겠지.

정교하게 맞물리는 서사에 집중하며 찜찜함을 애써 묻었다.

영화가 끝나고 예정대로 GV가 진행되었다. 어깨에 닿던 장발을 투 블록으로 짧게 친 김곤이 사회자에 뒤이어 무대로 들어섰다. 원래도 골격이 큰 사람이었는데 몇 년간 몸을 더 키운 듯 멀리서 봐도 장대했다. 김곤이 가볍게 묵례하자 객석에서 박수가 쏟아졌다. 그는 관객들에게 깍듯하게 인사한 뒤 준비된 의자에 앉았다. 우려와 달리 GV는 티 한 점 없이 유쾌하게 흘러갔다. 김곤은 사회자의 말을 유연하게 받았고 답변할 때는 신중하게 운을 떼면서도 유머를 잃지 않았다. 탁자 밑 폭탄이 터지지 않을까 우려했지만 시간이 흐르자 그런 불안도 잠식되었다. 관객과의 대화도 평이했다. 이번 영화에서는 여백과 침묵이 특히 강조되었는데 특별한 의미가 있을까요? 베를린영화제에서 두 번이나 은곰상을 받으셨는데 기분이 어떠신가요? 감독님의 MBTI는 뭔가요? 같은 무난한 질문들이 이어졌다.

다른 질문 없으신가요?

한 질문만 더 받고 마무리하겠다는 사회자의 말에 나는 주위를 살피다 쭈뼛쭈뼛 손을 들었다. 품에 안고 있던 꽃다발부터 김곤에게 전달했다. 김곤이 내 앞에 있었다. 심장이 요동쳤다. 마음 같아선 인불갤부터 길티 클럽 얘기까지 구구절절 늘어놓고 싶었지만 주책스러워 보일 게 뻔했다. 다시 자리로 돌아와 마이크를 쥐고 그에게 나를 확실히 각인시킬 질문을 던졌다.

감독님, 영화 정말 잘 봤습니다. 〈안타고니스트〉는 각 장마다 다른 화면비가 사용되었잖아요? 저는 그걸 통해 감독님이 말하고자 하는 게 인간의 가변성인 것 같다고 생각했습니다. 그게 너무 탁월하다는 생각도 들었고요.

레터박스니 시네마스코프니 하는 말까지 끼워 넣으며 속사포처럼 떠들었다.

감독님의 오랜 팬으로서 그런 깊이는 어디서 나오는지 늘 궁금했어요. 감독님이 의도하신 부분을 제가 잘 짚었을까요?

횡설수설 발언을 마치고 자리에 앉았다. 내 감상이나 지론 대신 주워들은 말을 늘어놓았지만, 그건 중요치 않았다. 중요한 건 김곤, 그뿐이었다. 그의 안면에 부드러운 미소가 흘렀다.

인간의 가변성이라, 인상적이네요. 시네필이신가봐요.

그 말에 사회자가 맞장구를 쳤다.

영화를 잘 아는 분 같아요.

김곤은 미소를 잃지 않은 채 답했다. 실망스러울 수 있겠지만 별다른 의도는 없었다고, 그저 편집 감독이 하라는 대로 따랐을 뿐이라고. 객석에서 잔잔한 웃음이 터졌다. 김곤이 나를 응시하며 말했다.

그래도 좋게 봐주셔서 감사하네요. 다음 GV부터는 그렇게 얘기해야겠어요. 인간의 가변성을 염두에 뒀다고요.

다소 형식적인 멘트에 맥이 빠지긴 했지만 그보다는 충만이 컸다. 시네필, 인상적. 그런 단어들만 내 안에 새겨졌다.

질의응답을 마치고, 오늘 온 관객들에게 소감 한 말씀 부탁한다는 사회자의 말에 김곤은 잠시 머뭇거렸다. 그는 꼬았던 다리를 풀고 주머니에 넣었던 손을 꺼낸 뒤 담담히 말했다.

여러분도 아시겠지만 지난 이 년간 저는 하루하루를 참담한 심정으로 살았습니다.

주변이 고요해졌다. 침 삼키는 소리까지 들릴 정도로 조용한 가운데 김곤이 말을 이었다.

많은 분들께 심려를 끼쳤다는 것 잘 압니다. 무엇보다 저를 믿고 작업했던 스태프들, 그리고 제 작품을 사랑해주신 관객분들께 죄송합니다. 책임을 통감합니다. 영현군에게도 진심으로 사죄하려 합니다.

김곤이 자리에서 일어나 허리를 굽혔다. 죄송합니다, 거듭 말하며 정수리가 보일 정도로 깊이 수그렸다. 그리고 그 순간……

펑.

내 안에서 무언가 터졌다. 매캐한 연기가 사방을 감싸듯 눈앞이 뿌예졌다. 땅이 흔들리는 것 같았다. 왜 이러지. 생각을 정리할 겨를도 없이 객석에서 박수가 터져나왔다. 박수가 잦아들 때까지 허리를 굽히고 있던 김곤, 암전과 퇴장. GV는 단정히 마무리되었다. 통속적이고 보편적이어서 누구나 수긍할 수밖에 없는 영화의 엔딩처럼.

관객이 떠난 뒤에도 나는 객석에 홀로 앉아 있었다. 김곤의 사죄는 담백했고 진정성이 어려 있었다. 구차한 변명도, 좋은 작품으로 보답하겠다는 식의 군더더기도 없었다. 그런데 왜……

〔언니 GV 갔죠?〕

오영에게서 메시지가 왔다.

〔선배 촬영 도와주느라 못 갔는데 다른 애들 왔어요?〕

고민하다 오영에게 GV에서 일어난 일에 관해 털어놓았다. 김곤의 사과와 그 순간 내 안에서 알 수 없는 무언가가 터지던 순간을 곰곰이 돌이키며. 곧바로 오영에게서 답이 왔다.

〔헐... 대박〕

혼란스러운 마음을 추스르며 어쩌면 좋냐고 덧붙이려던 순간, 메시지가 이어졌다.

〔나도 갈걸. 다른 거 더 없었어요?〕

휴대폰에서 손을 떼었다. 조금 전까지 김곤이 있던 단상을 올려다보았다. 그가 모두의 앞에서 고개 숙였던 그 자리를.

방금 전의 일들이 다 허구 같았다. 펑, 무언가 터지던 순간도, 그 순간의 감정도 이상하리만치 현실감이 없었다. 그래서…… 그런 생각이 들었다. 어쩌면 정말 허구 아닐까 하는, 내가 실패한 영화를 한 편 본 게 아닐까 하는. 별 반 개도 아까울 만큼의 너절한 서사. 치덕치덕 처바른 클리셰. 질문도 남지 않고 더할 말도 없는 싸구려 엔딩. 감독이 지고 만 영화. 아무도 보고 싶어하지 않는 영화. 그렇게 지독히도 못 만든 영화를 본 게 아닐까 하는, 생각.

그런데 왜 생각할수록 더…… 허무해질까. 모든 게 흠 없이 온전한데 왜 나만 팔다리가 떨어져나간 것처럼, 살점이 다 뜯겨 너덜너덜해진 것처럼 괴로운가. 왜 이리 지독히도 헛헛한가.

오영의 메시지엔 답을 하지 않았다. 내가 답을 않자 오영도 더는 연락하지 않았다.

∞

치앙마이에 간 건 결혼 삼 주년 무렵의 새해였다.

건기의 치앙마이는 습하지도 무덥지도 않아 여기저기 돌아다니기 좋았다. 가이드의 안내에 따라 첫째 날은 반캉왓에서 쇼핑을 한 뒤 도이수텝 사원에 가 일몰을 봤고, 둘째 날은 올드 타운에서 마사지를 받은 다음 핑강 근처를 누비다 로이끄라통 축제에서 풍등을 날렸다. 새해를 향한 설렘과 기원을 품은 수십 개의 풍등이 밤하늘로 날아오르는 것을 구경하며 길우는 내 허리를 슬며시 감쌌다.

자기야, 우리 만난 지 벌써 팔 년째다. 알아?

타국에서 새해를 맞이하는 해방감과 길우와 무사히 팔 년을 보냈다는 안도감 사이로 찜찜함이 끼어들었다. 은연중 꿈틀거리는 그 찜찜함의 정체를 나는 알았다. 김곤. 한때 치앙마이에서 한 달 살이를 했던 그가 떠올라서였다. 길우와 휴양지로 적당한 곳을 고르다 치앙마이를 택했을 때에도, 코스 짜는 게 귀찮아 패키지 여행을 알아볼 때에도 별생각이 없었는데…… 떠나기 일주일 전에야 깨달았다. 아, 김곤도 치앙마이에 간 적이 있었지.

몇 년이 지난 지금도 김곤은 여전히 주목받는 감독이었다. 최근엔 넷플릭스에서 신작을 발표해 연일 화제였는데 구태여 찾아보지는 않았다. 넷플릭스를 구독하지 않기도 했고, 들끓던 관심과 애정도 이제는 증발되었으니까. 그런데도 지금처럼 김곤이 내 일상에 틈입하는 순간이 있었다.

치앙마이 패키지여행의 마지막 코스는 타이거 킹덤 체험이었다. 트럭처럼 생긴 합승 택시를 타고 타이거 킹덤으로 가는 동안 길우는 유튜브로 숏폼 영상을 보았다. 피지 짜기, 잔털 뽑기, 치석 제거 같은 것들. 요즘 길우가 즐겨 보는 콘텐츠였다.

또 그거 봐?

내가 눈치를 주자 길우는 열없이 웃었다.

알고리즘에 자꾸 떠서 그런가, 습관적으로 보게 되네. 이게 싫은데도 이상하게 중독돼.

얼핏 봤는데도 속이 울렁거렸다. 미단이 차창을 열고 바람을 쐬었다. 길우가 영상을 끄고 내 등을 천천히 쓸어주었다.

자기는 카페라도 가서 쉬고 있을래? 가이드한테는 내가 말할게.

괜찮다는데도 길우는 계속 나를 걱정했다. 길우의 마음도 이해가 되었지만 그렇다고 일행과 동떨어지고 싶진 않았다. 이미 전날에도 고산족 마을에 가는 일정을 취소하고 홀로 숙소에서 쉬었던 터라 더이상 유난 떨고 싶지 않았지만, 아까 본 영상 때문인지 입덧 때문인지 속이 계속 울렁거렸다.

도착했다는 가이드의 말에 사람들은 택시에서 내려 타이거 킹덤으로 우르르 들어갔다. 나와 길우도 무리 맨 뒤에 서서 표를 받았다. 타이거 킹덤은 실내와 야외로 구획을 나누어 실내 우리에서는 새끼 호랑이를, 야외 우리에서는 다 자란 성체를 떼로 사육했다. 호랑이 마흔 마리가 있다고 해 그만큼 넓을 줄 알았는데 내부는 그다지 쾌적하지 않았다. 특히 고압전선이 둘러져 있는 자이언트 타이거 우리를 지날 때에는 심한 누린내에 욕지기가 올라왔다.

왜 그래? 뭐가 불편해?

냄새가 나서……

냄새?

길우는 숨을 깊게 들이쉬더니 그런가, 하며 고개를 갸웃했다.

입덧 때문에 그런가봐. 힘들면 돌아갈까?

아냐. 참을 만해.

나를 제외한 일행들은 모두 아무렇지 않게 좁은 풀 안에서 헤엄치는 벵골호랑이를 구경하고, 날고기를 받아먹는 백호를 카메라에 담고 있었다. 무리를 따라 걷는 중에도 계속 욕지기가 올라왔다. 냄새가 역하지 않냐고 물을 때마다 길우는 잘 모르겠다고 했다. 일행 중 한 사람에게도 슬쩍 물어보았으나 그 역시 무슨 냄새요? 하며 의아해했다. 금방이라도 구역질이 나올 것 같은 악취인데 왜 아무도 느끼지 못하는 걸까.

어느 정도 구경을 마치자 사육사가 사람들을 불러모았다. 이제 두 명씩 우리 안으로 들어가 호랑이를 만지고 사진을 찍어보라고 했다. 등과 꼬리는 쓰다듬을 수 있지만 머리나 앞다리는 절대 만지면 안 돼요. 꼭 뒤쪽에서 접근해야 합니다. 절대 뛰거나 소리치지 마세요. 가이드의 안내 사항을 들으며 한 팀씩 호랑이 우리 안으로 들어갔다. 새끼 호랑이에게 우유를 먹이거나 터그 놀이를 하려는 사람들은 많았으나 자이언트 타이거 체험 줄은 휑했다. 길우가 자이언트 타이거 우리를 가리켰다.

우린 저기 가볼까?

내 안색이 좋지 않다며 그는 얼른 체험을 끝내버리고 나가자고 했다. 아닌 게 아니라 여전히 신물이 나고 속이 메슥거렸다. 당장 뛰쳐나가고 싶었지만 한화로 팔만원이나 하는 입장료가 신경쓰였다. 길우의 권유를 따라 자이언트 타이거 우리 앞에 섰다.

호랑이는 혀를 길게 늘어뜨린 채 반석 위에 엎드려 있었고, 모형으로 보일 만큼 미동이 없었다. 간혹 꼬리를 움직여 둔부에 붙은 파리를 잡는 것을 보고 잠들지 않았음을 알 수 있었다. 기척을 내지 않기 위해 조심하며 호랑이 등뒤로 천천히 다가갔다. 가까이 갈수록 위압감이 심해졌다. 뒷발은 성인 남성의 얼굴만했으며 몸집 역시 거대했다. 무엇보다 지독한 악취에 머리가 아팠다. 길우가 먼저 호랑이의 꼬리부터 허리까지 천천히 쓰다듬었다. 길우는 생전 처음 느끼는 감촉이라며 신기해했다.

자기도 만져봐. 진짜 부드러워.

길우의 권유에도 선뜻 손이 가지 않았다. 저어하는 기색을 본 사육사가 보디랭귀지를 섞어가며 무어라 열심히 설명했다. 가이드가 그 말을 통역해주었다.

발톱이랑 송곳니를 다 빼서 괜찮대요.

정말 호랑이의 발톱은 하나도 남아 있지 않았다. 경악스러웠다. 입안까지 들여다보지는 못했으나 아마 송곳니도 없었을 것이다. 살기가 다 빠진 눈으로 허공을 응시하며 침을 뚝뚝 흘리는 호랑이. 사육사는 미소 지으며 나를 향해 라이 캅, 라이 캅 했다. 속이 다시 울렁거렸다.

마이 뺀 라이 캅.

사육사가 내 손을 덥석 잡아 호랑이 척추에 얹었다. 순식간에 일어난 일이라 손을 빼거나 불쾌감을 표할 틈도 없었다. 마지못해 호랑이의 등을 쓸었다. 생경한 감촉이었다. 무두질을 오래 한 가죽처럼 부드럽고 반질반질하면서도 온기가 느껴져 이질감이 들었다. 야생의 본능을 상실한 호랑이는 우리에게 무기력하게 몸을 내어주었다. 미약하게 그르릉거리는 순간도 있었으나 사육사가 고무망치로 앞발을 내리치자 금세 잠잠해졌다. 사육사의 권유에 따라 길우는 호랑이에게 코코넛 조각을 주기도 하고, 호랑이 배에 등을 기댄 채 기념사진을 찍기도 했다.

자기도 한 장 찍자.

길우가 자리를 내주었다. 망설이다 반석 위에 앉아 포즈를 취했다. 호랑이의 등에 손도 얹어보았다. 상황에 익숙해지자 골을 뒤흔들던 악취도 서서히 사그라드는 것 같았다. 호랑이가 불편한 듯 근육을 움찔댈 때마다 척추의 움직임이 고스란히 느껴졌다. 어쩐지 죄를 저지르는 것 같으면서도 묘하게 흥분되었다.

그건 언젠가 느껴본 적 있는 감각이었다. 죄의식을 동반한 저릿한 쾌감. 그 기시감의 정체를 깨닫기까지는 오래 걸리지 않았다.

지독하고 뜨겁고 불온하며 그래서 더더욱 허무한, 어떤 모럴.

떨쳐내고 싶지만 그럴 수 없었다. 이제는 얼굴조차 기억나지 않는 누군가의 말처럼, 이미 일어난 일은 없던 일이 될 수 없으니까.

| 작가노트 |

습자지 {사랑}

나는 쳇 베이커를 좋아한다.

투명한 밤이 떠오르는 그의 목소리를 사랑하고, 나른하고도 낭만적인 트럼펫 연주에 매료되곤 한다. 노트북과 아이패드 배경화면은 음반 녹음중인 쳇 베이커의 사진이며, 그의 곡을 컬러링으로 설정해둔 지도 꽤 되었다. 기댈 곳 없던 시기에 그의 음악은 내게 안식을 주었고 지금도 그렇다.

그는 위대한 트럼페터이자 보컬이지만, 마약을 사기 위해 연인의 물건을 전당포에 넘기고 전화선을 목에 감는 등의 폭행*을 일삼던 추악한 인간이기도 하다. 달콤한 목소리 뒤에 감춰진 그의

---

* 제임스 개빈, 『쳇 베이커―악마가 부른 천사의 노래』, 김현준 옮김, 을유문화사, 2007, 678쪽.

악마성은 선득하고 경악스럽지만……

마찬가지로 나는 우디 앨런을 좋아한다.

친구와 〈에브리원 세즈 아이 러브 유〉에서 어떤 장면이 가장 좋았는지 공유하고, 〈카이로의 붉은 장미〉와 〈맨해튼〉 중 어떤 작품이 더 취향인지 열띠게 논하는 과정이 즐겁다. 여전히 〈매치 포인트〉를 보며 감탄하고, 〈블루 재스민〉을 돌려 보며 나는 죽었다 깨나도 저런 역작은 못 만들 거라 감복하지만……

우디 앨런과 관련된 불쾌하고 끔찍한 스캔들은 구태여 입에 올리고 싶지도 않다.

쳇 베이커의 음악이 듣고 싶거나, 우디 앨런의 신작 소식을 들을 때마다 나는 고민에 잠긴다. 저 사람의 작품을 과연 듣고 보는 게 옳을까. 그래도 될까. 그러나 결국 듣고 본다. 숨어서, 묘한 죄책감을 느끼며.

내가 좋아하는 건 그들의 작품이지 인격이나 삶이 아니라고 합리화하기도, 판단을 유보하기도 하지만 피해자의 항변과 명징한 사실로부터 나는 늘 자유롭지 못하고 그래서 더 복잡해진다.

이 소설은 그러한 상충에서 기인했다. 죄의식과 사랑(혹은 기호)이라는 얇은 막 하나를 오가며 번민하는 나 또는 우리의 내면을 마주보고 싶어서.

하드보드지처럼 두껍고 견고한 사랑도 있을 테지만, 대개의 사랑은 습자지 같아서 단 한 방울의 반감과 의심으로도 쉽게 찢어지는 것 같다.

그러나 어떤 사랑은 푹 젖어도 찢어지지 않고 도리어 곤죽처럼 질퍽해진다. 사랑이고 죄의식이고 찬미고 경멸이고 죄다 흡수해 종내 원형을 알 수 없는 상태로.

누군가를 '그런 사람'이라 단언하기보다 '그럴 수도 있는 사람'이라는 여지를 두고 깊고 길게 들여다보는 것이 이해고 사랑이라 여기지만, 그러한 방식에도 늘 변수와 병폐가 존재하는 것 같다. 툭 튀어나온 부분을 다듬을 수 있는 영화와 달리, 현실은 소거와 편집이 불가하므로 이미 벌어진 사건을 '그럴 수도 있는 일'로 무감히 넘기는 건 기망이다.

그럼에도 불구하고, 우리는 무심결에 옹호와 이해를 동일시하거나 사랑이라는 명분으로 맹목적인 변호를 이어간다.

이것을 단순히 병적 애착 혹은 집착이라 부르는 게 옳은지, 그 안에 담긴 진심마저 쉬이 배제해버리는 것은 아닌지, 그렇다면 불신 없는 무조건적 사랑은 과연 가능한지 문득 의문이 든다.

가부를 나눌 수 없는 무수한 문제 속에서 우리는 자주 구겨지고 찢어지며 괴리를 겪는다.

해답을 구하고 싶은 마음으로 썼으나 쓰고 보니 미답未答으로 남았다.

그러나 구겨지고 찢어지면서도 계속되는 {무엇}은 분명 유의미하다고 믿는다. 그 일그러진 괄호는 우리가 질문을 놓지 못하도록 부추기는 단초가 될 테니.

| 해설 |

시차視差와 시차時差

박서양

길티 플레저는 죄책감을 뜻하는 길티guilty와 기쁨을 의미하는 플레저pleasure의 합성어로, 어떤 행위로부터 즐거움을 느끼지만 그를 통해 사회적으로 비난받을 수 있기에 떳떳해질 수 없는 마음을 가리킨다. 예컨대 귀지 파기 영상이나 숨어서 듣는 나만의 명곡과 같이, 남들 앞에 당당하게 드러낼 수 없지만 나에게는 은밀한 만족감을 선사하는 그 무언가를 누구나 하나쯤 가지고 있을 것이다. 성해나의 「길티 클럽: 호랑이 만지기」는 이 길티 플레저를 경유해 우리의 일상 곳곳에 잠재해 있으나 입 밖으로 내뱉기는 어려운 감정들을 포착하는 소설이다.

'나'는 우연히 영화 〈인간 불신〉을 본 것을 계기로 영화감독 김곤의 열렬한 팬이 된다. 베를린국제영화제에서 은곰상을 수상하며 일약 스타로 부상한 그는 커피 찌꺼기로 염색한 셔츠를 입고,

특정 출판사 시집의 애독자이자, 즐겨 마시는 맥주가 있는, 자신만의 취향이 분명한 사람이다. '나'는 수려한 외모와 예술성을 갖췄을 뿐 아니라, 도덕적으로도 올바르고 '힙'한 취향을 가진 사람을 지지한다는 데서 오는 만족감을 느낀다. 김곤은 고급스러운 문화적 취향을 가진 자이기에 '나'의 욕망의 대상이 되며, '나'에게 김곤의 팬이 되는 일은 스스로를 '예술이랑 먼 사람'으로 규정지었던 과거의 자신과 지금의 내가 다르다는 식의 단절과 자기규정의 수단으로 작동한다.

프랑스의 사회학자 피에르 부르디외는 개인의 취향이란 순수한 기호나 선호가 아니라 사회적으로 만들어지는 계급적 구별 짓기의 산물이라고 주장한다. 그에 따르면 고급문화와 저급문화 중 무엇을 향유하는지에 따라 예술적 취향이 구분되며, 취향은 각각의 사람들이 어떤 계급에 속해 있는지를 보여준다. 이와 같은 문화적 계급 질서는 개인이 수치심이나 열등감에 빠지지 않고 자유로이 자신의 취향과 선호를 드러내는 일을 어렵게 만든다. 이러한 맥락에서 '길티 플레저'는 흔히 유치하거나 예술적 가치가 낮다고 여겨지는 작품에서 모종의 즐거움을 느낄 때 발생하는 양가감정이다. 고상하지 못한 자신의 취향으로 인해 자신 역시 형편없는 사람으로 비춰지지 않을까 하는 불안감을 느끼면서도, 그것이 주는 쾌락을 포기할 수 없는 것이다.

한편, 김곤이 휩싸인 아동 학대 논란은 그의 이미지를 실추시키기에 충분하다. 비록 소설은 사건의 진위를 명명백백히 그려내지 않지만 이러한 논란은 예술에서 창작의 자유와 도덕적 잣대 사이의 균형점을 찾을 수 있는지, 문제의 소지가 있는 작가와 그의 작품을 분리하여 바라볼 수 있는지와 같은 질문을 환기시키는 계기가 될 수 있었을 것이다. 하지만 소셜 미디어와 온라인 커뮤니티로 순식간에 퍼져나간 논란은 단지 자극적인 이슈로 소비될 뿐이며, 심지어는 감독 개인의 성 정체성에 대한 공격으로 이어지기도 한다.

이러한 상황에서 '나'는 커뮤니티를 통해 친해진 오영의 소개로 김곤의 골수팬들이 모여 있는 오픈 채팅방에 들어가게 된다. 채팅방의 이름은 '길티 플레저 클럽', 일명 '길티 클럽'이다. 이곳의 내부에서는 이 사건에 대한 일체의 언급을 금지하고 있다. 멤버들은 마치 아무 일도 없었다는 듯 채팅방에 굿즈 구매의 인증샷을 올리는 등 김곤을 열렬하게 지지하는 태도를 보인다. 이는 논란이 증폭되는 과정에서 김곤을 선부른 마녀사냥으로부터 보호하는 태도일 수 있다. 그러나 이와 같이 '안전한' 그들만의 세계를 구성하는 것은 역설적으로 이들이 팬덤 바깥의 상황을 의식하고 있으며, 김곤에 대한 논란과 그를 향한 마음에 떳떳하지 못한 상태라는 사실을 의미한다.

문화 산업 시스템에서 스타의 개인적 삶의 면면은 있는 그대로 드러나기보다 상품화된 이미지 뒤에 비쳐 보인다. 팬은 '상품'과 '인간' 사이에서 조명되지 않는 실재에 대해 알지 못한 채로 스타에게 매혹당하는 존재다. 그럼에도 불구하고 김곤의 논란은 마치 팬 개인의 도덕적 실패처럼 여겨지기에 팬들은 논란이 발생한 이후 자신이 부적절한 대상을 좋아했다는 수치심에 빠진다. 또한 김곤을 여전히 지지하고 소비하는 행위가 피해자를 2차 가해하는 일이 될 수 있다는 죄책감 역시 경험한다. 이때 수치심과 죄책감 사이의 상관관계는 사뭇 이중적이다. 수치심은 팬들에게 논란에 관해 터놓고 말할 수 없는 고립감을 유발시키는 반면, 죄의식은 공동의 행위망 속에서 타인과 연루되어 있다는 감각을 통해 발생하는 것이기 때문이다.

> 내가 타인의 고통을 잘 이해하지 못하는 사람인가, 의심도 들었다. 나는 김곤이 혐오스럽지 않았다. 오히려 안쓰러웠다. 만일 그 사건이 사실이더라도 쪽잠 자며 촬영하다보면 누구든 예민해질 수 있지 않을까. 실수할 수 있지 않을까. 사람인데 그럴 수도 있지 않을까…… 생각이 거기까지 미치면 나 자신에 대한 불신이 커졌다. 근데 그래도 되는 건가. 실수라 해도 일곱 살 난 아이에게 그럴 수 있는 걸까. 친구들 말처럼 만약 그게 내 아이의 일이었대도 나는 김곤의 영화를 몇 번씩 관람하고 굿즈를 소비할 수 있었을까. 늘 헷갈렸지만 그럼에도 김곤의 신작을 기다렸고 그의 기사에 선플을 달았다.(155쪽)

확신에 찬 태도로 김곤을 여전히 지지하는 그룹 채팅방에서의 모습과 달리, 위의 인용문에서 '나'는 김곤을 무조건적으로 신뢰하는 팬이라기보다는 사태에 대한 의혹을 품고 흔들리는 모습을 보인다. 그는 김곤을 단죄나 처벌의 대상이 아니라 회색지대에 존재하는 인물로 바라보기 위해 노력한다. 일견 '나'의 팬심은 맹목적인 것처럼 보이지만, 사실 '나'는 상황을 최대한 복합적으로 헤아려보기 위한 고민을 이어가는 인물인 것이다. 소설에서 '나'는 '무지성'이나 '과몰입'과 같은 특성을 지닌 문제적으로 호명되는 팬이 아니라, 한 사태에 대해 오래도록 생각하고 진실을 나름의 방식으로 재구성하기 위해 흔들리고 고투하는 인물로 그려진다. 소설은 이를 통해 빠른 속도로 사태에 대한 판단을 내리길 강요하는 미디어의 속도전에서, 지지 혹은 철회라는 단순화된 이분법으로 의미화될 수 없는 균열의 지점을 포착한다.

그럼에도 불구하고 '나'는 결국 사건이 지닌 불편함에 대해 언급하는 미지에게 "다른 사람들은 몰라도 우리는 믿어야죠"(172쪽)라고 말하며 다소 고압적인 태도로 그녀를 침묵시키고 만다. '나'는 길티 클럽의 정모가 논란에 대한 세간의 뾰족한 시선으로부터 완전히 자유로운 곳이 될 것이라 기대하고 모임에 참석한다. 그러나 대부분 "시네필 내지는 평론가"(152쪽) 같은 다른 멤버들에 비해 스스로를 "한참 모자란 것"(153쪽) 같다고 여기며 상처 받는다. 김곤을 덕질하기 이전에 느꼈던 문화적인 결핍과, 그동안 김곤의 논란에 대해 내심 항변하고 싶었던 마음이 더해져 '나'는 김곤을 향한 자신의 순수한 사랑을 입증해야 한다는 인정 욕망을 드러내게 된다.

길티 클럽의 정모가 끝나고 얼마 지나지 않아 김곤이 논란에 대해 진정성어린 태도로 사과하자, '나'는 그로 인해 허무함과 혼란스러움을 느낀다. 이후 소설의 시간은 훌쩍 흘러 '나'는 오래전 김곤이 방문한 치앙마이로 여행을 떠난다. 그사이 '나'는 뱃속에 아이를 가졌으며 김곤을 향한 "들끓던 관심과 애정도 이제는 증발"(180쪽)되었다고 느낀다. 소설은 이 시간적 공백에 대한 서술을 거의 생략하고 있는데, 이는 오히려 독자에게 지난 시간 동안 인물이 어떤 내면적 변화를 겪어왔을지 헤아려보게 만든다. 과거 자신의 결핍과 상처가 인정 욕구와 맹목적 태도로 표출되었던 마음의 궤적과 그럼에도 한 사람을 입체적인 인간으로 이해해보기 위해 분투했던 나날들. '나'의 회고로 전개되는 소설적 형식은 '나'가 오랫동안 사태에 대한 자기성찰을 수행해왔다는 사실을 증언한다. 아래의 인용문은 '나'가 오롯이 감내해온 어떤 성찰의 시간이 그 자신의 윤리적 감수성을 어떻게 변화시켰는지 보여준다.

> 호랑이가 불편한 듯 근육을 움찔댈 때마다 척추의 움직임이 고스란히 느껴졌다. 어쩐지 죄를 저지르는 것 같으면서도 묘하게 흥분되었다.
>
> 그건 언젠가 느껴본 적 있는 감각이었다. 죄의식을 동반한 저릿한 쾌감. 그 기시감의 정체를 깨닫기까지는 오래 걸리지 않았다. (183~184쪽)

'나'는 호랑이의 등을 조심스레 어루만지며 오래전 느꼈던 양가감정을 다시금 떠올린다. 호랑이를 쓰다듬는 진귀한 경험으로부터 즐거움을 느끼지만, 그것이 동물을 착취하고 억압함으로써 얻어졌다는 불편함을 떨치기 어려워하는 것이다. 소설에서 길티 플레저는 부끄러운 취향을 남몰래 즐기는 쾌감이었다가, 김곤을 지지하는 마음과 연결된 모종의 가해자성에 대한 반성을 일으키며, 다시 인간과 동물 사이의 비윤리적 관계를 살피는 마음으로 확장되고 변화한다. 이때 쾌락과 죄의식의 양가성은 단지 모순되고 충돌하는 것이 아니라 한 인간의 복잡한 위치로부터 윤리성이 발생하는 계기를 마련한다.

쾌감과 불쾌감, 우월감과 열등감, 수치심과 죄책감. 이 모든 감정은 나의 것인 동시에 오로지 나로 인해 발생하는 것만은 아니다. 그러므로 이 같은 마음의 발생 경로를 되짚어보는 일은 우리가 어떤 구조에 속해 있고, 어떤 타자들과 연루되어 있는지를 이해하는 행위에 가까워진다. 이 과정을 신중하게 겪어나갈 때 우리는 과도한 자기 비난의 무게로부터 가벼워지고, 타자를 향한 윤리적 책임은 조금 더 무겁게 받아들일 수 있지 않을까. 성해나의 소설은 우리 시대 문제적 감정인 길티 플레저를 통해 이런 질문을 던진다. '길티'와 '플레저' 사이에서 마음의 저울추를 옮겨가며 우리는 세계 안에서 조금 더 입체적인 인간으로 존재할 수 있지 않겠냐고.

박서양
2020년 문학동네신인상을 수상하며 평론을 발표하기 시작했다.

성혜령

원경

작가노트

반짝이지 않는 것

해설 전승민

불안에 관한 두 개의 방법론

성혜령
2021년 창비신인소설상을 수상하며 작품활동을 시작했다. 소설집 『버섯 농장』『산으로 가는 이야기』 등이 있다. 2023년 젊은작가상, 2024년 이상문학상 우수상을 수상했다.

원경

건강검진을 12월 마지막 주까지 미루는 사람이 자기 말고도 이렇게 많으리라고 신오는 생각지 못했다.

초음파 검사실 앞 복도는 자기 이름이 불리기를 기다리며 서성이는 사람들로 북적였다. 대기 좌석 중간중간 빈자리가 있긴 했지만 신오는 한구석에 서 있기로 했다. 헐렁한 가운에 느슨한 고무줄 바지를 입고 휴대폰을 보며 기다림을 견디고 있는 사람들을 보면서, 신오는 이들 중 내년 연말을 따뜻한 휴양지에서 보낼 사람이 얼마나 있을지 궁금했다. 혹은 오늘 치명적인 암이나 뇌동맥류 같은 것을 발견하고 전혀 예상치 못한 인생을 살게 될 사람은?

그런 일들은 언제나 일어나고 있었다. 직장생활을 십 년 정도 하니 주위에 아픈 사람이 많아졌다. 이전 직장 동료는 출근길에 쓰러진 뒤 안면 마비를 얻었다. 한쪽 입꼬리가 위로 당겨 올라갔는데 그는 멀쩡한 다른 쪽 입꼬리도 끌어올려 웃는 얼굴을 만들곤 했다. 병가가 끝나 돌아온 뒤 매일 웃는 얼굴로 제일 먼저 출근하는 동료를 보면서 신오는 이직을 결심했다. 신오는 모든 일이 가능하지만 대개 나쁜 일들이 더 자주 일어난다는 것을 알고 있었고, 되도록 좋은 음식을 먹고 운동도 꾸준히 하려고 했다. 불행은 대비하고 기다리는 사람에게는 쉽게 다가오지 않을 것이라는 근거 없는 믿음도 있었다.

복부 초음파를 보던 의사가 "어랏?" 하고 실없는 소리를 내며 배꼽 부근을 세게 눌렀을 때까지만 해도 신오는 방귀가 나올 것 같다는 생각뿐이었다. 의사가 다시 차가운 젤을 묻힌 초음파 탐촉자를 배에 문지르다가 복막에 종양이 보인다는 말을 했을 때는, 그래서 요새 변비가 심했나, 라는 생각이 먼저 났다. 대학병원에 가서 생검과 CT, MRI 검사를 마치고 일주일 뒤 소화기내과 교수의 진료실 앞에서 대기하는 동안에도 신오는 회사 메신저를 보고 있었다. 몇십억 단위의 공공사업 수주가 걸린 입찰 제안서의 마무리를 앞둔 시점이었다. 병원 일정으로 연차를 낸다고 했을 때 팀원들은 모두 별일 없을 거라고, 하루 푹 쉬고 오라고 말했지만 메시지를 보내면서 신오를 계속 태그했다.

신오는 그날 마지막 순서로 진료실에 들어갔다. 의사는 젊었고 피곤해 보였다. 빠른 예약이 가능했던 유일한 의사였으니 어쩔 수 없지, 신오는 생각했다. 의사는 신오가 자리에 앉자 인사 한마디 없이 모니터 화면을 돌렸다. 그리고 마우스 커서로 신오는 잘 알아볼 수 없는 흐릿한 음영을 짚었다. 여기예요, 여기. 의사는 약간의 승리감마저 느껴지는 투로 말했다. 복막의 종양은 전이암이고, 여기가 원발암이라고.

"이게 숨어 있어서 찾기 어려웠거든요."

의사는 다시 한번 마우스 커서를 움직이며 말했다. 췌장하고 담도 사이인데 위치나 크기가 좋지 않다고, 오늘이 금요일이니 당장 다음주부터 항암 치료로 크기를 줄이고 수술을 잡아보자고. 신오의 휴대폰이 또 진동했다. 신오는 치료를 이 주만 미뤄도 되냐고 물었다. 프로젝트가 있어서요. 이 주 후에 마감이라. 의사가 처음으로 웃어 보였다.

"환자분, 요새 아무리 생존율이 높아졌다지만 암이 우스우세요?"

물론 전혀 우습지 않았다. 암이라니. 언제부터 그런 게 몸속에서 자라고 있었지? 내가 뭘 잘못하고 있었던 것일까? 신오는 자기 생활을 떠올려봤다. 술도 담배도 즐기지 않았고, 헬스는 주 삼 회씩 벌써 오 년째 다니고 있었다. 주말에는 등산도 가끔 했다. 주중 점심은 한식 위주로 나오는 구내식당에서 먹었고 저녁은 주로 닭가슴살 샐러드를 사 먹었다. 약속이 잡히면 어쩔 수 없이 기름지고 짠 음식들을 먹었지만 속에 부담 주지 않을 정도로만 적당히 입에 댔다. 종종 잠을 못 잘 때가 있긴 했다. 위염에 시달리거나 몸살을 앓기도 했다. 어깨와 목이 거의 매일 뻣뻣했고 관자놀이가 당기는 편두통을 달고 살았지만 컴퓨터 앞에서 일하는 직장인이라면 누구나 시달리는 증상이었다. 만성적인 피로는 평소에 잠을 자주 설치니 당연하다고 생각했다. 이런 생활을 시작한 것이 언제부터였더라? 아마 원경과 헤어진 이후였다.

원경과 헤어진 후부터 무언가 잘못된 것이 분명했다. 신오는 전신 방사성동위원소 검사와 그 외 입원에 필요한 여러 검사를 예약하고 병원을 나오면서 결론 내렸다. 원경과 헤어졌을 때 무언가를 예감했음에 틀림없다. 닥쳐올 미래가 무엇인지도 모르면서 도망치듯 살아오지 않았나.

원경은 신오가 처음으로 함께하는 미래를 생각했던 사람이었다. 원경을 떠올리면 물이 넘치지도 모자라지도 않게 채워진 컵이 생각났다. 처음 만난 식당에서 원경이 컵에 물을 따라줬을 때 신오는 속으로 작게 감탄했다. 어떻게 물을 저렇게 깔끔하고 적당하게 따를 수 있지. 원경은 그 물컵처럼 과하지도 부족하지도 않은 사람이었다. 신오는 원경처럼 적당한 사람을 만나본 적 없었다. 전에 만났던 여자들 중에는 매일 아침저녁으로 전화해주지 않으면 불안해하는 사람도 있었고, 신오와 절대 같은 화장실을 쓰지 않으려는 사람도 있었다. 신오는 자신이 매우 평균적이고 상식적인 사람이라고 생각했기 때문에 자신과 잘 맞는 사람을 찾기가 그토록 어렵다는 것에 매번 놀랐다. 원경은 달랐다. 원경의 상식 수준과 감수성의 정도는 신오의 신경에 거슬린 적이 없었다. 잔인한 범죄, 특히 여성을 대상으로 한 범죄 뉴스에 과하게 방어적으로 반응하지도 않았고, 어떤 드라마나 특정 배우에 지나치게 몰입해 신오를 당황하게 하지도 않았다. 이런 사람이라면 함께 살아도 좋겠다고 신오는 생각했다. 누구를 만나면서 처음 해본 생각이었다.

신오는 원경과 사 년을 만나고 헤어졌다. 원경과 함께 와인을 마시고 누워 서로를 조용히 더듬고 있던 중에 원경이 혹시 내 가슴에서 뭐가 만져지면 알려줘, 라고 말했기 때문이었다. 원경의 어머니 쪽 집안 내력이라고 했다. 유방암이. 어머니도 여러 번 재발한 유방암의 후유증으로 돌아가셨다는 이야기도 그때 했다.

그 이야기를 듣고 신오는 어쩔 수 없이 상상했다. 결혼 후 원경이 암에 걸린다. 가슴을 절제하는 수술을 받는다. 신오는 모든 일을 제치고 병원에 있어야 할 것이다. 원경은 어머니가 안 계시니까. 항암 치료로 원경이 수척해진다. 신오는 원경을 돌보기 위해 요리도 배울 것이다. 몇 년간은 정기 검사를 함께 다니며 괜찮다는 의사의 말을 듣고 안도한다. 그러다 다시, 이 모든 일이 반복된다면? 정말 기꺼운 마음으로 원경을 돌볼 수 있을까? 원경의 병을 지겨워하지 않을 수 있을까? 유전자 문제로 발생하는 암은 끈질기고 예후가 좋지 못하다는 것을 신오는 알고 있었다. 이런 상상을 해버린 이상 원경과 관계를 계속 이어갈 수는 없었다. 한 사람을 사랑하는 일이 그 사람이 가지고 있는 여러 문제들과 그 사람이 가지고 올 불확실한 미래까지 기꺼이 받아들여야 하는 일이라면, 신오는 지금까지 누구도 사랑해본 적이 없었다. 앞으로도 누군가를, 심지어 자기 자신조차 사랑하기란 불가능할 것이었다. 신오는 원경과 헤어지고 자기가 통제할 수 있는 삶에 집중했다. 연애도 한두 번 했지만 처음부터 언젠가 끝나겠거니 생각했고 실제로 어떻게든 끝이 왔다.

병원 밖은 이미 어두워졌고 도로에는 차들이 길게 꼬리를 물고 서 있었다. 붉은 후미등이 눈에 상처를 남기는 것 같아서 신오는 땅을 보고 걸었다. 그리고 생각했다. 그때 원경과 결혼을 했더라면 어땠을까. 우습고 근거 없는 생각이지만 암에 걸리는 사람은 자기가 아니라 원경이었을 거란 생각이 들었다. 그렇다면 자기는 성심껏 그를 돌보고 그가 느끼는 외로움과 고통에 대해서는 짐작만 할 수 있었을 것이다. 그 간극에 안타까움과 죄책감을 느끼면서 겸손해졌겠지. 자기가 그나마 건강해서 옆에서 원경을 돌볼 수 있다는 사실에.

신오는 집으로 돌아와 보일러를 켜지도 않고 거실 소파에 앉았다. 추위도 느껴지지 않았다. 속으로 계속 어쩌다 이렇게 되었을까 중얼댔다. 신오의 집은 역에서 걸어서 십오 분 정도 거리에 있었고 재개발 논의가 몇 년째 오가는 오래된 빌라 일층이었다. 집값의 팔십 퍼센트까지 대출이 나오던 때였고, 재개발이 확정되면 집값이 두 배는 너끈히 오를 것이라는 부동산 중개인의 조언에 다소 충동적으로 구입했다. 1989년에 완공한 건물로 내부는 리모델링을 마친 상태였다. 변기가 자주 막히고 어디선가 벌레가 끊임없이 들어왔지만 방 두 개가 널찍했고 안방에는 빛도 잘 들었다.

원경은 신오의 집에 살다시피 했다. 원경의 직장과 더 가까워서이기도 했지만 원경은 처음부터 그 집을 좋아했다. 빌라 옆 그늘진 공터에 있는 작은 정원이 마음에 든다고 했다. 쓰레기 투기를 막으려고 옆 빌라 주인이 화단을 만들어 꽃을 심어놓았는데 꽃이 자꾸 시들자 꽃값도 만만치 않다며 조화로 대체했다. 아예 가짜 나무와 풀까지 심어서 더 그럴듯했다. 저거 가짜야. 신오의 말에 원경은 그래 보여, 라고 말했지만 거실 창 너머로 정원을 바라보고 있을 때가 많았다.

"이 정도의 녹음만 있어도 살 만하다고 느껴지는 게 좀 슬프다."

원경은 종종 말하곤 했다. 사시사철 푸르고 화려한 꽃이 피어 있던 정원은 폭우가 쏟아진 지난여름 사라졌다.

신오는 휴대폰을 꺼내 연락처에서 원경의 이름을 검색하고 괜히 화면을 툭툭 두들기다 결국 문자를 남겼다.

—잘 지내?

아무리 생각해도, 잘 지내? 라는 빤한 말밖에 떠오르지 않았다. 원경에게 자신이 얼마나 우스워 보일지 알았지만 상관없었다. 답이 없는 화면을 잠시 보고 있다가 신오는 습관처럼 샐러드를 배달시킨 뒤 반도 못 먹고 버렸다. 쌉쌀하고 뻿뻿했다. 신오는 자기가 한순간도 채소를 좋아한 적이 없음을 깨달았다. 샐러드 용기를 헹군 후 쌓아둔 재활용 쓰레기를 버리러 나갔다. 쓰레기를 내놓는 전신주 아래에서 체구가 작은 여자가 한 손으로 부지런히 휴대폰을 두드리며 담배를 피우고 있었다. 끊은 지 십 년이 넘었는데도 담배를 물었을 때 혀끝에 느껴지던 아린 맛과, 연기를 한 모금 넘기는 순간 온몸을 조이던 나사가 살짝 풀어지는 듯한 감각이 순식간에 되살아났다. 신오는 한 골목 떨어진 편의점에서 담배와 라이터를 사서 인공 정원이 있던 공터로 갔다. 사람들은 거기 언제 작은 정원이 있었냐는 듯 그 자리에 쓰레기와 담배꽁초를 버리고 갔다. 담배의 비닐 포장을 뜯으면서 신오는 담뱃갑에 적나라하게 인쇄된 구강암 사진을 오랫동안 바라봤다. 가로등

빛이 잘 들지 않았지만 거뭇한 담뱃진 같은 세포가 뭉쳐 있는 목구멍은 지나치게 잘 보였다. 구강암이라니. 볼이나 목구멍 안에 저런 게 생기는 것보다는 뱃속에 있는 게 낫지 않나. 그런 생각을 하는 자신이 우스웠다. 기껏 포장을 벗긴 담배를 꺼내지도 않고 다시 주머니에 넣었을 때 휴대폰 진동이 울렸다.

—나 운주에 있어.

원경의 답이었다. 운주? 신오가 되묻자 원경이 곧 답했다.

—처리할 일이 있어서.

—이모님 산에?

—응.

—일은?

—그만뒀어.

—무슨 일 있었어?

—갑자기, 뭐야?

신오는 물론 대답할 수 없었다. 원경에게 할말을 찾는 대신 신오는 집으로 들어가 차 키를 챙겼다. 이모님 산이라면 어딘지 알고 있었다. 전에 휴대폰 지도 앱에 저장해두었다. 원경과 그 산에 있는 이모님의 집에서 하룻밤 자고 온 적이 있었다. 나무와 흙으로만 만든 집이었고, 언뜻 보면 버섯처럼 생긴 황토 찜질방도 따로 있었다. 원경은 허리가 아플 때 버섯 방에 누워 있다 오면 몸이 가뿐해진다고 말하곤 했다. 신오는 그 무렵 자다가 종아리에 쥐가 나서 깨는 일이 많았다. 병원에 가도 스트레스가 많으면 그럴 수 있다는 말뿐이었다. 약도 먹고 물리치료도 받았지만 소용없었다. 원경은 신오가 병원에 다녀올 때마다 버섯 방에 다녀오면 나을 거야, 라며 마치 이상한 종교에 빠진 신도처럼 말했다.

거짓말처럼 신오는 그 버섯 방에서 자는 동안 한 번도 깨지 않았다. 물론, 원경에게는 사실대로 말하지 않았다.

신오는 이모님과 그 집이 대단하다고 생각하지 않았다. 그 나이까지 산에서 혼자 사는 것을 보면 분명 외로움과 아집이 굳은살처럼 생활 전반에 박여 있는 사람일 터였다. 원경이 이모에게 느끼는 친밀감에는 다소 과한 구석이 있었지만 자주 보지도 않는 친척 어른에 대한 감정쯤 너그럽게 넘어갈 아량 정도는 신오에게도 있었다.

원경과 운주로 내려가는 길에 신오가 이모님이 어떤 분이냐고 물었을 때 원경은 내 편이면 좋은 사람이라고 대답했다. 이모님은 대학병원에서 간호사로 삼십 년 동안 일했고 결혼은 한 번도 하지 않았다. 유산으로 연고도 없는 지방의 산 한 채를 물려받은 뒤 정년퇴직 후 산자락에 집을 짓고 살기 시작했다. 원경은 이모가 여자고, 딸린 식구도 없는 막내여서 재산 가치도 거의 없고 아무도 탐내지 않는 산을 떠맡게 된 것이라고 했다. 남자 형제들은 외할아버지가 평생 정육점을 해서 마련한 지방의 상가 건물 한 채를 나눠 가졌고 큰이모와 원경의 어머니에게는 각각 고향의 땅과 집이 돌아갔다. 홀몸이고 막내인 이모에게 남겨진 건 아무도 돌보지 않는 먼 친척의 묘와 빈 암자가 딸린 산뿐이었다. 신오가 너무 불공평한 거 아니냐고, 요새는 유산으로 소송도 많이 하던데, 말하자 원경은 이게 이모의 복수야, 라고 말했다.

"자기한테 쓰레기처럼 버려진 산에 이렇게 멋진 집을 지어버린 거. 가족들이 여길 어떻게 오겠어."

신오와 원경이 도착했을 때 이모님은 손에 돌을 든 채 그들을 맞았다. 신오가 막연히 상상했던 모습보다 젊었고, 바빠 보였다. 산 풍경을 보며 차를 마시고 자신의 삶을 돌아보며 여러 감정을 곱씹거나, 혹은 누군가를 저주하며 시간을 보내는 지친 표정의 노인을 떠올렸는데, 이모님은 그해 겨울에 내린 폭설로 무너진 축대를 보수하느라 그들과 잠시 앉아 있을 새도 없이 일해야 했고 저녁은 시켜 먹자고 말했다. 배달이 와요? 신오가 묻자 이모님은 웃으며, 우리나라에서 중국집 배달이 안 되는 데는 사람 사는 곳이 아닐 거라고 했다. 그 집에서 보낸 하루는 신오의 예상과 달리 꽤 좋은 기억으로 남았다. 원경에게 끝내 다음에 또 가자는 말을 하지는 않았지만. 아직 결혼도 하지 않은 여자의 친척 어른까지 챙길 이유는 없었으니까.

신오는 새벽녘에 이모님 집 앞마당에 도착했다. 어스름 속에 익숙한 축대가 보였다. 축대 위에 웅크리고 있을 집은 어두워서인지 윤곽이 잘 보이지 않았다. 그 너머 산은 깊이 도려진 것처럼 밤보다 검었다. 차에서 잠깐 눈을 붙이고 해가 떠오르는 무렵 원경에게 문자를 보냈다.

—나 이모님 댁 앞이야.

빛이 차오르기도 전에 산그림자가 덮쳐왔다. 신오는 눈을 비비며 차에서 내렸다. 서서히 내려앉는 햇볕 아래에서 기억 속에 있는 그 집을 바라보려고 했다. 버섯 모양의 황토방과 통나무로 뼈대를 쌓은 본채를. 신오는 다시 눈을 비볐다. 해는 완전히 떠올랐고 공기는 축축했고 그림자는 벌써 깊었다. 그리고, 축대 위에는 아무것도 없었다. 신오는 간밤에 길을 잘못 들었나 생각해봤지만, 잘 닦아놓은 마당과 축대는 그대로였다. 집을 둘러싸고 있던 무성한 소나무는 살점 한 점 없이 발라놓은 생선 가시처럼 말라 있었다. 신오는 눈을 끔뻑이며 집이 깨끗하게 사라진 터와 까맣게 변한 산을 한참 더 바라봤다. 바람에 매캐한 냄새가 실려왔고 눈이 따가웠다. 자기도 모르게 맺힌 눈물을 닦는데 원경에게서 답장이 왔다.

—그럼 온 김에 일이나 도와.

원경은 두어 시간 후에 이모네 집 마당으로 가겠다고 했다. 신오는 다시 차에 들어가 졸다가 차창을 두드리는 소리에 깼다. 원경과 이모님, 그리고 처음 보는 이모님 또래 여성분이 형광색 등산복을 입고 신오의 차를 둘러싸고 있었다. 신오는 내려서 이모님께 인사했다. 여기는 보살님. 이모님이 옆에 있던 여성분을 가리켰다. 보살님은 아무 말도 없이 웃어 보였다. 얼굴에 웃음이 주름으로 굳어진 것 같은 분이었다. 이모님은 왜 살이 빠졌냐며 답을 바라지 않는 물음을 던지고 어서 산에 오르자고 재촉했다. 원경은 신오에게 손을 들어 보였다. 심상하고 간단한 인사였다.

신오는 오 년 만에 만난 원경과 그보다 더 오랜만에 만난 이모님과 처음 본 보살님과 함께 불이 휩쓸고 지나간 산에 올라 그을린 나무들 사이를 돌아다녔다. 이모님과 보살님과 원경은 매일 산에 올라 남은 불씨가 없는지 확인하고 있다고 했다. 아주 작은 불씨라도 남아 있으면 산불이 다시 번질 수도 있다고, 그사이 눈도 비도 오지 않아 나무들은 여전히 타기 좋은 상태라고 했다. 재발한 산불은 항상 규모도 피해도 더 큰 법이라고 이모님이 말했다.

"한 번 당하면 두 번 당하기는 더 쉬운 법이지."

보살님이 옆에서 지나치게 열심히 고개를 끄덕였다.

"집은 다 탔어요?"

신오가 묻자 이모님은 한숨을 쉬었다.

"홀라당 탔지. 나무랑 흙이었잖아, 애초에."

"지금 어디서 지내세요?"

"근처 마을에 세놓는 집이 있어서 거기 들어가 있어. 군식구들이 좀 많지만."

이모님의 말에 원경이 우리도 돈 내잖아, 말했고 그들은 같이 웃었다.

하늘이 맑았다. 검은 나무들이 파란 하늘을 아슬아슬하게 떠받치고 있는 것 같았다. 가을이나 초겨울 무렵마다 인근에 산불이 종종 발생하긴 했지만 이 작은 산에까지 불길이 닿기는 이번이 처음이라고 했다. 이모님과 보살님이 신오와 원경보다 빠르게 산을 올랐다. 신오와 원경은 그 뒤를 쫓아 길도 없는 등성이를 올랐다. 가끔 형체가 불분명한 검은 뭉치들이 발끝에 차였다. 신오가 혹시 몰라 한번 더 밟으려고 하자 원경이 신오의 어깨를 자연스레 만지며 말했다. 새나 청설모 같은 동물들 사체일지도 몰라.

"저렇게 까맣게 오그라들 때까지 얼마나 뜨거웠으려나."

신오의 말에 원경이 신오를 보며 입꼬리만 살짝 끌어올려 웃었다. 신오에게 너무 익숙한 표정이었다. 기특한 말을 다 한다는, 그런 표정. 신오는 다시 원경과 서로 부드러운 몸짓을 주고받고 싶었다. 그때보다 조금 더 둥글어진 얼굴로 변함없이 웃는 원경을 보니, 신오는 여기까지 원경을 찾아와야 했던 이유를 알 것 같았다. 오 년 전에 자신이 왜 원경과 헤어지기로 결심했는지 이야기하고 사과해야 했다. 원경의 말에서 시작된 상상까지 모조리 토로해야 했다. 원경을 위해서가 아니라 자기를 위해서라는 것쯤은 알고 있었다. 그래도 말하고 싶었다. 그때 내가 오만하게 굴어서 지금 벌을 받는 것 같다고. 일어나지도 않은 일에 너무 겁을 먹어서 모든 걸 망쳤다고. 신오는 숨을 몰아쉬면서 자기보다 앞서가는 원경의 등을 바라봤다. 허리가 조금 길긴 했지만 원경은 항상 자세가 곧았다. 그 점도 좋아했는데. 원경이 걸음을 멈췄다.

이모님과 보살님이 너른 바위 위에 앉아 물을 마시며 뒤처진 원경과 신오를 기다리고 있었다. 신오도 이모님 옆에 걸터앉아 물을 나눠 마시고 이모님이 건네는 홍삼 사탕을 까먹었다. 하얗게 질린 신오의 얼굴을 보고 이모님은 너는 어째 그때보다 몸이 안 좋아졌니, 말했고 신오는 헬스를 주 삼 회씩 하고 가끔 등산도 간다고 변명하듯 대답했다. 원경은 나무에 등을 기대선 채 먼 하늘을 보고 있었다.

"불길이 이렇게 갔네."

원경이 손을 휘저어 보였다. 중턱쯤 올라오니 곳곳에 살아남은 나무들이 보였다. 불에 전소된 나무들과 앞면만 그을린 나무들,

그리고 멀쩡한 나무들 사이에 어떤 선이 그려지는 듯했다.

"저쪽 소나무 군락을 따라 이렇게 돌아서 암자까지 덮친 거지."

이모님이 말했다.

"참나무를 심어야 한대요. 소나무는 빨리 타서."

원경이 말했다.

"소나무는 바로 푸르니까 나라에서도 소나무만 심더라. 근데 이제 뭘 심니. 그냥 두면 나무 탄 재가 토양에 영양이 돼서 다른 나무들이 알아서 자란다더라."

"어느 세월에?"

"한 이십 년 후쯤?"

"이모는 이십 년 후가 상상이 돼요? 난 안 되는데."

"내가 있고 없고가 뭐 중요해. 나무들은 알아서 자랄 텐데. 나무 심으라고 정부에서 돈 주니까 탄 나무 멀쩡한 나무 상관없이 몽땅 베어버린다더라."

"이모는 그럼 그 돈 안 받을 거예요?"

"봐서."

이모님은 보살님을 보며 웃었다. 보살님도 마주 웃었다. 이모님이 엉덩이를 툭툭 털고 일어났다. 그들은 바닥을 발로 자근자근 밟아가며 불에 탄 소나무숲을 따라 암자에 도착했다. 암자는 완전히 타서 돌로 만든 기둥 몇 대와 대들보와 집터만 남아 있었다. 집터 주위로 군데군데 좁고 깊게 파인 구덩이와 그 주위에 쌓인 흙더미가 보였다. 멧돼지였나 싶어서 주위를 둘러보니 한쪽 구석에 삽과 목장갑이 놓여 있었다.

"오늘은 일꾼 하나 늘었으니 좀더 해볼까?"

보살님과 이모님은 익숙하게 장갑을 낀 뒤 삽을 하나씩 나눠 들고 번갈아 흙을 파기 시작했다. 원경이 주머니에서 장갑을 꺼내 신오에게 건네주며 말했다. 시내에 있는 철물점까지 가서 사온 거야. 유달리 붉어 보이는 목장갑을 끼면서 신오는 고맙다고 해야 할지 고민했다. 원경이 남은 삽은 하나밖에 없으니 자기가 먼저 파겠다고, 돌이나 잘 골라내라고 말하고는 익숙한 자세로 삽질을 시작했다. 신오는 쪼그리고 앉아 삽 끝에 돌이 틱틱 부딪힐 때마다 손으로 흙을 헤집어 돌을 뽑았다.

"뭐, 묻으실 게 많은가? 김장철도 아닌데……"

신오가 원경에게 묻자 이모님이 웃는 소리가 들렸다.

"너 묻을까봐 겁나?"

"저요?"

"네가 찼다며. 우리 원경이."

신오는 네, 그랬죠, 하고 대답하려고 했다. 그리고 이유도 말하려고 했다. 제가 그래서 벌받았나봐요. 저, 실은 조금 어려운 암에 걸렸어요. 고통만 받다 죽을 수도 있어요.

"이모, 그런 거 아니야."

원경이 말했다. 원경은 신오에게만 들리도록 조용한 목소리로 이야기를 시작했다. 보살님은 비구니 스님만 있던 암자의 유일한 신자였다. 비구니 스님은 종단에 소속된 스님은 아니었고 버려진 절에 언젠가부터 들어와서 살기 시작해서 그렇게 부른다고들 했다. 처음에 왔을 땐 반짝이는 옷에 금목걸이와 진주 귀고리를 차고 있었는데 어느 날부터 머리도 깎고 승복 비슷한 쥐색 생활한복을 입기 시작했다. 보살님은 거길 어떻게 알고 찾아갔냐고 신오가 묻자 원경이 목소리를 더 낮췄다. 크게 얘기해도 괜찮아. 이모님이 말했다. 그래도 원경은 속삭이듯 말했다.

"실은, 그 비구니 스님 남편이 보살님 남편 돈을 크게 떼어먹고 감옥에 간 사람이래. 돈은 이미 감춰둬서 하나도 못 받았나봐. 무슨 투자 전문가라고 하고 유령 회사를 만들어서 사기를 크게 쳤나봐. 보살님이 오랫동안 추적하다가 여기까지 쫓아온 거야. 그리고 그냥 절에 온 신자인 척하면서 비구니 스님이 혼자 어떻게 먹고사나 본 거지. 분명히 숨겨둔 돈이 있을 텐데 하고."

원경이 삽을 놓고 땀을 닦았다. 삽질 도중에 길게 말해서 숨이 찬 것 같았다. 신오가 원경이 내려놓은 삽을 들고 이어서 땅을 팠다.

"근데 땅은 왜……"

"보살님이 보셨대. 땅에 금괴를 묻는 거."

"금괴?"

"골드바. 금. 팔뚝만했대. 사람이 자꾸 찾아오니까 불안해서 금을 묻었나봐."

"그 비구니 스님은 지금 어디 계시는데?"

"화재 때 돌아가셨어."

"근데 이렇게 구멍을 팠는데도 아직 못 찾았어?"

"암자가 불에 타고 나니 어디쯤인지조차 못 알아보겠다고 하셔서, 그냥 파보고 있어. 금괴 나오면 우리도 좀 나눠주신다고 하셨거든."

"오늘 찾으면 보살님이 너도 하나 주신단다."

이모님이 외쳤다.

땅에는 돌 말고도 자잘한 뿌리들이 많았다. 산불이 뿌리까지 태우지는 못한 것 같았다. 삽을 찔러넣을 때마다 무언가에 걸려서 팔이 징징 울렸다. 금세 관자놀이에 땀이 고였다. 신오는 입고 있던 패딩을 벗었다. 헬스장에 다니면서 나름대로 상체는 자신 있었는데 팔이 벌써 떨리고 있었다. 갑자기 돌풍이 불면서 잿가루가 섞인 검은 흙이 흩날렸다. 원경은 계속 말했다.

"우리 이모는 스파이였어. 보살님이 보니까 암자에서 산밑으로 내려가는 제일 빠른 길이 이모님 집 앞을 지나게 되어 있더래. 보살님 생각에 남의 돈을 거저먹고도 뻔뻔하게 잘 사는 사람이 가장 빠른 길을 두고 굳이 멀리 돌아서 산을 내려갈 것 같지 않아서 우리 이모한테 부탁했다는 거야. 비구니 스님이 산에서 내려가거나 이상한 사람들이 암자로 올라가는 것 같으면 연락 달라고. 우리 이모가 간호사였으니까 기록은 또 전문 분야잖아."

"너는 근데 여기 왜 있어?"

"그건 내가 물어야 할 질문인데."

신오는 삽질을 멈췄다. 그리고 사실대로 말하려고 했다. 가슴에서 뭐가 만져지면 꼭 말해달라고 하던 원경의 말과 그 말에서 시작된 상상, 도망치고 싶었던 미래, 그리고 지금 우습게도 그 미래에 도달한 자신. 그러나 이 모든 말 대신 신오는 다른 말을 했다.

"나 사실 좀 아팠거든. 말기 암이었어. 오 년 생존율이 십 퍼센트도 안 되는 상황이었는데 보다시피 살아남았어. 어제 정기검진

다녀왔어. 깨끗하대. 네 생각이 제일 먼저 나더라고. 그때 내가 너무 갑작스럽게 통보하고 연락을 끊었잖아. 꼭 다시 제대로 만나서 사과하고 싶었어."

주위가 조용했다. 신오는 자기가 금세 들통날 거짓말을 했다는 것도, 원경이 어쩌면 지난 오 년간 신오의 소식을 전해듣거나 신오의 메신저 프로필을 확인했을 가능성에 대해서도 전혀 신경쓰지 않았다. 신오는 그저 파놓은 구덩이만 보고 있었다. 반짝이는 것은 아무것도 없었다. 벌레들이 부지런히 기어올랐고 흙은 조금씩 무너져내렸다. 줄기가 타버려서 무엇이었는지 알 수 없는 무성한 뿌리들만 너울거렸다.

"이제 괜찮은 거 맞아?"

원경이 속삭이듯 물었다. 신오는 여전히 구덩이를 보면서 고개를 끄덕였다.

"무슨 사과까지 해."

원경은 잠시 발로 땅을 툭툭 찼다. 그리고 다시 말했다.

"그때 네가 헤어지자고 안 했으면 내가 얘기했을 거야. 내가 맨날 너네 집에 갔잖아. 그러다 집에 돌아오면 왜 항상 나만 너네 집에 가야 하지, 그런 생각이 들더라고. 너 네가 보고 싶어하던 영화 보면 그 영화 얘기만 계속하고 내가 보고 싶어하던 영화 보면 끝나고 맨날 딴 얘기만 했던 거 알아? 그런 것들이 점점 거슬렸어. 문자 하나 남기고 갑자기 연락이 안 되니까 처음에는 황당하긴 했는데, 나중에는 그냥 뭐, 이렇게 끝내도 되겠다 싶더라. 같이 있으면 편했지만 떨어져 있다고 불편하진 않았으니까. 네가 그렇게 마음에 담아두고 있을 줄은 정말 몰랐어."

신오는 개미떼가 구덩이에서 기어오르는 모습을 보면서 생각해보려고 했다. 원경과 보냈던 시간들 중 원경이 멀어지기 시작한 건 언제인지. 아무리 생각해도 신오는 원경과 함께했던 모든 순간이 좋았다. 원경과 영화 취향은 달랐지만 큰 문제라고는 생각하지 않았고, 원경의 집은 원룸이었고 신오의 집은 그래도 거실과 방이 분리되어 있는 진짜 집 같은 집이었으니 원경이 오고 가는 것에 아무 생각이 없었다. 신오는 스스로가 우스웠다. 내심 원경이 자기가 싫어서 헤어진 게 아니라서 다행이라고 말해주길 바랐었나?

원경이 고개 숙인 신오를 힐끗 보더니 다시 말을 이었다.

"그때 네가 아픈 걸 알았다면 네 옆에 있었을 거야. 나는 아픈 게 어떤지 아니까. 아픈 사람에게는 사랑이 아니라 인내가 필요하니까. 기억날지 모르겠는데, 우리 엄마도 큰이모도 유방암으로 돌아가셨잖아. 근데 나한테는 그 돌연변이 유전자가 없대. 회사 건강검진 항목에 암 유전자 검사가 있길래 받아봤더니 그렇다더라. 그때 이모가 일하다 다리를 다쳤다는 연락을 받고 그냥 회사 그만두고 여기로 내려왔어. 어차피 오래 못 다닐 곳이었고, 이모도 돌볼 겸. 이상하게 나만 그 유전자가 없는 게 빚진 기분이더라."

신오는 원경의 말을 믿었다. 어쩌면 지금이라도 실은 바로 어제 진단을 받았고, 이미 전이까지 되어 손쓸 수 없는 상태라고 말하면 원경은 신오를 기꺼이 돌봐줄지도 몰랐다. 물론 터무니없는 기대라는 것쯤 신오도 알았다.

"어?"

이모님 목소리였다. 원경이 이모님 쪽을 돌아보며, 금 나왔어? 묻자 보살님이 다급히 이리로 오라는 손짓을 했다. 신오와 원경이 이모님과 보살님이 파던 구덩이 쪽으로 다가갔다. 꽤 넓게 파인 구덩이 안쪽에 굵은 뼈다귀가 삐져나와 있었다. 끝이 뭉툭한 뼈였다.

"사람일까요?"

신오의 물음에 아무도 대답하지 않았다. 그들은 구덩이를 더 넓게 파내려갔다. 이모님과 보살님이 한 조처럼 번갈아 삽질을 해가며 한쪽을 넓혀가고 신오와 원경도 다른 쪽을 파내려갔다. 이모님과 보살님 쪽에서 누구의 목소린지 모를 신음이 들렸다. 아니, 이게…… 그때 신오의 삽 끝에도 텅, 하고 무언가 단단한 게 걸렸다. 순간, 흙이 우수수 무너지면서 굵고 가는 뼈들이 넓은 구덩이 안으로 쏟아져내렸다. 자세히 보니 사람의 것보다는 크고 둥근 갈비뼈들, 이빨이 남아 있는 긴 턱뼈, 그리고 아주 가는 꼬리뼈를 분간할 수 있었다. 누군가 하늘에서 쏟아부은 것처럼 제멋대로 흐트러진 뼛조각들만으로 생전의 형체를 짐작하기는 어려웠다. 멸종한 원시동물의 잔해 같기도 했다.

"돼지인가보다."

이모님이 나지막이 말했다.

"구제역 때 살처분됐나보네요."

보살님이 손을 합장하며 말했다.

"남의 땅에다 하는 건 불법인데."

이모님은 그렇게 말하며 보살님을 따라 손을 모았다.

"이렇게 많이요?"

원경이 놀란 기색을 숨기지 않고 물었다. 신오는 순간 원경이 너무 순진하다는 생각이 들었다. 신오는 군대에서 구제역 살처분에 동원된 적이 있었다. 몇백 마리의 돼지 사체를 옮기고 구덩이에 넣고 덮는 일. 이미 가스 살포로 숨이 끊어졌다고 했지만, 분명 움직이는 것들이 있었다. 꿈틀거리는 것들, 옴짝달싹 못하는 와중에도 숨을 내쉬고, 그르릉 울고, 어떻게든 일어나보려고 발에 힘을 주며 몸부림치던 것들. 신오는 땅만 보려고 했다. 그 세세한 움직임을, 몸부림을 보지 않으려고 했다. 그때 어쩌면 신오는 알아챘어야 했는지도 모른다. 자신의 미래가 예정되어 있다는 것을. 자기도 살기 위해 언젠가 몸을 비틀고 악을 쓰고 그러다 끝내 깊은 구멍에 묻히게 되리란 것을.

이모님과 보살님이 손을 모으고 고개를 숙였다. 원경도 한편에 서서 두 손을 모으고 눈을 감았다. 신오는 눈을 감지 않았고 손을 모으지도 않았다. 똑바로 바라보고 싶었다. 저 희고 빛나는 뼈들을. 이모님과 보살님과 원경은 구덩이 바깥에 있는 사람들이었다. 신오는 그 안으로 끌려들어갈 것처럼 몸을 기울이고 안을 들여다보았다. 신오는 이 여자들을 전혀 알지 못했다. 이들은 모두 살아남은 사람들이었다. 자신은 그렇지 못할 것 같다는 예감이 들었다. 신오는 깊은 구덩이에 빠진 듯한 외로움을 느꼈다.

| 작가노트 |

반짝이지 않는 것

「원경」의 초고를 완성했을 때는 구덩이에 정말 번쩍거리는 금이 들어 있었다. 원경과 이모님, 보살님이 그 빛에 홀린 듯 구덩이에 다가가고 신오 혼자 멀찍이 서서 그들의 뒷모습을 바라보는 결말이었다. 그 금덩이들이 신오에게는 아무런 의미가 없겠다 싶었고, 여자들에게는 미래를 열어주는 빛처럼 보였을 구덩이 앞에서 신오 홀로 '깊은 외로움'을 느끼는 장면이 그럭저럭 괜찮은 것 같았다. 청탁을 받고 쓴 소설이 아니었으므로, 일단 그렇게 끝내놓고 파일을 열어보지 않았다. 그땐 그렇게 이 소설에 거리를 두고 싶었던 것 같다. 내가 생각하기에 인물에 깊이가 없었고, 금을 발견하는 결말도 생각 없이 던진 농담 같기만 했다. 무엇보다, 부끄러웠다. 신오가 다른 누구도 아닌 나와 가장 가까운 인물이었기 때문에. 타인의 불확실성을 포용하지 못하고, 언제나 관계에서 손해를 따지며, 그런 주제에 누군가가 나를 무조건적으로 사랑하고 돌봐줄 거란 기대를 버리지 못하는 사람. 내가 그런 사람이어서 소설 속에서 신오를 진지하게 다루지 못한 것 아닌가, 하는 의심이 일었지만 일단 묻어둔 채 외면하고 싶었다.

일 년이 꼬박 지난 뒤, 청탁을 받게 되어 최대한 퇴고해서 내보기로 해놓고는 마감 날짜까지 문장 몇 군데만 겨우 고쳐서 자정 전에 송고를 했다. 여러 번 읽을수록 나는 점점 더 신오를 이해할 수 없었고, 그 몰이해에 수몰되어 아무 생각도 나지 않았다. 그리고 자정이 지나 샤워를 하다가, 문득 깨달았다. 금이 아니다. 인물들이 금을 찾고 있다고 해서 금을 발견하도록 만들어서는 안 된다. 다른 것, 다른 것을 발견해야 한다. 반짝이지 않는 것. 금과 정반대에 있는 것. 뼈가 떠올랐다. 우르르 쏟아지는 뼈들. 샤워를 끝내고 급히 파일을 다시 열어서 우선 마지막 장면을 모두 지웠다. 그리고 다시 쓰기 시작했다.

여전히 나는 내가 무엇을 쓰는지 제대로 모르는 것 같다는 생각을 하고는 한다. 내가 써놓은 이야기와 그 이야기 속에서 부지런히 움직이는 인물들이 당황스러울 정도로 낯설게 느껴질 때도 있다. 쓰기 전엔 무언가 알 것 같고 어떤 장면은 방금 깬 꿈처럼 생생하게 그려졌던 것 같은데, 쓰는 동안 그런 느낌과 확신은 곧장 휘발되고, 나는 그 잔해를 붙잡으면서 겨우겨우 써나간다. 그 시간이 그다지 즐겁지도, 보람 있지도 않기 때문에 마지막 문장을 쓰고 난 뒤에는 뒤도 안 돌아보고 그 이야기에서 멀어지고 싶은 심정이 된다.

그 멀어지려는 마음을 다시 붙들어 매고 내가 쓴 걸 똑바로 봐야 한다고 스스로를 다그치기 시작한 지 얼마 되지 않았다. 문장을 붙잡고 매달려 있는 시간에만 건져지는 것들이 있을지도 모른다는 희미한 믿음이 은근슬쩍 자리잡은 지도 그리 오래되지 않았다. 컴컴한 어둠 속에서 조금도 반짝이지 않는 이야기를 가만히 들여다보는 동안, 밖에서 폭풍이 일고 눈이 날리고, 강이 얼었다 녹고, 새싹이 자랐다 시들어갈 것이다. 거기에 무엇이 묻혀 있었든, 혹은 가라앉았든, 아니면 버려졌든, 나는 어떻게든 바라보는 사람일 수밖에 없겠다고 예감한다. 이 미숙하고 미혹한 이야기를 읽어주신 분들께서 혹 무언가를 느끼셨다면, 그런 시간들 때문이지 않을까 하는 조심스러운 추측을 해본다.

언제나 그렇듯, 사랑도 희망도 없는 이상한 이야기에 기꺼이 시간을 내어주신 모든 분들께 감사드린다.

| 해설 |

불안에 관한 두 개의 방법론

전승민

1. 조리개의 탄력

불행과 불안의 근원을 파악하는 것은 가능할까? 때때로 우리는 그것을 찾아내 그로부터 최대한 멀어지는 것만이 삶이라는 거대한 난관에 대적할 수 있는 유일한 방법이라고 생각한다. 성혜령의 「원경」은 바로 그 멀어짐의 과업을 태어나서 처음으로 마주하게 된 한 남자, 신오의 이야기다. 시종일관 신오에게 맞춰져 있던 서사의 렌즈는 삼인칭 서술 안에서 아주 느리게 줌아웃zoom out하는 방식으로 꼭 한 번 움직인다. 그간 건조한 문체로 특유의 서스펜스와 그 끝에 찾아오는 망연한 여운을 그려온 성혜령은 이번 작품에서 서사의 조리개를 매우 천천히 여닫는 극도의 경제적인 방식을 통해 단편소설만이 발휘할 수 있는 압축의 미학을 십

분 발휘한다. 제목 '원경'은 이러한 맥락에서 신오에게 세 가지 멀어짐을 선사한다. 하나는 그를 일상으로부터 떨어뜨려놓는 근원인 악성종양(原境), 다른 하나는 이제는 멀어졌지만 한때 가장 가까운 타자였던 전 연인('원경'), 그리고 또하나는 신오가 그녀에게 다시 다가섬으로써 먼 풍경(遠景) 속으로 떠나버리는 세 명의 여자들이다. 「원경」은 신오가 그녀들과 세계로부터 어떻게 멀어지게 되는지를 초점화한다. 작품 전체를 휘감는 불안은 오로지 신오만의 것이다. 자신에게 닥친 불안을 그는 과연 제패할 수 있을 것인가? 이것이 서사의 관건이다.

화면 전체를 신오의 이야기로 가득 채우던 소설이 서사의 진행과 함께 그의 얼굴을 점점 작게 담아내다 끝내 구덩이 옆에서 한없이 작아진 채 침묵하는 모습으로 마무리되는 것은 데크레셴도의 악상이다. 그에 반해 서사의 진행과 정비례하여 커지는 크레셴도의 불안은 세계의 엔트로피 그 자체이며, 엔트로피를 거스를 수 있는 존재가 전무하다는 점에서 이는 난공불락의 적이다. 불안이라는 거대한 적, 그것이 다름 아닌 인물의 내부에서 솟아난 것일 때 소설이 싸우는 대상은 결국 자기 자신이 된다. 가령, 신오의 배에서 암이 발견되는 것은 물론 하나의 사건incident이지만 그것은 단지 신오라는 캐릭터를 형성하는 세부 조건에 가까우며 세계와 소설 간의 갈등을 유발하는 핵심 사건event은 아니다. 소설이 전면화하는 사건은 신오가 삶에 관한 실존적 불안을 느끼게 되었다는 것, 그러니까 불안이라는 적의 출현이다.

요컨대 「원경」은 삶의 역경을 뚫고 나아가기 위해서라면 자신의 내면을 정직하게 직시해야 하는 과업을 이제 막 자각하게 된 한 남자의 순간을 담는다. 소설의 마지막 장면을 시초선으로 삼아, 그는 이제부터 자신이 딛고 선 지면과 그에게 주어진 풍경을 그 어떤 자기 합리화나 일말의 기만 없이 포착해내야 한다. 그러나 그가 과연 자신의 과업을 받아들일 수 있을지, 그리고 그 새로운 깨달음 속으로 용감하게 걸어들어가 이전과 다른 삶의 태도를 갖게 될지는 미지수다. 원경과 이모님, 그리고 보살님은 자신과 달리 구덩이 바깥에 서 있는 사람이라는 것을 직감할 때 그가 느끼는 외로움과 소외감은 자신이 그간 삶과 사랑에 관해 무수한 오판을 저질러왔다는 뒤늦은 깨달음으로 이어진다. 그러나 소설은 바로 그 각성이 현실화되기 직전에 정지하므로, 그가 구덩이 안에 계속 머물게 될지 바깥으로 나오게 될지 우리는 알 수 없다. 그보다 중요한 것은 구덩이 안에 들어가기 이전의 시간들이다. 무엇이 그를 구덩이로 집어던졌나.

2. 불안의 구조

신오의 불안은 죄의식에서 비롯한다. 암 진단을 받고 삶을 돌아보던 그는 사 년을 만나고 헤어진 연인 원경을 가장 먼저 떠올린다. 더불어 자신이 무언가 나쁘거나 잘못된 행동을 저지르며 살아왔다는 희미한 자책감은 자신에게 닥친 불행이 난데없는 우연이 아니라 일종의 명확한 처벌이라는 직감으로 이어진다(“원경과 헤어진 후부터 무언가 잘못된 것이 분명했다", 200쪽). 원경과의 이별이 불행의 시작이었다고 곱씹는 신오의 행위는 급작스럽게 들이닥친 생의 불안에 맞서는 추격의 시작처럼 보인다. 원경은 신오에게 '괜찮은' 사람이었다. 원경이 가진 적당한 균형감(그는 원경을 '넘치지도 모자라지도 않게 채워진 물컵'에 비유한다)은 스스로를 "매우 평균적이고 상식적인 사람"(같은 쪽)이라 여기는 신오 자신과 잘 어울리는 편이었고, 여성 문제에 있어 유난스럽게 굴지 않는 면모 또한 그를 편안하게 했다. 말하자면 원경은 자신의 균형을 깨뜨리지 않음으로써 상대의 균형 역시 망가뜨리지 않는 사람이었다.

신오가 처음으로 누군가와 함께 사는 미래를 상상하게 할 만큼 좋은 사람이었던 원경은 그러나 신오의 평형을 깨뜨릴 치명적인 오점을 지니고 있는데, 바로 유방암 가족력이다. 신오는 암에 걸린 원경을 돌보는 자신을 상상할 수 없기에 원경에게 이별을 고한다. 그에게 사랑하는 일이란 상대의 불확실한 미래까지 껴안는 일이 아니기 때문이다. 그러나 정작 현실에서 암에 걸리게 된 건 원경이 아니라 자기 자신이었고, 닥쳐올 불행을 막아내고자 했던 선택은 도리어 불행을 향해 전속력으로 달려나가게 만든 꼴이 되고 말았다. 이것이 신오가 느끼는 죄의식의 전말이다.

이상의 성찰에서 그는 두 가지 신념을 보여준다. 하나는, 적어도 자기 자신의 삶만큼은 완전히 통제할 수 있다는 믿음, 그리고 다른 하나는 사랑이란 무릇 그러한 통제 가능성으로 지어진 두 사람분의 생이 깔끔하게 결합하는 것이라는 믿음이다. 안타깝게도 이 두 가지 신념은 모두 그릇된 것인데, 인간에게 주체성은 다만 노력을 통해 변화시킬 수 있는 영역에 한해 허락될 뿐이며 바깥에서 다가오는 타자를 사랑하는 일은 주권이 거의 허락되지 않는 미지의 시공간이 삶을 침범하도록 허하는 일과 같기 때문이다. 말하자면 그는 사랑과 삶에 관한 아주 틀려먹은 신념에 기초하여 원경과의 헤어짐을 선택했던 것이다. 암 진단을 받고 원경과의 이별을 그 원인으로 즉각 떠올린 것은 아마도 그 두 가지 착오에 관한 본능적인 직감 때문이었을 테다.

그렇게 소설의 갈등은 다른 인물들과 신오 사이가 아니라 신오와 그의 과거, 그리고 미래 사이에 놓인다. 그가 불안에 대항하는 방법은 다음 둘 중 하나일 것이다. 그간 자신이 세워온 가치 체계가 잘못되었음을 깨닫고 새로이 정립하는 길, 또는 그것에 실패하고 답보 상태의 현재를 무한히 지속하는 길. 결말에 도달해서도 꺼림칙함이 쉬이 해소되지 않는 이유는 신오가 두 개의 방법 중 무엇도 선택하지 않은 채 소설이 끝나기 때문이다. 불쾌에 가까운 이 개운하지 않은 감각을 지긋이 들여다보면 어딘지 으스스하다는 느낌마저 받는데, 이 또한 오롯이 신오의 감정이라는 점에서 소설은 끝까지 엄정함을 놓지 않는다(소설은 그 누구에게도 자비롭지 않으며, 인물들에게 암 진단과 산불, 사기 범죄와 같은 절망적 상황만을 선사한다). 소설은 인물의 불행을 공감하지도 비난하지도 않고 그 어떤 감정적 개입도 유보한 채 심지어 초점 인물로부터도 비껴 서 있다. 그저 공정한 심사자의 태도로 신오가 느끼는 감정과 행하는 선택들을 찬찬히 따라갈 뿐이다.

이러한 맥락에서 작품 전체에서 발견되는 정동적 이행의 세 단계 또한 신오와 배타적으로 결부된다. 소설은 신오의 정동을 나란히 따라가며 그가 추격하는 불안의 얼굴을 파헤친다. 먼저, 암은 미래를 상실하게 하는 힘으로 작용하여 그에게 최초의 불안을 선사하고, 그 불안을 타개하는 과정에서 신오는 원경과의 관계에서 비롯한 자신의 죄의식을 감지하며, 그리고 세 여자들과 나란히 구덩이 앞에 설 때 실상 그 안에 빠진 자는 오직 자신뿐이라는 으스스함에 사로잡힌다. 이 으스스함은 주체가 자신의 힘을 압도하는 세계의 더 큰 힘, 존재를 휘감으며 초과하는 "비인간적인 힘의 리듬"[1]을 감지할 때 드러난다. 알 수 없는 서늘함을 유발하는 소재들이 연이어 등장할 때(선산과 암자, 구덩이와 살처분된 돼지의 뼈 등), 기이하게도 그 스산함은 오직 신오에게만 유효하다. 원경을 비롯한 여성 인물들에게 그것은 그저 이모와 관련된 일상의 소산일 뿐이다.

동일한 세계에 거주하는 이들임에도 불구하고 어찌하여 신오는 세 여자와 다르게 불안에 잠식당하는가? 앞서 말했듯 신오의 실존적 크기는 서사의 진행에 반비례하여 작아지지만(>) 불안이라는 엔트로피는 선형적으로 증대되는(<) 양상을 보인다. 신오가 자신의 불안을 타개하기 위해 내린 선택은 오랜만에 원경을 만나러 가는 사소한 일에 불과하다. 그러나 그 선택으로 인해 신오의 눈앞에는 〔원경-이모님-보살님-비구니 스님-금괴-구덩이-돼

1) 마크 피셔, 『기이한 것과 으스스한 것』, 안현주 옮김, 구픽, 2023, 15쪽.

지 뼈]로 이어지는 타자들이 줄지어 출현하고 일단 나타난 그들은 순서대로 존재감을 더해가며 사라지지 않는다. 세계의 부피는 낯선 것들의 출몰 속에서 점점 더 불안하게 증가한다. 자신의 힘으로 생을 통제할 수 있다고 믿어 의심치 않던 신오의 얼굴은 무더기로 출현하는 타자들의 실감 앞에서 한없이 왜소해진다. 산불과 금괴라는 사건을 해결하고자 불안의 구체적인 궤적을 좇는 세 여자가 자신의 주체성을 능숙하게 다루는 반면, 신오(우리는 그의 선택이 과연 불안을 타파할 수 있는 올바른 길인지부터 의심할 수밖에 없고)는 결국 구덩이 앞에서 자기 존재의 주체성을 근본적으로 회의해야 하는 국면을 맞이한다.

「원경」은 인물들 간의 배제적 관계를 보여줌으로써 불안을 재정의한다. 이때의 불안은 정신분석학에서 말하듯 억압된 욕망의 귀환이나 과거의 나쁜 기억이 현재로 침투하는 일 등에서 비롯하지 않는다. 소설에 따르면 불안은 아직 실재하지 않는 미래의 가능태들이 현실을 지배할 때 주체가 느끼는 하나의 상태다. 「원경」에서 그것을 추동하는 가장 큰 힘은 인물의 말과 상상력이다. 불안의 구조는 인물이 자신의 세계를 닫아 잠그는 과정을 따르며, 이를 통해 신오를 타자들과 그 세계로부터 점점 더 멀어지게 한다.

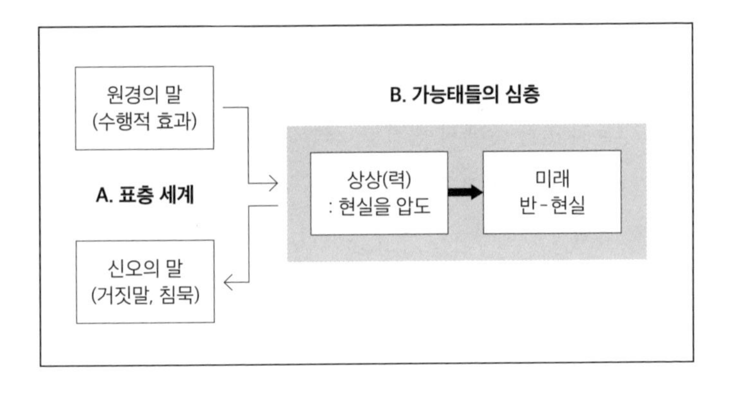

가슴에 멍울이 만져지면 알려달라던 원경의 말과 그로 인해 가동된 신오의 불길한 상상력은 아직 오지 않은 미래의 시간을 원하지 않던 현실의 모습으로 당겨 온다. 이렇게 파생된 불안의 구조를 신오가 모르는 것은 아니다("원경의 말과 그 말에서 시작된 상상, 도망치고 싶었던 미래, 그리고 지금 우습게도 그 미래에 도달한 자신", 213쪽). 그러나 그는 이를 겸허히 직면하는 대신에 암을 극복했다고 거짓말함으로써 달아나려 한다. 언어가 지닌 수행적 효과를 감안한다면 정말로 암에 걸려야 하는 것은 원경이지만, 운명의 힘이 말의 힘을 초과하는 돌발 상황 속에서 예언은 한 박자 엇나갔고, 그 어긋남을 회피하려던 신오는 급기야 마치 조금도 두려운 것 없다는 듯이 가면을 쓰고 암이라는 불행에서 멋지게 회복한 자가 되어 불안(그리고 원경)으로부터 우위를 점하려 한다("어제 정기검진 다녀왔어. 깨끗하대. 네 생각이 제일 먼저 나더라고. 그때 내가 너무 갑작스럽게 통보하고 연락을 끊었잖아. 꼭 다시 제대로 만나서 사과하고 싶었어", 213~214쪽). 신오가 불안에 가하는 회심의 일격은 고작 헤어진 연인 앞에서 거짓말로 이기적인 속죄를 시도하는 것이다.

그러나 예기치 못한 놀라운 소식 앞에서도 자신의 균형을 조금도 잃지 않는(신오의 거의 모든 판단이 빗나가지만 아이러니하게도 원경의 인물됨에 대한 판단만큼은 정확하다) 원경은 신오가 남몰래 가한 반격을 가뿐히 물리치고, 나아가 의도치 않게 그의 자존심에 새로운 공격을 가하기까지 한다. 그녀는 신오가 헤어짐을 고하지 않았더라면 자신이 먼저 고했을 거라고 말한다. 그 순간까지도 원경과의 모든 순간이 좋았다고 기억하던 신오는 충격과 수치심에 휩싸인다. 그는 도대체 "원경이 멀어지기 시작한 건 언제인지"(215쪽) 전혀 가늠할 수 없다. 신오는 원경으로부터 한 발짝 다시 멀어진다. (세계의 먼 풍경 속으로 추락하지 않기 위해서는 원경이 아니라 자기 자신에게로 가까이 다가섰어야 했다.) 세계의 알 수 없는 부분이 한 뼘 더 넓어진 만큼 생의 통제 불가능성에서 비롯한 불안이 더욱 심화되고 주체성은 꼭 그만큼 약화된다.

실제로 벌어진 일과 발화된 말이 현실의 표층을 구성한다면, 신오의 내면에서 작동하는 반-현실로서의 미래에 대한 핍진한 상상력은 가능태로서의 현실, 즉 심층의 영역을 구성한다. 신오의 세계가 불안으로 점철된 이유는 그가 현실보다 미래의 가능태들이 지닌 힘을 압도적으로 크게 평가하고 그에 좌우되기 때문이다. 이렇듯 불안은 가능태가 현실태를 지배하는 상황에서 발현되며, 불안한 주체의 세계는 미지의 외부를 향해 열리지 못하고 자신의 내부만을 순환하는 폐쇄성을 띤다. 헤어진 연인 앞에서 신오가 느끼는 말 못할 수치심과 패배감은 그가 스스로 닫아버린 현실의 부산물이다.

3. 정직한 삽질

한편, 생이 무자비하게 던지는 불안의 변화구들에 맞서는 세 여자의 대처법은 신오의 그것과 다르다. 불안의 타개가 그것의 원인과 구조를 정확하게 직시하는 데에서 출발한다면 모든 것을 보고 듣고 기록하는 "스파이"(213쪽)인 이모는 이미 절반쯤 성공한 셈이다(스파이는 남들이 미처 보지 못하는 것을 무려 들키지 않고도 남김없이 보는 자다). 세 여자는 두 개의 위기, 산불과 재산 사기 앞에서 마치 제 일처럼 조력하고 연대하며 해결을 도모한다. 그들은 불이 번진 궤적을 추적하여 불씨를 찾아 미래의 재난을 예방하고자 하며, 보살님 남편의 사기 피해를 자력으로 구제하기 위해 산으로 들어와 땅에 묻힌 금괴를 적극 찾아 나선다. 비구니 스님이 화재 사건으로 사망했기에 사기 사건과 산불은 하나로 이어지고, 따라서 그녀들의 행위는 서로가 서로를 돕는 비의도적인 연대로 확장된다(얼떨결에 신오마저 그 연대의 일원으로서 구덩이를 파는 데 합류한다). 불안과 위기에 맞서는 그녀들의 방법론은 가능태가 현실태를 압도하는 신오의 방법론과는 정반대로, 현실태로부터 가능태를 생성해나가는 쪽을 향해 있다. 생성의 힘을 손에 쥐고 구덩이를 파내려가는 그들에게 주체성이란 이미 실현된 자연이다. 가령, 원경은 일방적으로 통보받은 이별에 사로잡히거나 상대를 원망하지 않고 유유히 자신의 삶을 살아나가고 있고, 비혼의 막내딸인 이모는 유산 상속 과정에서 차별 대우를 받았지만 가족들을 탓하기보다 보란 듯이 선산에 멋진 집을 건축했으며, 보살님은 직접 범죄자를 쫓는 날쌘 추격자의 면모를 보여준다. 즉 이 소설에서 여성의 주체성에 관해 논하는 것은 이미 자연화된 세계에 천착하는 것일 뿐이므로, 소설의 렌즈가 내내 초점을 맞추는 신오의 위태로운 주체성과 세 여자 앞에서 위축된 남성성에 보다 주목해야 한다.

다 같이 열심히 파내려가는 구덩이를 가운데 두고 세 여자와 한 남자로 세계가 나뉘는 장면은 불안에 대한 두 개의 방법론이 젠더적으로 침윤되어 있음을 시사한다. 불안에 송두리째 제압당한 신오가 급기야 불안의 체현자가 되는 반면, 세 여자들은 불안과 본격 대결을 벌이는 적대자의 지위를 누린다. 위계는 분명하다. 한 남자가 불안의 밑바닥에서 그것을 온몸으로 내면화하는 자일 때, 세 여자는 불안의 위에서 그것과 겨루는 자들이다. 자기 객관화에 실패한 신오는 불안을 대상의 지위로 격하시키는 데에도 실패하지만, 불씨와 금괴를 추적하기에 여념이 없는 세 여자는 직접 미래의 가능태들을 제 손으로 일구어내며 현실마저 장악하는 중이다. 이때 구덩이는 하나의 은유가 된다. 직접 판 구덩이는 지하에 묻혀 있을 금괴로 나아가는 과정이겠으나 그 심연에 잠식당하는 자에게 구덩이는 불길함의 징조를 넘어 불행의 근원

그 자체다("살기 위해 언젠가 몸을 비틀고 악을 쓰고 그러다 끝내 깊은 구멍에 묻히게 되리란 것을", 217쪽).

흰 뼈들을 보며 신오는 저것들이야말로 자신의 모습이라고 납득하게 되고, 그리하여 함께 삽을 쥐고 있지만 자신과 정반대의 세계, 구덩이의 바깥에서 사는 세 여자와 최대로 멀어진다. 그리하여 신오는 원경遠景, distant view이 되고 만다("신오는 이 여자들을 전혀 알지 못했다. 이들은 모두 살아남은 사람들이었다. 자신은 그렇지 못할 것 같다는 예감이 들었다. 신오는 깊은 구덩이에 빠진 듯한 외로움을 느꼈다", 같은 쪽). 소설의 시작부터 줄곧 가장 많이 조명되고 가장 많이 말한 인물인 신오는 자신이 선택한 해결책을 실행한 후, 즉 원경을 만나 이기적인 허위의 속죄를 한 후 그만 말을 잃는다(뼈들을 보며 세 여자가 저마다 말을 얹을 때 그는 단 한 마디도 보태지 못한다). 구덩이를 내려다보는 자들과 구덩이 안에서 자화상을 발견하는 자의 세계는 결코 나란할 수 없다.

다만 신오의 외로움만을 남겨두는 소설의 마지막 장면은 그에 대한 가혹한 거리 두기zoom out가 아니라 그가 자발적으로 구덩이 안에서 빠져나올 다음 순간을 암시하는 장면이다. 그 어떤 기만이나 합리화, 그리고 타인에 대한 원망 없이 자신의 얼굴을 정직하게 바라보는 일은 유쾌하지 않다. 그것은 으스스함의 한가운데로 들어가는 일과 비슷하다. 자신이 써온 과거의 역사를 낯선 시각에서 다시 쓰는 작업이기 때문이다. 그 과정에서 신오는 자기 자신의 언캐니uncanny한 얼굴을 대면해야 할 것이고, 실수와 과오를 만회하려는 공리주의적 태도를 포기하고 일련의 사건들을 도덕이나 유용성의 기준으로부터 분리해 대상 그 자체로 대우해야 하는 쉽지 않은 과정을 거쳐야 할 것이다. 요컨대 그는 미래가 행복이나 불행이라는 이분법적 형태로만 구성되어 있다는 신념을 폐기해야 할 것이다. 이러한 성찰이 비로소 가능해질 때 신오는 (소설에 구체적으로 나오지는 않지만) 원경의 마음이 떠난 이유를 알고 그에 공감할 수 있을 테고, 비로소 구덩이 바깥으로 나와 세 여자들이 서 있는 프레임 속으로 나란히 들어가게 될 것이다. 자신이 느끼는 실존적 소외는 원경이나 세상이 아니라 다름 아닌 바로 자기로부터 비롯된 것이라는 사실을 깨달아야 한다.

한편, 실존적 불안이 최대치로 형상화된 상태에서 그가 도모하는 유일한 해결책이 과거의 사랑을 만회하는 것이라는 점은 다소 의미심장하다. 우리는 상대에게 있어 사랑의 대상이지만 획득한 그 대상의 지위로부터 사랑의 새로운 주체적 권능을 부여받기도 한다. 내가 너를 사랑할 때 너는 내 사랑의 물적 조건이 되기도 하지만 그렇다고 해서 내가 임의적으로 너의 유용한 일부만을 취하며 그것을 너라고 의미화할 수는 없다는 뜻이다. 내가 행하는 사랑에 의해 너는 역설적으로 내가 모르는 타자로서의 주체성을 획득한다. 여성을 자신이 통제할 수 있는 대상으로만 간주해온 남성들이 여성의 주체적 언행을 매우 뜻밖의, 예외적인 사태로 여기며 놀라는 것은 바로 이 지점을 간과하기 때문이다. 연애중에 원경의 마음이 멀어진 것을 조금도 몰랐던 신오가 뒤늦게 놀라는 것 역시 같은 맥락이다.

그러므로 자신의 과거와 현재를 직시할 것을 최우선의 과업으로 부여받는 신오는 자신의 잘못된 믿음—인간은 삶을 완벽히 통제할 수 있으며 사랑은 그러한 두 명의 통제가 만나 이루는 깨지지 않는 평형상태라는—을 다음과 같은 정반대의 방향으로 변화시켜야 한다. 우리는 통제가 아니라 변화의 가능성을 손에 쥐고 정직한 '삽질'만을 할 수 있을 따름이며, 사랑은 두 개의 삽으로 함께 구덩이를 파고 아래에 있을지 없을지 모르는 '금괴'를 찾아 나서는 일이라는 것. 한 사람을 사랑하며 그와 함께 미래를 꿈꾸는 일은 행복의 요인들만을 취하는 과정이 아니라는 것. 사랑이란 불행과 행복이 한데 엉켜 있는 미지수로서의 미래와 그 타자적 시간을 용기 내어 자신의 현재로 끌어오는 일이라는 것을 납득해야 한다.

신오로서는 자신의 미래를 상실이나 부재의 차원으로 여기지 않고 현실—자신이 빠져 있는 구덩이를 직시하기란 실상 굉장히 어려운 일이다. 아직 오지 않은 미래의 부정적인 가능태들을 곧장 지금의 현실로 끌어오고 만 것은 현재의 땅 위에 올곧게 서 있기가 불가능에 가까웠기 때문이다. 우선은 자신이 발 딛고 있는 현실의 토대를 지극하게 믿는 일부터 시작해야 한다. 미래는 상상 속 반-현실이 아니라 현실의 지속이라는 것을 믿어야 한다. 관념으로서의 믿음이 아니라 오롯이 제 몸의 감각을 통한 믿음이어야 한다. 그것은 미래의 가능태들을 멋대로 해석하며 상상력을 가동시키는 일이 아니라, 오직 지금의 현실태들만을 뼈아프게 응시하며 인지하는 데에서 출발한다. 그럴 수 없다면, 거짓과 침묵으로 세계를 걸어 잠근 이에게 남겨지는 것은 고독 속의 으스스함뿐이라는 차가운 진실과 함께, 신오는 원경 너머로 나가떨어진 상태로 영원한 답보 상태에 머무르게 될 것이다.

신오는 과연 가능태들의 심연 속에서 빠져나와 현실의 거울 앞에 설 수 있을까? 소설이 이에 대한 결론을 명쾌하게 알려주지 않는 것은 알 수 없음이야말로 미래의 부인할 수 없는 냉정한 본질이며, 인간의 주체성이 단지 인간이라는 당위가 그저 수여하는 자질이 아님을 알기 때문이다. 이 험난한 시대를 살아가는 일이란 생의 난관들로부터 생존하는 것이기도 하므로, 우리는 제 손으로 삽을 드는 것 외에 다른 도리가 없다. 잔인한 진실이지만 그것은 조력이나 연대로 시작되지 않는다. 그런 것들은 나중의 일이다. 그러므로 신오에 대해 「원경」이 내내 유지하는 다소 차가운 태도는 역설적으로 그가 스스로 일구어낼 첫 시작을 기다리는 끈질긴 태도다. 그가 세계의 으스스함을 끝내 통과하고 그것과의 힘의 격돌 속에서 승리하여 세계의 표층에 두 발을 스스로 딛게 되길 믿는 말없는 기다림이다.

전승민
2021년 서울신문 신춘문예와 제19회 대산대학문학상을 통해 평론을 발표하기 시작했다. 평론집 『퀴어 (포)에티카』, 산문집 『허투루 읽지 않으려고』가 있다.

이희주

최애의 아이

작가노트

그래서 이다음으로 무엇이 하고 싶냐면

해설 최다영

비공굿: 아이돌 2세

이희주

2016년 문학동네 대학소설상을 수상하며 작품활동을 시작했다. 연작소설 『사랑의 세계』, 장편소설 『환상통』 『성소년』 『나의 천사』 등이 있다.

최애의 아이

우미는 사랑에 빠졌다. 증상은 여러 가지가 있었다. 고무지우개 위에 손톱으로 한 남자의 이니셜을 새겼다. 회의 시간에 골똘한 척 고개를 기울인 채 하나의 이름을 반복하여 적거나 십자 선을 그어 가지런히 배치된 눈, 코, 입을 그리고 검은 볼펜으로 마구 지웠다. 요 며칠 점심엔 식사를 거르고 산책을 나갔다. 차가운 겨울바람을 맞으며 도착한 강가. 설탕 부스러기처럼 반짝이는 눈 위엔 전날 적어둔 이름이 남아 있었다.

유리♡우미

우미는 마치 남이 남겨놓은 낙서를 발견한 것처럼 놀라며 그것을 뿌듯하게 바라보았다. 종일 이런 식이었다. 우연히 본 음악 방송에서 유리가 빵! 하고 쏜 사랑의 총알에 맞은 뒤로 우미는 오로지 두 가지만 했다. 유리 생각을 하거나 유리 생각을 하지 않으려 애쓰거나.

이 사랑이 처음은 아니었다. 마음을 주는 데 있어 우미는 중고품이었다. 나 진짜 다 줬어. 아까울 거 하나 없는데 못 줄 게 뭐람? 있는 거 없는 거 닥닥 긁어 주다보면 다 준 것 같아도 또 차오르는 순간이 있었고 그럼 또 줬다. 사랑을 받는 것보다 하는 게 좋아서 계속 줬다. 어느 날엔 내가 이 사랑을 접는 게 죄가 되겠구나, 이렇게 마음을 주다가 그만두면 그 사람의 기둥이 무너지겠구나, 싶어 스스로가 무서워질 정도로 줬다. 우주적 엔트로피의 측면에서 못할 짓을 한 거지. 우미는 생각했다. 어느 평행 우주에선 돌이나 미니 다육이인 유리가 꿱 하고 죽었을지도 모를 힘이었다. 비록 이 우주에서 유리는 이런 사랑은커녕 우미의 존재조차 모른다 해도.

"내년에 봬요."

옆 팀 과장이 인사하고 사무실을 나갔다. 한 해의 마지막까지 함께 달린 그를 향해 우미는 고개를 꾸벅 숙인 뒤 엑셀 파일을 마저 정리했다. 무념무상으로 손만 움직이며 지난 사랑들을 떠올렸다. 모두 애정 결핍 환자였다. 타고난 성품 탓도 있지만, 걔들이 그렇게 된 데는 환경상의 문제도 있었다. 잠도 안 재우고. 밥도 제대로 못 먹게 하고. 바쁠 땐 며칠 동안 하루 한 시간밖에 못 잔다고 했는데, 유리도 그렇겠지? 밤 열시쯤 사무실을 나온 우미는 술 냄새가 나는 옆자리 사람을 피해 버스 유리창에 이마를 댔다. 새

삼 반추한 지난 남자들은 같은 틀로 찍은 듯 비슷했다. 바깥에 보여주기 위해 취사선택한 행동도 닮았고, 캐릭터를 만들어내는 하느님의 창의력에도 한계가 있었다. 우미는 그들을 과거라는 끈으로 묶어 처분했다. 다 아픈 애들이었어. 편의점에 들러 맥주 네 캔을 가방에 쑤셔넣으며 잔인한 한 줄 평을 남겼다. 그런데 유리는 달라. 사랑을 갈구하지 않아. 그냥 거기 있는데 사랑스러운 거야.

유리의 왼쪽 손목에는 그가 어머니로부터 선물받은 단향목 묵주가 채워져 있었다. 우미가 아는 한 그건 채워진 이래로 단 한 번도 유리의 손목을 떠나지 않았다. 성처녀 마리아가 세상의 더러움으로부터 성소년을 지켰다. 그래서인가. 유리는 나이에 비해 막무가내로 천진난만할 때가 있었다. 예를 들면 지금. 연말 무대를 마치고 쏟아지는 컨페티를 신기하다는 듯 바라보는 눈엔 거짓이 없었다. 우미는 모니터를 향해 손을 흔들며 외쳤다. 유리 최고! 흥분해서 벽을 퍽퍽 쳤다. 호쾌하게 들이마신 맥주 캔을 내려놓고 껍질 깐 귤을 입에 넣으며 생각했다. 이게 유리의 대단한 점이다. 그렇게 밑도 높은 인생을 살았는데 아직 때를 덜 탔다는 거. 어떻게 그럴 수 있는지 모르겠지만 유리에게 삶은 신기한 것이고 거기엔 기대와 희망뿐이었다. 그런 순수함이 빛을 내뿜고, 빛은 한 사람만의 것이 아니기에 저절로 주변을 둘러싼 사람들의 뺨에도 쏟아진다. 마치 지금처럼.

우미는 모니터에 손 키스를 날리고 이를 닦고 불을 끄고 누웠다. 사라진 천장등의 빛이 눈꺼풀 안쪽에 인공 태양처럼 떠올랐다. 멀리서 불꽃이 터지는 소리가 들렸다. 해피 뉴 이어! 우미는 몸을 뒤척였다. 스물세 살이 된 유리에게 말을 걸었다. 생일 축하해, 유리. 입속말로 웅얼거리며 노래를 불렀다. 그러자 눈앞에 유리의 웃는 얼굴이 나타났다. 아주 딱딱하고 커다란 레몬 사탕처럼 굴려도 굴려도 녹지 않았다. 시다. 희다. 달다. 우미는 찔끔 흐르는 눈물을 닦았다. 이렇게 되면 우미처럼 둔한 사람도 인정할 수밖에 없었다. 나, 사랑에 빠졌다.

그래서 새해의 첫날, 아침 일찍 일어나 가까운 산에서 해돋이를 보고, 집에 돌아와 뜨거운 물로 씻고 떡만둣국과 남은 귤까지 먹어치운 우미는 어떤 충동 없이, 삼십대 여자의 냉정한 판단력으로 유리의 아이를 가지기로 마음먹었던 것이다.

병원에 들어섰을 땐 양가죽 부츠가 반쯤 녹은 눈으로 젖어 있었다. 막히더라도 택시를 타고 올걸 하고 후회했다. 간호사가 접수를 도와주며 몇 가지를 물었다. 정자 공여 시술이 맞으신가요? 도네이터분 성함은 박유리님 맞으실까요? 생리 이틀 차가 맞으시죠? 우미는 전부 맞는다고 했다. 간호사로부터 신분증을 돌려받은 뒤 우미는 소파에 앉았다. 대기중이던 여자 세 사람의 얼굴을 곁눈질로 살폈다. 저중에 나 같은 사람이 또 있을까? 탐색을 시도하던 우미의 눈에 지난여름부터 신년호까지의 『보그』가 이가 빠지지 않고 비치돼 있는 것이 포착되었다. 우미는 9월호에 손을 뻗으며 안심했다. 만일 대기실의 누군가가 자신 같았다면 유리가 첫 단독 표지를 장식한 잡지에 손을 대지 않고는 못 배겼을 거다.

우미는 '1999년, 서퍽의 여름방학'이라는 표제의 화보를 넘졌다. 승마 모자를 쓰고 마방에서 포즈를 취한 유리는 왕자 내지는 귀족처럼 보였다. 분명 사람들이 열광할 만한 지점이 있었지만, 이런 유의 '멋진' 잡지 사진은 우미와 코드가 안 맞았다. 세련된 사람들이 만들어준 이미지는 짜임새가 튼튼했다. 그러나 우미의 지론에 따르면 애초에 젊음이란 해지기 위해 발명된 것이므로 젊은 아도니스에게 어울리는 건 명품이 아닌 싸구려 천이었다. 만약 우미가 유리의 사진을 찍었다면 폐공장을 섭외하고 청바지를 입혔을 거다. 입안이 쪼글쪼글해질 때까지 페인트 사탕을 빨아 파랗게 물든 혓바닥, 아무하고나 주고받는, 고양이 같은 혓바닥을 드러내 보일 것이다. 더러운 매트리스에 깔린 보푸라기 인 담요 위에서 까슬까슬한 음모를 내보일 것이다. 젊음은 거기 존재하니까. 루이비통이니, 디올이니…… 입었다기보다 모시는 꼴로 옷을 걸친 모양새는 아름답기보다 역했지만 그건 유리의 탓이 아니었다. 애초에 명품이란 때 타고 미끈한 얼굴들에게 어울리니까. 그나마 골프가 아니어서 다행인 걸까? 골프와 승마 중 뭐가 더 역겨운지 고민하는데 간호사가 이름을 불렀다.

"이우미님, 들어오세요."

우미는 자리에서 일어나 검진실로 향했다.

검진을 마치고 실장과 대면했다. 안경을 쓴 여자 실장은 무척 전문적으로 보여, 우미는 습관적으로 그를 연상이라고 생각하다가 그만두었다. 내심 자신을 아직 이십대처럼 여기는 버릇을 고쳐야 했다. 이젠 책임감이 필요한 때이니까.

실장은 침착하게 기본적인 것부터 설명하기 시작했다. 준비성 철저한 우미는 미리 연습해온 답을 말했다. 쌍둥이를 희망하실까요? 하나면 충분해요. 그럼 과배란 주사를 맞으실 필요는 없고 배란 유도제면 되겠네요. 생리 주기도 규칙적이셔서요. 약은 시간 맞춰 드시고 가볍게, 너무 무리가 되지 않는 선에서 운동하시고…… 여기 색연필로 밑줄 그어진 곳에 서명해주시고 뒷장에도……

시술 동의서와 개인정보 수집 · 이용 · 제공 동의서에 서명하는 우미에게 실장이 툭 말을 던졌다.

"혼자서는 키우기 쉽지 않으시거든요. 어쩌다 이런 결심을 하게 되신 걸까요?"

우미는 진심을 감추는 데 선수였다. 직장생활을 하다보면 누구나 그렇게 변한다. 맞지 않는 상대에게 맞추고, 웃고, 자기 자신이 싫어지는 농담을 던지는 일에 익숙해지며 반들반들 닳는다. 이 질문에 대한 대답도 이미 정해져 있었다. 나이가 있어서 늦기 전에 낳고 싶었어요. 난자를 얼려도 되지만 지금이 적기랄까, 체력이 달리기 전에 키우고 싶어서요. 병원에 답할 말만 준비된 건 아니었다. 애를 원하는 게 시대착오적이라고 생각하는 지인들에겐 일을 좀 쉬고 싶어서 선택했다고 할 생각이었고, 보수적인 상사에게는 이렇게 말할 예정이었다. 여성의 의무 중 하나인 재생산을 통해 국가에 이바지할 것이며…… 준비해둔 얼굴이 수십 개였고, 변검 하듯 필요에 따라 바꿔 쓸 자신이 있었다. 그런데 갑자기 그러고 싶지 않아졌다. 우미는 펜을 건네며 심플하게 답했다.

"유리의 아이를 원하니까요."

무심한 표정의 실장이 모니터로 몸을 돌렸다. 마우스 버튼을 딸깍대는 소리. 긴장으로 우미의 어깨가 뻣뻣하게 굳었다. 실장이 물었다.

"다른 병원에서 상담받은 적 없으시죠?"

우미는 고개를 끄덕였다. 방금 전 사랑의 진정성이라는 측면에서 가점을 받았다는 걸 느끼고 안도의 숨을 내뱉었다. 전에도 물론 다른 남자의 아이를 가지고 싶다는 생각은 한 적 있다. 엄마! 하는 외침에 번쩍 품에 안아올렸던 망상 속의 아이들. 지난 사랑들과 우미의 이름을 조합해서 만든 엉터리 이름의 어린것들은 우미의 사랑이 차갑게 식음과 동시에 어딘지 알 수 없는 기억 저편에 방치되었다. 그 남자들의 아이를 안 가져서 다행이다. 몇 번의 충동을 참을 수 있었던 건 순전히 삶에 쫓기며 살았기 때문인데 그게 이런 식으로 도움이 될 줄은 몰랐다. 우미는 짐짓 무거운 목소리로 덧붙였다.

"없어요, 유리 외에는. 갠 제 인생의 사랑인걸요."

실장이 책상 앞으로 몸을 기울이더니, 손을 뻗어 환자들이 볼 수 있게끔 진열된 팸플릿을 뽑아 내밀었다.

"기존에 아시는 모자보건사업은 일반 혼인 관계에 있는 여성분의 경우에 적용되는 법이고요. 환자분의 경우에는 한부모가족 지원 분과로 들어가요. 사랑열매 지원은 일반인 정자를 공여받는 경우라 해당이 안 되시고, 3페이지에 보시면 있는 희망열매, 여기 해당되세요. 그리고 희망씨앗 보금자리라고, 소득 분위에 따라 신청 가능한 사업이 있는데 이것도 일단은 팸플릿 하나 챙겨드릴

게요. 자세한 건 댁에 가져가 확인해보시고……"

우미는 고개를 주억거리며 들었다. 예상외로 잘되어 있는 정책에 놀라다가 문득 인터넷에서 본 댓글이 떠올랐다.

낳는 게 헐값인 덴 이유가 있죠. 정치인이야말로 인구가 늘어나길 원하는 사람들이거든요. 누군가는 그 사람들이 먹던 접시를 치우고 마당의 잔디를 깎아줘야 할 거 아니겠어요?

그러자 순식간에 불쾌한 감정이 밀려왔다. 우미는 개천에서 난 용 특유의 끓는 분노를 담아 마음속으로 침을 뱉었다. 이 아이는 다를 것이다. 너희들 밑에서 빼앗기기만 하지 않을 것이다. 너희 아들들을 기죽게 만들고 딸들의 마음을 뺏을 것이다. 그게 가능한 건……

"그리고……" 실장이 덧붙였다. "구입하실 때 이미 서명 완료하셨겠지마는, 태어난 아이가 열세 살이 되었을 때 프로필을 찍어 해당 기획사에 보내셔야 합니다. 알고 계시죠?"

결과에 따라 기획사에 소속될 수 있다는 것, 그땐 아이의 꿈과 희망이 뭐든 데뷔를 준비해야 한다는 건 오히려 우미에겐 호재였다. 아빠를 존경한다고 말하는 아들. 아빠처럼 되고 싶다고 말하는 아들을 낳는다면 얼마나 좋을까? 기획사에 2세가 창출할 경제적 이득과 소유권의 10퍼센트가 넘어가는 것쯤이야 견딜 수 있었다. 십일조 내는 거라고, 머리카락을 한 움큼 잘라 건넨다고 생각하면 그만이었다(살짝 마음 아프긴 해도 자신은 조선시대 유생이 아니니까 참을 수 있었다).

"실은 그랬으면 좋겠어요."

진심을 담아 말했음에도 실장은 대수롭지 않다는 듯 넘겼다.

"많이들 그렇게 말씀하시더라고요. 오히려 좋은 기회라고."

많이들 그런다니. 특별할 게 없다는 듯한 태도에 살짝 울컥했다. 물론 실장의 말이 옳았다. 아이는 부모의 복제가 아니라 전혀 다른 배합으로 태어난 제3의 생명체니까. 머리론 알아도 기묘한 반발심이 들었다.

"앤 진짜 할 수 있을 거예요. 유리의 아이니까."

그 말을 하며 우미는 반사적으로 배에 손을 얹었다. 수정은커녕 비용도 지불하기 전이었는데 그런 말과 행동이 나왔다. 아이를 낳겠다고 결심한 새해 첫날부터 우미의 몸은 이미 준비를 마친 상태였으니까. 실장이 웃으려다가 농담이 아니란 걸 알았는지 애매한 표정을 지었다. 묘하게 이겼다는 기분으로 우미는 어깨를 활짝 펴고 병원을 나섰다. 돌아가는 택시 안에서 한강 위로 쏟아지는 눈을 보며 학창시절에 배운 시를 떠올렸다. 은쟁반에 하이얀 모시 수건을 깔고 기다린다고 했나? 얼어붙은 강 위에 쌓이기 시작한 눈이 모시 수건처럼 희었다. 모든 건 마련되었다. 이제 아이만 있으면 만사형통이었다.

배란 예정일 이틀 전에 초음파를 보러 갔다. 왼쪽에서 두 개의 난포가 아주 잘 자라고 있었다. 시술 예약을 잡고, 타이밍이 알맞아 곧장 난포를 터뜨리는 배 주사와 엉덩이 주사를 맞았다. 시술 시간은 내일 아침 여덟시. 오래 걸리지 않는다고 했지만 꿈의 첫발을 떼는 날이기에 반차 대신 연차를 썼다. 연초부터 급작스레 자리를 비운다고 한소리 들었지만 알 게 뭐람. 우미는 마음속으로 엿을 날리고 다음날 아침 병원에 갔다. 시술이 이뤄지는 지하엔 보호자가 들어올 수 없는 탓에 혼자 있는 여자들뿐이었다. 우미는 문득 유리의 팔목을 떠올렸다. 버진 메리. 성처녀의 공간에 가호가 있길. 마지막으로 신분증 검사를 하고, QR 코드를 찍고, 우미가 원하는 기증자가 유리가 맞는지 두 번 더 확인한 뒤, 최종적으로 지장을 찍었다. 우미는 모든 질문에 고개를 끄덕이며 이렇게까지 진심을 담아 '그렇다'고 대답한 적은 없다고 생각했다.

시술실은 포근한 분위기였다. 은은한 간접등 아래 놓인 개나리색과 상아색의 체크무늬 침구 위에 눕자 의사가 들어왔다. 유리의 정자는 아주 건강하지만, 그래도 첫번째 시도에 바로 성공하는 경우는 드물다고 했다.

"저, 선생님."

우미는 조심스레 손을 들었다. 말을 하는데 입이 바싹 마른 게 느껴졌다.

"어제 깊은 잠을 못 잤는데 괜찮을까요?"

의사가 다 안다는 듯 부드러운 미소를 지었다.

"긴장되시죠. 너무 걱정 마세요. 마음 편히 가지시고요."

별일 아니라고 생각하려 해도 역시 작은 것 하나까지 신경쓰였다. 떨리는 마음…… 우미는 더 묻는 대신 챙겨 온 유리의 포토카드에 입을 맞추고 머리맡에 두었다.

"다리 벌리시고요…… 조금 이물감이 있을 순 있는데 금방 끝납니다. 힘 빼시고요……"

가만히 눈을 감고 우미는 생각했다. 이걸로 유리에게 얼마가 돌아갈까. 음원을 들으면 6퍼센트, 음반을 사면 2퍼센트 정도 돌아가고, 크고 작은 사진·키링·포토 카드·부채·포스터 따위의 얼굴을 쓰는 상품 수익이 실연자에게 제일 많이 돌아간다고 들었다. 그렇다면 나와 뒤섞이는 이것에 대해서는 얼마만큼의 수익을 얻는 걸까. 유리에게서 나온 거니까 전부 주고 싶다. 수송 비용, 보관 비용, 기타 등등…… 제하는 것 없이 바로 보내주고 싶다. 온전한 대가를, 순수한 돈을, 중간에 누구도 끼어들지 못하게 일대일로 주고 싶다. 우미가 바라는 게 있다면 그 정도였다.

"다 끝났고요. 십 분 있다가 나오시면 됩니다."

의사가 방을 나갔다. 우미는 그대로 눈을 뜨지 않고 시간을 쟀다. 관자놀이를 타고 흐른 눈물이 머리카락을 적셔 축축했다. 우미는 잠시 뒤 눈물을 닦고 어기적어기적 시술실을 나왔다. 병원 일층의 카페에서 치아바타 샌드위치와 캐모마일 티를 사 먹고 집으로 돌아와 아기방에 갈런드를 달았다. 남은 시간 종일 유리의 영상을 보다가 평소보다 일찍 잠자리에 누웠다.

이 주 뒤에 우미는 로또에 당첨됐다. 피검사 수치가 805가 나왔다고 의사가 덧붙였다. "1차에 바로 되시는 경우는 드문데. 축하드립니다." 누군가는 임테기 단계에서 눈물이 났다고도 하는데 우미는 심장이 빨리 뛰기만 할 뿐이었다. 물론 기쁘기도 했지만, 그보다 될 일이 되었다는 느낌이 가장 컸다. 물리적으론 일주일 전쯤 배가 아파서 착상통임을 확신했고, 미신적으론 하늘을 날던 용이 손바닥만하게 작아지더니 목구멍으로 쏙 미끄러져 들어오는 꿈을 꾸었던 것이다.

비용이 덜 들어 다행이지. 만일 2차, 3차까지 갔으면 모아둔 돈이 바닥났을 거다. 그런 안심을 하는 한편 유리의 상품이 다른 여자의 자궁강 내로도 들어갔을 게 아쉬웠다. 돈만 있다면 다 샀을 텐데. 아니면 늦었지만 시위를 나갈까? 지금도 기획사 앞에 모여 있을 팬들 사이에 슬그머니 끼는 거다. 아이돌의 인권을 보장하라! 사생활을 팔지 마라! 아이돌은 상품이 아니다! 비인간적인 처우는 용인되어서는 안 된다! 근데 임신 초기에는 조심해야 하니까 진짜 가지는 못하고 그저 상상만 할 뿐이었고……

회사에 임신 사실을 밝혔다. 분명 인공수정이라고 했음에도 약혼자에게 버림받았다는 루머가 돌았다. 왜지? 헤어진 남자의 애를 낳는 게 더 평범한가? 납득하기 쉬운가? 우미는 치실로 어금니 사이를 문지르며 곰곰이 생각했다. 상품화되었다고 해도 이런 방식의 인공수정은 '미저리 시술'이라고 불렸고, 〈그것이 알고 싶다〉나 〈궁금한 이야기 Y〉 같은 시사 프로그램류의 단골 소재였다. 점심시간에 한 번 얘기가 나온 적이 있는데 모두 치를 떨었다.

"아우, 미친년들이지."

"저 건너 건너 아는 사람이 했는데요. 뭔가 좀 이상할 거 같잖아요, 사람이? 근데 겉으론 진짜 멀쩡하게 생겼어요."

"그런 인간들이 존재한다니 소름이 끼친다."

고개를 주억거린 건 분위기를 맞추기 위함이었다. 속내는 그때나 지금이나 같았다. 그런데요…… 좋아하는 남자의 아이를 가지고 싶어하는 건 당연한 마음 아닌가요?

우미는 가글을 뱉고 윗니와 아랫니를 확인했다. 첫 월급을 받자마자 교정한 이는 고르고 희었으며, 뒤엔 말발굽 모양의 장치가 붙어 있었다. 보이지 않는 곳에서 억누르는 힘이 우미의 이를 고르게 만들었다. 우미는 머리카락을 어두운 밤색으로 물들이고 레이어드 커트를 한 거울 속 삼십대 여자와 눈을 마주쳤다. 입을 크게 벌리자 멀쩡해 보이는 그 여자도 입을 크게 벌렸다. 우미는 눈을 부릅뜨고 그 여자의 목구멍을 빤히 들여다봤다. 사람들이 말하는 미친년이 튀어나오길 기다렸다. 하지만 아무것도 안 보였다. 새끼 용도 없고 그냥 까맘 뿐이었다.

모성보호로 업무 시간이 앞뒤로 한 시간씩 줄었으나 사흘 만에 유명무실하다는 걸 알았다. 애를 가진 거지 일이 줄어든 건 아니었기에 자리를 비울 수 없었다. 다섯시에 퇴근 카드를 찍고 마우스를 움직이다보면 이전과 똑같이 열시, 열시 반이 됐다. 이 정도는 아무것도 아니지. 애를 키우는 건 싸움이니까. 그리고 우미에겐 싸울 용기가 있었다. 지독한 몸의 통증도 이를 악물고 참았다. 출근할 때마다 24시간 설렁탕집의 역겨운 누린내를 피해 한 정거장 일찍 내려 걷는 것도, 축축한 하반신도, 가슴 통증도 전부 참았다. 오히려 우미는 변화를 긍정적으로 받아들였다. 삼킬 수 있는 게 과일뿐이라는 걸 깨달은 후엔 포도 한 알을 톡 터뜨려 달콤한 즙을 천천히 음미하는 법을, 이름도 예쁜 설향 딸기의 시원한 감미가 도는 가운데 흰 부분을 공들여 핥는 법을 배웠다. 모과에 코를 대고 흠뻑 숨을 마셨고, 책상 위에 폭탄처럼 레몬을 두었다. 털투성이 공 모양의 코코넛, 모자이크화 속 무어인 공주가 귀와 머리에 달고 있던 장신구 같은 석류, 작은 새의 눈처럼 까맣게 빛나는 씨를 뱃속에 품고 있는 노란 파파야의 화려한 생김새를 즐겼다. 눈에도 혀가 달리고 이가 달렸다. 지켜보는 일만으로 영양을 흡수하는 건 본래 우미가 살아오던 방식이어서, 우미는 이걸 기꺼워하는 아이를 느끼며 그가 영리하게도 자기 출생의 비밀을 아는 모양이라고 생각했다. 우미와 아이 두 사람은 틈이 생기면 빈 카트를 끌고 백화점 지하를 거닐었다. 바다 건너에서, 전국 각지에서 모인 신선한 과일을 눈으로 따먹었다.

엄마와 회사를 빼고 가장 먼저 소식을 전한 건 은정이었다. 열네 살에 만난 이십 년 지기 친구는 우미가 말을 끝내자마자 물었다.

"너네 엄마가 뭐라고 안 하시던?"

"우리 엄마 알잖아. 손주만 볼 수 있으면 그만이래."

은정은 이해한다는 듯한 눈빛을 보냈다. 우미를 향한 엄마의 유난스러운 사랑은 이미 오래전 우미의 유전자를 보존해야겠다는 결론에 도달했다. 학원 한 번 안 보냈는데 좋은 대학에 간 똑똑한 딸. 대학 사 년 내내 십원 한 장 타 쓴 적이 없는 딸. 바늘구멍보다 좁다는 대기업에 입사해서 다달이 용돈 보내주는 딸. 사고 한 번 친 적 없는 얌전한 딸. 어떻게 내 뱃속에서 이런 자식이 나왔나 싶게 놀라운 딸. 그런 딸이 자신과 똑 닮은 자식을 낳아서 엄마로서의 행복을 누리는 건 당연한 수순이었다. 그런데 왜 남자친구가 안 생기지? 내가 제 아빠랑 잘 사는 모습을 못 보여줘서 그런가? 차마 엄마가 입 밖으로 뱉지 못했던 죄의식은 우미가 아이를 가짐으로써 씻겼다. 그래도 얘가 자기 피를, 내가 물려준 내 피를 끔찍하게 생각하는 건 아니었구나. 게다가 남들에게 부끄럽지 않게 설명하기 좋은 롤 모델도 있었다. 사유리 알지? 요즘 젊은 애들 사이에서 그런 게 유행이더라고. 우리 때랑 달라. 요즘 애들은 야무져서 남자한테 기대지 않고 살아……

"아는 사람 지인이 했단 얘긴 들었는데 실제로 하는 사람 처음 봤다."

은정이 아이스커피를 쭉 빨아 마시고는 말을 이었다.

"하긴, 근데 내 주변에선 할 사람이 너밖에 없긴 하다."

은정은 우미가 연애 한 번 하지 않고 아이돌에만 미쳐 살았다는 걸 누구보다 잘 알았다. 고등학생 때 두 사람은 같은 아이돌 그룹에 열광했다. 그후 성인이 된 은정에게 길고 짧은 인연이 일곱 번 스쳐가는 동안 우미는 늘 혼자였다. 그걸 눈이 높다고 해야 하나? 여전히 소녀처럼 환상에 젖어 현실에 발붙이지 못하고 사는 친구가 가끔은 정신 나간 것처럼 보였고, 솔직히 한심하다고 생각한 적이 대부분이었다. 그런데 오늘 얘기를 들으니 우미와 자신이 완전히 다른 종족이라는 걸 인정할 수밖에 없었다.

은정은 우미의 방에 붙은 유리의 브로마이드를 떠올렸다. 우미가 그 안에 손을 집어넣어 다른 차원에 있던 유리를 끄집어내는 장면을 상상했다. 결국 해낼 줄이야. 아니, 아무리 그래도 이런 길을 택하나? 연애 경험 없는 거야 알고 있고, 가끔 야한 얘기를 할 때도 불편한 얼굴로 우물쭈물하던 걸 보면 남자 경험도 없는 거 같은데 얘가 좀…… 극단적이었다. 사랑은 마음먹기에 달린 건데. 적당한 사람을 만났다면 이런 미친 선택은 안 할 수도 있지 않았을까? 여러 생각이 들었지만 당사자 앞에선 내비칠 수 없어 간신히 던진 질문이 이거였다.

"그거 꽤 비싸다던데. 모아둔 돈 다 쓴 거 아냐?"

"그건 아니고."

질문을 받은 우미는 고개를 저었다. 적금을 깬 건 맞는데, 어차피 유리를 쫓아다니며 썼을 비용을 따지자면 비싼 것도 아니었다. 자잘하게 앨범과 굿즈를 사 모으는 것도 다 지출이고 해외 투어 콘서트는 휴가를 긁어모아 꼭 따라가는 편이었으니 앞으로 오 년만 더 유리를 사랑한다고 가정해도 오히려 이쪽이 가성비 좋았다. 이사할 때도 앨범은, 와, 진짜 손쓸 수 없는 짐이었는데 아이는 달랐다. 포장할 필요 없고, 자기 발로 트럭에 올라탈 수 있고, 추가 비용 0원! 게다가 앞으로 이십오 년은 늙고 시들어가는 쪽이 아니라 성장하며 아름답게 개화할 테고, 그걸 보는 동안 예상치 못한 자극이 가득할 것이다. 우미는 이제껏 그런 굿즈를 가져본 적이 없었다.

"그러니까 후회 안 해."

"대단하네."

은정은 얼음을 건져 씹으며 자신의 일상을 떠올렸다. 남편과 둘이 영혼까지 끌어모아 마련한 전셋집, 나란히 누우면 꽉 차는 거실, 가끔 엄마라고 불리는 상상을 하지만 인간 하나를 더할 여력이 없는 빠듯한 생활을 떠올렸다. 대단하네, 라니. 부러움과 비아냥이 섞인 자신의 말을 곱씹으며 은정은 웃었다. 다양한 현실의 갈래에서 최선의 선택을 하며 살아왔다고 자부했지만 우미는 아예 경우가 달랐다. 장애물이 나오면 우회 루트를 찾는 게 아니라 그걸 직선으로 뚫고 갔다. 세상은 욕심 있는 사람에게 다 주는구나. 나는 부러워. 네가 미친년이라서. 기필코 원하는 남자의 애를 낳겠다고 그 지랄 한 것도, 그 돈 버는 것도 부러워.

그러나 우미는 대단하단 말에 담긴 복잡한 심경을 눈치채지 못하고 남들도 다 하는 일인데 뭐, 라며 이상하게 겸손한 태도를 취했다. 아니, 애를 낳는 게 문제가 아니라…… 은정은 헛웃음을 삼켰다. 됐다, 늘 이렇다니까. 얘는 바보라서 이런 걸로 화를 내면 나만 좀스러운 년이 된다. 한 번은 알아채라, 좀. 이십 년 동안 싸운 적 없는 친구라는 게 말이 되냐? 나만 패배하는 기분이라는 게? 은정은 빨대 포장지를 갈가리 찢으며 말을 돌렸다.

"아들인지 딸인진 언제부터 알 수 있는 거야?"

"아들이야."

"벌써 알 수 있어?"

"아니, 그냥 알아."

네가 아들을 원하는구나? 아주 확신에 찬 말투여서 "네가 그렇게 느끼면 그런가보지" 외에는 할말이 없었다. 아무리 둔한 우미라도 이번에는 속에 든 뾰족한 가시를 알아챌 것 같아 급하게 덧붙였다. "그런 건 엄마가 제일 잘 안다고 하니까."

우미는 긍정도 부정도 하지 않았다. 짧은 침묵. 은정은 공백을 참지 못하고 이 사실을 아는 사람이 또 있느냐고 물었다. 그러자 너뿐이라고, 대학 동기들은 모른다는 답이 돌아왔다. 그 말에 은정은 묘한 만족감을 느꼈다. 은정이 우미와 친구 사이를 유지하는 건 우미가 결정적인 순간에 친구로서 은정을 제일 좋아하고 의지한다는 걸 보여주기 때문이었고 은정은 그런 것에 약했다.

만족스럽다는 듯 미소를 띤 은정을 보며 우미는 마지막 대학 동기 모임을 떠올렸다. 서른을 넘겼는데도 친구 넷 중 셋이 월 이백을 간신히 넘겨 받았다. 쌓아봤자 물경력. 도시 빈민의 기로에 선 여자들 사이에선 앓는 소리만 나왔다.

그래도 서울에 있는 대학 나왔는데 이게 말이 되냐? 근데 솔직히 민속학과 나와서 할 게 없긴 하지. 탈춤 출 것도 아니고. 무용과도 아닌데 웬 탈춤. 야, 무용과는 시집이라도 잘 가지. 민속학과는 씨발, 뭐 있냐? 향이 언니는 어떻게 삼성 갔대? 그 선밴 경영 복전했잖아. 사랑 선배는 뭘 하길래 맨날 유럽에 있어? 그 선배 원래 부자야. 맞다, 너네 중에 유선이랑 연락하는 애 있어? 걔 고향 내려가서 공무원 할걸? 걔도 공무원이야? 진짜 공무원 말고 할 게 없구만. 아니, 할 거 있는데 우리만 모르는 걸 수도 있지. 다 이러고 살진 않을 거 아냐. 야, 우미 넌 전과하길 진짜 잘한 거야. 우린 미래가 없어. 우리 팀 대리는 퇴근하고 코딩 학원 다녀서 이직했는데 나도 코딩 배울까. 그것도 체력이 있어야 하지. 기르면 되지. 수영 어때? 내 친구 구청에서 하는 체육 센터로 수영 다니는데 좋다더라. 그런 덴 물이 좀 지저분하지 않아?

그럼 다라이에 물 받아놓고 발이라도 휘저어…… 싫은 소리 하고 싶은 걸 꾹 참고 헤어진 뒤로는 연락할 마음이 안 들었다. 더구나 아이를 낳을 거라고 하면 돌아올 말은 뻔했다. 혼자 힘들지 않겠어? 누가 같이 키우는 게…… 비꼬는 게 아니라 진짜 걱정인 건 알았다. 근데 그런 걱정이랄까, 패배자의 사고 자체에 전염되고 싶지 않았다. 우미에겐 개천 용 특유의 자기 확신이 있었다. 쉬운 일은 아니지만 나는 이겨낼 거다. 이 애도 잘 자랄 거다. 대학 동기들은 징징대기만 할 줄 알지 이런 확신을 이해 못했다. 그래서 은정한테만 말한 거였다. 이십대에 가정을 이룬 친구에게는 안정감이 있었다. 싫은 소릴 침처럼 내뱉는 법이 없었다. 한결 기분이 나아진 둘은 산후조리원을 열심히 고르고 헤어졌다. 다음에 보자며 지하철역 앞에서 손을 흔드는 은정을 보고 우미는 생각했다. 역시 은정은 다르다. 옛 친구만이 줄 수 있는 위안이 있다.

각자의 준비를 하던 우미와 유리 중에 먼저 산통을 겪고 결과물을 내놓은 건 유리였다. 새 미니 앨범 공개일과 음악 프로그램 녹화 일정이 잡히자 덩달아 우미도 바빠졌다. 쏟아지는 인터뷰·유튜브·예능·잡지 촬영·매일 올라오는 쇼츠 등등 놓치는 게 태반이었지만 딱 하나, 사인회 일정만은 빠뜨리지 않고 살폈다. 대면과 영상통화 중 고민할 것도 없이 대면을 선택했다. 아이돌을 오래 좋아했어도 팬 사인회 응모는 처음이었다. 어릴 땐 돈이 없었고 벌기 시작한 다음엔 할말이 없었다. 아무리 쥐어짜도 노고가 많으십니다…… 외엔 무슨 말을 해야 할지 몰랐다. 그게 초면인 인간에게 우미가 갖출 수 있는 최대치의 예의였다.

물론 인간 대 인간이 아닌, 남자와 여자로 접근하면 좀 달랐다. 다른 멤버는 몰라도 최애 앞에선 남녀의 역학이 작동되기 마련이었다. 열 살만 어렸으면 저 몇 살처럼 보여요?라거나 저 무슨 일 할 거 같아요?라고 묻고 승무원이나 필라테스 강사 같은 답을 바랐을지도 모른다. 하지만 우미는 여자로서 자신감이 없었고, 자신이 남자로서 사랑하는 상대 앞에서 여자로 보이려고 애쓰다가 패배하는 걸 감당할 만큼 맷집이 좋지도 않았다. 정말, 정말 운이 좋아서 최애가 나를 여자로 봐준다 해도 그건 미친 여자가 되는 지름길이었을 것이다. 붕괴! 파괴! 그런 앞날밖에 상상할 수 없었는데, 이게 참, 나이 덕이라고 해야 할까. 세월이 우미를 미개봉 중고로 만들어준 탓에 용기를 낼 수 있었다. 미남 공포증은 여전했지만 어쨌든 아이에게 아빠 얼굴 한 번은 보여줄 필요도 있었다.

대략적인 당첨 커트라인에서 안전을 위해 넉넉히 앨범 스무 장 정도를 더 사자 당연하게 당첨이 됐다. 당일엔 반차를 쓰고 숍에 갔다. 이벤트 홀에 사인회가 진행될 단상이 놓여 있고 그 맞은편으로는 대기석이 마련돼 있었다. 번호 순서대로 대기석에 앉았다. 옆 사람은 젊다기보다 어린 여자애였다. 통통했고 앉은키가 작았다. 키가 크고 깡마른 우미와는 정반대라 나란히 앉은 꼴이 어쩐지 우스웠다. 여자애는 달라붙는 옷을 입어 드러난 우미의 배를 신기한 듯 흘끔댔다. 우미는 고개를 꼿꼿이 세우고 앞을 보다가 충동적으로 고개를 돌렸다.

'만질래?'

뇌가 망가진 군인이 타국의 어린애 앞에서 잔인한 심술을 부리듯.

'느껴봐. 이게 생명이야.'

순전히 머릿속으로만, 그렇게 말을 걸었다.

실제의 여자애는 옆자리 아줌마 따위엔 관심이 없었다. 그는 거대한 쇼핑백에 손을 넣어 천사 링과 천사 날개와 천사 화살과 영원히 시들지 않는 가짜 분홍 장미로 엮은 화관을 정리한 다음 가방을 열더니 수정 화장을 시작했다. 메이크업포에버의 파우더를 두껍게 내린 앞머리 위에 펴 바르고, 끝을 부러뜨린 꼬리빗으로 앞머리를 빗고, 다시 파우더를 펴 바르고, 머리카락을 진짜 한 올 한 올 정리하고, 가방을 다시 뒤적이더니 겔랑의 누아 G 마스카라를 꺼내 이번에는 속눈썹을 한 올 한 올 칠하고 디올 립글로스를 꺼내 발랐다. 그걸로 끝인 줄 알았는데 다시 파우더를 꺼내 바르고, 아니, 그럴 바엔 고정을 시키지? 싶게 빗으로 또 한 가닥 한 가닥 빗기를 무한 반복했다. 내가 재였다면 밖에서 거울 오래 못 볼 거 같은데. 시니컬하던 우미의 시선이 시간이 지날수록 점점 부드러워졌다. 보다보니 기세가 있어서 예뻐 보였고, 그애의 나르시시즘이 납득됐다. 잰 자기가 뚱뚱하다고 굶을 생각 하진 않을걸. 엽떡 먹고 매운 닭발에 치즈 추가해서 주먹밥을 둘둘 말아 먹고 빙수도 먹고 탕후루도 먹고 즐겁게 살 테지. 그러니까 이런 데 올 수 있었겠지. 아르바이트해서 모은 돈으로. 뻔치는 자신감과 에너지로. 진짜 열심히 살았겠네. 부럽네. 그렇게 남자 앞에서는 걸 두려워했던 순간이, 여자로 평가하는 눈빛과 마주치면 등골이 오싹해져 움츠리고 다녔던 자신의 이십대가 생각나 슬퍼졌다. 거기에 대한 반발로 미소년을 사랑하게 된 건지도 모른다. 그렇게 인이 박여버린 높은 미적 기준이 거꾸로 자기 자신을 슬프게 했다. 스스로를 사랑할 수 있는 기회를 놓쳐버렸고, 그 기회는 앞으로도 오지 않을 것이다. 진짜 비참하지? 그런데 이렇게 비참한 내가 사랑할 수 있는 아이를 가졌다는 건 얼마나 행운인가. 다른 누구도 아닌 유리의 아이를.

차례가 가까워졌다. 우미는 줄을 섰다. 크게 부르지도 않은 배를 손으로 받치고 단상 위에 올랐다. 유리는 다섯 멤버 중 맨 마지막 순서였다. 다른 네 명의 사인을 해치우듯이 받고 심호흡을 하며 유리에게 다가가는데 다리가 휘청했다. 손을 흔들던 유리가 몸을 반쯤 일으켰다.

"아이고, 아이고. 조심하세요."

우미는 현기증으로 일렁거리는 눈을 두 번 깜빡였다.

"괜찮으세요?"

"아, 잠깐 현기증이 나서. 감사합니다. 정말 괜찮아요."

다가오던 매니저가 다시 뒤로 물러났다. 우미는 단상에 마련된 의자에 앉았다. 마음에 성벽을 세웠는데, 단단하게 쌓았는데 앞이 흐릿했다. 안 울기엔 너무 아름답잖아. 눈앞의 너의 얼굴은. 걱정스러운 표정의 유리는 실제로 보니 입체감이 넘쳐서 살아 있는 인간 같았다. 너 진짜 살아 있는 인간이네. 인간이었네. 나 진짜 너 사랑하는데. 사랑하는 네가 인간이었다니. 그걸 모르고 있었다는 생각이 이제야 들었다. "임신하신 거예요?" "네." "오셔도 괜찮은 거예요?" "응, 위험한 시기는 넘겨서 남편이 허락해줬어요. 저기 어디 있는데."

대충 이벤트 홀 바깥을 가리켰다. 몰린 사람들 뒤쪽에서 얼쩡

대던 남자가 손을 흔들었다. 유리는 보는 사람이 놀랄 정도로 다정한 표정을 지었다.

"아, 진짜네. 기쁘다. 정말 축하드려요."

우미가 사랑해 마지않는 사르륵 녹는 미소. 우미는 일어섰다.

"한번 만져볼래요? 만져도 돼요."

그래도 되나? 등뒤의 매니저를 향해 힐끔대는 눈빛. 우미는 웃었다. 이래서 좋은 거야. 겉보기에 멀쩡하다는 게. 구호 원피스를 입고, 귀에는 말발굽을 닮은 페라가모 간치니 귀걸이를 하고, 무엇보다 왼손 네번째 손가락에 부쉐론 콰트로 클래식 링을 낀 여자. 너무 졸부 같지도 않고, 적당히 상식 있어 보이는데다 조잡스러운 소품을 착용해달라고 하거나 애교를 시키거나 무리한 부탁을 해 본전을 뽑아낼 생각 없고, 단지 유리가 일상의 행복이 되어주는 것에 감사 인사를 전하기 위해 경험 삼아 온 밤색 머리의 여자. 아니, 그딴 것보다 남편이 기다리고 있는 여자. 특히 마지막이 자신을 정상으로 보이게 한다는 걸 우미는 알았다. 어이없지. 저게 제일 싼데.

매니저가 고개를 끄덕였다. 눈치를 보던 유리가 조심스레 손을 얹었다.

"와."

신기해하는 얼굴. 감격한 얼굴. 등뒤에서 찰칵찰칵대는 소음이 커졌다. 이 순간은 '임신한 팬분이 신기한 유리ㅠㅠ'나 '출생률 올리려는 정부의 프로파간다' 따위의 코멘트가 달려 박제될 것이다. 저 풋내나는 얼굴이 아기를 신기해하는 초보 아빠나 조카 탄생을 기다리는 삼촌으로 해석되어 물고 빨릴 것이다. 고전적 미남인 거랑 나이들어 보이는 건 다른데 유리를 아저씨, 삼촌이라고 부르는 어린 팬들이 많았다. 자기들이 은교가 되고 싶다, 이거지. 실제 아저씨를 한번 보여줘야 하는데. 우미는 앞 광대에 도톰하게 살이 오른 작은 얼굴을 보며 말했다.

"너처럼 예쁜 아기 낳고 싶어서 태교할 때 영상 많이 봐."

"와, 진짜요? 영광이다. 딸이에요, 아들이에요?"

"아들."

"이름은 지으셨어요?"

"아직. 태명은 있어요."

"뭐예요?"

"2세."

"오, 뭔가 세련됐다."

시간 됐어요. 매니저가 부드러운 목소리로 말했고, 아, 잠시만요, 유리가 고개 숙여 그제야 사인을 한 뒤 건넸다. 앨범을 챙겨 단상을 떠나는 우미의 등에 대고 유리가 외쳤다. "누나, 오늘 와줘서 고마워요!" 두 손을 흔들어주는 유리를 향해 우미도 손을 흔들었다. 계단을 내려와 제자리에 돌아왔다. 그제야 손이 떨렸다. 참았던 눈물 한 방울이 흘렀다. 고마워. 이걸로 나 평생 치 사랑을 받았어. 받는 것도 눈부시게 좋다는 걸 알았어.

유리와 멤버들이 떠났다. 자리에서 일어나는 사람들과 섞여, 우미는 오늘의 순간을 천천히 복기하며 펜스 밖으로 나갔다. 남자가 다가와 부축하듯 가볍게 팔짱을 꼈다. 그 상태로 지하 주차장까지 가 우미는 운전석에, 남자는 조수석에 올라탔다. 우미는 지갑을 꺼내 현금을 건네며 생각했다. 분명 멀쩡한 남자로 넣어 달라고 했는데. 멀쩡함의 기준이 다른가?

"고생하셨습니다."

인사를 했는데도 남자는 미적거렸다. 우미는 안전벨트를 풀고 밖으로 나가 조수석 문을 열었다.

"조심히 가세요."

배부른 여자의 매너에 남자는 어쩔 수 없다는 듯 물러났다. 찜찜한 표정으로 돌아서는 뒤통수를 노려보며 우미는 속으로 욕했다. 내가 널 왜 태워주냐? 개새끼. 인생 편하게 살려고 하네. 지상의 주차장 입구에 아직 여자애들이 모여 있었다. 기다릴 걸 그랬나? 문득 후회했다가 금방 고개를 저었다. 일을 마쳤으니 유리도 좀 쉬어야 했다.

오랜만에 밤 운전을 하니 피곤했다. 씻고, 케일과 바나나를 넣은 스무디 한 잔을 만들어 마셨다. 스마트폰을 들어 심부름 업체 후기란에 별점 세 개와 한 줄 평('어중간합니다')을 남긴 다음 쌓인 메일 몇 개를 쳐내고 침대에 누웠다. 모든 것이 준비된 상태, 완전히 경건한 마음과 깨끗한 손으로 다시 앨범을 펼쳤다. 멤버들에게 사인받던 순간을 복기했다. 임신부가 된 이래, 아니, 태어난 이래 젊고 꾸민 남자들에게 제일 관심받고 대접받은 하루였다. 물론 성적 긴장감이 제거된 융숭한 대접이었지만, 그게 어디냐. 내가 그냥 여자였으면 그러지 못했을 거야. 내가 그애들을 남자로 보지 않아서 가능하기도 했고. 그 돈을 내고 갈 정돈 아니지만 즐거웠다. 그리고……

우미는 괴로움과 슬픔이 벌레처럼 우글거리는 하수구 뚜껑을 열었다. 마음을 단단히 먹고 유리에게 사인받은 페이지를 폈다. 환하게 웃는 유리의 얼굴 위로 호쾌하게 서명이 되어 있었다. 우미는 입을 비쭉 내밀었다. 왜 여기다 한 걸까. 속상하게. 사진 속 얼굴 한가운데에 떡하니 그어진 유성펜 자국을 우미는 매만졌다. 수만 번, 수십만 번 인쇄된 사진이다. 스치는 바람만큼도 유리의 피부를 벗겨내지 못한 복제품이다. 그래도 유리의 얼굴이다. 이 한 장마저 아끼고 싶다. 언젠간 쓰레기가 되더라도 내 손이 닿는 동안만은 귀하게 여기고 싶다.

우미는 유리와의 대화를 떠올렸다. 그의 눈빛을, 손을, 입체감을 지닌 얼굴의 윤곽을 떠올리며 속지를 매만졌다. 그러다 문득 페이지를 넘겼고, 몰래 적힌 글자를 보고 펑펑 울었다. 거기엔 요청하지 않은 추신이 있었다.

P.S. 우미 누나~♡
이새 건강하게 나으세요!

*

배가 눈에 띄게 나오기 시작했다. 제일 살쪘을 때 수준을 넘어선 지는 이미 오래였다. 호르몬의 변화라는 말이 주는 애매함이 아닌, 한몸에 정말 두 사람이 살고 있다는 실감이 났다. 2세가 아닌 이새라는 이름을 갖게 된 아이에게 소리 내어 말을 걸고 대화하게 됐다.

우미는 친구가 적었다. 말주변도 없었고, SNS를 하지도 않았다. 그래서 그동안은 속으로만 하던 생각들을 왕의 필경사가 먼 미래를 등에 업고 써내려가듯이, 마법사가 최면에 걸린 미녀의 귀에 속삭이듯이 이새와 나눴다. 네 아빠 오늘 화장 이쁜데? 숍 바꾸길 잘했다. (자체 제작 콘텐츠를 보고) 아니, 뭐 저딴 게임을 시켜? 저러다 허리 다치면 어쩌려고. (유튜브 예능에서 한 짧은 콩트를 보고) 역시 아직 연기는 아니다. 아이돌이 체질이다. (윤종신의 〈You Are So Beautiful〉을 들려줌) 엄마가 완전 네 아빠 주제가 찾았어. 들어볼래? 네 아빠는 무조건 뒷머리 쳐야 하는데 왜 자꾸 기르지? 눈빛 봐. 보통 애가 아니라니까. 저러니까 입사하고 한 달 만에 춤 일등을 해서 포상으로 할머니랑 제주도 여행 다녀왔지. 너네 아빠 대단하지, 그렇지?

데뷔 이 주년 기념으로 기획사에서 제작한 자체 콘텐츠를 보곤 울었다. 미래가 불투명한 연습생 기간. 팔 인조에서 칠 인조로, 결국엔 오 인조로. 그런 식으로 흩어지고 찢어지면서 인생이 다른 사람의 손에 달려 움직이는 일을, 불합리하지만 결과적으론 받아들일 수밖에 없는 일을, 그후로도 극명하게 삶의 궤적이 바뀌는 일을 유리는 겪었고 견뎌냈다. 게다가 유리는 지금 기획사에서만 연습한 성골 출신도 아니었다. 전에 다니던 중소 기획사가 도산하고 스무 살이 넘어 회사를 옮겼다. 자기보다 어린 데뷔 조 멤버나, 그늘 없는 연예인 2세나, 저녁 열시면 마중 나온 엄마의 폭스

바겐에 올라타는 연습생들을 보며 혼자 상경한 군산 출신의 유리는 어떤 생각을 했을까? 잘 알려진 과거사임에도 막상 눈으로 보니 감정 조절이 안 됐다. 어쨌든 지금 애들은 성공했는데. 잘 굴리면 오 년 뒤엔 서울에 건물 하나는 살 수 있을 텐데! 그렇게 오염될 텐데! 감정적인 연출 때문에 눈물이 났다. 우미는 콘텐츠팀을 탓했다. 미친 개또라이 회사. 한 먹이고 있어, 진짜…… 우미는 티슈를 뽑아 콧물을 닦았다. 울어서 미안해. 근데 엄마 슬픈 게 아니라 아빠한테 고마워서 이러는 거야. 저렇게 고생해서 엄마 만나러 온 거잖아. 그게 고마워서 그래.

이새는 벌써부터 우미의 좋은 친구가 되어줬다. 지루할 틈 없이 공부할 걸 만들어줬다. 공부는 다치지 않고 세계를 넓히는 가장 쉬운 방법이었고, 우미는 알에서 갓 깨어난 새처럼 눈에 보이는 걸 다 쪼아먹었다. 막 입덕한 것처럼 맘 카페를 들락거리며 기쁨과 슬픔에, 그다지 즐겁지만은 않은 순간에 대해 공감했고, 불안을 나눴고, 이 여잔 진짜 미친 여자네……라고 욕도 했다. 아들 엄마와 딸 엄마의 신경전. 잘사는 사람과 아닌 사람의 신경전. 우미는 보이지 않는 피가 흐르는 다툼을 황제처럼 높은 자리에서 떨어져 관찰했다. 다 바보 같다. 그치? 자식 위한다고 하지만 결국 다 자기만족을 하려는 여자들뿐이었다. 불쌍한 사람들 같으니. 우미는 배를 쓰다듬으며 말했다. 넌 나의 구원투수가 될 필요 없어. 받으려고 자식을 낳는 사람도 있지만 난 아냐. 주는 건 내가 할게. 내가 널 지켜줄게.

그럴 자신이 없었으면 애초에 시작하지도 않았다. 우미는 겁이 많았고 확신이 없으면 움직이지 않았다. 남이 볼 땐 난관이라도 그가 된다고 판단한 일은 됐다. 입학도, 취업도, 집을 사는 것도 어깨 높이의 열매를 따듯 쉬웠다. 이새를 낳는 일도 비슷했다. 3.4킬로그램의 남아는 손가락, 발가락이 열 개 다 달렸고 아주 건강했다. 우미는 한 번 기절했다 깨어나긴 했어도 어쨌든 자연분만했다.

은정이 산후조리원에 방문했을 때도 우미는 얼굴은 거칠어도 눈에 힘이 있었다. 은정이 준비한 아기 옷과 로즈 디올 립스틱을 내밀자 우미는 무척 기뻐했다. 몇 번씩 손바닥만한 옷을 갰다 펼치며 만지작거리고, 각질이 일어난 입술에 립스틱을 살살 펴 발랐다. 거울을 보던 우미의 손이 멈췄다. 그리고 참지 못하겠다는 듯 입술을 비죽댔다.

"은정아, 유리가 실은 유복자다."

"……"

"아버지는 사고로 돌아가시고, 어머니가 서른네 살 때 혼자 유리를 낳으셨대. 이십삼 년 전에."

"……"

"나도 지금 서른넷이다? 그리고 낳았어."

"우미야……" 은정이 말을 끊었다. 도대체 어디서부터 시작해야 하는지 막막했지만 침을 삼키고 입을 뗐다. "우미야, 놀라지마. 놀라지 말고 들어. 네 아기……"

"왜. 뭐가, 뭔데?" 우미의 눈빛이 순식간에 변했다. 있을 수 있는 여러 가지의 사고가 우미의 눈앞을 스쳤다. 입술이 빠르게 달싹였다. "왜?무슨일인데?간호사가뭐래?아니말하지마안돼안돼안돼" "아, 아냐. 오해하지 마." 은정이 손을 저었다. "아니야, 무슨 일 생긴 거 아니야. 건강해. 아주 건강해. 아기한테 문제는 없어. 아주 튼튼해."

"그럼 뭔데? 뭘 말하려고 하는 건데?"

은정은 두 손을 빨래 쥐어짜듯 모았다. 어떻게 말할까, 고민하다가 자기 입으로 뱉는 대신 남의 말을 전달하는 것을 택했다. 리모컨을 들어 TV를 켰다. 뉴스 채널로 돌리자 때마침 중년 남자의 얼굴이 나오고 있었다. 우미는 머리맡을 더듬어 안경을 썼다. 의사 출신의 여당 정치인. 차차기 대선 주자로 거론된다고 하던가. 롤 모델이니 젠틀한 중년이니 힙한 정치인 열풍의 선구자라면서 그의 스타일 따위를 칭송하는 홍보 방식을 보고 우와, 진짜 징그럽다고 생각했다. 그런데 저 사람이 왜?

그냥 봐봐, 라는 표정으로 은정이 입술을 깨물며 우미의 눈치를 살폈다. 조용한 입원실. 서서히, 아나운서가 하는 이야기가 귀에 들려오기 시작했다. 정자 바꿔치기 논란…… 아이돌의 유전자를 판매한다고 내걸고 실제로는 정자 공여를 희망하는 일반인 남성 추려…… 케이팝 열풍에 힘입어 범국가적으로 추진되었던 이 사업은…… 장관이 공여자 리스트에 올라 논란…… 애초에 판매 자체가 말이…… 그렇지만 아이돌은 사실상 공공재와도 같은…… 최소한의 선이 있어야…… 공여자 대부분은 사회적으로 성공한…… 일부 공여자는 명문 의대의 실험 팀으로…… 좋은 두뇌 좋은 유전자…… 이전에도 노벨상 수상자의 정자를 보관하는 사설 정자은행이…… 장관은 거시적인 안목으로 인류의 발전을 도모하려 한 것이라고 주장해……

무슨 말인지 잘 모르겠어. 우미는 스마트폰을 켜고 뉴스란에 들어갔다. 홍수처럼 쏟아지는 댓글은 더 해독하기 어려웠다.

오빠한테 오면 공짜로 박아줬을 텐데 도태녀들 가지가지ㅋㅋ

그래도 사기 아닌가? 1억을 넘게 줬다는데

ㄴ 너 여자지?

니 새끼 낳기 VS 1억 내고 아이돌 새끼 낳아서 독박육아

ㄴ 밸붕 ㄷㄷ

ㄴ 이런 얘기는 왜 하나요 어차피 여기 있는 새끼들 전부 입뺀인데……

간호사가 들어왔다. 이우미 산모님, 젖 먹일 시간입니다. 아기 안아주시고요. 우미는 반사적으로 아기를 안았다. 천에 싸인 아기. 폭신하고 따뜻한, 빵 같은 아기.

빵!

가만히 넋을 놓고 있는 우미를 대신해 간호사가 아기의 머리 위치를 조정했다. 아기가 젖을 빨기 시작했다. 살아남으려는 듯 열심히 오물댔다. 배를 채운 아기를 다시 간호사가 데려갔다. 은정은 조심스레 입을 뗐다.

"괜찮아?"

뭐가? 하는 눈빛의 우미에게 은정은 다시 말을 건넸다.

"아기가……"

"내 아기야."

"응."

"내 아기야."

단호한 말투였다. 은정은 안심했다. 울고불고 난리를 피울 줄 알았는데 진짜 엄마가 되었구나. 역시 제 배 아파 낳으면 모성이 생기는 거야. 그게 누구의, 어떻게 만들어진 아이일지라도. 근원적으로 자식은 엄마의 것이다. 비록 성은 아빠를 따르더라도 자기 배 아파 낳는 건 못 이기는 거다. 다행이다. 다행이라고 은정은 생각했다.

반년 뒤. 우미는 시장을 걷고 있다. 아기띠를 매고 천천히, 어물전 앞에서 마른오징어, 미역, 옥춘 따위를 구경했다. 분식집에서 어묵꼬치 하나를 들자 주인이 말렸다. "좀 이따 사진 찍는다고 해서. 포장은 되는데." 그러고 보니 검은 옷을 입은 남자들이 여기저기 보였다. 아마 경호원일 테지. 겁먹은 눈빛으로 살짝 뒤로 물러서자 바로 곁에 있던 경호원의 눈길이 한결 부드러워졌다. 우미는 그 짧은 순간에 그가 자신에 대한 판단을 마쳤다는 걸 알았다. 하나로 낮게 묶은 머리. 보풀이 인 밤색 카디건과 뉴발란스 574. 기미를 가리기 위해 살짝 덧바른 파운데이션. 무엇보다 왼손 약지에 낀 반지. 평범한 여자다.

우미가 물러난 타이밍에 맞춰 그 남자는 다가왔다. 상인들의 손을 잡으며 인사를 하다가 분식집 앞에서 멈췄다. "사장님, 여기서 먹고 가도 되나요." 사장은 기다렸다는 듯 꼬치를 건져 멜라민 접시에 담아 건넸다. 남자가 웃으며 기다란 어묵을 씹었다. "국물 떠먹게 컵도 좀." 사람 좋게 너스레를 떨었다. 그런 남자의 모습을 보다가 우미는 입을 크게 벌렸다. 뱃속 깊숙이 숨어 있던 미친년이 목구멍으로 기어나왔다. 그 여자는 피를 통하지 않고도 전수된 미친년의 비기를 썼다.

비명 지르기.

악! 소리를 지르는 것과 동시에 경호원이 몸을 틀었고, 순간 남자와 눈이 마주쳤다. 그것만으로 우미는 그 남자가 우미의 정체를 알아챘다고 확신했다. 감정을 숨기려는 흐리멍덩한 눈빛이 팽팽한 기대와 긴장과 혐오가 어린 눈빛으로 바뀌었기 때문이다. 혼탁하고 더러운 눈이었다. 보자마자 우미는 남자의 뇌 속 극장에서 자신이 경험한 오 분의 시술이 강간 포르노로 뒤바뀌어 상영되는 걸 알았다. 그가 우미를 정복했다고 여기는 걸 알았다. 뒤이은 상영작은 가난한 정부가 아이를 내세워 동정을 구하는 삼류 멜로일 것이다. 당신 아이예요. 한 번만 안아주세요. 꺼져! 그런 더러운 아일! 우미는 이어질 영화를 무대예술로 바꾸기로 했다. 무대예술의 진정한 묘미는 예기치 못한 사건이 벌어졌을 때 발생한다. 우미는 손을 높이 들었다.

그 자리에 있던 모두가 한동안 육고기를 먹지 못했다. 어떤 이는 극심한 불면으로 한동안 병원 신세를 졌고, 어떤 이는 자기 생리혈을 바라보는 것에도 거부감을 느끼게 됐다. 다만 한 사람, 우미만이 자기가 무슨 일을 저질렀는지 기억하지 못하는 사람처럼 태연했다.

그건 우미의 방어기제였다. 끔찍한 범죄를 저지른 소년범들이 저는 착한데요, 라고 대꾸하다가 너는 한 사람을 죽였어, 그래도 네가 착한 거니? 라고 물으면 아, 그러게요, 한다는 것과 같다.

걔들은 뇌의 발달 시기를 놓친 거라고? 그럼 바꿔 말하자. 우미와 같은 화이트칼라 계층에 소시오패스 비중이 높다는 건 익히 알려진 사실이다. 나라 곳간 빼먹는 건 눈감아도 공병을 훔친 기초 수급자 노인한테 실형을 주는 판사를 생각하면 이해가 갈 것이다.

아니, 이럴 땐 여성주의적 관점에서 생각해야 한다. 육아 스트레스는 정말 문제적이다. 실제로 많은 여자가 상상 속에서 자기를 죽이거나 자기 아이를 죽인다.

헛소리 집어치우고 그냥 눈에 보이는 대로 보면 된다. 우미는 제 아이가 유리처럼 예쁘지 않으니까 죽인 거다. 완전히 정신 나간 외모 지상주의자니까.

아니, 다 틀린 얘기고 우미는 그냥 기분이 나빴던 거다. 반골 기질이 있어서 너희들이 시키는 대로 내가 할 것 같아? 비명 지르고 싶었던 거다. 자기들만 인간인 줄 아는 역겨운 인간들에게, 너희들의 정자가 들어간 아기도 바닥에 내려치면 공평하게 토마토가 된다고 말하고 싶었던 거다.

일부 우아한 사람들은 이렇게 정리하기도 했다. 원래 그런 사람들 중에 좀, 이상한 사람이 많지 않아? 그러니까 멀쩡하지 않은 부모 밑에서 자란 사람 말야……

면회실로 은정이 들어왔다. 그는 유리창 너머로 친구의 얼굴을 빤히 보다 참지 못하고 울음을 터뜨렸다. 고개를 푹 숙인 채 엉엉 소리 내어 울던 그가 두 뺨을 문지르며 물었다.

"넌 죄의식도 없니? 도대체 왜 그런 거야?"

우미는 은정의 시선을 피하지 않고 입을 열어 짧게 답했다.

"말했잖아. 내가 원한 건 딱 하나라고. 유리의 아이를 갖는 거."

| 작가노트 |

그래서 이다음으로 무엇이 하고 싶냐면

지난가을 친구와 국립현대미술관에 갔다. 이불 작가의 젊은 시절 사진이 걸려 있었는데, A4 한 장 크기의 그 사진을 보고 퍼뜩 놀라 뒤로 물러섰다. 거기에 진짜 호랑이가 있었다. 불쑥 튀어나와 앞발로 콱 할퀼 것 같은 호랑이!

글을 읽다가도 그런 호랑이들을 자꾸 마주친다. 개중엔 대학시절 대수롭지 않게 넘겼는데 지금 보면 어떻게 겁 없이 이런 것들을 읽었지 싶은 작품들도 있다(진짜 하룻강아지 범 무서운 줄 몰랐던 거다). 남의 뱃속에 손을 쑥 집어넣고 휘젓다가 간도 안 빼먹고 씨익 웃기만 하는 그 여자들에게 나는 정말이지 항복이다. 연말에 친구가 내게 천살이라는 게 있다며 이걸 가진 사람은 기가 약하댔는데, 그래서인가? 도무지 제정신이 아닌 이상한 여자들에게 휘둘려 그들의 얘기를 쓰게 되는 것은? 그들의 얼굴이 내 얼굴이 되는 것은?

천살에는 종교를 가지는 것도 좋다면서 친구는 내게 말했다. 희주씨, 아이돌 열심히 좋아하세요. 그 말은 본의 아니게 실천중이고……

이 소설은 작년 1월에 썼다. 막 장편 작업을 마무리한 즈음이었다. 쓰고 나서 아무 생각이 안 드는 글도 있고, 끝내준다고 생각하는 글도 있는데, 이건 완성하고 나서 더이상 이런 식으로는 쓸 수 없겠다고 생각했다. 그렇다고 이 소설이 마음에 안 든다는 건 아니고, 정반대다. 나는 내 글이 남을 당혹스럽게 할 때 좋다. 물론 위로를 받았다는 독자의 반응도 기쁘지만(언제 위로를 주는 글을 썼냐고 물으신다면 여자에겐 비밀이 있다고밖에 말할 수 없다) 답보다 문제를 던지는 게 작가의 몫인 것 같고, 내 몫을 해서 기쁘고, 또 이렇게 어찌어찌 쓰다보니 상을 받게 돼 더 좋다. (상금으로 콘서트 가자! 야호!)

그래서 이다음으로 무얼 하고 싶냐면, 친구를 사귀고 싶다. 작가 노트를 쓰기 전 지난 수상작품집을 다시 읽다가 좋은 작품을 쓴 작가들에게는 친구가 많다는 걸 깨달았다. 난 친구도 적고, 읽은 작품도 적고, 등단 이후 한동안은 아무것도 못 쓰고 시간 낭비를 했는데, 이제 나는 책도 많이 읽을 거고, 소설도 계속 쓸 거고, 결정적으로 이미 좋은 친구들이 내 옆에 슬금슬금 모이기 시작했으니 앞으로 얼마나 좋은 글을 쓸지 기대가 된다. 얼마나 많은 이상하고 진귀하고 볼품없고 들여다보고 싶은 끔찍한 얼굴들이 내 앞을 지나갈까? 사랑스러운 것이, 아름다운 것이 지나갈까? 나는 그것들의 손을 잡고 어디로 갈까?

어디가 될진 모르겠지만 아무튼 간다고 생각하는 일은 즐겁다. 이건 나의 최애가 알려준 말이다. "앞으로만 가"라고. 나는 사실 옆으로 가거나 뱅글뱅글 돌고 싶기도 한데, 아무튼 움직이라는 뜻이라고 받아들였다. 바가바드기타에도 비슷한 얘기가 나온다. "행위를 하는 것이 아무것도 하지 않는 것보다 훨씬 더 낫다." 그리고 살아보니 그렇다. 일단 뭐든 하는 게 낫다. 그게 소설을 쓰는 일에 관해서라면 말할 필요도 없이 그렇다.

이 소설을 쓸 땐 내게 최애가 없었다. 지금은 최애가 있고, 얼마 전 계간 『문학동네』에도 최애의 이야기를 실었다. 한 가지 두려움이 있다면 이런 이상한 소설을 쓰는 팬이 있다는 게 그애들에게 폐가 될까 싶다는 거다. 그래도 내가 이런 소설을 썼다는 건 변함없다. 내 사랑이 사랑이라는 것도 마찬가지다. 그래서 헤어질 걸 알면서 연인의 이름을 적듯 미래를 저당잡혀 적는다.

엔시티 위시 고마워요.

| 해설 |

비공굿: 아이돌 2세

최다영

현재 우리 사회에서 계층 사다리를 떠받치는 두 기둥은 학벌주의와 루키즘이라 할 수 있을 것이다. 그러나 이마저도 타고난 환경이나 선천적 특성에 크게 좌우되어 실상 세습에 가까우며, 그렇기에 계급 상향의 기회는 극소수에게만 주어질 뿐이다. 특히 생득적 외양은 유전적 조합에 거의 전적으로 의존한다는 점에서 희소가치가 더한데, 일단 획득되기만 한다면 비교적 적은 노력만으로 유지·보수가 가능하므로 지속적인 가치 창출이 가능하다. 즉, 아름다운 외모는 돈이 된다. 그렇다면 '우월한' 유전자를 판매 가능한 상품으로 전환하면 어떨까? 저출생 문제가 국가적 위기로 진단되는 오늘날, 원하는 유전자를 선별하여 거래한다면 인구문제 해결에 기여할 수 있지 않을까? 특히 많은 이들이 배타적·독점적 파트너십을 맺길 바라며 선망하는 아이돌의 생물학적 자원이 상품화되어 시장에 보급된다면? 이와 같은 국가 주도하의 재생산주의와 자본주의에 관한 상상력을 극단으로 밀고 나가면서, 이 소설은 출발한다.

1. 돈 줄 테니까 유전자 내놔—혈통 거래의 자본주의적 루키즘

동명의 인기 만화가 최애 아이돌의 아이로 환생한 팬이 경험하는 갖가지 사건 사고를 그린다면, 이 소설이 그리는 건 최애(와 나)의 아이를 둘러싼 은밀한 배덕감이다. 남성이 '알파 메일' 혹은 '도태 찐따남' 둘 중 하나로만 존재하는 이희주 소설에서,[1] '유리'는 절대적인 아름다움을 소유하여 없던 욕정도 불타오르게 만드는 마성의 미소년으로 그려진다. 「천사와 황새」에서 남성 임신부였던 유리, 「0302♡」에서 사거리의 미소년[2] 얼굴을 가졌던 유리는 이희주 유니버스 속 이번 "평행 우주"(240쪽)에서는 인기 아이돌로 등장한다. 물론 여기서도 유리는 "최고의 수컷"[3]이다. 마음을 퍼주는 일에 관해서는 스스로를 "중고품"(같은 쪽)이라

1) "이희주의 인물들은 냉엄한 미추의 기준에 따라 지나치게 잘생기거나 지나치게 못생긴 사람으로 양분"(오은교, 「죽을 만큼 사랑해, 죽일 만큼 사랑해」, 『문학동네』 2022년 여름호, 48쪽)된다. 이는 남성 인물들의 경우에 특히 그러하다.

2) 이토 준지의 만화에 등장하는 초월적인 아름다움을 지닌 남성으로, 그에게 매혹된 소녀들이 집단적 광기에 휩싸여 "죽도록 사랑해"라고 외치자 "그럼 죽어"라고 말하는 장면이 밈으로도 유명하다. 「0302♡」는 그 밈을 패러디한 소설이다.

3) 이희주, 「천사와 황새」, 『릿터』 2022년 6/7월호.

여기는 우미조차도 유리에게 입덕한 순간 이전에 팠던 아이돌들은 일제히 "처분"(241쪽)할 수밖에 없게 된다. "애정 결핍 환자"(240쪽) 같은 그들과 달리 "사랑을 갈구하지 않"(241쪽)는데도 사랑스러움이 흘러넘치는 유리는 특유의 천진난만함과 "순수함"(같은 쪽)이라는 매력으로 우미를 단박에 사로잡는다.

한부모가족 지원 정책이 나름 체계적으로 갖춰진 듯 보이는 이 세계에서는 아이돌 정자 공여 시술이 상용화되어 있다. 이 시장 국가가 수급 못할 욕망이란 없다. 최애를 배타적으로 독점하는 것이 불가능하므로 그의 씨라도 얻길 바라는 은밀한 수요는 시장자유주의에 의해 추동되고 출생률을 높인다는 공적 대의의 지지를 받으며 양지화된다. 재생산의 영역마저 철저히 구매와 판매로 환원되고 시장화됨에 따라, 미적 끌림에 취약한 가임 여성들은 이 기획에 쉽게 포섭되면서 자발적으로 '임출육'을 선택하도록 유도된다.[4] 아이돌의 인권을 옹호하며 이러한 '미저리 시술'을 거세게 반대하는 입장과 "미친년들"(250쪽)이라 조롱하는 입장이 팽배한 가운데, 우미는 유리를 도네이터로 하여 정자를 공여받는다. 이 정자 공여 시술에 상당한 비용이 든다는 점은 상품 가치가 높은 아이를 선별하여 구입할 수 있는 자격이 전적으로 경제력에 달려 있음을 시사하면서, 이와 유사하게 오늘날 자녀를 낳아 기

---

4) 이 소설에서 그려지는 미혼 출산 지원 정책은 언뜻 임신부를 위하는 것처럼 보이지만 환경적 인프라는 뒷받침되고 있지 않으며, 미혼 출산과 인공수정에 대한 사람들의 부정적인 인식도 여전하다. 이러한 설정으로 작가는 우리 사회의 기만과 허점을 비판하고 인식 개선의 필요성을 상기시킨다.

르는 것이 마치 계급적 특권처럼 여겨지게 된 사회 현실을 떠올리게 한다.

혈통 매매 자체는 서사적으로 익숙할 수 있지만, 이 소설에서 주목되는 점은 혈통 거래에서의 루키즘이 신계급주의를 반영하고 있다는 것이다. 잘생긴 것이 계급이고 그러므로 고귀하다. 이는 애정의 척도가 엄격한 시장 논리에 기반하여 소비중심주의로 입증되는 덕질 문화의 현주소와도 맞닿는다. 그런 점에서 일종의 아이돌 관련 상품인 '최애의 아이'는 "가성비 좋"은 "굿즈"(254쪽)로 여겨진다. 공식 굿즈보다 희소하고 특별한 가치를 지닌, 비공식 커스텀 굿즈인 것이다. 심지어 젊음의 절정 이후 "늙고 시들어"갈 유리에 비하면 유리의 아이는 서서히 "개화"(같은 쪽)해나가며 풍부한 시각적 자극을 독점적으로 누리는 기쁨을 선사할 것이고, 나아가 이 아름다움을 판매할 수 있게 될지도 모르므로 유리보다 높은 잠재 가치를 지닐 것으로 전망된다.

이때 우미는 태어날 자녀가 "부모의 복제가 아니라" 엄연히 "제3의 생명체"(247쪽)라는 걸 머리로는 알면서도, 무의식적으로 이 사실에 반감을 가진다. 우미에게 유리의 아이는 독립적 인격체가 아니라 아름다운 유리의 복제품이자 대용품, 손안의 아름다움 그 자체로 존재해야 하기 때문이다. "구원투수"(266쪽) 삼지 않겠다고 다짐했을지언정, 자식의 형태로 확보될 유리의 '우월한' 유전자는 우미가 동일시하고 의탁할 무기가 된다. 또 시술을 대수롭지 않다는 듯 대하는 의사의 태도에 기분이 상하는 건 유리의 아이가 중복으로 존재할 수 있다는 사실에 느끼는 불쾌감에서 기인하는 것이기도 하다. 이는 유리를 온전히 소유하고 싶다는 독점욕을 반영하는 동시에, '미니 유리'가 희소하고 한정된 개체로 존재해야만 아름다움의 복제품이라는 상품 가치가 유지될 수 있으므로 타인의 접근 가능성을 제한하고 싶은 속내를 드러낸다. 이렇듯 이 소설은 신자유주의적 성공 신화를 루키즘 버전으로 답습하여 아름다움이 돈이 되는 자본의 규율에 대한 사회의 내면화와, 그 극단에서 무참히 파괴되는 인간의 존엄을 고민하도록 이끈다. 동시에 덕질 문화가 소비주의만으로는 설명되지 않는 복잡다기한 영역임을 알게 한다.

2. '성처녀'의 처녀 수태—인공수정의 섹슈얼리티

우미의 시술 동기를 미래 수익에 대한 기대만으로 정의할 수 없는 건, 무엇보다도 우미가 유리를 너무나 열렬하게 사랑하기 때문이다. 사랑에 빠진 우미에게 상품 확보 따위는 지극히 작은 문제일 뿐이다. 우미는 시술중에도 정자 공여로 유리가 얻게 될 수익의 분배를 걱정하며 "유리에게서 나온 거니까 전부 주고 싶다"(249쪽)고 생각한다. "온전한 대가를, 순수한 돈을, 중간에 누구도 끼어들지 못하게 일대일로 주고 싶"(같은 쪽)은 이 맹목적이고도 지극한 순애는 우미의 전통적 '모성'이 향하는 방향이 이미 유리이며 이 '모성'이 성애적 욕망과 뒤섞여 구분되지 않는 성질의 것임을 알게 한다. 우미는 진심으로 유리를 원한다. 유리에게 헌신하고 유리를 독점하고 유리와 성적 접촉을 하기를 욕망한다.

그렇기에 유리의 정자를 주입받아 착상하는 과정은 우미에게 일종의 섹스이기도 하다. 여기서 우미가 성적 욕망을 충족하는 양상을 자세히 들여다보자. 한 번 만에 착상에 성공한 뒤, 우미는 "유리의 상품이 다른 여자의 자궁강 내로도 들어갔을 게 아쉬"(250쪽)워 아이돌 인권 시위에 나가는 상상을 하기도 한다. 이는 무엇보다도 그의 정자와 결합하는 유일한 난자의 주인이 되고자 하는 성적 독점욕에 근거한다.[5] 우미에게 유리의 정자 공여는 상품 구매의 개념을 넘어, 유리를 집어삼킨 임신의 형태로 유리와 일체화된 육체를 이루고 싶다는 차원에 이른다.

달리 말하자면 우미는 유사 섹스를 한 것이다. 인공수정을 통해 뒤섞이는 건 엄밀히 말해 세포들인데, 이를 두고 우미가 "나와 뒤섞이는"(249쪽) 것이라 말하는 대목은 유리의 정자가 체내에 삽입되는 사건에 상품 수령 이상의 의미를 부여하고 있음을 짐작하게 한다. "눈으로 따먹"(252쪽)는다는 표현 역시 (사진과 영상 소비로 대표되는 덕질 문화에서 "지켜보는 일만으로 영양을 흡수하는"(252쪽) 기술 매체의 시선을 통한 섹슈얼한 감식과 탐닉을 과일 태교에 비유하는 동시에) 속된 말로서의 성관계라는 중의적 의

5) 아름다운 남돌에게 "너를 낳아서, 수백수천 명을 낳아서 이 도시를 가득 채울 거야. 이건 인류를 위해서 좋은 일이야. 아름다움을 증식하자"(이희주, 『성소년』, 문학동네, 2021, 237쪽) 말하며 미를 증식해야 한다는 인류 보편의 사명감을 (강간의 명목이긴 하지만 어쨌든) 내비치던 『성소년』에 이어, 이 소설에서 우미는 '너를 낳을 수 있는 건 나뿐이어야 한다'는 조바심을 드러낸다.

미를 내포한다. 비록 삽입과 정자 사출이 실제 남성기가 아닌 주사기에 의해 이루어지긴 하지만, 우미에게는 그 정자가 다른 사람이 아닌 유리의 정자라는 사실만이 중요하다. 최애의 고귀한 유전자와 자신의 유전자가 뒤섞이는 은밀한 쾌락은 이렇듯 우미에게 섹슈얼리티의 발현과 결부된다. 성스러운 의식을 치르기라도 하듯, 혹은 전희를 준비하듯 "유리의 포토 카드에 입을 맞추"고 시술실 침구 위에서 "다리 벌리"(248쪽)는 순간, 우미는 자신의 순결을 "성소년"(241쪽)이자 아름다움의 화신인 유리에게 바친 것이다. 일종의 상징적 섹스 후 여러 감정에 북받친 우미는 눈물을 흘린다.

"가장 사적인 행위라고 생각하는 섹스는 사실 공적인 것"[6]이라는 말처럼, 섹스를 둘러싼 욕망도 일종의 사회적 구성물로서 관리되고 통제됨을 떠올려볼 때 이러한 유사 섹스는 정자 공여 상용화에 의해 새롭게 승인되고 제시된 '모범적 섹스'로, 여성의 몸을 가장 시장적인 방식으로 식민화하고 서비스업 종사자의 성상품화를 심화하는 재생산 산업 네트워크의 기만에 불과해 보이기도 한다. 그렇다면 우미는 최애와의 섹스라는 내밀한 욕망까지 환금력으로 포섭하는 시장 국가의 기획에 철저히 이용당한 것일까? 우미의 미혼 출산은 단순히 기업의 수익 극대화와 국가의 출생률 상승 기획에 일방적으로 희생되기만 한 걸까?

그렇게 비관적으로만 환원할 수는 없을 것이다. 우미는 섹스와

---

6) 아미아 스리니바산, 『섹스할 권리』, 김수민 옮김, 창비, 2022, 9쪽.

재생산이 기능적으로 얼마나 분리 가능한 것인지를 너무나 잘 알고 있는 동시에, 그렇기에 도리어 전통적 의미에서의 섹스와 재생산의 분리 불가능성을 다시 전유하는 쾌락을 누린다. 재생산에 '기여'하는 '좋은 섹스'도, 쾌락에만 복무하는 '나쁜 섹스'도 모두 비껴가는 '나페스'적 유사 섹스를 통해 성적 주체로서 자신을 선명히 감각한다. 즉 우미는 시장화된 국가 주도의 재생산 노동 착취 시스템에 수동적으로 이용당하기만 하는 것이 아니라, 그 구조를 영리하게 활용하는 "자기 쾌락의 주체"[7]가 되어 자신만의 성적 유희를 즐기는 것이다. 이는 성기 삽입 섹스의 특권화된 위계를 무너뜨리고 섹스의 계층화를 재편하는 것을 넘어, '정상 가족'과 '좋은 섹스' 각본으로 대표되는 규범적 재생산을 해체하고 대안적 재생산에 대한 상상의 다양화를 촉구하면서, 성과학과 결부된 새로운 섹슈얼리티의 실험과 그 창안으로 이어진다. 인공수정의 기능적 역할과 거대 시스템의 욕망을 전복하는 이 퀴어한 섹스에서 우미의 재생산권은 최애와의 섹스권과 구분되지 않는다. 무엇보다 이 유사 섹스는 유리를 넘어 '아름다움' 자체와의 내밀한 접촉이기도 한데, 이는 우미로 하여금 자신에게 없는 아름다움을 잉태의 형태로 제 몸안에 확보하게 하는 것이라는 점에서 중요하다. 우미는 재생산과 출생률을 둘러싼 공적 명분들 및 도구적 착취, 숭고한 모성애 신화들을 제 욕망을 위해 능숙하게 전

7) 오은교는 훼손된 여성성을 마조히즘적 밈으로 삼으며 성적 유희를 즐기는 이희주의 여자 인물들이 "타자화의 시선에 맞선 새로운 주체화의 기획일 수 있다"고 진단한다. 오은교, 같은 글, 55~56쪽.

유하며 해체하는 것이다. 그렇기에 여기서 재생산 가능한 가임 여성이라는 특성은 (가부장적 치하가 아니라) 진정으로 특권이자 '축복'이 된다. 여기서 우미의 재생산권은 아름다움의 구매권이기도 한 것이다.

3. 매력 자본의 계급 위계—아름다움에 대한 소유욕

한편 이 소설은 계급 내부의 다양한 위계를 다루는 소설이기도 하다. "월 이백을 간신히 넘겨 받"는 "물경력"(256쪽) 친구들과 대기업 사원인 우미 간의 경제적 격차 및 사회적 지위가 신분의식으로 환원되는 것이나, 팬덤 내부에서 나이나 경제력에 따라 서로를 견제하거나 업신여기는 양상들이 사실적으로 그려진다. 가령 우미는 "본전을 뽑아"(261쪽)내기 위해 애교 노동과 소품 착용을 요구하거나 "은교가 되고 싶"(262쪽)어 나이 차를 일부러 강조하는 여타 팬들, "자기만족"(266쪽)을 위해 자식을 몰아붙이는 맘 카페 회원들과 자신을 구분하며 우월감을 느낀다. "화이트 칼라"(272쪽)로서 우미의 계급의식도 은연중에 표출되는데, 그중 가장 중요하게 다뤄지는 건 단연 매력 자본에 대한 욕망이라 할 수 있다.

연애 정상성과 신자유주의적 질서에서 중요한 셀링 포인트인 매력 자본—특히 가장 중요한 옵션 중 하나인 외모 경쟁력—을 갖추지 못한 경우, 사회는 자기계발의 강령을 내세워 자신의 삶을 잘 '관리'하지 못하거나 어딘가 '하자'가 있다는 열패 의식을 학습하도록 구조화되어 있다. 연애를 둘러싼 사회적 압박이나 성적 매력의 계급화가 출생률에 대한 국가의 욕망 및 연애 각본의 정상성을 주조하는 소비 산업의 욕망과 무관하지 않음을 안다 한들, 거기서 자유로워지는 건 단순히 개인의 의지 문제에 달린 것이 아니다. 그러므로 유리 같은 아이돌들만 매력 자본을 계발하고 홍보하는 건 아니다. 우미가 최애를 대상화하는 것만큼이나 자신을 대상화하는 시선을 내면화하여, 성적으로 욕망되지 못하는 스스로를 "중고품"(240쪽) "미개봉 중고"(258쪽)로 칭하는 것은 이러한 사회구조와 무관하지 않다. 우리 사회에서 여성의 가치가 가부장제의 성적인 품평에 따라 차등되고 그것이 계급으로 학습되고 있음을 드러내는 대목이다.

관련해 주목할 만한 점은, 우미가 아이에 대한 자신의 소유권에는 집착하되 유전자의 지분에 대한 기대는 전혀 드러내지 않는다는 것이다. 실제 태어날 아이는 유리뿐 아니라 우미의 외양도 닮을 수밖에 없는데 우미는 마치 아이가 유리의 유전자만을 가지고 태어난다는 듯 군다. 아이가 유리를 닮아 반드시 아름다우리라는 맹목적인 믿음은 아름다우리라는 예측이 아니라, 아름다워야만 한다는 강박에 가깝다. 이 예측할 수 없는 확률 싸움 앞에서 우미는 스탯 뽑기의 주사위를 던진 것이다. 그렇기에 혈통 애착의 측면에서 우미 엄마가 우미에 대해 갖는 욕망과 우미가 자신의 아이에 대해 갖는 욕망은 유사하면서도 다르다. 딸의 유전자 보존을 위해 손주에 집착하던 우미 엄마는 딸의 임신에 자기 유전자가 계승할 만한 가치가 있음을 확답받고 안심한다. 반면 우미는 제 유전자에 대해 어떠한 연민도 자격지심도 종적 의무감도 없다. 자신이 매력 자본 시장에서 '하자품'임을 일찍부터 정확히 알고 있고, 그렇기에 아이가 자신을 절대 닮지 않기만을 바랄 뿐이다. 그러나 한편으로 태어날 아이의 생김새는 중요한 문제가 아닌지도 모른다. 우미에게 가장 시급한 것은 자신에게 없는 아름다움을 임출육의 형태로나마 소유하는 것이기 때문이다.

한편 외양의 아름다움 외에 높은 환금 가치가 매겨지는 또다른 것은 섹스 자본[8]의 한 유형인 '순결'이다. 유리의 아름다움과 순수함은 서로를 상호 보완하는데, 이에 더해 실제 유리의 인생에 적지 않은 굴곡이 있었다는 사실이 알려지며 거기서 발생하는 낙차가 유리의 천진난만한 매력을 극대화한다. 유리가 내뿜는 순수함은 성적 순결에 대한 기대로 자연스럽게 이어지며 이를 다시 상품 가치로 환원한다. 우미가 유리에게 입덕한 계기도 그가 나이에 비해 아이처럼 "때를 덜" 탄 순진무구한 "성소년"(241쪽)으로 이미지 메이킹 하는 것에 성공했기 때문이다.[9] 전통적으로 여

---

8) 섹스를 "미래의 이익을 위한 하나의 자원이라고 가정"하는 것으로, "성적 자아—자신의 정체성 가운데 섹슈얼리티와 관련된 측면—를 구성하고 향상시키는 데 돈, 시간, 지식 및 정서적 에너지를 투자하는 것으로부터 얻을 수 있는 수익을 일컫는다. (……) 이러한 다양한 투자는 다른 사람의 육체에 성적으로 접근하는 것을 놓고 경쟁하는 데서 더 나은 지위를 차지하게 해줄 수 있다." 다나 카플란, 에바 일루즈, 『섹스 자본이란 무엇인가』, 박형신 옮김, 한울, 2022, 10~11쪽 참조.

9) 그러나 "P.S. 우미 누나~♡/이새 건강하게 나으세요!"(264쪽)라는 유리의 추신을 보면 그의 순수함이 그저 연출에 의한 것만은 아님을 짐작할 수 있다. 물론

성의 순결에 환금적 가치가 매겨져왔다면, 여기서는 성적인 기호들로서 순결한 남성에 대한 끌림과 꼴림이 작동하는 것인데, 이는 여성에게 부여되었던 순결 이데올로기에 대한 미러링이다.

4. 미남미새의 독보적인 미적 감식 레이더와 그 비애

보유한 매력 자본이 '열등'하여 이성애적 "남녀의 역학"(257쪽)에서 "여자로서 자신감이 없"(258쪽)는 여자들, "여자로 평가하는 눈빛"(259쪽) 앞에서 움츠러들다못해 "미남 공포증"(258쪽)에 시달리는 여자들, 그러나 상대의 매력 자본을 알아보는 미적 감식안만은 너무나 발달된 여자들이 이희주 소설에 빈번히 등장한다. 이들은 태어날 때부터 '아름다움 감지 레이더'를 장착한 것으로 그려지곤 한다. 이러한 이희주의 여자 인물들을 '남미새'라 칭하는 건 모욕이다. 이들은 아무 남자에게나 욕정을 품지 않으며, 엄격한 미적 기준에 의거해 사랑할 대상의 자격을 판별하는 '미남미새'이므로 아름답지 않은 것은 가차없이 혐오한다. 아름다움에 충성하고 아름다움을 맹목적으로 추종하기에 성적 끌림을 느

우미에게는 이러한 무식함마저도 때 묻지 않은 귀여운 모습으로 페티시화되었을 것이다. 한편 이는 여성 연예인들에 비해 유독 "남성 연예인들의 무교양은 종종 풋풋한 미성숙이나 거침없는 용감함으로 여겨"지는 현상을 떠올리게 한다. 인용 표현은 류진희, 「초국적 한류와 걸그룹 노동」, 류진희 외, 『페미돌로지—아이돌+팬덤+산업의 변신』, 빨간소금, 2022, 59쪽.

끼는 기준이 미적인 것에 극단적으로 치우쳐 있는 것이다.

이러한 인물상에서 더 나아가, 우미는 자존심마저 센 인물로 "자신이 남자로서 사랑하는 상대 앞에서 여자로 보이려고 애쓰다가 패배하는 걸 감당"(258쪽)할 수조차 없다. 그렇기에 우미가 택한 전략은 물화된 여성상들에 대한 가부장적 규범성과 산업구조의 기만을 역으로 활용하는 것이다. 우미의 욕망은 가부장제에 길들여져 내면화된 욕망이지만, 그 구조에 환원되지는 않는다. 자신의 매력 없음을 일찍이 수긍한 우미는 아름다워지고자 하는 욕망이나 이성에게 성적으로 어필할 기대를 내려놓은 지 오래이다. 그리하여 여성에게 강요되는 코르셋이나 사회적 압박에 맞춰 자신을 가꾸는 게 아니라, 그러한 규범에 순종적으로 부응하는 척 상대에 따라 "준비해둔 얼굴"을 "필요에 따라 바꿔"(244쪽) 쓰며 요령껏 사람들을 기만한다.

무엇보다 우미는 평범하고 안전한 여자로의 자기 연출에 능한데, 이 재능은 팬 사인회에서 정점을 보인다. 덕질에 그토록 많은 돈을 쏟아부으면서도 최애 앞에서 자신의 못난 외모를 내보일 것이 두려워 결코 응모하지 않았던 팬 사인회에 비로소 갈 결심을 하게 되는 때가, 통상적으로 성적 긴장감 형성의 대상으로 여겨지지 않는 임신부라는 정체성을 얻은 후라는 점은 아이러니하다. 이때야 우미가 용기를 얻게 된 건, 마주할 유리가 어떠한 이성적 호감도 내비치지 않는다 한들 그것이 자신의 '하자' 때문이 아니라 자신이 임신부이기 때문이라 위안 삼을 수 있어서다. 그렇기에 안전한 여자로 보이기 위해 사회가 기대하고 요구하는 어머니

상을 지극히 충실히 구현함으로써 젠더 규범을 모범적으로 이행하는 척하는 것이다. 이는 또 어머니적 여성상이—가장 '모범적'이어서—'안전한' 여자라는 보증으로 사회에서 통용되고 있음을 증명한다. 이에 더해 우미는 외모와 나이 면에서 (성적 대상으로서) "여자로 평가"(259쪽)되지 않는 안전성을 더욱 확고히 하고자, 경제적 여유를 드러낼 적당한 장신구들을 선별하고 "남편이 기다리고 있는 여자"(261쪽)를 연출해줄—유리에게 이성적 호감이 전혀 없음을 위장해줄—남편 대역을 고용하기도 한다. 이때 "어이없지. 저게 제일 싼데"(같은 쪽)라고 조소하는 대목은 돈으로 만든 이미지보다 이성애 규범이 우미를 바라보는 사회의 시선에 훨씬 강력하게 작동하고 있음을 보여준다.

이렇듯 "겉보기에 멀쩡"한 "정상"(261쪽) 라이트 팬을 연출한 우미는 자신이 아빠인 줄은 꿈에도 모르는 유리에게 만삭인 배를 만져보게 하며 최애를 기만하는 배덕감과 그로 인한 고양감을 느낀다. 이때의 미묘한 우월감은 유리에 대한 뒤틀린 독점욕의 발현이기도 한데, 이는 자신을 주눅 들게 했던 미남들에 대한 복수심, 나아가 일찌감치 연애나 성적 끌림의 대상이 되는 것을 포기하도록 자신을 비참하게 길들여온 사회에 대한 복수심이기도 하다. 젊은 시절 남자에게 욕망되지 못하고 하대당했던 굴욕감과 패배의식이 우미의 내면에 항상 자리하고 있는 것이다. 그러나 그토록 두려워하던 미남(유리)에게 친절하게 대접받은 후, 우미는 감격에 북받쳐 눈물을 흘린다. 이 조우는 이성적 대상으로 판별받기를 스스로 포기하여 "성적 긴장감이 제거"(263쪽)된 후에만 비로소 가능해지는 것이기에 "괴로움과 슬픔이 벌레처럼 우글거리는"(264쪽) 듯한 씁쓸함을 남기지 않을 수 없지만, 그럼에도 우미의 마음은 사랑받았다는 느낌으로 가득 채워진다.

감격은 사인 페이지 뒷면에 요청하지 않은 추신이 적혀 있는 것을 확인한 이후 오열로 심화된다. 사전에 약속된 만큼의 감정 노동을 초과하는 서비스를 기대하지 않았던 우미에게, 정량 이상의 정성을 베풀어 예상치 못한 충족감을 안겨준 유리의 추신은 '사랑'으로 환산된다. 일찌감치 타인의 친절을 포기하고 살아온 이에게, 설사 이 모든 게 공장식 서비스 거래에 불과하다 한들, 그 위로가 주는 충족감마저 연극에 지나지 않는다 말할 수는 없을 것이다. 사실 유리가 베푼—대단치 않은—인간적인 친절에 비하면 우미가 팬 사인회 당첨을 위해 투입한 비용이 터무니없이 높을 텐데도 과도한 의미를 부여하며 감격하는 모습은 우미가 유리에 대한 애정을 넘어 외로움을 느끼고 있었던 건 아닌지 짐작하게 한다. 받는 것보다 주는 것에 더 익숙한 척 의연하게 자신을 길들여온 우미의 내면에 어쩌면 깊은 외로움이 숨어 있는 것은 아닐까. "말주변도 없었고, SNS를 하지도 않"는 "친구가 적"(265쪽)은 우미의 세계는 오로지 유리로 한정된 채 너무나 협소해져 있다. 이런 우미에게 (물론 태반이 유리 얘기이긴 하지만) 말동무가 되어주는 뱃속의 이새는 때때로 우미의 유일한 "좋은 친구"(266쪽)가 되어준다.

5. 성과학의 디스토피아—재생산을 둘러싼 대의와 여성 혐오

그토록 고대해온 만남이건만, 출산 이후 여태 유리라고 알고 있었던 정자 공여자가 일면식도 없는 전혀 다른 남자라는 진실이 밝혀진다. 정자 사기를 당한 것이다. "아이돌의 유전자를 판매한다고 내걸고 실제로는 정자 공여를 희망하는 일반인 남성"에 의해 정자가 공급되었는데, 공여자 리스트에는 "중년" "정치인"과 "명문 의대의 실험 팀"(268쪽)이 속해 있다. 이들은 "거시적인 안목으로 인류의 발전을 도모하려 한 것이라고 주장"(269쪽)하는가 하면, "좋은 두뇌 좋은 유전자"(268쪽)의 보급을 명목으로 내세운다. 친구들 사이에서도, 맘 카페를 들여다볼 때도 "보이지 않는 피가 흐르는 다툼을 황제처럼 높은 자리에서 떨어져 관찰했"(266쪽)던 우미는 실상 자신이 관망당하는 입장이었음을 깨닫는다. 그간 우미가 지속해온 오만과 기만의 구도는 이렇게 훨씬 "징그럽"(268쪽)고 거대한 자의식으로 무장한 엘리티시즘의 손바닥 안에서 무참히 짓이겨진다. 인류 보편의 유익을 내세운 이 남성 엘리트들의 '대의'는 정작 임신의 주체인 여성의 욕망을 배제하고서 여성을 철저히 '씨받이'로만 상정한다는 점에서 기만적이고 표독스럽다. 마찬가지로 댓글 창에는 "오빠한테 오면 공짜로 박아줬을 텐데 도태녀들 가지가지ㅋㅋ"(269쪽) 등 비루한 자격지심과 비대한 자의식으로 똘똘 뭉친 천박하고 저열한 여성 혐오가 가득한데, 이 기저에는 여성이 마치 남성에게 보급되거나 할당되는 재화와 같다는 관점을 자연화하는 가부장적 질서가 깔려 있다. '여성 보급'이나 '섹스할 권리' 등 허황된 가부장적 특권 의식을 내면화한 일부 남성들의 피해의식이 오늘날 우리 사회에 지배적인 정동으로 팽배해 있음을 드러냄은 물론이다.

반년 뒤, 아이를 업고 시장을 걷던 우미는 분식집 앞에 멈춰 선다. 경호원들은 "평범한 여자"(270쪽)로 판단되는 우미를 제지하지 않는다. 곧이어 마주한, 정자를 공여한 정치인을 향해 우미는 마구 비명을 질러댄다. 남자의 "팽팽한 기대와 긴장과 혐오가 어린 눈빛" "혼탁하고 더러운 눈"을 보며 우미는 그 자의 머릿속에서 "오 분의 시술이 강간 포르노로 뒤바뀌어 상영되"고 있으며 이를 "정복"(271쪽)으로 여기고 있음을 느낀다. 뒤이어 신파극을 벌일 거라고 예상하며 가소로워하고 있는 것마저 우미는 모두 간파한다. 이에 그 모든 남성 각본에 기반한 "삼류 멜로"에 부응하는 대신 "무대예술"(같은 쪽)을 하기로 한다. 우미는 그의 면전에서 그의 정자로 만들어진 아이를 바닥에 패대기친다. 소설 내에서 줄곧 강조됐던 타고난 핏줄에 의한 계급 구획과 달리, 이 장면에서 우미의 "미친년의 비기"만은 "피를 통하지 않고도 전수"(같은 쪽)되는 것으로 제시된다. 즉, 유전자로 이어지는 혈통적 계보가 아닌 여성들의 공통된 경험에서 축적된 내력이 우미가 맞서 싸울 자원이 되어주는 것이다.

이때 우미가 정자 사기 피해자임을 눈치챈 정치인은 왜 포르노를 떠올리고 정복감을 느끼는 걸까. 이는 앞서 우미가 인공수정을 일종의 유사 섹스로 받아들였듯, 그 또한 자신의 정자가 익명의 여자들에게 주입되는 것을 일종의 섹스로 생각하고 있음을 뜻한다. 우미가 타인의 씨를 원하고, 우미 엄마가 자신의 씨가 계승되기를 원했다면, 이 정치인은 자신의 씨가 최대한 많은 여자들을 매개로 무작위하게 널리 퍼져 번성하길 바랐다. 그런 의미에서 그의 정자 사기는 전방위적 강간 테러라고도 할 수 있을 것이다.

한편 이러한 정자 사기 엔딩은 성과학의 발전과 정자 공여의 상용화가 어떤 미래를 가능케 할 것인지 다각도로 조명한다. "특권화된 이성애·유성애 규범성에 균열을 가하는"[10] 효과가 기대되기도 하지만, 동시에 이러한 재생산 과학기술은 '열등한' 유전자를 선별하는 데 복무하면서 우생학적 논리와 재생산 미래주의의 낙관을 승인할 위험을 동반한다. 종적 자원을 보존하고 관리하는 과정에서 장애를 검수함으로써 비장애 신체의 '정상성'에 대한 에이블리즘을 강화할 수도 있다. 「최애의 아이」는 발생 가능한 여러 범죄에 관련된 고민의 장을 마련하는 한편, 인구 증가의 당위가 '저임금 노동' 인력의 확보와 세수 증대에 치중해 있음을 비판적으로 재고하도록 한다.

6. 상품화되는 아이돌 인권의 최후 보루

이렇듯 이 소설은 재생산권과 출생 정책을 둘러싼 논의들을 아이돌 산업과 관련된 첨예한 논의들과 결부시킨다. 한편으로는 혈

10) 최다영, 「계간평—루키즘의 수태고지」, 『문학동네』 2024년 겨울호, 337쪽.

통 거래, 자기 투자의 주체 등 이미 우리에게 익숙한 자본주의 구도의 문제점을 상기시킨다. 또한 동시대 아이돌 산업 생태계의 구조와 팬덤 문화가 어떻게 형성되어 있는지를 상세히 조명하기도 한다.

이희주에 따르면 아이돌은 사랑받을 요건을 일반인보다 많이 보유하고 있어 사랑에 미숙한 이들마저 "가장 쉽게 마음을 내어줄 수 있는 사람"[11]이다. 그러나 이는 일부 사람들로 하여금 아이돌을 섣불리 "공공재"(268쪽)처럼 인식하게 하는 복잡한 특성이기도 하다. 그렇기에 이 소설은 엄연한 노동자로서의 "아이돌의 인권을 보장"(250쪽)할 것을 적극 요구하면서, 아이돌 인권 보호의 필요성 또한 환기한다. 성장 서사마저도 "감정적인 연출"(266쪽)을 입고 판매되는 것을 넘어, 아이돌을 낱낱이 환금 가치로 환원하다못해 정자마저 판매하는 이 미래는 나날이 상품화되는 아이돌의 인권 실태를 조명하고, 아이돌 산업의 핵심을 이루는 극단적인 감정 노동의 위험성을 경고한다. 무엇보다 이러한 서사가 가능하게 된 기반에는 그간 남성중심적 섹슈얼리티 규범 속에서 '씨받이' 취급을 받으며 모욕당해온 여성 인권의 역사가 자리하고 있다.

어쩌면 누군가는 아이돌의 정자 판매라는 설정과 무고한 아기의 죽음에 분노하거나 불쾌감을 느낄지도 모르겠다. 물론 그러한

11) 이희주, 「짱퐁퐁 다이어리—22. 3. 11.~22. 4. 4.」, 『문학동네』 2022년 여름호, 73쪽.

감정은 정당하다. 하지만 가상의 설정이나 서사 자체가 비난받을 수는 없을 것이다. 작가가 아이돌 정자 거래의 상용화를 옹호하는가? 원치 않는 아기는 부모가 잔인하게 죽여도 된다고 주장하는가? 우미의 욕망을 모방하라고 부추기는가? 실존 아이돌의 이름이나 추정 가능한 특징을 차용하여 명예를 훼손하고 모욕감을 불러일으키는가? 전혀 그렇지 않다. 오히려 작가는 우미에게만 가장 잔인한 징벌을 가함으로써 '비윤리적인' 인물을 몰락시키는 결말을 택한다. 어찌 보면 단순하고 명쾌한 교훈 구도를 따르며, 엄중한 경고를 남기는 권선징악적 방식으로 서사를 봉합한 것이다. 그렇기에 개인적으로는 이 소설이 파격적이고 도발적이라기보다는 지극히 착하고 조심스럽다고 생각한다. 물론 더 극단으로 나아가지 않고 안전한 결말을 선택할 수밖에 없었을 작가의 고충을 충분히 이해한다. 그러나 이희주 작가가 가진 강점들을 더 밀어붙여 지금보다 과격해져도 좋을 것 같다. 「최애의 아이」가 속한 세계관을 더 밀고 나가 도달할 수 있는 또다른 서사적 상상력에는 어떤 것들이 있을까?

최다영
2022년 문학과사회 신인문학상을 수상하며 평론을 발표하기 시작했다.

현호정

~~물결치는~몸~떠다니는~혼~~

작가노트

。oO

해설 성현아

액화된 몸으로 다시 쓰는 창세기

©사진 홍영주, 연출 박정연

현호정

2020년 박지리문학상을 수상하며 작품활동을 시작했다. 소설집 『한 방울의 내가』, 장편소설 『단명소녀 투쟁기』 『고고의 구멍』 등이 있다. 2023년 젊은작가상을 수상했다.

~~물결치는~몸~떠다니는~혼~~

세상은 끝장날 힘마저 잃었음을 부정했어요. 기이한 생존을 계속하면서 다가올 멸망 쭉 두려워했죠. 연거푸 구원을 기도해도요, 이미 거기 없었어요. 신도. 신의 선의도. 그림자 떠난 곳에 빛이 남아 있을 리 없지 않아요? 이 또한 지나가리라…… 당신이 외던 말처럼 끝 또한 그랬습니다. 하다못해 인류는 끝도 놓쳤고, 하고많던 생물에 미생물 무생물 차례차례 차차 잃고 이어지던 인류세는 느른히 늘어져 멈출 줄 몰랐고 마침내는 살아남아 기쁘단 사람 단 한 사람도 없었답니다. 제가 알기론 그랬습니다.

폐허에 세워진 생존 캠프가 끝의 세계에서 버섯처럼 늘어났대요. 물방울처럼 합쳐져 커지는 경우도 드물지는 않았습니다. 한 오백 명 살자는데 기틀 갖출 무렵이면 재난이 또 오더라고요. 손쓸 도리 아예 없는 엄청 큰 자연재해. 이제 자연이랄 게 남아 있질 않은데 어떻게 자연재해가 일어나냐고 아이들은 물었고, 어른들은 모른단 말 할 줄 몰라 울었고, 다 막 죽기 시작하는데 아이들은 원래 잘 안 죽잖아요. 어른들이 죽이지 않는 한은요. 무릎 털고 살아남아 자기 문제 정답을 스스로 지었답니다. 풀이 과정을 서로서로 바꿔보고 베껴가며 다음 세대로 자라났고요. 이런 일이 몇 차례 더 이어졌답니다. 아무도 기록하지 않아 역사는 될 수 없었지만 기억하는 사람들은 말을 했으니.

저도 들은 말이라 자세히는 모르지만, 그때는 그래도 마른땅이 남아 있던 시절. 바다에 안 잠긴 굳은 땅 심지어 적적했었다고요. 거기서 걷고 기고 뒹굴고 달리고 다들 종일 좋았다고요. 헤엄은 아마 치고 싶을 때 쳤겠죠. 도망치기 위해, 밥 먹기 위해, 살기 위해 매사 온몸으로 물 맞을 필요 없었을 겁니다.

그 땅들마저 가라앉으며 지구가 마침내 바다 행성이 된 순간.

그날의 기분을 대개의 인간은 '허망했다'고 표했답니다. 가족들 친구들 다 수장된 바다 위에 머리만 동동 뜬 채 살아남은 기분? 어이없고 기가 막혀…… 언짢고 떨떠름한, 뭐 그런 느낌. 그냥 거기까지의 고통. 왜냐하면 또 통곡하고 절규, 몸부림 돌입하기엔 생존자들 일단 배고팠고요, 다친 데가 굉장히 아프기도 했고요. 무엇보다도 여기까지 이어진 질긴 목숨이 영 낯설어서. 이상해서. 징그러워서. 이게 내 것 같지 않아서. 그걸 가졌단 수치심도 내 것 같지 않아서. 도무지 내가 내 몸이 내 마음이 어느 것 하나 내 것 같지 않아서 믿어지지 않아서. 그 모든 일을 겪은 뒤 여전히 여기 있다는 게 내가 여전히 여기 있다는 게 내가 이렇게 외롭게 이렇게 아프게 슬프게 배고프게 내가 계속 여기 있다는 게 그러니까 여기 이렇게 있는 게 다름 아닌 나라는 게……

~

"……물 좀 더 드릴까요?"

손바닥에 얼굴을 묻고 울기 시작한 부랑자에게 K는 조심스럽게 말을 건넸다. 떠돌이나 거지 비슷한 말로 상대를 규정하고 싶지 않았지만, 그가 그것을 원해 그렇게 부른 지 몇 계절째였다. 부랑자는 천한 말이 아니라고 그는 말했다. 둥실둥실 떠다닌다는 뜻의 '부浮'에 물결친다는 '랑浪'이니 해파리 같은 거라고, 해파리가 천하냐고 따지듯 물었다.

"아뇨. 천한 건 저죠."

그날은 가뜩이나 혼자 일하면서 밥도 못 먹고 쉴새없이 커피를 만들어야 했던 날이라, K는 저도 모르게 말을 툭 던져놓고 아차 싶어 눈치를 살폈다. 그 눈이 K의 눈치를 살피던 부랑자의 주름진 눈과 딱 마주쳤다. 둘은 한바탕 웃어버렸고 그뒤로 부랑자는 매일 K를 보러 왔다.

그는 자리에 앉아 빨간색 모나미 볼펜으로 성경을 교열했다. 맞춤법보다는 율법 자체를 고치는 게 목표인 것 같았다. 틀렸다고 판단되는 부분이 상당히 많은지 매 페이지가 불긋불긋했다. 따뜻한 아메리카노 한 잔을 시켜놓고 덥수룩한 머리를 귀 뒤로

넘긴 채 신중하게 선을 긋는 그를 보면 누구든 밑줄을 긋고 있다고 여기겠지만 K는 진실을 알고 있었다. 한없이 이어지는 그 선은 정확히 글자들의 가운데를 가르는 취소선이었다.

책장이 넘어가는 동안 커피가 줄어들면 그는 그만큼을 다시 따뜻한 물로 채워줄 것을 몇 번이고 요청했다. 점점 연해지는 커피도 신경이 쓰였지만 좁은 매장을 채우는 그의 존재감에 비하면 아무것도 아니었다. K가 일하는 카페는 테이크 아웃 전문점으로, 손님이 잠시 앉아 기다릴 수 있도록 작은 테이블과 의자 하나씩을 마련해두었다. 그러나 실제로 거기 앉아 시간을 보내는 사람은 거의 없었는데, 공간이 워낙 좁다보니 고개를 들면 K와 바로 마주보는 모양이 되어 불편하기 때문이었다. 하지만 부랑자는 거기 앉아 몇 시간이고 시간을 보낼 줄 알았다. 어느 날은 벽조목 조각을 얻어 와 도장을 파더니 어느 날은 제도 샤프로 까마귀를 그렸고 성경 대신 칼 세이건의 『코스모스』를 읽기도 했다. 까마귀를 그릴 때 그는 늘 홍시처럼 보이는 열매를 한가득 그려 그림 속 까마귀가 먹게 했다. 씨나 잎 같은 세심한 표현이 귀찮아지면 그냥 조그만 뻥튀기 같은 것을 동글동글 그려두기도 했는데, K에게 들키면 멋쩍어했다.

휘핑크림을 만들던 K에게 자신이 종종 지구에 빙의되곤 한다는 이야기를 꺼내던 그날도 부랑자는 까마귀를 그리고 있었다.

"네? 뭐에 빙의한다고요?"

휘핑기가 시끄럽게 돌아가는 소리에 K가 목소리를 높였다. 왜— 왜— 왜— 하는 기계 소음에 지. 지. 지. 하는 부랑자의 목소리가 섞여들었다. 그도 K도 덴탈 마스크를 쓰고 있던 터라 더욱 답답했다. 마침내 타이머의 종료음이 울리자 K는 휘핑기의 플러그를 뽑고 마스크를 내리며 돌아섰다. 다시 묻기도 전에 부랑자의 대답이 천둥처럼 울려퍼졌다. K처럼 마스크를 잡아내려 드러낸 검고 커다란 입이 한껏 늘어났다가 쪼그라들며 분명 이렇게 말하고 있었다.

"지구!"

~

수면 위에서 숨 쉬고 수면 아래서 일했습니다. 하여 그 시절 인류의 터전은 좁았습니다. 얼마나 멀리까지 헤엄칠 수 있느냐, 그건 별로 장점이 못 됐습니다. 살아남은 인간 대부분이 마천루나 산이 있던 고지대에 터를 잡았거든요. 그 주위를 헤엄치다 한 번씩 건물 옥상이나 산봉우리를 박차고 올라가 숨 쉬고 내려왔는데 그 주기가 점차 길어지더랍니다. 일찌감치 진행된 수온 상승으로 36도 안팎의 체온 유지도 그리 어렵지 않았으니, 2000년대 앞뒤를 미리미리 불태워주신 조상님께 감사한 마음, 이 밑천 씨암양니넝 좋다고 뒤발하듯 시나브로 충만했고요. 다만 태평성대 되기에 문제가 아예 없진 않았습니다.

'무얼 먹고 살아야 하나.'

그 오래된 질문의 현대적 해답을 다시 찾아야 했으니까요. 그것도 지금 당장이요.

남아 있던 모든 땅들 가라앉는 데 고작 하루. 인간들이 챙긴 음식 있었게요 없었게요? 있었는데 대부분이 물에 녹아 사라졌고 사라지지 않았어도 먹을 수가 없게 됐죠. 사실상 뱃속에 넣어 가는 편이 생존에 더 힘 됐을 텐데, 또 막 범람하고 붕괴하고 그런 와중에 뭐가 입에 들어갔을까요. 퍽이나요. 퍽이나 떡이나 넘어갔어도 허우적거릴 때 도로 또다시 다 나왔을 테고. 짧게 말해 없었다 이겁니다. 먹을 것. 몸안에도, 몸밖에도.

살아 있던 모든 것 멸종한 뒤라, 물리적으로 싹 거둬간 자리 숫제 체로 쳐서 훑어간 데를 방류된 화학물질이 거꾸로 한번 더 태운 보람 쏠쏠하여서, 여지 아주 없었고 많았어도 그래. 사람이 물속에서 맨눈으로 끔벅끔벅. 대단히 뭐 뵈는 게 있었겠습니까. 게다가 그 물이 맑았을 리 만무하지요. 기원후부터 이천오백 년 넘게 쌓인 쓰레기들이 이제 뭐 국적도 없겠다 가격표 떼고 골고루 흩어져 조각나 부서져 순환하다 엉겨붙고 녹아들고 빛 반사하면서 바다 전체를 로맨틱한 분위기의 배스밤이 녹아든 밸런타인 욕조처럼 미끌미끌하고 반짝반짝하게 무엇보다 새카맣게 만들었으니까요. 우리는 당신이 생각하는 바다가 아니라 그것 안에 잠겨 살았다는 사실을 유념해주기를. 둔해지는 감각도 시각만은 아니었겠죠. 그러니 혹등고래 한 마리가 물갈퀴 달린 쇼핑 카트를 밀면서, 지나가면서, 손마다 간생선 덥석덥석 쥐여줬대도 대관절 알았을까요? '해피! 해피! 해피! 태평양!' 하는 식의 홍보 노래가 울려퍼졌대도 당시 인간들 대부분 몰랐을 거예요. 참 더러운 바다. 더러운 바다였습니다.

배가 고팠다는 이야기를 하고 있었습니다. 한계는 금방 찾아왔습니다. 의지가 없어서 그랬나봐요. 살고 싶어야 뭐라도 하는데 그런 마음 가진 이는 하나도 없으니 다들 말은 안 해도 담담히 눈인사 주고받았죠. 잘 가시라. 고생하셨다. 다음 생에는 이런 데서, 이렇게는, 아니 그냥 다시는 보지 마요, 우리.

그러다 누군가 물에 잠긴 그대로 야훼에게 기도하기 시작했습니다. 입에서 거품이 뿜어져 나오는 버글버글 소리에 여. 아. 오. 이. 하는 새된 음성이 군데군데 조그맣게 섞여들었습니다. 세계가 바로 이곳에 도달하도록 행로를 정한 서구 자본주의의 일등 가부장이 누구인지 혹시 아냐고 그 사람에게 아무도 안 물었습니다. 어느 하나 비웃지도 않았습니다. 몇몇은 몰래 따라 기도하기까지 했는데 그들의 입에서도 거품이 나와서 알 수 있었습니다. 그래도 또 아무도 안 웃었습니다. 잘게 찢은 솜 같은 게 흰나비떼처럼 몰려든 건 그때였습니다.

"만나다!"

기도하던 이가 외치더니 덩어리 하나를 먹었습니다.

"뭘 먹기도 전에 맛나대."

누군가 삐죽이는 동안 그는 또하나를 삼켰습니다. 그리고 또하나, 또하나를요. 처음 하나를 먹을 때만 해도 바람에 밀려 요동하는 바다 물결처럼 의심으로 흔들리던 눈빛이 점차 믿음으로 굳어졌습니다. 정말 맛있어 보였답니다. 다른 이들도 하나씩 입에 넣으니 매우 부드럽고 기름져 허기가 바로 달래졌답니다. 물에서 꺼내면 녹아 사라지는 그것은 짠 바닷물과 함께만 먹게 되었으므로 정말 성경 속 만나처럼 꿀맛이 났는지는 알 수 없지만, 그걸 먹고 계속은 살았답니다. 때때로 바다에 내리던 눈. 남아돌게 쏟아지지도 않지만 부족하지도 않던 흰 물질의 정체가 실은 모든 땅이 바다에 잠긴 그날 죽은 이들의 몸이 분해된 유기물 조각이라는 사실은 얼마 뒤에 알게 되었다고요.

~

부랑자는 정말 다른 사람의 영혼에 씐 것처럼 생경한 목소리로 처음 듣는 이야기를 쏟아냈다. 하지만 다른 사람의 영혼에 씐 것 같다는 바로 그 점이 문제였다.

"지구에 빙의된다고 하시지 않았어요?"

K가 물었다.

"지금 사람의 관점에서 겪은 일을 말하고 계시는 것 같아서요."

땀을 닦으며 얼음물로 입을 축이던 부랑자가 화를 내려다 그냥 웃어버렸다.

"왜, 어른들 말 있지? 한국말은 끝까지 들어야 된다고."

"있죠."

"그래. 그럼 그냥 있어."

탁, 컵을 내려놓은 부랑자는 손까지 흔들며 가게를 나섰다.

"있을게요."

부랑자가 있던 자리에 막 빛이 들고 있었다.

~

새로 태어난 아이들은 우아했습니다. 거품이란 글자에 점 하나를 지우고 기품 있게 만난 세대 도무지 다급할 줄 몰랐습니다. 아껴 쉬어도 십 분에 한 번. 모든 것을 뒤로하고 허겁지겁 수면 위로 올라와 헉헉대야 했던 바다 1세대와 달리, 긴 숨을 타고난 바다 2세대 아이들은 한 시간 넘게 헤엄치고도 서로 먼저 쉬고 오라 양보하곤 했습니다. 격렬한 활동 없이는 서너 시간도 거뜬히 잠수할 수 있었고, 무엇보다 잠을 오래 잘 수 있었습니다. 여덟 시간째 깊은 물에서 고요히 흔들리는 어린이들을 막 늙기 시작한 부모들이 숨 쉬러 가는 길마다 쓰다듬었습니다. 부러움과 두려움이 뒤섞인 눈이었습니다. 두려움이 압도적으로 더 컸습니다. 아기들의 생김새가 그렇게 만들고 있었습니다. 지금까지의 인간과는 다른 몸이었습니다. 아니, 몸 자체는 지금까지의 인간들 것과 비슷했습니다. 다만 그들은 그 몸과 연결된 다른 몸을 하나 더 가지고 있었습니다. 단순하게 말하자면 아기들은 자기를 닮은 더 작은 아기를 매달고 태어났습니다.

달린 위치는 제각각이었습니다. 손가락 끝, 정수리 위, 척추를 타고, 갈비뼈 사이를 비집고, 한쪽 엉덩이에 파묻히거나 코에 매달린 분신들은 그 형태마저 완전한 인간의 꼴이 아니었습니다. 하반신만 있는 경우, 머리카락과 성기만 있는 경우, 작은 손가락들을 갖춘 한쪽 팔이나 한쪽 종아리에 그치는 경우…… 그러나 불완전한 몸이라고 말하기 어려울 만큼 그들은 그들 나름대로 온전히 거기 있었습니다. 그걸 그냥 누구나 알 수 있었습니다.

그것들이 본체에 속한 신체 기관이 아니라는 건 날이 갈수록 점점 더 확실해졌습니다. 피부의 색과 자라는 모양이 달랐고, 본체의 의지와 상관없이 움직이기도 했으며, 그것을 때리거나 꼬집어도 본체는 아픔을 느끼지 않았습니다. 얼굴이 포함된 분신은 더욱 명확히 타인으로 느껴졌습니다. 그들은 다른 자아로 상대를 대했습니다. 말을 할 수 있는 분신은 없었지만, 그 얼굴들은 본체의 가슴이나 등에 매달린 채 독자적으로 눈을 깜박이거나 하품을 하거나 울먹거렸고, 얼러주면 빙긋 지금껏 지구에 한 번도 존재한 적 없던 미소를 지어주기도 했습니다.

~

'기생 쌍둥이' 이른바 'parasitic twin'이라 불리는 이 현상은 말 그대로 쌍둥이 한쪽이 다른 한쪽에 '기생'할 수밖에 없는 불완전한 신체로 결합한 경우를 말했다. '비대칭성 결합 쌍태아'라고도 불렸는데 외부로 드러난 두 사람의 몸 중 한쪽이 다른 한쪽에 비해 작고 불완전해 대등하게 여길 수 없다는 이유였다. 이 현상은 쌍둥이 배아가 자궁 안에서 완전히 분리되지 못한 채로 한쪽이 다른 한쪽보다 우세해지며 발생하기도 했지만 '봉입 기형 태아'의 한 유형인 경우가 더 많았다. 봉입 기형 태아는 'fetus-in-fetu'라는 용어 그대로 '태아 속 태아'를 의미했다. 태반을 공유하는 쌍태아 중 한쪽이 다른 쪽에 흡수되다가 그의 몸에 남는 것이었다. 막 출산된 아기의 뱃속이나 두개골 속에서 더 조그만 아기가 나왔다는 기사는 한 번씩 세계면에 올랐지만 사례가 워낙 드물어서인지 사람들의 관심이 크게 모이지 않았다.

K는 방금 유리문을 밀고 나간 부랑자 노인이 이야기하던 현상이 바로 그것이라는 사실에 놀랐다. 그가 이에 관해 알고 이야기한 것인지, 정말 자신에게 씐 영혼이 보았다고 여기는 무언가를 그대로 묘사한 것뿐인지 알 수 없었다. K가 이 현상에 대해 알고 있다는 사실도 알고 있었는지, 그렇다면 그 이유까지도 알고 있는 건지 혼란스러웠다.

기생 쌍둥이 중에 상대적으로 더 크고 정상적인 몸을 가진 아기를 '자생체'로, 더 작고 비정상적인 몸을 가진 아기를 '기생체'로 불렀다. 대부분의 경우 분리 수술이 이루어졌는데, 자생체와 기생체를 분리하지 않으면, 달리 말해 자생체에서 기생체를 분리하지 않으면 자생체의 수명이 줄어들기 때문이었다.

그러나 그 특별한 피붙이가 함께 늙어간 사례도 없지 않았다. K는 분리 수술을 거절한 이들을 알고 있었다. K의 경우 결정을 하거나 용기 낼 필요 없었다. K의 쌍둥이는 K의 삶에 결합했지만 K의 몸에 흡수되거나, 매달리거나, 파묻힌 채로는 아니었다. 그는 엄마의 자궁 안에서 죽은 채로 K와 함께 태어났다.

이란성 쌍태아였던 둘은 양막과 태반을 따로 쓰고 있었으므로 K의 몸은 심장이 멈춘 쌍둥이의 몸과 충분히 분리되어 있었다. 쌍둥이가 죽은 사실은 진즉에 발견했지만, 의사가 산모에게 '그냥 그대로 둘 다 뱃속에 넣고 계시다 한꺼번에 꺼내라' 권한 것은 그

때문이었다. 그게 더 안전하다는 이유가 덧붙었다. 안전한 게 누구 몸인지 산모인 자기 몸인지, K 몸인지, 죽은 아기의 몸인지, 의사인 당신의 일신인지 묻고 싶었으나 엄마는 묻지 않았다. 아이 하나를 잃었다는 슬픔이 분노를 이겼고, 뱃속에 시체가 있다는 두려움이 그마저도 덮어 눌렀다. 그러니까 제왕절개를 통해 K가 태어나던 그날은 쌍둥이 동생의 공식적인 사망일이었다. 세상 밖으로 먼저 나온 건 K가 아니었지만 K는 그애가 동생이라고 결론 내렸다. 엄마가 보여준 오래된 사진 속 막 태어난 K 옆에 놓인 그. 17주차에 성장을 멈춘 그가 K에 비해 너무너무 작았기 때문이었다.

동생은 꺼내자마자 화장해 이름이고 뭐고 없다고 했다. 하지만 K는 그를 부를 줄 알았다. 그가 K에게 자기 이름을 알려주었기 때문이었다. 그의 이름은 K의 이름과 같았다.

그는 어릴 때 K가 부르지 않아도 늘 K의 곁에 있었다. K는 그가 꿈의 세계에 속한 창백한 애벌레라고 생각했지만, 시간이 지나 학교에 다니며 귀신이 무엇인지 알게 되었다. 그후로는 밤에 잠을 자지 못했다. 매일 밤 공포에 질려 악을 쓰며 울었고, 때때로 혼절하거나 거품을 물었다. 견디다못한 엄마가 물어물어 찾은 절에서 큰스님은 간명히 답했다. K에게 죽은 쌍둥이의 존재를 밝히라는 거였다. 모르니까 무서운 거지, 알면 무섭겠냐고. 용하다는 소문은 틀리지가 않아서 동생의 사진을 본 후 K는 안정을 되찾았다. K는 이제 자신을 찾아오는 밀랍색의 작고 길쭉하고 동글납작한 존재가 무엇인지 알았다. 아는 이와는 친할 수 있었고, 어서 오라는 말을 할 수 있게 되니 오지 말라는 말도 할 수 있었다. 하지만 결정하는 건 K가 아니었다. 둘의 시간은 동생이 원할 때 결합되고 분리됐다. 되는 쪽이 K였다. 하는 수가 없었다.

K가 쌍둥이, 특히 쌍태아의 발생 과정에 집착적인 흥미를 갖게 된 것은 그때부터였다. 한쪽이 다른 한쪽과 어디까지 공유할 수 있는지, 어디부터 나뉠 수 있는지, 그것을 누가 결정할 수 있는지 알고 싶었다. 다른 태아를 흡수하며 DNA가 섞여 두 가지 이상의 자아를 가지게 된 태아의 경우를 '평범한' 다중인격장애와 구분한 연구만 해도 그랬다. 자아랄지 인격의 근원이 염색체뿐일까. 그것의 유무로 내 몸속 타자의 혼과 평범한 정신질환을 구분할 수 있을까. 정신이 오직 염색체에만 깃들 이유가 있을까. 혼에게 그럴 필요가 있었을까. 상황에 맞춰 변화에 적응하며 진화적 시도를 이어간 것이 다윈의 핀치만은 아니었을 거다. 영혼들은 이어지기 위해 무엇에든 들러붙지 않았을까. 기억이나 노래, 그림, 냄새, 몸짓…… 어디에든 매달려 여기까지 왔을 거다. 그러나 그런 얘기는 연구 자료에 나오지 않았다. K는 기대 없이도 계속 공부했다. 영어로 된 논문과 징그러운 사진들을 살피다보면 꾸물꾸물 동생이 다가와 품을 파고들었다.

~

바닷물은 점점 더 따뜻해졌고 사람들은 점점 더 게을러졌죠. 더우면 아무래도 그렇잖아요. 가뜩이나 홑몸들도 아니었고요. 작긴 해도 못 떼놓는 인형이랄지, 가방이랄지. 물론 계속 살아 있었죠. 형태도 여전히 제각각이었습니다.

그러나 한 시점에 같은 변화 맞이했어요. 움직임도 딱히, 성장도 그냥저냥이던 지난날 일시에 반성하듯 한꺼번에 무럭무럭 자라기 시작한 거죠. 이십 년 만이었습니다. 가늘던 손가락 생기 머금어 대견히 이슬만한 손톱 맺히고, 어른 엄지 같던 종아리 죽죽 통통해지는 모습 보고 있자면 다들 말은 안 해도 참, 흐뭇했습니다. 따지고 보면 내 쌍둥이라도 동생이나 자식같이 느껴진 거죠. 작으니까. 너무 작으니까. 그때는 그게 작을 때였으니까. 그게 물론 내 몸에 붙어살고 완전한 사람 꼴도 아니었으나 그 상황에 너와 나의 생김새에 신경쓰는 사람은 정말 아무도 남아 있질 않았거든요.

"아름다운 것과 살아 있는 것을 어떻게 구분하지?"

누군가 자기 골반에 돋아난 자그만 정강이를 쓰다듬으며 물었습니다.

"난 구분 못 해."

손가락 끝에서 자라난 동그란 가슴과 배에 입을 맞추며 다른 누군가 답했습니다.

"난 안 해."

등에 자라난 어린 팔을 가만가만 주물러주며 누군가 덧붙였습니다.

"아마도 이 몸들은 지금 바닷물의 성분과 온도가 양수와 비슷하다고 느끼게 된 모양이지. 그래서 자라기 시작한 거고."

그 말에 일동 고개를 끄덕였습니다.

"그럼 최종적으로는 출산도 해야 할까?"

누가 또 물었습니다.

"어떻게 낳지?"

질문이 이어졌습니다.

"낳은 뒤에는? 얠 어떻게든 내 몸에서 떼어냈다 쳐. 그래도 앤 여전히 이 물속에 있게 될 텐데, 그럼 계속 내 안에 있다고 느끼지 않을까. 아직 태어난 게 아니라고 생각하지 않을까."

그러나 몇 개월이 더 지나자 이런 논의는 의미를 잃었습니다. 기생체들은 거기 매달린 채 어른이 됐고, 아기가 아니니 낳을 필요도 없어진 거죠. 다리 기생체는 나날이 길어지고 근육이 붙고 나서 털도 나고요, 상반신 기생체는 특히 우람해져 자생체가 맨날 너무 행복해 보였어요. 그쪽이 헤엄칠 때 팔도 저어줘, 무거운 것 척척 옮겨줘, 붙은 위치가 애매해서 핑거섹스는 어려워도 여기저기 다른 데 만져주니까. 도움 많이 됐겠죠, 잘은 몰라도. 애인이나 다름없지 않았을까요. 평생 나를 떠날 수 없는 영원한 애인이요.

그러나 그런 애인에게선 본인도 영원히 떠날 수 없다는 사실을 알았어야죠. 아름다운 것과 살아 있는 것을 어떻게 구분하는지 모르겠다던 이가 자신의 아름다움을 잃었습니다. 허망한 사망이었죠. 자생체가 기생체 때문에 죽었습니다. 다리 기생체가 자라는 속도가 너무 빨라져 그 성장과 활동량을 감당하기 어려워진 자생체의 심장이 쇼크를 일으켰거든요.

다리 기생체는 어찌나 씩씩하던지 자생체가 숨을 거둔 뒤에도 몇 분간 바다 밑바닥을 계속 달렸습니다. 거기 매달려 끌려가는 자생체를 보다못한 몇몇이 붙들어 오자, 다리 기생체는 그들의 코와 목젓을 사납게 걷어찼습니다. 코피가 터진 자생체의 등에는 우람한 팔뚝 기생체가 달려 있었는데, 그가 자기 자생체를 보호하며 다리 기생체를 죽은 이의 골반에서 뜯어냈습니다. 그 단면을 가득 채운, 소름이 끼칠 만큼 굵고 빽빽하던 혈관들. 골수들. 거기서 울컥울컥 쏟아져나온 진하고 귀한 알 수 없는 유기물들이 검은 바닷물을 더욱 검게 만들었습니다.

시간이 더 흐르자 모든 자생체와 기생체의 입장이 뒤바뀌었습니다. 이제 자생체들이 기생체에 기생했습니다. 스스로 양분을 구할 수 없을 만큼 약해진 자생체들은 자신을 그렇게 만든 원수 몸에 붙어 부지하는 삶도 긍정해보려고 애썼습니다. 먼 옛날의 인류처럼 효도라는 가치에 기대를 걸었는지도요. 작고 약하던 기생체들을 이렇게 키워놓았으니, 이제 기생체들이 작고 약해진 자신들을 보살펴줄 차례라고. 하지만 기생체는 심장을 가지지 않은 신체임을 생각했어야지요. 마음이랄 게 없는 몸이었습니다. 그것들은 충분히 강해지고 커진 뒤에도, 달리 말해 자생체가 매우 작고 약해진 뒤에도 흡수를 멈추지 않았습니다. 그들은 자생체를 완전히 흡수하려고 했습니다. 한 바가지 분량의 양수 안에서 자생체가 해내지 못한 그 일을, 세상 전체를 품은 양수 속에서 기생체들이 해내려 하고 있었습니다. 그것은 성공처럼 보이기도 했습니다. 실제로 대부분의 자생체들이 속절없이 쪼그라들어갔으니까요. 이제 자생체 안에는 약간의 뇌와 운동 능력이 남아 있을 뿐이었습니다.

하지만 기생체들에게는 심장이 없다는 사실이 한번 더 국면을 전환했습니다. 기생체는 날 때부터 제 몫의 내장이 없었습니다. 자생체 장기를 같이 쓰면서 남는 힘을 꼬박꼬박 성장에 썼죠. 그렇게 커진 몸으로 자생체를 함락하는 것만큼 어리석은 선택이 또 있을까요. 자기가 매달린 밧줄을 자르는 꼴이었습니다. 자생체의 기능이 일정 수준 이하로 떨어지면 기생체는 그보다 먼저 죽을 것이었습니다. 오래 지나지 않아 자생체도 뒤를 따를 것이었습니다. 물론 이런 속사정은 폭풍이 지나간 뒤에야 드러나기 마련이지만요.

내가 기생체로서는 유일하게 심장을 가진 건 우연이었습니다. 어쩌다 그렇게 나뉜 건지는 모르겠습니다. 다만 태어나보니 우리 쌍둥이는 그랬습니다. 겉보기에는 남들처럼 비대칭적인데 심장이 제 쪽에 있었습니다. 저는 흉곽 형상의 기생체도 아니었습니다. 제 자생체의 가슴에 매달린 동그란 머리통이었지요.

하나의 얼굴로서 저는 눈 두 개, 코 한 개, 입 한 개, 귀 두 개를 가지고 있었습니다. 머리카락은 아주 짧고 부드러워 물속의 김과 비슷했습니다. 기본적으로 머리통이 가져야 할 뇌와 기타 신경망이 구비된 상태에서 심장까지 끼어드니 늘 두개골 안쪽이 울리고 뻐근했지만, 나는 감사하는 편이었습니다. 내 자생체는 너무 연약했으므로 심장이 그쪽에 있었다면 둘 모두에게 힘들었을 겁니다. 그도 그것을 알았고 저도 그것을 알았습니다. 그도 그것을 느꼈고 저도 그것을 느꼈습니다. 그것을 우리는 비밀로 지켰습니다.

우리가 유일한 공생을 이어가는 동안 그들은 각자의 고생을 계속했습니다. 몸 내부를 운용할 힘을 잃은 기생체들이 얼마나 쉽게 죽어버렸는지 알면 놀라실 겁니다. 진실로 허망했습니다. 어이없고 기가 막혀…… 언짢고 떨떠름한, 뭐 그런 느낌. 그들의 몸이 얼마나 크고 튼실했는지 직접 봤다면 공감했을걸요. 한두 개의 신체 기관으로서 자생체의 온몸 크기와 맞먹거나 더 커다란 경우까지 빈번했으니, 고대의 인류나 전설 속 거인의 일부처럼 느껴졌습니다. 자생체들은 마지막 힘을 다해 이 거대한 기생체의 시신에서 자신을 분리했습니다. 알을 찢고 나오는 치어들처럼 조그만 자생체들이 곧 무리를 이루었습니다. 그러나 그 과정에서 힘을 모두 소진하고 말았습니다. '무얼 먹고 살 것인가.' 지긋지긋한 질문이 다시 저주처럼 뱃속을 파고드는 그때, 그 조그만 이들의 시선이 저를 향했습니다.

"만나다!"

누군가 말했습니다.

"아니야."

내 자생체가 말했습니다. 희고 둥근 내 몸이 굶주린 그들에게 무엇으로 보였을지 이해는 할 수 있었습니다. 그들은 가벼워진 몸으로 빠르게 헤엄쳤습니다. 내 자생체가 나를 꽉 껴안아 보호하려 했지만, 나 또한 이 역겨울 만큼 비옥한 양수 속에서 그보다 훨씬 더 커다란 기생체로 자라난 지 오래였습니다. 얼마 지나지 않아 그들이 우리 몸을 파고들었고, 안으로 들어오거나 밖에 매달려 붙기 시작했습니다.

그들은 작은 스테이플러 심처럼 자생체와 저를 박아대면서 우리 신체를 하나로 밀착시켰습니다. 그러나 잠시 뒤 내 안에 영양소라고 할 만한 것이 딱히 없다는 사실을 알아챘습니다. 내게 소화기관이 없다는 사실도요. 하지만 수많은 혈관이 있어 일단 내게 영양분을 공급해주면, 내가 그 통로를 통해 그들 전부의 모근만큼 작은 심장에 뜨거운 피를 넉넉히 뿜어줄 수 있다는 사실까지 파악했습니다.

그들 뒤로 서서히, 찢어진 기생체들이 조각나기 시작했습니다. 흩어지며 나부끼는 유기물을 멍하니 바라보던 조그만 누군가 또 "만나다!" 외쳤습니다. 그 소리에 나는 그만 웃어버렸고, 내 자생체도 "맛나겠다" 하며 웃어 보였습니다. 우리에게 붙은 자생체들이 노를 젓듯 우리를 움직여 폭설 안으로 진입했습니다. 그들이 먹고 강해지자 나도 그렇게 되었습니다. 그러자 그들도 그렇게 됐고 다시 내가 강해졌습니다. 나는 내 둥근 몸을 둘러싼 빼곡히 작은 눈들로 완전히 새로운 세계를 보기 시작했습니다. 작은 턱과 집게를 가진, 모래알보다 작은 크기의 동물들이 주위를 떠다니며 함께 만나를 먹고 있었습니다. 곧 그것들도 내게 붙었습니다. 그것들의 생각이 앞서 붙은 것들의 생각과 합쳐져 내 머릿속으로 쏟아져 들어왔습니다. 그것들이 일제히 머릿속에서 떠들기 시작했습니다. 내가 그것을 전부 듣고 이해했을 때, 나는 자전하기 시작했습니다.

내가 도니까 내 위의 것들도 따라 돌았고, 물길 갈라지니 가운데서 땅이 드러났고요. 솟아나와 굳어진 거기 그 자리에서 아직 아무것도 아름답기 전, 딱 한 번 지구에게 물어봤어요. 엄마라고 불러도 되겠냐고요. 지구는 웃고 연달아 더 크게 웃었어요.

"머리통이 작아서 모르는 게 많은가봐."

자전하며 부지런히도 놀려댔어요.

"그 모든 일을 겪고도 아직도 몰라? 너는 내 안의 쌍둥이야. 내가 기른 나의 분신이야. 아름다운 기생체야. 심장을 가진 조그만 머리통이야."

나는 그제야 함께 웃음을 터뜨렸어요. 기쁨의 힘으로 공전이 시작되었습니다. 그러자 태양이 생겨났어요. 우리를 위한 태양이었습니다.

"그럼 이제 내 이름도 지구인 거죠?"

지구는 더 크게 웃느라 대답 못했지만, 그뒤로 나는 나를 지구라고 불렀습니다. 나를 품은 검고 빛나는 바다, 그마저 품은 거대한 쌍둥이 지구는 거기 그대로 있었고요. 나는 여기 있으면 되는 거였어요. 이윽고 모든 아름다움이 시작되었습니다.

~

부랑자의 얘기는 그렇게 끝났다. 아니, 끝난 것은 지구의 이야기였다. 엄밀히 말해 부랑자는 한마디도 하지 않은 거였다. K는 부랑자에게 물을 한 잔 가져다주었다.

부랑자는 한동안 말이 없었다. K도 뭐라고 해야 할지 알 수 없었다. 조카를 아주 어릴 때 보고 다시 만난 사람이 그에게 무어라 인사해야 할지 알 수 없어서 "……이렇게 되었구나" 했다던 일화만 떠올랐다. 어디서 들은 그 말을 지구에게도 하고 싶었다.

그랬구나.

그리하여,

……이렇게 되었구나.

이야기가 마음에 들지 않는 건 아니었다. 분명 기이한 이야기, 누가 듣고 역겹다는 반응을 보여도 비난할 수만은 없는 이야기였다. 그러나 K는 그것이 분명 아름답다고 생각했다. 퇴근 시간이 가까워지자 천장 구석에서 쌍둥이 동생이 우유처럼 고여 흘러내렸다. K가 그쪽을 보자 부랑자도 그쪽을 봤다.

"사는 게 괴롭고 외로울 때요. 나는 내가 지구라는 몸에 잘못 실린 혼이라고 생각했어요."

K는 다음 근무자를 위해 카운터를 정리하며 말했다.

"이 세상은 내 터전이 아니다. 이 신체는 내 실체가 아니다. 이번 판은 연습이다. 이렇게 구차한 시간들이 진짜로 내 인생은 아닐 거다…… 뭐 그런 식으로 생각한 거죠. 그런데 방금 이야기를 듣고 나니까 이제는 진짜 내가 다른 어딘가에 있을 것 같지도 않아요. 다만 참 궁금하네. 지금 여기 있는 이것은 무엇일까. 내가 아닌 것만은 확실한데요."

부랑자는 대답이 없었고 동생도 그랬다. K는 자기를 가리키던 손으로 앞치마를 벗었다.

미래는 가능성의 영역을 벗어날 수 없다. 실체가 있는 모든 시간은 자신을 미래로부터 분리해 현재로 드러낸다.* 그러나 결합이 있어야 분리도 있다. 물결치며 갈라지는 미래 사이로 굳어지는 현재에 발을 디딜 때, 사건들은 단단히 뭉쳐 나를 견딘다. 영혼이 몸에 발을 담그듯 저 삶들은 이 삶 속에 끊임없이 뛰어든다. 어쩌면 나는 결합에 불과한지도 모르겠다. 결합을 결정하는 쪽도 그것을 받아들이는 쪽도 아닌, 결합 자체일 뿐일지 모른다. 최소한 나는 그것을 통해 여기 있었다. 그리고 나를 있게 한 모든 결합은 불균형적이고 비대칭적이며 무엇보다도 비확정적이었다.

"주인 없는 종이지."

카페를 함께 나온 K와 반대 방향으로 향하며 부랑자는 말했다.

"나는 주인을 모르는 종이야."

"그럼 너무 열심히 일하지 마세요."

K가 말했다.

"그런 정신이 종을 종으로 만드는 거다."

부랑자가 말했다.

---

* M. 엘리아데의 『성과 속』(이은봉 옮김, 한길사, 1998) 132쪽 일부를 변형한 문장. 원문은 다음과 같다. "물은 항상 가능적·배아적·잠재적 상태를 넘어설 수 없다. 형태가 있는 모든 것은 물로부터 자신을 분리시킴으로써 물 위에 자신을 드러낸다."

"마르크스는 안 읽으세요?"

K의 말에 꾸중하듯 이를 드러내다 이내 웃으며 손을 흔들고 돌아선 부랑자의 뒷모습을 K는 자기도 모르게 계속 쳐다보았다.

한낮의 빛이 모른 체한 낡은 창문마다 노을이 깃들 시간이었다. K는 바로 집으로 가는 대신 빵집에 들렀다. 흰 빵을 여러 개 사서 돌아가는 길에 다시 카페 앞을 지나가며 들여다보니, 자기 있던 자리도 부랑자 있던 자리도 빈자리가 아니었다. 이미 다른 누군가 거기 있었다. 그들은 스스로 물결치고 떠올라 이제 막 도착한 이들이었다. K는 그대로 계속 걸었다.

"여기 있는 것과 아름다운 것을 어떻게 구분하지?"

어깨 위에 있는 동생에게 묻자 동생은 귀찮다는 듯 빵 봉지 속으로 툭 들어가더니 흰 빵들 사이에 숨어버렸다.

ₒOoO

자신을 풍선이라 착각한 여자. 그런 여자가 있(었)다고 가정해 보자. 그녀는 자신이 주변 사람들 손에 붙들려 지상에 머무는 것이라 믿는다. 만약 그들이 그녀 아래 늘어진 실을 꽉 잡아주지 않는다면 그녀는 지금쯤 여기 없을 것이다. 그녀는 그렇게 여긴다.

'스스로 여기 있지는 못했을 거야.'

세월이 흐르며 실연과 배신의 경험이 쌓이고, 다정한 기억들의 앙증맞던 몸집이 육중해지면…… 때가 찾아온다. 여자가 한계에 다다르는 때가. 예감처럼 아래와 같은 공포들이 찾아오는 것이다.

'자, 이제, 지금 이 상태에서'

1. 한 명이라도 더 손을 놓으면 나는 순식간에 하늘로 올라간다. 다시는 돌아올 수 없다.

2. 한 명이라도 끝까지 안 놓으면 나는 절대로 떠날 수 없다. 영원히 여기 있어야 한다.

3. 한 번이라도 더 건드려지면 나는 터져서 완전히 끝장난다. 영영 회복될 수 없다.

4. 한 번이라도 더 흔들리면 밑에 있는 사람들이 진짜로 넘어진다. 더는 버틸 수 없다.

풍선 여자는 알고 있었을까? 공포는 금지된 소망에서 온다. 관계의 균형이랄지, 존재의 규칙이랄지. "지금 이 상태"가 깨질까 두려운 이유는 깨지길 원하기 때문이다. 그러나 깨지면 안 되기 때문이다. 그리고 깨질 수 없기 때문이다.

「~~물결치는~몸~떠다니는~혼~~」은 '빙의물'을 써달라는 제안으로 시작되었다. 단순하게 생각하면 빙의는 다른 이의 풍선을 넘겨받는 일이다. 그러나 자신을 풍선이라 착각하는 여자의 경우라면 달리 말할 게 분명했다. 아마도 그녀는 '고무 막은 신체, 공기는 영혼'이라고 생각해보았을 것이고 둘 중 뭐가 풍선의 본질일까도 고민했을 것이다. 그러던 어느 날 아침을 먹다가 이렇게 선언한다.

'나는 풍선도 아니고 풍선을 붙든 사람도 아니다. 풍선의 막도 아니고 풍선을 채운 공기도 아니며 풍선에 달린 실도 아니다. 어쩌면 나는 그저 결합에 불과한지도 모른다. 나는 누군가 풍선을 붙들고 있다는 진실 자체이다. 혹은 풍선이 붙들린 짧은 순간이

다. 혹은 그가 풍선을 놓는 찰나다.'

그 찰나의 일부를 나와 너, 안과 밖 등의 구분을 탐구하며 보냈다. 자연적 질서처럼 치부되는 경계들을 그은 주체를 응시하려는 노력도 했다. 서사 외적으로도 모험이 있었다. 해방 이후 복원 과정에서 문어체 위주로 재건된 한국어 문장의 구어성을 되찾으려는 시도로서 문장이 비문이 되지 않는 선 안에서 문장성분을 생략하거나 순서를 비틀어 운율감을 만들었다. 자음의 발음을 기준으로 단어를 꼽고 양성모음과 음성모음의 배치를 살피는 등 시와 음악의 영역에도 있고자 했다. 또한 등단 후 곳곳에서 평론가들과의 선을 지킬 것을 암묵적으로 요구받아왔지만, 홍미르 평론가가 쉽게 알아챈 것처럼 이 소설은 "비평가의 말 건넴에 대한 소설가의 답변"*으로, 강지희 평론가의 「기생奇生의 사랑—현호정론」**과 분리할 수 없는 작업이었다. 일기든 소설이든 칼럼이든…… 아주 오래전부터 내게 모든 글은 편지다. 그리고 대부분 답장이다. 언제부턴가 그리 여겨왔던 것 같다.

자신을 풍선이라 착각하는 여자를 더이상 자신이라 착각하지 않는 여자. 그런 여자가 여기 있다고 가정해보자. 그 가정은 인정과도 비슷할 테다. 그러나 기막힌 일이지. 공포는 또 한숨 섞인 밤바람처럼 치불며 지금도 저 멀리서 거대한 머리통을 끄덕거린다.

'그래서 나는 당신을 필요로 합니다. 여전히 또는 새로이……'

---

* 손유경·홍미르, 「일렉트릭 비평」, 『자음과모음』 2024년 가을호, 313쪽.

** 『문학동네』 2023년 가을호.

그렇게 시작하는 일기를 쓰다가 밤을 꼬박 새운 여자는 동트는 창밖을 내려다본다. 삼백육십 도 다 돌고 난 뒤의 지구처럼, 모든 것이 바뀌었거나 아무것도 바뀌지 않았다.

| 해설 |

액화된 몸으로 다시 쓰는 창세기

성현아

인류가 오랫동안 물어온 '나는 누구인가'라는 질문은 기후 위기가 극심해지고 팬데믹과 전쟁, 재난과 참사가 끊임없이 덮쳐오는 현시대에 이르러 색다른 뉘앙스를 지니게 되었다. 과거에는 존재에 대한 근원적인 호기심을 드러내는 물음에 가까웠다면, 이제는 영향력이 미미해진 개인이 생명을 위협받으면서도 꾸역꾸역 살아내야 하는 이유를 확인하고자 기도문처럼 외는 절규로 들린다. 지구가 결국 무너질 것이라는 불길한 예측이 더는 무리한 억측으로 느껴지지 않는 시기, 소멸하는 감각을 공유하는 지금의 우리에게 "이 세상은 내 터전이 아니다. 이 신체는 내 실체가 아니다. (……) 지금 여기 있는 이것은 무엇일까"(319쪽)라고 묻는 현호정의 소설 「~~물결치는~몸~떠다니는~혼~~」은 낯설지 않다. '나는 누구인가'에서 '내가 여기 있다는 것을 확신할 수 있나'로 옮겨간 질문은 나아가 '불확정적인 내가 발 디딘 여기는 어디인가'라는 물음에 당도한다. 진부한 선문답의 서두로 느껴지기도 하는 이 질문은, 놀랍도록 새로운 세계를 창조해내는 현호정에 의해 생경한 의문이자 절망의 돌파구로 거듭난다.

액자소설인 「~~물결치는~몸~떠다니는~혼~~」은 지구가 바다 행성이 된 미래와, 부랑자와 K가 만나는 현재의 시간을 넘나든다. 내화의 시간적 배경은 거듭되는 자연재해로 인해 전 지구적 종말이 닥친 인류세 이후의 미래이지만, 지구의 탄생기처럼 읽히기도 한다는 점에서 과거로 해석되어도 무방하다.[1] 부랑자는 K의 카페에 찾아와 자신에게 빙의한 존재가 경험한 일을 들려준다. 부랑자는 그 존재에게 "들은 말"(300쪽)을 '~답니다'라는 인용의 종결어미를 활용하여 옮긴다. 전언의 형식을 취하고 있으나 그가 빙의된 이에게 감정이입하여 이따금 울기도 한다는 점으로 미루어 보면 기억과 감정 역시 전이된 상태라고 할 수 있다. 이는 단순한 구전을 넘어, 빙의라는 말 자체에 함의되어 있듯 영혼의 연결이라는 초자연적 사건을 통해 신체의 공유가 발생했음을 의미한다.

내화는 '부랑자에게 빙의한 지구 → 부랑자 → K → 소설의 독자'라는 삼중의 전달 과정을 거치기 때문에 필연적으로 왜곡될 수밖에 없다. 더구나 부랑자와 K는 잠시 거쳐가는 비장소non-

1) '지구'라는 이름을 가진 내화의 '나'가 다른 존재들과 결합하여 회전하기 시작한 날이 곧 "모든 아름다움이 시작"(318쪽)된 날로 묘사되고 있으므로, 이를 지구라는 행성의 탄생 설화로도 읽어볼 수 있다.

places인 테이크 아웃 전문 카페에서 우연히 말을 튼 얕은 사이일 뿐이므로 서로에 대한 정보가 거의 없고 서로에게 깊은 진실을 기대할 수 없다. 이는 서사의 진위나 논리적 인과성을 엄격하게 따질 수 없도록 하는 장치가 된다. 개연성의 압박을 덜어낸 내화는 재해를 일으킬 자연마저 사라지고 폐허의 땅까지 물속으로 완전히 가라앉은 디스토피아를 향해 속도감 있게 질주한다. 빠른 전개가 혼잡스럽게 느껴지지 않는 것은 밈meme과 자조적인 어투의 적절한 배합으로 생겨난 유머와 "하고많던 생물에 미생물 무생물" "차례차례 차차 잃고" "느른히 늘어져"(299쪽), "떡이나 떡이나"(304쪽)와 같이 유사한 발음을 활용한 리듬감 있는 문체 덕일 테다. 이러한 요소들은 전위적인 상상력으로 그려낸 종말 이후의 세계를 읽는 이들이 무리 없이 받아들일 수 있도록 한다.

자본주의적 지구화의 반향으로 인간의 역량을 초과하는 자연을 재해로 경험하게 된 현 상황을 디페시 차크라바르티는 '행성 지구Planet Earth와의 만남'이라고 표현했다.[2] 현호정은 살아남은 인류가 바다 행성이 되어버린 지구를 온 신체로 감각하게 함으로써 좀더 밀착된 만남을 중개한다. 터전과 가족, 친구가 수장된 바다에 머리만 동동 뜬 생존자들이 느끼는 주된 감정은 허망함이다. 이는 현호정의 다른 소설 「돔발의 매듭」(『한 방울의 내가』, 사

2) 이에 관해서는 시노하라 마사타케의 『인류세의 철학—사변적 실재론 이후의 인간의 조건』(조성환·이우진·야규 마코토·허남진 옮김, 모시는사람들, 2022)을 참조하였다.

계절, 2025)에서 돔발이 느끼던 "결정적인 무언가를 뒤에 두고 온 것 같다는 진화의 감각"으로서의 "허망함"[3]과도 유사하다. 무언가 상실했다는 생각에 찜찜해하면서도 잃어버린 대상이 애초에 주어져 있었던 것은 맞는지 의심하면서 느끼게 되는, 부재에 빨리 적응해버린 자신에 대한 무상감일 테다. 주목할 점은 인물들이 허망감을 느끼는 시점이 「돔발의 매듭」에서는 부드럽고 따뜻한 빛이 들이쳐 몸을 데울 때이고, 이 소설에서는 화학물질 등에 오염된 새카만 바다의 "미끌미끌"(304쪽)한 촉감이 실존감을 희석할 때라는 것이다. 신체가 대면하는 세계의 감각이 역으로 신체를 지각하게 하고 모종의 감정을 유발한다. 물속에 몸을 담그고 생활해야 한다는 여건은 생존자들로 하여금 익숙한 체감을 변화시켜 "여기 이렇게 있는 게 다름 아닌 나"(301쪽)라는 인식을 지연시킨다.

생존자들이 느끼는 이러한 이질감은 선험적 지식과 경험으로 터득한 앎 사이의 괴리에서 기인한다. 현호정은 그 서늘한 낙차를 시종 지각하게 함으로써 읽는 이들을 출렁이게 한다. 굶주린 생존자들은 우연히 "잘게 찢은 솜"(305쪽) 같은 덩어리를 맛보게 된다. 이후 흰 물질의 정체가 "죽은 이들의 몸이 분해된 유기물 조각"(306쪽)임이 드러나지만, 종교의 가르침을 받은 이들은 이것을 광야에서 방황하던 이스라엘 사람들에게 여호와가 내린 기적의 음식인 만나manna로 여긴다. '만나'라는 기독교적 용어를 알

3) 『한 방울의 내가』, 32쪽.

지 못하는 어떤 이는 그것을 '맛나다'라는 표현으로 인식한다. 야만적으로 느껴지는 동종 포식cannibalism이 고등 생물로 변별되던 인간 사이에서 행해지는 현장을 보여줌으로써, 여타의 생물과 자기를 차별화하며 특권을 누려온 인간 역시 화합물로 구성된 물질적 존재임을 드러내는 이 장면은 배경지식에 의존하여 경험이 해석되어왔음을 깨닫게 한다. 이는 외화의 중심인물인 K의 일화에서 더욱 상세하게 드러난다. 자궁 속에서 심장이 멈춘 쌍둥이의 형상을 볼 때, 어린 K는 그가 "꿈의 세계에 속한 창백한 애벌레라고 생각"(310쪽)했지만 이후 귀신의 존재를 배우고 나서는 그를 두려워하며 혼절하기까지 한다. 증상을 완화하는 방법을 강구하기 위해 찾아간 절에서 노승은 엄마에게 죽은 쌍둥이의 존재를 밝히라고 조언하고, 동생의 사진을 확인하고 난 K는 더는 그를 무서워하지 않게 된다. 이처럼 같은 대상에 대한 정서적·신체적 반응은 무엇을 어떻게 학습했느냐에 따라 상이해진다. 이러한 점을 짚는 데 그치지 않고 현호정의 소설은 합의된 상식으로 자리잡은 규범적 지식이 배태한 모순을 연달아 폭로한다.

현호정은 담론의 영역에서 주로 논의되어왔던 몸을 물질적인 영역에서도 충분히 조명함으로써 신체에 대한 관습적인 사고를 재고찰한다. 한 사람의 눈물이었다가 웅덩이가 되기도 하고, 바다가 되기도 하는 물의 몸을 다룬 「한 방울의 내가」(『한 방울의 내가』)에서 현호정은 결합하고 분해되는 신체를 그림으로써 끊임없이 재생성되고 변형되는 몸의 유동성에 대해 탐색했었다. 그는 이번 소설에서, 인간의 신체 역시 어느 지점에 이르러서 완성되는 것이 아니라 언제나 변화의 과정에 놓여 있음을 드러낸다. 지구가 물속에 잠긴 이후 태어난 바다 2세대 아이들은 십 분에 한 번은 숨을 쉬기 위해 수면 위로 올라가야 했던 바다 1세대와 달리 서너 시간도 거뜬히 잠수하는 등 진화한 모습을 보인다. 이들은 기존의 인간 몸체에 "연결된 다른 몸을 하나 더 가지고 있"(307쪽)는 '기생 쌍둥이'의 모습으로 태어난다. 이러한 설정이 가상세계의 일로만 느껴지지 않도록 현호정은 현실에 머무는 K가 쌍둥이 동생의 죽음을 계기로 "다른 태아를 흡수하며 DNA가 섞여 두 가지 이상의 자아를 가지게 된 태아의 경우를 '평범한' 다중인격장애와 구분한 연구"(311쪽) 등 실제 사례에 관심을 가지는 대목을 병치한다. 이는 지극한 현실에서도 하나의 인격이 하나의 신체를 소유한다는 통념이 아우르지 못하는 신체 현상이 존재한다는 점을 환기하여 정신/신체(물질)라는 이분법적 사고와 '개인'이라는 좁은 개념의 인간관이 지닌 한계를 재사유하도록 이끈다.[4)]

"근대적 개인은 타자의 의지나 영향으로부터 자유로운 행위능력을 부여받은 존재"로 여겨졌기 때문에 신체나 정신의 일부를 공유하는 분신分身은 "개인의 자유에 대한 절대적인 위협이자 죽어야 할 적"으로 간주되어 "근대 이후 대개의 문학적 서사에서" 부정적으로 묘사되었던 데 반해, 현호정의 소설에서 분신은 친밀한 존재로 그려진다.[5)] 「라즈베리 부루」(『한 방울의 내가』), 『단명

---

4) 성현아, 「인류세 시대 변화된 신체 감각과 물질로서의 몸—인간을 해체하는 소설의 전위」, 『자음과모음』 2024년 겨울호, 279~280쪽.

5) 강지희, 「기생奇生의 사랑—현호정론」, 『문학동네』 2023년 가을호, 52~53쪽.

소녀 투쟁기』(사계절, 2021)와 같은 작품이 서로 다른 존재의 상호 의존을 긍정적인 것으로 사유하게 했다면, 이 소설은 신체를 명확히 구분할 수 없는 기생 쌍둥이를 제시하여 분신의 개념을 확장한다. 이는 자립성을 과도하게 강조하는 근대의 개인관을 재사유하게 할 뿐 아니라 한 인간이 하나의 신체를 독립적으로 소유한다는 근대적 신체관까지 의문에 부친다. 기생 쌍둥이 현상은 태아 오십만 명 중 한 명의 비율로 발생하는 기형적 사례로 알려져 있지만, 기생 쌍둥이가 한 세대 전체에 나타나는 세계에서 정상과는 다른 모양새를 가리키는 '기형畸形'이라는 명칭은 부적절해진다. "상대적으로 더 크고 정상적인 몸을 가진 아기를 '자생체'로, 더 작고 비정상적인 몸을 가진 아기를 '기생체'로"(309쪽) 부르는 관습 역시 기생체들의 몸체가 자생체보다 커지고 활동도 왕성해짐에 따라 둘의 위상이 바뀌는 시점에 이르러서는 무용해진다.

바다 2세대의 몸은 명칭의 부적절성뿐 아니라 신체에 관한 통념이 지닌 허점까지 가시화한다. 기생체가 성기를 가진 경우, 본체와 직접 연결되어 있지만 이는 자생체의 성별 구분 기준이 될 수 없다. 이러한 신체 형상은 생식기의 구조에 기반해 여성/남성을 구분 지음으로써 생물학적 성sex을 이원화하는 현재의 방식이 두 성기를 모두 갖고 태어난 간성間性, intersex의 존재를 배제한다는 점을 재고해보게 한다. 또한 기생체는 "혈관"과 "골수들"(314쪽)로 자생체와 연결되어 있으면서도 독립적으로 행위하는데, 이는 신체의 안과 밖을 결정짓는 경계의 모호성을 조명한다.

나아가 현호정은 기생 쌍둥이의 신체가 여러 신체들과 결합하는 과정을 그려 '완결된 신체이자 일반적인 몸'이 존재한다는 막연한 믿음이 허구적이라는 점을 깨닫게 한다. 기생체 중 유일하게 심장을 가진 '나'(지구의 기생체)의 머리를 먹이로 오인한 자생체들이 '나'와 '나의 자생체'에게 달려들어 밀착하는 과정에서 새로운 유기체가 출현한다. 자생체들은 '나'가 지닌 혈관을 통해 피를 공급받고 '나'는 이들에게서 영양분을 공급받으며 공존 가능한 결합체를 창조해낸다. "모래알보다 작은 크기의 동물들"(317쪽)과 같은 비인간 존재까지 이 연결에 동참한다는 점을 보여주며 현호정은 이 모든 물질들의 상호 연결이 인간 신체에만 한정되지 않는다는 사실을 강조한다. '나'는 몸을 둘러싼 "빼곡히 작은 눈"으로 "완전히 새로운 세계"를 마주하게 되면서 "자전"(같은 쪽)하기 시작한다. '지구'라 불리는 독특한 신체가 만들어지는 이 과정은 여러 신체들이 얽히고 서로에게 변형을 가함으로써 기존의 것과 다른 새로운 신체 형질과 그에 따른 행위 및 감각을 창출하는 양상을 띤다. 이는 다양한 신체들의 연합체 정도로 치부될 수 없다. 현호정은 신체와 신체의 비규범적인 결합을 상상하되, 이를 분리되어 있는 개별 몸들의 연합이 아닌, 경계와 속성이 결정되지 않은 상태에서 수행을 이어나가던 비확정적 존재들의 육체화 과정으로 그린다.[6] 그리하여 신체의 경계 자체가 언제나 재형성 과정에 있으며 "몸의 물질성"이 "문화의 각인을 기다리는 수동적

6) 성현아, 같은 글, 282~283쪽.

인 표면이 아니라 능동적이고 생산적인 행위자의 역할을 수행"[7] 한다는 사실을 확인하게 한다.

생명체들의 몸이 결합을 거듭한 끝에 한 행성으로까지 확장되는 일은 신체를 통해 세계를 품어보는 일이기에 긍정할 만하나, 결국 내화의 서술자이면서 외화의 중심인물인 부랑자라는 한 명의 인간, 하나의 신체로 수렴되고 마는 것은 아닌가 하는 우려가 생길 수 있다. 그러나 현호정은 공간성에 이미 얽혀 있는 시간성을 충분히 활용함으로써 그러한 걱정을 잠재운다. 현호정은 『단명소녀 투쟁기』에서 연명 설화를, 「라즈베리 부루」에서 부루의 창조 신화를, 「연필 샌드위치」(『한 방울의 내가』)에서 몽유록의 양식을 변용하여 먼 시간대를 오가며 이야기를 엮어왔다.[8] 현호정 소설이 선보이는 시간성에의 천착이 특별한 것은 그것이 공간성을 등한시하지 않기 때문이다. 여러 자생체들과 작은 동물들이 지구의 기생체인 '나'와 결합하자 그들의 생각 또한 '나'의 머릿속으로 쏟아져 들어온다. 이때 새로운 기억과 지각 방식, 그에 따른 특별한 행동이 창출된다. 빙의가 전제하는 전생과, 결합의 결과로서의 후생이 이어지는 서사는 한 생명체가 살아내는 유한한 시간인 수명을 벗어난다. 그러한 초월을 가능케 하는 시간들의 교차는 몸이라는 공간을 매개로 이루어진다.

---

7) 박신현, 「캐런 버라드의 『우주와 중간에서 만나기』: 관계와 얽힘으로 만들어지는 몸」, 몸문화연구소, 『신유물론』, 필로소픽, 2022, 174쪽.

8) 인아영, 「가장 작은 맛」, 『2023 제14회 젊은작가상 수상작품집』, 문학동네, 2023, 317쪽 참조.

"너라는 말은 지난 생의 나 혹은 다음 생의 나라는 말과 똑같은 의미"[9]라며, 관계 발생 이전에 이미 타자와 자아가 연루되어 있음을 상정하는 현호정은 "눈송이처럼 많은 우주 하나하나마다 다른 결말을 가진" 우리가 있고, "살아남은 채로도 죽을 수 있고. 죽은 채로도 어딘가에서 살게 될지 모른다고"[10] 점친다. 이러한 사유는 「~~물결치는~몸~떠다니는~혼~~」에 이르러 죽음과 삶이 병존하는 광경으로 가시화된다. 엄마의 몸안에 살아 있는 K와 죽은 쌍둥이가 함께 있고, K가 바삐 움직이는 일터 천장에는 죽었다고 여겨지는 동생이 우유처럼 고여 흐르고 있으며, 죽은 자생체의 몸에 붙은 다리 기생체는 활력 넘치게 달려나간다. 순환하고 넘나드는 시간 속에서 죽음과 삶은 충분히 뒤바뀔 수 있는 조건이기에 이와 같이 어떤 형태로든 공존한다.

지구의 영혼과 더불어 살고 있는 부랑자에게, 자신이 "지구라는 몸에 잘못 실린 혼"(319쪽)이라고 생각했다고 말하는 K를 보면, 그가 부랑자의 전생일지도 모른다는 생각이 들기도 한다. 한 개의 행성, 하나의 생명체, 한 명의 인간이 도저히 구분될 수 없을 때, '지구가 아프다'와 같은 인간 중심적 관점에서의 의인화로는 온전히 전해질 수 없었던 지구 역시 유기체라는 감각이 비로소 피부에 와닿게 된다. 또한 지구라는 이름을 지닌 기생체의 희고 동그란 머리에 여러 자생체가 파고드는 광경은 정자가 난자에

9) 「한 방울의 내가」, 『한 방울의 내가』, 116쪽.

10) 현호정, 「희곡 '한 방울의 내가'」, 같은 책, 258~259쪽.

게 달려드는 수정의 순간처럼 묘사된다. 지구가 출현하는 순간이 생명체가 생겨나는 장면으로 읽히도록 유도하는 것이다. 이는 성차를 지닌 신체의 결합을 신비화해온 이성애 중심의 역사를 비트는 동시에 지구라는 행성의 생명력을 생생히 느낄 수 있도록 한 작가의 기획이라 할 수 있다.

시간이 한 방향으로만 흐르지 않고 공간 역시 끊임없이 유동하는 것이라면, 나라는 자아는 여러 존재가 관계 맺고 여러 시간대가 지나는 하나의 장일 것이다. 현호정의 이 소설에 따르면, "미래는 가능성의 영역을 벗어날 수 없"고 "실체가 있는 모든 시간은 자신을 미래로부터 분리해 현재로 드러낸다"(320쪽). 그렇다면 여기에 있다는 것, 현재에 살아 있다는 것은 수많은 가능성의 물결을 가르는 찰나의 발디딤으로만 확인된다. 여러 시간대의 존재가 내 안에 겹겹이 흐르고 있음을 인지할 때야 비로소 나의 존재가 선명해지는 순간이 오는 것이다. 나는 여전히 다른 존재들과 결합하여 변화될 가능성을 지닌, 표류하는 몸이다.

이러한 흘러다니는 몸으로 현호정은 창세기를 다시 쓴다. 재구성된 창세기는 자연과 인간의 탄생에서 시작하는 기존의 창세기와 달리 인간이 자초한 멸망에서 시작된다. 두 창세기의 출발점은 다르지만 신이 보기에 아름답고 좋았다던 기존의 창세기에도, 모든 아름다움이 시작되었음을 감지하는 현호정의 창세기에도 생 그 자체를 향한 넘치는 사랑이 흐르고 있다. 전자에 창조한 세계에 대한 자부심이 깃들어 있다면, 후자에는 계속해서 창조될 세계에 대한 기대감이 서려 있다. 현호정은 비인간에 가까운 존재들이 결합하여 지구가 되게 함으로써 정복의 대상이자 수동적 객체, 단순한 배경으로 인식되어왔던 환경과 인간 주체가 분리되지 않은(분리 불가능한) 상태에서 세계를 다시 발생시킨다. 성경에 의하면, 신이 타락한 인간을 심판하기 위해 물로 세상을 쓸어버릴 때 그에게 선별된 소수만이 노아의 방주에 올라탈 수 있었다. 이와 달리 꼼짝없이 물에 내던져진 이들이 힘겹게 서로에게 연결됨으로써 생존하는 현호정의 이야기는 신의 선택이나 인간의 의지가 중심이 되지 않는 새로운 창세기를 써내려간다.

"물속에 잠기는 것은 무형상태로의 회귀, 존재 이전의 미분화未分化된 상태로의 복귀를 의미한다."[11] 우리는 양수에 담겼던 몸이며 타자의 세례를 받는 몸이자 상승하는 해수면에 잠길 몸이다. 그러므로 몸을 흐르는 물로 감각한다는 것, 액화된 몸이 되어간다는 것은 관계를 맺기 전에 이미 관계로 존재했던 몸으로 돌아가는 것이다. "내가 아닌 것"(319쪽) 같은 이질감은 자기로부터 소외되는 이인증depersonalization의 증상이 아니라 나에게 이미 스며 있는 모든 타자를 기민하게 감각한 결과일 테다. 이때의 타자는 인간에 국한되지 않으며 지구라는 행성과 이에 얽힌 모든 구성원을 의미한다. 물결치는 몸과 떠다니는 혼들이 서로에게로 엉켜들어 넘실대는 것이 곧 낭만浪漫이므로 모든 아름다움은 여

---

11) 멀치아 엘리아데, 『성과 속: 종교의 본질』(2판), 이동하 옮김, 학민사, 1983; 2023, 115쪽.

기에 있다. 나를 이룬 당신들은 누구인가를 물으며 수많은 몸을 어루만지듯 유영하려는 우리에게.

성현아
2021년 경향신문, 조선일보 신춘문예를 통해 평론을 발표하기 시작했다.

2025 제16회 젊은작가상

심사 경위
심사평

심사위원

기준영 김금희 신형철 인아영 정용준

선고위원

성현아 전승민 전청림 최다영

추천위원

김멜라 김유진 안보윤

| 심사 경위 |

한국문학의 새로운 미래를 함께하고자 제정된 젊은작가상이 올해로 어느덧 16회를 맞이했다. 이 상의 취지는 데뷔한 지 십 년이 지나지 않은 젊은 작가들이 한 해 동안 발표한 소설 가운데 일곱 편을 꼽아 더 많은 독자들에게 소개하자는 것이다. 물론 이때의 젊음은 생물학적인 나이를 의미하지 않는다. 기존의 익숙한 문법과 시각을 뒤따르기보다 지금 여기에서 창발하는 문제의식과 감각을 담아낸다면, 그래서 우리로 하여금 새로운 미래를 느끼게 해준다면, 그야말로 젊은 문학이라는 넉넉한 동의 안에서 젊은작가상은 지난 십여 년간 운영되어왔다.

2010년 제1회부터 올해에 이르기까지 젊은작가상이 매해 빠짐없이 이어져올 수 있었던 것은 선고심과 해설을 맡아주는 선고위원들 덕분이다. 젊은작가상 선고심은 한 해 동안 발표된 수많은 중단편소설을 꼼꼼하게 살펴 읽고 그중에서 특히 주목할 만한 작품을 비평하는 계간 『문학동네』 계간평 코너를 바탕으로 이루어져왔다. 지난 일 년간 이 작업을 맡아준 성현아, 전승민, 전청림, 최다영 평론가가 심사 대상작 가운데 스무 편을 선별했고, 여기에 올해 추천위원으로 위촉된 김멜라, 김유진, 안보윤 소설가가 각자 다섯 편의 추천작을 보탰다. 그 결과, 중복된 작품을 제외하고 총 스물아홉 편의 소설이 본심에 올랐다.

본심은 기준영, 김금희, 정용준 소설가와 신형철, 인아영 평론가가 맡았다. 본격적인 논의를 시작하기 전 심사위원들은 각자 인상 깊게 읽은 소설을 다섯 편씩 골라 투표했다. 여느 때보다 본심 진출작이 많아서였는지 수상작을 미리 가늠해볼 만큼 압도적으로 표가 몰리지는 않았다. 제법 많은 작품들이 언급된 가운데 각자가 지지하는 이유도 다양했다. 작가로서의 기본적인 자질을 드러내는 문장력, 자기만의 이야기를 끌고 나가는 자신만만한 기세, 동시대에 새롭게 던져지거나 모처럼 환기되는 질문, 직관적으로 느껴지는 감동과 재미까지 여러 기준이 치열하게 경합했다. 서로의 의견을 경청하고 조율하면서 일곱 편의 수상작을 정하는 일도 수월하지 않았지만 대상 수상작을 합의하는 일도 그 못지않게 어려웠다. 흔쾌히 결론이 나지 않았던 까닭은 그만큼 이 젊은 작가들이 모두 저마다의 색깔을 지니고 저마다의 세계를 만들어냈기 때문일 것이다.

강보라 「바우어의 정원」, 백온유 「반의반의 반」, 서장원 「리틀 프라이드」, 성해나 「길티 클럽: 호랑이 만지기」, 성혜령 「원경」,

이희주 「최애의 아이」, 현호정 「~~물결치는~몸~떠다니는~혼~~」을 두고 거듭된 토론과 투표가 이어진 끝에 대상 수상작으로 「반의반의 반」이 선정되었다. 이 소설에는 기대가 어느새 원망으로 뒤바뀌고 의심이 오히려 믿음이 되곤 하는 인간사의 질긴 아이러니가 숨어 있다. 일곱 편의 수상작 어디를 펼쳐보아도 쓸쓸하지만 아름답고, 위악적이지만 슬프고, 그로테스크하지만 우아한 아이러니가 은은하게 감돈다. 이 다채로운 미학을 통해 독자분들이 새로운 세계에 접속되실 것이라고 생각한다. 수상자분들께 진심을 담은 축하와 감사의 인사를 전한다.

| 심사평 |

기준영(소설가)

백온유의 「반의반의 반」은 흥미로운 소설이다. 독자는 매 장마다 새로운 질문을 안고서 몰입하게 될 것이다. 이것은 여성 삼대에 걸친 '돌봄'에 관한 이야기일까? '돈'에 관한 이야기일까? 혹은 '모성'이나 '결핍'에 대한 것일까? 이 질문들은 소설의 마지막 장에 이르기까지 유의미하게 작용하며 나의 오늘과 등장인물들의 세계를 연결한다. 인물들은 우리처럼 결함과 미덕과 한계를 지니고 있으며, 그 면면을 비추는 문장에는 섬세한 균형감이 있다.

톨스토이의 『사람은 무엇으로 사는가』에는 이런 말이 나온다. '저는 모든 사람이 자신에 대한 염려가 아니라 사랑으로 살아감을 알았습니다.'「반의반의 반」에 등장하는 인물들은 때로 허영심이나 나약함, 완고함 때문에 삶이 준 선물들을 망각하고 놓쳐버린다. 사실 우리는 무엇을 잃어버렸는지 모르는 채로 계속 잃어버리며 산다. 상실의 순간에 사랑이 아니라 돈이 결정적인 힘으로 작용할 때 거기엔 어떤 악이 함께 깃드는가. 그런 이야기로도 읽혔다.

기준영

본심에서 만난 강보라의 소설 두 편에는 모두 예술가들이 등장했는데, 그중「바우어의 정원」을 인상 깊게 읽었다. 창작, 재현의 윤리, 자기 세계를 만들어간다는 것, 먹고사는 문제 등이 오디션에 참가하는 배우들의 모습을 통해 섬세하게 그려지는 작품이었다. 배우 은화와 무재, 정림이 현재 어디에 서 있고 무엇을 선택하며 앞으로 나아가고 있는지를 지켜보면서 살아내는 일의 어려움과 아름다움에 대해 생각했다. 긴 여운이 남는 소설이다.

서장원의「리틀 프라이드」는 우선 재미있게 잘 읽혔다. 또 문장의 진행에 리듬감이 있었다. 콤플렉스를 극복하고자 키를 늘리는 수술을 감행하는 오스틴과 트랜스남성으로서 인정받길 원하는 토미의 이야기가 리드미컬하게 엮인다. 음악적으로 비유하자면, 토미의 옛 연인 혜령의 목소리가 들어오는 구간이 특히나 절묘하게 느껴졌다고 전하고 싶다. 마지막에 혜령을 통해 불러낸 이미지 속에서 토미의 나직한 목소리를 겹쳐 듣는 순간이 매혹적이었다.

성해나의 「길티 클럽: 호랑이 만지기」에는 여러 정보와 현란한 말들이 오간다. 마치 현장을 중계하는 듯한 작가의 화법, 속도감 있는 전개 방식이 돋보인다. 도입부에 호랑이와 함께 소개된 김곤의 모습이 흥미로웠던 데 반해 이후 새롭거나 놀랍게 다가오는 부분이 내게는 크게 없었는데, 그 점은 못내 아쉬움으로 남는다.

성혜령의 「원경」에 등장하는 신오는 최근 건강검진 결과를 통해 췌장과 담도 사이에 종양이 생겼음을 알게 된다. 그는 닥쳐올 고통의 크기를 아직 실감하지 못하는 채로 옛 연인 원경에게 연락한다. 아직 누군가를 제대로 사랑해본 적이 없다는 사실을 희미하게 깨달으며, 죄책감을 안고서. 작가는 뜻밖에도 이 두 사람을 불탄 산으로 데려가 함께 땅을 파도록 만든다. 이 과정이 매우 천연덕스럽게 진행되어 웃음을 자아내게도 한다. 원경은 어떤 사람인가. 평범치는 않은 인물이라 더 알고 싶다.

이희주의 「최애의 아이」는 아이돌의 정자를 열혈팬이 합법적으로 공여받는다는 도발적인 가정으로부터 시작되는 소설이다. 어떻게 사회적 합의를 이룬 것이며 악용되지 않도록 어떤 방지책을 세운 것일까. 초반부터 그 부분이 궁금하고 흥미로웠으나 알 수 없는 채로 이야기를 따라가야 했기에 인물이 무너지는 결말에는 무덤덤할 수밖에 없었다. 그렇지만 욕망을 실현하기 위해 적극적으로 나서는 주인공의 위험한 확신과 열망이 소설 전반에 끼치는 에너지는 무척 인상적이었다.

현호정의 「~~물결치는~몸~떠다니는~혼~~」에는 자신이 종종 지구에 빙의된다고 주장하는 부랑자가 나온다. 기생체와 자생체에 관한 긴 설명과 묘사에 따라 희한한 생명체들을 떠올리며 이야기의 흐름을 따라가다보면 이런 고백과 맞닥뜨리게 된다. "사는 게 괴롭고 외로울 때요. 나는 내가 지구라는 몸에 잘못 실린 혼이라고 생각했어요." 그 외로움에 관해 좀더 듣고 싶어졌다.

김금희(소설가)

문학은 감정과 사유의 모험이라는 D. H. 로런스의 말에서 적어도 '감정'은 한국문학에서 '정동'으로 대체된 지 오래일 것이다. 젊은작가상 본심을 마치고 나는 그런 정동의 내면적 특질마저 깨어지고 부서져 그 사이사이를 일종의 '진공상태'가 채우고 있다고 느꼈다.

강보라의 「바우어의 정원」은 읽는 나와 인물들 간의 경계가 가장 가깝게 느껴졌던 작품이었다. 내면의 균열을 숨기고 싶어하는 여린 마음들이 서로를 탐색하다 이윽고 눈 내리는 차 안에서 가만히 펼쳐질 때 솔직하고 순수한 방식의 화해가 이루어진다. 페미니즘이 문학의 주요 조류로 떠오르면서 도전적이고 전위적이며 고발적인 작품들이 이미 많이 창작되었다는 사실을 안다. 누군가에게는 이 작품이 아주 새롭게 느껴지지 않을지도 모른다. 하지만 "저는 세 번의 임신과 유산을 겪었습니다"라는 말로 "여

김금희

성으로서 겪은 상처"를 설명하는, 엄마가 되지 못한 자기 신체를 반추하는 이 소설이 시리고 아팠으며 정직하게 느껴졌다.

성혜령의 「원경」은 불행에 빠진 한 인간이 자기 구원을 찾아가는, 하루의 꿈 같은 이야기다. '나'는 암 선고를 받자 자신의 잘못으로 인연이 끝나버린 원경을 다시 찾아간다. 구원을 바라며 달려간 그곳은 그러나 기대와는 달리 화마라는 만만치 않은 불행이 이미 지나간 뒤 폐허로 변해 있다. 한 인간의 이기성을 다루는 이야기일까 싶을 때 보살과 이모 그리고 원경이 등장한다. 마치 현세를 떠난 구도자들처럼 보였던 그들이 금괴를 찾기 시작하면서 작품은 중층적인 의미를 띠게 된다. 일면 블랙코미디처럼 느껴지기도 하는 이 장면은 그러나 자기 스스로 불행에서 걸어나오지 않으면 누구도 구원해줄 수 없으며, 자기 연민을 넘어 스스로 미래의 가능성을 찾아 떠나야 한다는, 모든 인간 앞에 놓인 당연한 당위를 환기시킨다. 그런 장면 장면을 그리기 위한 최적의 원경遠境을 작가가 알고 있다는 믿음이 들었다.

성해나의 「길티 클럽: 호랑이 만지기」는 무언가에 열광하지 않고는 살 수 없는, 이제 문화가 아니라 필수품에 가까워진 '팬덤'에 관한 이야기다. 열광과 몰입, 집체적 행동과 소비가 복잡하게 엮인 '덕질'에서 자기 투사를 통한 동일화는 언제나 양가적이다. 또 다른 수상작인 이희주의 「최애의 아이」에서도 그런 욕망이 매우 극적으로 그려진다. 우상을 소유하기 위해 자기 신체까지 '소비'하는 주인공을 통해 자본이 조형하고 있는 '인간성'이라는 상품의 섬뜩한 미래를 보여주는 문제작이다.

차이가 있다면 성해나의 작품 속에서 '나'는 자기 동일화의 모순을 "자각"한다. 관광 상품으로 전락한 호랑이의 생경한 가죽을 통해 "이질감"과 생물 특유의 "온기"를 동시에 포착하는 작가의 시선이 미더웠다. 그 외에도 오스틴이라는 개성적 인간을 빚어낸 서장원의 「리틀 프라이드」는 소설에 있어 캐릭터의 중요성을 다시 한번 느끼게 해주었고, 탐구 대상을 생명의 기원으로까지 밀어붙이면서도 유머러스한 감각을 잃지 않는 현호정의 「~~물결치는~몸~떠다니는~혼~~」은 앞으로 이 작가의 행보를 지켜보고 싶다는 기대를 불러일으킨 작품이었다.

대상작인 백온유의 「반의반의 반」은 정신적 혼수상태를 앓고 있는 영실과 그의 딸 윤미 그리고 손녀 현진의 이야기다. 영실이 잃어버렸다고 주장하는 오천만원의 행방을 찾는 것이 주된 줄거리이지만 그 과정에서 우리는 이 가족이 유지되기 위해 각자가 잃어버려야 했던 자기 인생의 한 모퉁이들과 만나게 된다. 가족의 주축이자 자랑이었던 영실이 사실은 자기 허영과 독선으로 외형을 겨우 유지해온, 고립과 외로움에 굶주린 한 인간이었음을 밝혀내는 이 소설에는 안정적 문장과 전개, 생생한 인물 표현과 상황의 여러 면을 접고 접어 들여다보는 신중함까지 적어도 내가 소설에서 기대하는 모든 것이 들어 있었다. 대상 수상작을 선정하기까지 오랜 토론과 숙고가 필요했지만, 나는 '새로움'이란 훌륭한 작품 앞에서 독자들이 매번 느끼는 감탄이라는 생각에 집중했고 기꺼이 이 작품에 지지를 보냈다. 2025년의 봄을 알리는 이 일곱 편의 작품이 독자들의 고른 사랑 속에서 '자기 진공'의 개성을 채워나가기를 기쁘게 응원한다.

신형철(문학평론가)

강보라의 「바우어의 정원」은 오디션장에서 재회한 선후배가 그사이 유사한 상처를 입으며 살아왔음을 알게 돼 위로를 주고받는 이야기다. 결국 선배가 제게 주어진 배역을 포기하는 건 후배를 밀어내고 얻은 기회를 누릴 순 없기 때문이고, 애초 그 기회를 통해 얻고자 한 회복의 동력을 후배(와)의 위로를 통해 이미 얻었기 때문일 것이다. 그런 그가 자신이 얻은 것을 다른 누군가에게 줄 차례임을 자각하며 이야기가 끝나는 것은 자연스럽다. 새로운 이야기는 아닐지라도 이를 구성적 센스로 만회하고 대화의 묘미로 심화시킨다. 두 인물이 과거에 아르바이트 삼아 했던 '드라마 치료' 연기를 서로를 위해 재현하는 장면은 특히 인상적이어서 이런 질문을 선물처럼 남긴다. '과거를 주체적으로 반복하는 일은 왜 감동적인가, 어떤 어려운 진실은 왜 허구의 틀로(만) 전달되는가.'

백온유의 「반의반의 반」을 돌봄의 미스터리라고 할 수 있다면, 돌봄과 관련된 미스터리이자 돌봄 그 자체의 미스터리라는 이중적 의미에서 그럴 것이다. 노인이 큰돈을 잃어버린 사건은 그 돈의 존재를 몰랐던 딸과 손녀에겐 차라리 돈이 발견된 사건에 가깝고, 그들은 그 돈이 촉발한 질문 때문에('왜 당신은 그 돈을 진작 나에게 쓰지 않았는가?') 불편해진 제 내면까지 발견하도록 떠밀린다. 친밀성의 영역 안으로 '경제적인 것'이 침투하는(사실은 언제나 이미 거기에 있던 것이 재확인되는) 상황에 대한 하나의 예시라고 할 만하다. 초점 화자가 될 권리를 세 인물에게 고루 분배하는 구조는 구조가 아닌 것처럼 느껴질 정도로 자연스럽고, 그들의 욕망은 친절한 문장들로 솜씨 좋게 투명해진다. 쉽지 않은 주제와 대중적 화법이 드물게 조화를 이룬 소설이다.

서장원의 「리틀 프라이드」는 잊기 힘든 결말을 가진 전작 「해피 투게더」가 그랬듯 이번에도 퀴어적 욕망의 사각死角 중 하나를 또렷하게 비춘다. 일라이 클레어의 『망명과 자긍심』만이 아니라 자기-사랑의 두 유형에 대한 루소의 구별도 떠올리며 읽었다. 자기를 지키는 데 쓰이는 자연적 '자애심amour de soi'과 타인과의 비교로 발생하는 사회적 '자긍심amour-propre'은 다르다는 것. '퀴어 프라이드'엔 후자도 필요하다. 나만 나를 사랑하면 되는 게 아니다. 타인도 나를 사랑해야 하고, 다른 누구보다 더 나를 사랑해야 한다. 퀴어도 예외가 아닌 게 아니라 퀴어라서 더욱 그렇다. (그래서 작중 오스틴은 '나'와 비슷하지만 다르고, 혜령은 옳지만 틀렸다.) 이 진실이 의제화되는 전개의 유려함, 잰 것처럼 쓰이고 엮이는 문장들의 적확함에 대해서도 적어두고 싶다.

클레어 데더러의 『괴물들』은 (본인의 말에 따르면) 괴물이 된 남성 예술가의 목록을 제시하기보단 그들의 팬에 대해 고민한 결과물인데, 이 책의 국역본보다 먼저 나온 성해나의 「길티 클럽: 호랑이 만지기」는 같은 질문을 훌륭하게 던진 선례다. 촬영 중 아역 배우를 학대한 감독을 계속 추앙해야 하는가. 이 소설의 미덕 중 하나는 계속 추앙할 수 있는 사람과 이젠 그럴 수 없는 사람 사이의 차이, 즉 '겪은 만큼 분노하는' 그 차이의 존재가 공동체의 윤리적 난제임을 알고 있다는 데 있다. 시간이 흘러 이제는 '임신한' 주인공의 회고적 성찰을 다루는 '재고再考, revisited' 유형의 에필로그는 그래서 적절하다. 전작 「혼모노」처럼 이번 소설도 이슈의 복잡성을 훼손하지 않으면서 거기에 흡인력 센 서사의 옷을 입히고야 마는 어떤 열렬한 재능의 산물이다.

성혜령의 「원경」은 가족력을 가진 연인이 암에 걸릴지도 모른다는 이유로 떠나버린 이가 오히려 암 환자가 된 자신을 발견한다는, 고전적 아이러니의 정의에 정확히 부합하는 설정으로 시작된다. 그런 그가 옛 연인을 다시 찾아간다면? 그를 기다리는 건 용서와 포용이 당연히 아니고, 죽음에 대한 공포만큼 뼈저린, 모골이 송연한 외로움이다. 생명을 돌볼 줄 안다는 인간의 역량 혹은 의무의 세계로부터 도망쳤기 때문에 다시는 그 세계로 편입될 수 없게 됐다고 느끼는 자의 이야기라고 나는 읽었고, '구덩이 안과 밖'의 비유도 그렇게 이해했다. 이것도 인과응보라면 그는 벌 받은 것이다. 경합한 작품 「운석」도 그렇지만 성혜령은 결말에 이르면 문득 낯선 표정을 지으며 이야기를 놓아버린다. 강한 에너지로 뚝 떨어지는 단편의 쾌감. 그가 스릴러를 쓰는 게 아니라 그가 쓰면 스릴러가 된다.

신형철

이희주의 「최애의 아이」는 34세 여성이 23세 아이돌의 정자-굿즈로 임신을 시도하고 또 실패하는 이야기다. 이 작가가 구사하는 (서술자의 내면과 캐릭터의 그것을 뒤섞는) 자유간접화법은 매우 적극적이어서 서술자와 캐릭터가 피켓을 함께 들고 서 있는 것처럼 보인다. '이 욕망의 성원권을 보장하라.' 게다가 논란의 여지가 없다곤 할 수 없을 결말도 준비돼 있다. 결말의 살인에 놀란 독자는 이것이 의미 있는 인지적·해석적 충격인지, 시각적·반응적 경악인지 자문할 수도 있을 것이다. 이런 기세에 휘둘려 처음엔 안 보였는데(심사 때까지도), 다시 읽으면서 사회심리학적 맥락에 대한 명석한 통찰이 깔려 있고, 인구 정책 및 생식 의료와 관련된 도전적인 문제 제기도 작동하고 있음을 실감했다. '문제작'이라는 낡은 단어를 다시 꺼내 들게 하는, 문제작이다.

현호정의 「~~물결치는~몸~떠다니는~혼~~」을 두고 '빙의물'의 외피 안에 '기생 쌍둥이' 설정을 심어 쓴 독특한 '에코 아포칼립스' 소설이라고 정리하면 절반의 요약은 되겠다. 종말 이후 신인류는 자생체와 기생체의 결합체로 변이하는데, 그 과정에서 지구 또한 그렇게 되어 '지구 주니어'가 탄생한다는 희망인지 절망인지 모를 신화 같은 이야기. 그런데 저 이야기를 하고 듣는 두 사람이 있고, 그들이 "물결치고 흔들리는" '부랑浮浪'의 존재로서 이번 생에 잘못 던져진(빙의된) 것 같다는 정서를 공유하는 이야기이기도 하다는 게 다른 절반의 요약이다. 한 번 읽으면 현란하고 두 번 읽으면 심오하고 세 번 읽으면 쓸쓸하다. 모폴로지(형태학)적이라고 해야 할 생물학적 상상력과 말 그대로 '들린' 듯한 입담에 유감없이 경탄했다.

인아영(문학평론가)

대상 수상작인 백온유의 「반의반의 반」은 죽음을 가까이서 마주한 노년 여성이 요양보호사에게 오천만원을 도둑맞으면서 벌어지는 이야기다. (소설은 결말을 열어두고 있지만 나는 그렇게 해석했다.) 딸과 손녀를 믿지 못하는 완고한 노인이 살뜰한 요양보호사에게 모성에 가까운 정을 내어주지만 결국 속고야 마는 아이러니가 반전으로 마련되어 있다. 나이가 들어도 여전히 아름다운 외모와 강직한 성품으로 딸과 손녀로부터 애정어린 동경과 착실한 돌봄을 받는 것 같지만, 우아한 노후를 보장해줄 독립적인 경제권을 빼앗길 수 있다는 불안 속에서 혈육이 아닌 타인과의 정서적인 연결감에 집착하는 한 노년 여성의 심리를 그려낸 수작이다.

나는 이 소설의 구조적인 완성도가 높다고 생각하면서도 대상 수상작으로 지지하지는 못했다. 내게는 영실이라는 캐릭터가 입체성을 지닌 인물이라기보다는 소설의 반전을 위해 설정된 인물로 느껴졌다. 영실은 보석금을 내줄 돈이 있으면서도 딸이 감옥에 가도록 내버려둘 만큼 인색한 어머니이자 손녀를 때린 학교폭력 가해자를 일시에 제압할 만큼 철저한 인물이다. 그런데도 요양보호사의 돌봄에 감동하고 "살면서 행복했던 순간이 없었는데, 이제야 좀 행복한 것 같"다고 느끼며 전 재산을 물려주어도 아깝지 않다고 생각한다. 이런 변화가 납득되기 위해서는 다른 맥락이 더 필요해 보였다. 또한 이 소설이 의심이라는 주제를 다루기 위해서 익숙한 직업적 선입견에 기대고 있다는 점이 걸렸다. 요양보호사 수경에 대한 현진의 의심과 영실의 믿음이 인물들이 맺는 관계나 감정의 디테일보다는 특정한 직업의 조건에 의존하고 있다는 인상을 지우기 어려웠다. 이 소설에서 노년 여성은 속아넘어가는 사람, 요양보호사는 신뢰할 수 없는 사람으로 설계된 구조는 흔들리지 않는 것 같았다. 그러나 믿음과 의심이란 어떤 인물에게 부착되거나 어떤 구조에 배치될 수 있는 것이 아니라 점차 쌓였다가 휩쓸리는 것, 증발했다가도 부지불식간에 고여 있는 것, 끈적하게 들러붙었다가도 너덜너덜해지는 것, 그러니까 관계 속에서 미세하게 변화하는 것에 가까울 것이다.

그래서 나는 이 소설을 평론가로서 흥미롭게 읽을 수는 있었지만 독자로서 마음껏 좋아할 수는 없었다. 이제 막 큰 상을 받은 젊은 작가에게 아쉬운 말을 남기는 것이 조심스럽지만, 대상이라는 무게에 나도 모르게 기준이 꼿꼿해진데다가 그동안 백온유 작가의 작품을 따라 읽어온 독자로서의 애정이 스며 있음을 헤아려주시면 좋겠다. (다행히 수상작품집에서 이 작품의 해설을 맡게 되어 그 애정을 표할 수 있게 되었다.) 다른 눈 밝은 심사위원들의 기대와 지지를 받을 만한 역량을 지닌 작가임을 모두가 알고 있을 것이기에 남기는 말이기도 하다.

강보라의 「바우어의 정원」은 삼 년 동안의 공백기를 가졌던 여성 배우가 다시 연극을 시작하는 이야기다. 멀리서 보기엔 금방이어도 본인에게는 결코 짧지 않았을 시간이다. 이 소설은 연극이란 타인의 삶을 흉내내는 일이 아니라 결국 자기 자신을 대면하는 일이라는 익숙한 목적지로 향하고 있는 것 같지만, 그 경로는 단순하지 않다. 과거의 상처에 매인 이들이 참여하는 심리 치료를 냉소하는 방어적인 마음은 차츰 풀어진다. 자동차 안에서 후배와 대화를 나누며 "그 말을 들으니"라는 구문에 의지해 조금씩 자기 서사의 각도를 틀어보는 장면이 유독 좋았다. 그런 연극적인 대사가 부자연스럽고 쑥스럽다는 것을 알면서도 결국 상처를 치유하려면 자기방어를 걷어내고 스스로를 대면하는 수밖에 없을 것이다. 머릿속에서 너무 오랫동안 집요하게 반복하느라 굳어버린 자기 서사가 조금씩 물러지는 느리고 부드러운 과정이 아름답게 느껴졌다.

본심에 오른 성혜령의 「운석」과 「원경」 두 작품 중 무엇이 수상작이 되어도, 아니 일곱 편에 둘 다 포함되어도 이상하지 않다고 생각했다. 이상한 것이 있다면 차라리 「운석」이라는 소설이었다.

자살한 남편이 돌이 되어 말을 걸다니. 갑자기 땅이 갈라져서 영영 멀어지다니. 그게 말이 되나? 그런데 성혜령의 소설에서는 말이 되고, 말도 안 되는 일을 말이 되게 만드는 게 소설이라는 생각이 들게 한다. 「원경」에도 이상한 것은 있다. 쓰레기 팽개치듯 자신에게 주어진 산에 보란 듯이 멋진 집을 짓고 혼자 사는 한 여자, 헤어진 지 오 년 만에 연락해온 전 남자친구를 그 산으로 초대한 다른 여자, 그리고 남편 돈을 떼어먹은 비구니를 찾아 산에 들어온 또다른 여자까지. 스스로를 "매우 평균적이고 상식적"이라고 여기는 셈이 빠른 남자의 눈에는 이 이상한 여자들이 제대로 보이지 않는다. 밝은색 옷 때문인지 내리쬐는 햇볕 때문인지 눈부신 이 여자들은 산불로 그을린 나무 사이를 돌아다니면서 자기들끼리 아는 이야기를 하면서 웃는데, 이 웃음에 복수하려는 열망도 사과받으려는 원망도 없이 완결적인 세계가 있어 무섭고도 아름다웠다. 이 아슬아슬한 이야기가 흘러가는 동안 무심코 던져진 듯한 문장 하나로 긴장을 확 조였다 풀었다 하는 완급을 따라가는 기분이 짜릿했다. 모든 문장에 신경이 곤두서 있는데 왜 그렇게 예민하냐고 물으면 시치미 떼고 웃으며 '뭐가?'라고 되묻는 소설이다. 그 뻔뻔한 표정이 너무 매력적이어서 나는 읽는 내내 홀려 있었던 것 같다.

서장원의 「리틀 프라이드」는 이번에 다시 읽으면서 반성했다. 잘 쓴 소설인 줄은 알았지만 이렇게까지 잘 쓰다니? 나는 서로 다른 소수자성을 교환하는 연대를 그리는 최근 소설들에 어떤 미심쩍음을 가지고 있었다. 이를테면 퀴어와 장애, 혹은 가난과 질병

인아영

이 마치 동등하게 거래되는 것처럼 그려진 소설 말이다. 그러나 내 생각에 서로 다른 소수자성은 교환되는 것이 아니라 마찰되는 것에 가깝다. 키 작은 남자 오스틴과 FTM 트랜스젠더 토미의 관계처럼. 둘은 남성동성집단에서 비슷한 콤플렉스를 가지고 있는 것처럼 보이고 오스틴은 "우리에게 같은 카테고리가 있음"을 계속 확인하려고 한다. 하지만 가까워질수록 두 사람의 차이는 선명해지고 입체화된다. 그 입체성이 정교하게 조율된 캐릭터가 오스틴이다. 퀴어프렌들리해도 여성혐오를 할 수 있고 배려심이 부족해도 매력적일 수 있다는 것. 토미는 그 입체성을 마주하고는 혼란을 겪으며 돌아선다. 하지만 소설마저 거기서 끝나는 것은 아니다. '머리가 짧으니까 페미이고 페미니까 차였다'는 오스틴의 논리에 과장이 있는 것처럼 '여성혐오 발언을 했으니까 호모포비아'라는 토미의 단정에도 비약이 있다. 아마 토미는 앞으로도 자신의 비약을 계속 곱씹을 것이다. '네가 어떤 정체성을 지녔든 상관없다'와 '그 정체성을 가진 너에게 매혹된다'의 차이를, 이해받는 것과 사랑받는 것의 차이를, 자기 수용과 프라이드의 차이를 모른 척하지 못하는 집요한 사람이니까. 좋은 이야기는 서로에게 비슷한 결핍이 있다는 것을 알아차리면서 끝나는 것이 아니라, 그것이 얼마나 다른지 깨달으면서 시작된다. 그것을 알려준 「리틀 프라이드」는 내게 2024년 '올해의 소설'이었다.

현호정의 「~~물결치는~몸~떠다니는~혼~~」은 밀도 높은 소설이다. 소설을 쉽게 쓰는 작가야 없겠지만 현호정의 글은 그야말로 공들여 조탁했다는 말이 잘 어울린다. 그래서 읽는 사람에게도 그만큼의 밀도를 요구한다. 소설이 좀 무겁다는 말이기도 한데, 그 질량에는 문체, 서사, 묘사뿐만 아니라 무엇보다 조밀한 사유가 포함된다. 물에 잠긴 세계에서 기생 쌍둥이로 태어난 이들이 서로를 양분으로 삼아 살아남는 이 이야기는 인류세의 신화처럼 보인다. 세계의 기원으로 거슬러올라가 우리가 왜 이곳에서 이렇게 뒤엉켜서 살아가게 되었는지 보여주는 최초의 이야기. 거대한 기생체들의 죽은 몸이 바닷속에서 흩어지고 휘감겨 돌다가 세계를 만들어낸다. 거기서 태어나는 것이 지구뿐만 아니라 아름다움이라는 것도 이해가 된다. 따지고 보면 여기 있는 것, 살아있는 것, 아름다운 것은 잘 구분되지 않는다. 살아 있는 것은 여기 있고, 여기 있는 것으로부터 우리는 아름다움을 느낄 수 있으며, 그 아름다움은 우리를 살아 있게 한다. 그 사유가 황홀했다. 앞에서 조밀한 사유가 무거운 소설이라고 했지만 무겁기만 하다면 감동적일 리가 없다. 팬이라고 자부하는 입장에서 그동안 내가 현호정의 소설에서 결정적으로 '치여'왔던 것은 사유로 쌓아올려진 세계관보다는 한 방울의 귀여움과 슬픔이 담긴 순간이었던 것 같다. 이를테면 "밀랍색의 작고 길쭉하고 동글납작한 존재"는 '나'와 어떻게 지내왔던 것일까. 외로웠을까. 슬펐을까. 기대고 싶었을까. 그런 것들이 더 궁금하기는 했다.

언제부터인가 성해나의 소설은 믿고 읽는다. 분명히 좋을 것이라는 기대가 있고 이번에도 어김이 없었다. 그 좋음을 더 구체적으로 풀어보자면 성해나의 소설은 (심사평에서 이런 표현이 양해된다면) 좀 '돌아' 있다. 「길티 클럽: 호랑이 만지기」는 정말 그렇다. 돌아 있다는 것은 논리나 상식을 벗어난 무모한 에너지와 집착어린 광기가 은은하다는 뜻이다. 이 소설은 다름 아닌 그 광기에 가까운 에너지로 움직이는 덕질 현상을 다루고 있기 때문에, 작가와 주제가 잘 만났다는 인상이었다. 작가는 그 에너지를 별로 통제하지 않는 것처럼 보였다. 물론 구조의 차원에서는 조율했겠지만, 문장의 단위에서는 제어할 생각이 없어 보였다. 그 정도로 문장이 막힘없이 굴러가는 느낌이었다. 혹은 압도적으로 쏟아져내리는 느낌이라고 해야 할까. 그러면서도 '인불갤'이나 '차행온' 등 고유명사의 줄임말, 길티 클럽 내에서 통용되는 규칙, 골수팬들끼리 서로 견제하는 분위기, 그리고 사랑하는 대상에 '흐린 눈' 하는 자기부정과 같은 팬 문화의 디테일이 정밀해서 고해상도의 소설을 읽는 쾌감이 있었다. (지금이라도 검색하면 '인간불신'이라는 영화가 나올 것 같다.) 아무래도 광기는 디테일을 필요로 하는 모양이다. 물론 이 소설은 덕질의 모럴이 광기와 무관하지 않으며 그것이 전소되어도 남는 찜찜함이 언제나 우리 곁에 있다는 데까지 나아간다. 광기야말로 그 찜찜함을 직시하는 가장 정직한 눈인지도 모르겠다.

이희주의 소설은 정말 하나의 세계라고 부를 만한 문학을 만들어가고 있는 것 같다. 「최애의 아이」는 '아이돌을 향한 팬 사랑' 이라는 그간의 주제에 '국가의 인구 정책'이라는 새로운 문제의식이 도입된 소설처럼 보인다. 그래서 사랑하는 아이돌의 정자인 줄 알고 임신했는데 알고 보니 그 정자가 정치인의 것이었다는 결말이 갑작스러운 반전처럼 읽힐지도 모른다. 하지만 소설에서 반복적으로 강조되는 것은 주인공 우미가 삼십대 가임기 여성이라는 사실이다. 남자 아이돌을 향한 열렬한 사랑이 그의 아이를 임신하고 싶다는 욕망으로 진화한 것 같지만, 그보다는 아름다움을 향한 근원적인 갈망이 그것을 재생산하고 싶다는 욕구로 실현된 것에 가까워 보인다. 이 소설의 질문은 "아이돌을 멀리서 좋아하기만 하면 되지 왜 그의 아이까지 낳으려고 해?"가 아니라 그 반대를 향한다. "아름다운 것을 가지고 싶은데 그걸 내가 낳는 건 왜 안 돼?" 이것은 성씨를 물려주거나 유전자를 퍼뜨리려는 욕망이 아니라 자신이 아는 가장 반짝이는 아름다움을 소유하고 싶다는 욕망이다. 그러므로 이 소설에서 임신은 신성한 유전학이나 자애로운 가정학이 아니라 고도로 추상화된 미학의 영역이다. 그런데 가족을 꾸리거나 국가 인구를 늘리기 위해서가 아니라 감히 아름다움을 누리기 위해 임신을 한다고? 합계출산율이 0.7대인 나라에서 조건 맞는 대로 낳아도 모자랄 판에 유전자를 미적으로 줄 세우면서까지 말이다. 애초에 거대한 알레고리인 이 소설은 이런 상상이 가닿을 디스토피아(국가주의적 우생학과 자본주의적 루키즘의 결탁)까지 보여준다. 우미가 아기를 버리는 장면은 생명을 경시해도 된다는 비윤리적인 사상을 드러내거나 끔찍한 비극을 불사하겠다는 급진적인 주장을 하는 것이 아니라 임신에 결부되어 있는 미적, 윤리적, 정치적 권리를 근원적으로 질문하고 있는 것이다. 길게 늘어놓았지만 사실 내가 이희주의 소설에서 가장 감탄한 것은 리듬이다. 사랑에 빠진 흥분과 세상을 향한 냉소, 이성적인 논리와 즉흥적인 결단 사이의 강약을 조절하는 유연하고 진득한 리듬을 따라가는 일이 거의 쾌락적이었다. 작가 역시 이 문장들을 쓰며 괴로우면서도 즐거웠을 것 같다. 영어로 '문지방threshold'은 (문턱에 부딪힌다는 점에서) 장벽이라는 뜻을 갖지만 동시에 (문턱을 오른다는 점에서) 입구라는 뜻도 지닌다. 어떤 문제를 답습하는 대신 그것과 겨룬 끝에 새로운 입구에 서게 된다면, 넘어질지언정 어디로든 갈 수 있다. 내가 읽기에 이 소설의 주제, 스타일, 담론은 모두 문지방 위에 있었다. 이희주의 소설은 어디로든 갈 수 있을 것 같다.

정용준(소설가)

선고심을 거쳐 올라온 젊은 작가들의 소설 스물아홉 편을 읽었다. 춥고 엄혹한 1월. 언제, 어디서든 내내 읽었다. 처음 읽는데 놀랄 정도로 좋았던 소설도 있었고, 다시 읽으니 새롭게 다가오는 소설도 있었다. 취향과 관성의 독서에서 벗어나 여러 이유로 무뎌진 읽기의 기쁨이 새로워지는 경험이었다. 어떻게든 쓰기 위해 애썼을 작가들에게 고마운 마음과 응원의 말을 전한다.

이희주의 「최애의 아이」는 진짜 재밌었다. 작가가 이야기 하나를 독자에게 전달하기 위해 갖추어야 할 요소가 있을 것이다. 화자를 선택하고 에피소드를 정하고 시간을 배열한다. 그 과정에서 미스터리가 발생하고 갈등이 고조된다. 이희주는 그 모든 순간에 머뭇거리지 않는 것 같았다. 이야기에 대한 확신이 있었고 그것을 전하는 화자는 달변이었다. 읽는 내내 넘쳐흐르는 힘과 리듬이 전해져왔다. '눈꺼풀 안쪽에 뜨는 인공 태양'에 관한 리얼한 다큐이자 그로테스크한 한편의 우화로 보이는 이 소설은 근미래를 배경으로 설정했지만 마치 지금 여기 엄연히 일어나고 있는 사건처럼 느껴졌다. 잘 아는 자만 앎에 대해 조롱할 수 있다. 사랑하는 자들만 절교한다. 소유한 자만 자신이 가진 것을 부술 수 있다. 무리일 수도 모험일 수도 있는 이야기의 주인공은 자기모순과 자기기만에 빠진 채 복잡한 감정으로 뒤범벅된 초상화로 독자 앞에 서 있다. 그것을 그림으로 보는 이가 있을 것이고 거울처럼 보는 이도 있을 것이다. 최애의 정자로 탄생할 아이마저 굿즈로 바라보는 시선. 최애의 아이가 아니라면 그것은 나의 아이도 아니라는 불편한 인식. 인물이 자신의 삶을 스스로 집어던진 것 같은 파괴적인 엔딩. 한 명의 독자로서 쉽게 수긍할 수 없으면서도 눈을 질끈 감고 파국의 서사를 기꺼이 껴안을 수밖에 없었던 것은 머리와 무관하게 열려버린 마음 때문이었다.

강보라의 「바우어의 정원」을 처음 읽었을 때는 인상이 희미했다. 직관적으로 느껴질 것이라 예상했던 편견으로서의 '젊음'이 비교적 약하다고 느꼈던 것이다. 뾰족하거나 자극적인 것 없이 처음부터 끝까지 차분하고 안정적으로 흘러가는(다시 읽어보니 그것은 착각이었다) 이 이야기는 시간이 조금 지난 뒤에 다시 떠올랐다. 막상 앉아보니 편한 의자처럼 자꾸 다시 읽고 싶게 만드는 매력이 있었다. 연극적인 것은 민망하지만 잘 만들어진 연극은 얼마나 좋은지, 그것이 얼마나 삶에 가까운지 소설을 통해 여실히 느낄 수 있었다. 인간은 자기 혼자서는 자기가 누구인지, 자기 안에 무엇이 있는지 모른다. 하지만 극의 도움으로 안쪽을 들여다볼 수 있고 언어의 도움으로 모호한 마음과 감정을 표현할 수 있다. 그렇게 도달하게 된 자기 이해는 퍽 쓸쓸했지만 그럼에도 내일로 향하게 하는 담백한 힘이 있었다. 상처에도 약간의 메이크업이 필요하다는 또하나의 약속된 연극은 무대 뒤에 배우가 아닌 사람이 있다는 것을, 구성된 이야기가 아닌 일상다반사가 있다는 것을 알려줬다. 많이 겪어 다 안다고 생각했던, 좋은 소설이 주는 깨달음을 새롭게 느낄 수 있어 좋았다. 후반부 은화와 정림의 돌림노래 같은 대화는 두고두고 생각나고 가끔은 입술로도 중얼거리게 될 것 같다.

성혜령의 「원경」은 소설의 내용보다 인물의 감정과 마음의 길을 따라가는 재미가 있었다. 이야기에 대한 기본적인 호기심이면서도 절대적인 질문, '인물은 도대체 왜 이렇게 하는가' 혹은 '왜 이렇게 하지 않는가'에 대한 답을 찾아가는 여정이 흥미로웠다. 사건은 하나여도 이유는 제각각이다. 때문에 소설은 인과로는 풀어낼 수 없는 인물의 '진짜 이유'를 찾는데, 그것이 잘 서술된 글을 읽을 때 나는 인간을 가장 잘 말할 수 있는 입술은 소설이라는 믿음을 재확인하게 된다. 신오의 진술을 들을 때, 원경의 감춘 마음을 읽어나갈 때, 각각의 입장이 이해가 되면서도 이해하고 싶지 않았고 그 작은 오해와 못난 감정에 답답해하면서도 나도 모르게 동감의 버튼을 누르고 있었다. 마지막 장면의 묻혀 있는 돼지뼈. 이 지점에서는 여전히 두 갈래로 마음이 나뉜다. 이야기가 비껴나며 다른 곳에서 끝나버린 그 자리에 서 있는 것이 좋으면서도 약간 어색했다. 하지만 살아남은 모든 인물이, 어쩌면 독자들까지도 그 구덩이를 물끄러미 바라봐야만 했던 엔딩의 풍경만큼은 오래도록 기억에 남을 것 같다.

현호정의 「~~물결치는~몸~떠다니는~혼~~」은 제목에 흐르고 있는 단어 '물결'과 둥둥 떠다니는 기호 '~'의 이상한 조합처럼 대범하면서 귀여운 소설이었다. 읽는 내내 진술과 묘사에 양가적인 마음으로 흥미를 느꼈다. '어떻게 전개하려는 거지?' 하는 의아한 마음과 '이렇게 쓰려고 했다니 대단하군' 하는 응원의 마음이 공존했다. 지구에게 빙의해보려고 결심하고 진짜로, 진심으로 지구 입장에서 감각하고 느끼려고 애쓰는 작가의 분투에 놀랐다. 그렇게 언어 위에 띄운 묘사와 단어들 역시 좋았다. 픽션이기에 어떤 상상이든 가능하지만, 픽션이기에 또한 진짜에 가깝게 느껴져야 한다는 개연과 납득의 압박으로부터 자유로운 소설이었다. 그것이 처음엔 물음표로 남았으나 나중엔 구부러진 마음이 서서히 펴지는 것을 느꼈다. 내가 느낀 약간의 공백과 여백이 어쩌면 지금 우리에게 필요한 상상력이 아닐까? 하고 생각해봤다. 산문이 아닌 소설의 형식과 방식을 택한 데에도 의미가 있었고 그 시도가 그저 작가의 높은 목소리로 휘발되지 않는다는 점에서도 독특한 매력과 설득력이 있었다. 정보와 통계로 이미 알고 있던 사실에 대해 소설을 통해 보다 인격적으로, 감각적으로 알게 되어 나 역시 어떤 밤엔 진짜로 지구의 마음을 헤아리고 있었다. 그 느낌의 전이가 곧 소설 아닐까?

서장원의 「리틀 프라이드」는 처음부터 끝까지 매끄럽게 잘 읽혔고 매 순간 매 장면이 다 잘 쓰인 소설이었다. 문장의 전달력뿐만 아니라 정제되고 유려한 작가의 스타일이 작품 곳곳에 묻어났다. 사회적 남성이 되려 할 때 보여지는(들키게 되는) 연출(타인을 향한 혹은 자기를 향한)이 민망할 정도로 잘 표현되어 있어 이입되고 공감되는 마음을 계속 모른 척해야 했다. 주인공 토미가 오스틴에게 '같은 것이 아니다' '다르다. 전혀 다르다'고 말할 때, 그 순간 고양되는 무엇이 있었다. 그 단호한 입장이 이야기의 굴곡을 만들 뿐 아니라 독자인 내 마음과 생각을 구부리고 있었다. 일순간 어떤 이해를 향해 도약하게 하는 그 소설적 감각이 좋았다. 한편 오스틴을 무너뜨린 방식이 정확히 반씩 좋고 싫었는데 오스틴의 이면을 보이는 그 방식이 거칠고 단순하게 느껴졌기 때문이다. 하지만 두고두고 생각해보니 그 굵고 진한 선이 얼마나 많은 사람과 상황을 포함하고 있는지를 깨닫고 수긍하게 됐다. 더 읽고 싶고, 더 알고 싶었던 부분은 '전혀 다르다'고 했던 토미의 마음이었다. 그 심정은 말줄임표 속으로 대부분 감추어졌다. 그러나 머지않아 작가의 다음 소설에서 그 마음에 대해 읽게 되리라는 기대를 품었다.

아이돌은 우상이지만, 그래서 인간이 아니지만, 인간이어야 할 때는 인간 이상의 (훌륭한, 윤리적인, 아름다운) 인간이어야만 한다는 괴상한 아이러니를 성해나의 「길티 클럽: 호랑이 만지기」는 탁월하게 그려낸다. 과오를 범한 우상이 인간으로 인정받으려면 그를 무작정 두둔하고 비호하면 안 된다는 것을 깨달았을 때 사랑에 빠진 '나'는 어떤 함정에 걸리게 되는지, 지켜보며 따라가는 일이 무척 재밌었다. 이중적인 모순에 빠진 자가 택할 수 있는 태도와 인식. 진실을 왜곡할 수는 없고 합리화하거나 정당화하는 것도 불편해 차라리 모르기를 택하는 인물이 이상하기는커녕 비겁해 보이지조차 않았던 이유는 그 이중사고야말로 현재를 사는(견디는) 우리 모두의 공통 감각이기 때문이다. 아주 잠깐 나는 그렇지 않다고 생각했지만 이내 나 또한 그렇게 이 기이한 세계(나)를 받아들이고 있다는 것을 인정하게 됐다. 표면을 곧 심연으로 치환할 수밖에 없는 이들의 마음을 투명하게 그려내는 이미지가 굉장히 리얼했는데 그럴수록 기괴하고 낯설게 느껴졌다. 마치 사람의 손으로 사진을 구현한 하이퍼리얼리즘을 보는 것 같았다. 마지막 장면의 힘없는 호랑이를 만지는 불안한 손에서 앞과 뒤를 근사하게 엮어낼 때 얻게 되는 서사의 구조적 재미와 의미를 다시금 실감했다.

정용준

백온유의 「반의반의 반」은 언뜻 삼대에 걸친 여성 서사의 전형으로 보인다. 그러나 이 소설은 그래서 익숙하게 느껴지리라는 관성을 계속 빗나가는 소설이었다. 마지막에 이르러 내가 느꼈던 소설의 안정감과 좋음은 전형으로서의 익숙함이 아니라 원형으로서의 공감에 가까웠다. 지금 여기를 정직하게 비추고 지시하는 모녀와 그들의 서사를 단편 하나로 이렇게 잘 써내고 마무리한 것은 굉장히 놀라웠다. 매력적인 캐릭터를 건설하고 그 집을 작가 스스로 붕괴시킴으로써 단순히 삶의 회의감과 인생의 비극성을 드러내는 데에 그치지 않고 그 자리에 놓인 진실과 사실로 우리네 삶의 허약한 고리를 정통으로 겨냥하는 것, 그것을 깨닫고 공감하게 되는 것이, 달면서도 쓰게 느껴졌다. 현진과 영실과 윤미 셋 모두에게 감정이입할 때 확장되는 서사. 동시에 그중 한 명에게 깊이 이입하면 각각 발생되는 세 개의 서사. 여러 이야기를 읽으면서 하나의 복잡한 이해에 이르는 과정이 좋았다. 좋은 소설들 중 한 편을 꼽아 대상이라는 이름을 부여하는 것은 매우 어렵고 힘든 과정이었는데 마지막에 다다라 이 소설로 마음이 모이는 것에 기쁘게 찬성했다.

합의에 이르지 못했지만 개인적으로 지지했던 작품도 언급하고 싶다. 박민경의 「괴력 문정과 다마고치」를 읽을 때는 주인공 문정과 그의 삶을 떠올리며 이야기를 상상했을 작가를 응원하고 싶었다. 독자들에게도 문정을 소개하고 싶다. 조시현의 「무덤 속으로」는 문장이 잘 읽히지 않는다는 의견에 동의하면서도 그 압력과 밀도 속에 녹아 있는 작가의 마음과 의지가 내게는 더 눈에 띄었다. 그래서 몇 장면에서 감정이 흔들렸다. 선고심에 오르지는 않았지만 읽고 좋았던 작품도 몇 편 언급하고 싶다. 이주혜 「여름 손님입니까」, 김채원 「럭키 클로버」, 신민 「첫 포옹」, 정기현 「슬픈 마음 있는 사람」. 읽고 멍했던 소설들이다. 모두 잊히지 않는 소설적 장면이 있었고 작가 자신의 것으로 느껴지는 언어가 소재와 주제를 뛰어넘어 감각되는 기쁨이 있었다. 다른 무엇이 아닌 자기 언어와 자기 감정을 붙들고 소설로 깊이 파고드는 젊은 작가들을 지지하고 응원한다.

심사가 아니었다면 읽지 못했을 많은 작품과 다양한 작가를 만났다. 작가는 막연하게 자신이 좋은 소설을 쓰면 독자가 알아볼 것이라는 기대와 믿음을 품는다. 하지만 독자에게 그 소설이 가 닿는 것 자체가 쉽지 않다. 작가도 열심히 써야겠지만 독자도 열심히 읽어야 한다. 한 편의 소설을 시작으로 어떤 작가의 팬이 되어 그의 다른 소설들도 만나게 되길, 그렇게 연상되고 연계되는 여러 작품과 작가에 닿는 시간이 다양한 문학적 경험으로 확산되기를 기대하고 소망한다.

| 수록 작품 발표 지면 |

반의반의 반 …… 『악스트』 2024년 5/6월호

바우어의 정원 …… 『악스트』 2024년 11/12월호

리틀 프라이드 …… 『자음과모음』 2024년 봄호

길티 클럽: 호랑이 만지기 …… 『창작과비평』 2024년 봄호(『혼모노』, 창작과비평, 2025)

원경 …… 문장웹진 2024년 5월호(『산으로 가는 이야기』, 자음과모음, 2024)

최애의 아이 …… 『문학동네』 2024년 가을호

~~물결치는~몸~떠다니는~혼~~ …… 『악스트』 2024년 5/6월호(『한 방울의 내가』, 사계절, 2025)

문학동네 젊은작가상 수상작품집
2025 제16회 젊은작가상 수상작품집

1판 1쇄 2025년 4월 2일
1판 4쇄 2025년 5월 7일

지은이 백온유 강보라 서장원 성해나 성혜령 이희주 현호정
책임편집 임고운 | 편집 서유선 방원경 정민교 정은진
디자인 김현아 이원경 | 저작권 박지영 형소진 오서영
마케팅 정민호 서지화 한민아 이민경 왕지경 정유진 정경주 김수인 김혜원 김예진 나현후 이서진
브랜딩 함유지 박민재 이송이 김희숙 박다솔 조다현 김하연 이준희
제작 강신은 김동욱 이순호 | 제작처 영신사

펴낸곳 (주)문학동네 | 펴낸이 김소영
출판등록 1993년 10월 22일 제2003-000045호
주소 10881 경기도 파주시 회동길 210
전자우편 editor@munhak.com | 대표전화 031) 955-8888 | 팩스 031) 955-8855
문학동네카페 http://cafe.naver.com/mhdn
인스타그램 @munhakdongne | 트위터 @munhakdongne
북클럽문학동네 http://bookclubmunhak.com

ISSN 2982-7280
ISBN 979-11-416-0202-4 03810

www.munhak.com